Catherine Bybee

Fast für die Ewigkeit

amazon crossing

Das Buch

Die Bestsellerautorin Dakota Laurens ist sich sicher, dass die wahre Liebe nur in ihren erotischen Liebesromanen zu finden ist. Bis sie eines Tages unverhofft einen attraktiven Arzt kennenlernt, einen echten Helden. Die Schriftstellerin ist fasziniert von Dr. Walter Eddy, und er von ihr. Als er sich aber von heute auf morgen nicht mehr bei ihr meldet, will Dakota ihn so schnell wie möglich vergessen.

Das Schicksal macht ihr jedoch einen Strich durch die Rechnung: Walt hatte sich nur distanziert, weil er ein früheres Erlebnis noch nicht überwunden hatte. Jetzt ist er dafür umso entschlossener, Dakota zurückzugewinnen. Zum ersten Mal fühlt er sich bereit, sich auf die Liebe einzulassen. Doch Dakotas Zweifel sind groß – hat ihre Liebe da überhaupt eine Chance?

Die Autorin

New-York-Times-Bestsellerautorin Catherine Bybee wuchs im Bundesstaat Washington auf. Nach der Highschool zog sie nach Südkalifornien, um dort Schauspielerin zu werden. Bald aber hatte sie genug davon, sich den Lebensunterhalt als Kellnerin zu verdienen, und absolvierte eine Ausbildung zur Krankenschwester. Die meiste Zeit ihrer Karriere verbrachte sie in der Notaufnahme. Jetzt arbeitet sie hauptberuflich als Autorin. Zu ihren bekanntesten Werken zählen die Bücher aus der Brautserie *Bis Mittwoch unter der Haube*, *Bis Montag verheiratet*, *Jawort am Freitag* und *Single ab Samstag* sowie die Bücher der *Not-Quite*-Serie *Fast ein Date*, *Fast mein Baby* und *Fast im Himmel*. Bybee lebt mit ihrem Mann und ihren zwei Söhnen in Südkalifornien.

Catherine Bybee

Fast für die Ewigkeit

Roman

Aus dem Amerikanischen von Stephanie von der Mark

amazon crossing

Die Originalausgabe erschien 2014 unter dem Titel »Not Quite Forever«
bei Montlake Romance, Seattle.

Deutsche Erstveröffentlichung bei
AmazonCrossing, Amazon Media E.U. Sàrl
5 Rue Plaetis, L-2338, Luxembourg
August 2016

Umschlaggestaltung: bürosüd° München, www.buerosued.de
Umschlagmotiv: © Siri Stafford/Getty; © Andrew Mayovskyy/Shutterstock
Lektorat: Daphne Großmann
Satz: Judith Zimmer, Hamburg
Printed in Germany
By Amazon Distribution GmbH
Amazonstraße 1
04347 Leipzig, Germany

ISBN: 978-1-50394-072-7

www.amazon.de/amazoncrossing

Für Angelique.
Ich kann dir gar nicht sagen, wie sehr ich dich bewundere,
weil es dafür nicht genügend Worte gibt.

Kapitel 1

»Wir sitzen in einem Polizeiauto! So habe ich mir die Recherche aber nicht vorgestellt!«

»Jetzt stell dich nicht so an!« Dakota wusste, dass Mary nicht auf sie hören würde. »Sie können uns nichts anhaben. Du hast doch gar nicht gesagt, dass wir eine Bombe haben, du hast lediglich das Wort *Bombe* benutzt.«

Mary warf Dakota einen bösen Blick zu, den Dakota nur allzu gut von ihrer eigenen Mutter kannte.

»Ich habe wiederholt, was *du* gesagt hast, Dakota.«

»Ja, und zwar hast du *sehr laut* wiederholt, was ich lediglich geflüstert habe. Selbst ich weiß, dass es nicht ratsam ist, an einem Flughafen laut *Bombe* zu rufen.«

Draußen vor dem gepanzerten Einsatzfahrzeug sprachen uniformierte Polizeibeamte miteinander, während die Passagiere, die zuvor evakuiert worden waren, wieder ins Terminal zurückgelassen wurden.

»Ich habe nicht laut gerufen!« Mary lehnte schwungvoll den Kopf zurück, dabei fiel ihr eine ihrer blonden Locken ins Gesicht.

Dakota lachte frech. »Aber die ältere Dame neben uns.«

Ja, die Dame mit dem grauviolett gefärbten Haar hatte nur ein einziges Wort ihrer Unterhaltung aufgeschnappt, dann ihren arthritischen Zeigefinger auf die beiden gerichtet, und schon wurden sie festgenommen, als ob sie mit Kalaschnikow und Maschinenpistole durch die Gepäckausgabe gelaufen wären. Um ihre Freundin zu beruhigen, hatte Dakota gesagt, dass alles, was passierte, ihrer Buchrecherche zugutekäme. Die Flughafenpolizei war gekommen, hatte ihnen Handschellen angelegt und eine Beamtin hatte sie nicht gerade behutsam abgetastet. Trotzdem hatte Dakota die ganze Zeit versucht, aus der Erfahrung etwas Positives zu ziehen.

Sie waren für eine Bücherkonferenz nach Florida gekommen. Na ja, es war eher eine Art Kongress mit vielen Abendveranstaltungen, vielen Fans und vor allem einer Menge Spaß. Spaß, bei dem normalerweise nicht die Polizei involviert war. Handschellen dagegen vielleicht schon.

Dakota hätte sich gewünscht, dass einer der Polizisten, der sie festgenommen hatte, als Vorlage für einen ihrer Romanhelden dienen könnte. Nur leider war es eine Frau, die ihr die Handschellen angelegt hatte, und sie verstand nur wenig Spaß. Ihr Kollege war auch nicht unbedingt der Typ von Mann, über den Dakota in ihrem nächsten Buch hätte schreiben wollen.

Sie sah sich das enge Auto, in dem sie saßen, genauer an. Fahrerkabine und Rückbank waren durch ein Gitter voneinander abgetrennt. Vorne befanden sich Funkgeräte und alles mögliche andere Zeug, das Polizisten so brauchten.

Wer hatte wohl schon alles in diesem Auto gesessen? Die Absätze von Dakotas Schuhen blieben in der Gummimatte stecken. Sie saß zum ersten Mal in einem Auto, in dem es nicht die typische Teppichauskleidung gab. Es roch nach einer Mischung aus schlechtem Moschus-Aftershave, kaltem Zigarettenrauch und etwas anderem, das sie stark an Erbrochenes erinnerte.

Wenn es nach ihr ginge, würde sie diesen Teil der Recherche jetzt gerne beenden. Bei dem Gedanken, vielleicht eine Nacht in einer Zelle verbringen zu müssen, auf einer Pritsche, auf der die vorherigen Insassen dieses Autos auch gelegen hatten, drehte sich ihr der Magen um. Allmählich begannen ihre Gedanken mit ihr durchzugehen.

»Oh Gott«, sagte Mary.

Dakota versuchte, optimistisch zu bleiben. »Entspann dich, Mary. Und lass bitte lieber mich reden, wenn sie die Tür öffnen.«

Mary, die Gute, konnte sich so schlecht behaupten. Selbst in einer Lesbenbar würde sie sich nicht trauen zu sagen, dass sie eigentlich auf Männer stand. Eher noch würde sie jede Frau, die Avancen machte, über ihre Kindheit ausfragen und gemeinsam mit ihr herausarbeiten wollen, ob sie wirklich Frauen bevorzugte oder einfach nur ihre Eltern ärgern wollte. Mary verbrachte nämlich ihre Tage und manchmal auch die Nächte damit, den Problemen anderer zuzuhören. Sie war Paar- und Familientherapeutin und hatte auch für ihre Freundin Dakota stets ein offenes Ohr. Doch jetzt hatte Mary offensichtlich selbst Angst. Und zwar davor, dass man sie ins Gefängnis steckte und sie ihren Beruf an den Nagel hängen konnte.

Mary zuckte zusammen, als die Tür auf Dakotas Seite geöffnet wurde und sich einer der Polizisten zu ihnen hineinbeugte. »Wer von Ihnen ist Dakota Laurens?«

Dakota schluckte. »Das bin ich.«

Ohne ein weiteres Wort zog sie der übergewichtige Mann mit der beginnenden Glatze so schnell aus dem Auto, dass ihr dabei die Lakers-Schirmkappe vom Schoß fiel. Sie gingen zu einem anderen Wagen, vor dem zwei weitere Polizisten standen. Daneben stand auch die Frau, die ihr zuvor die Handschellen angelegt hatte. Sie hatte ihren Pferdeschwanz gelöst und blickte Dakota nun freundlich entgegen.

Dakota versuchte, ebenfalls freundlich und locker zu wirken und zog eine Augenbraue hoch.

»Das ist alles ein großes Missverständnis«, sagte sie, indem sie ganz bewusst ihren Südstaatenakzent einsetzte.

Mr Kahlkopf unterbrach sie mit einer Handbewegung und nickte der Polizistin zu. »Ist sie das?«

Die Beamtin trat näher, legte den Kopf schief. »Wer sind Mathew und Cassidy?«

Für den Bruchteil einer Sekunde hatte Dakota einen Kurzschluss in ihrem Gehirn. »Wie bitte?«

Die Frau sah sie durchdringend an.

»Meinen Sie *Leuchtfeuer der Leidenschaft?«* Jetzt erst kam ihr der Titel ihres letzten Bestsellers über die Lippen. Die Augen der Polizistin wurden größer.

»Ich glaube, sie ist es wirklich«, murmelte die Frau.

Während die beiden Blicke wechselten, begann Dakota zu reden. Das konnte sie schließlich – neben Schreiben – am besten. »Meine Freundin und ich sind wegen einer Konferenz hergekommen. Die Veranstaltung wird von der Vereinigung der Buchliebhaber organisiert und findet im Morrison Hotel statt. Die nette ältere Dame muss meine Freundin vorhin falsch verstanden haben. Es gibt keine Bombe.« Das Wort ›Bombe‹ flüsterte sie. Währenddessen fiel ihr Blick auf ihr Gepäck, das geöffnet und zerpflückt worden war, Unterwäsche und alles andere lagen verstreut auf dem Asphalt, Hunde schnüffelten an ihren Sachen. *Also, das kommt in mein nächstes Buch.*

»Ms Laurens, Sie verstehen doch, dass es Konsequenzen hat, wenn man auf einem Flughafen *Bombe* ruft, oder?«

Dakota wandte sich an den einzigen Mann, der keine Uniform trug. »Aber natürlich verstehe ich das. Meine Freundin und ich haben ja auch nichts *gerufen.*«

»Mrs Leland hat gesagt, dass Sie auf eine Tasche gezeigt haben und –«

»Ich bin Schriftstellerin, Mr …«

»Hansen.«

Dakota lächelte. »Mr Hansen. Als Schriftstellerin habe ich wahrscheinlich eine lebhaftere Phantasie als der Durchschnitt.

Das Gepäck von meiner Freundin und mir muss wohl ganz hinten im Flugzeug gewesen sein und wir hatten schon befürchtet, dass es verloren gegangen sei. Als Schriftstellerin habe ich nur laut gedacht und ihr zugeflüstert: ›Na ja, es könnte auch schlimmer sein, zum Beispiel könnte hier auch irgendwo eine Bombe sein, und dann müssten wir evakuiert werden und noch viel länger warten, bis wir zum Hotel kommen.‹ Da hat mir meine Freundin Mary einen Schubs gegeben und mir gesagt, dass ich am Flughafen doch nichts über Bomben sagen darf. Und Mrs Leland, die nette Dame, meinte plötzlich, dass wir etwas von einer Bombe gesagt hätten, und hat angefangen, laut zu schreien. Das ist die ganze Geschichte. Ich schwöre es beim Grabe meiner Großmutter.« Dakota hob die rechte Hand und hoffte, ihre Großmutter würde es ihr nicht übelnehmen, dass Dakota sie gerade verbal ins Grab gebracht hatte.

Aus dem Augenwinkel sah sie, wie Mary von den anderen Polizisten verhört wurde.

Na wunderbar. Das war ja ein prächtiger Auftakt für die Konferenz.

★★★

Ihm fiel als Erstes ihre Kappe mit dem Logo der Los Angeles Lakers auf, als sie hereinkam und sich an die Bar setzte. Als ob sie ahnte, dass sie hier nicht auf viele Fans der Basketballmannschaft stoßen würde, nahm die Brünette ihre Kopfbedeckung ab und setzte sich auf den gepolsterten Hocker. Ihr glattes, dunkles Haar hatte an der Stelle, an der ihre Kappe gesessen hatte, einen leichten Knick. Sie trug kein Make-up und war sehr hübsch.

Walt nippte an seinem Whiskey. Vor sich hatte er einige Prospekte über Patientenpflege, die mal wieder überarbeitet werden mussten. Er machte sich Notizen und schaute wieder zur Bar.

Von seinem Platz aus konnte er nicht hören, was sie sich bestellte, aber der Barkeeper brachte ihr ein Glas mit Eiswürfeln und einer bernsteinfarbenen Flüssigkeit darin. Walt blickte auf sein eigenes Getränk und schmunzelte. Das Lakers-Mädel mit dem Knick im Haar leerte die Hälfte ihres Glases in einem Zug.

Beeindruckend!

Die Bar des Morrison Hotels in Miami war relativ voll, wenn man bedachte, dass es erst Mittwoch war. Es musste daran liegen, dass zwei Kongresse gleichzeitig stattfanden. Die Frage war nur, an welchem Kongress das Lakers-Mädel teilnehmen würde. Walt war vor ein paar Stunden im Hotel angekommen. Im zweiten Stock waren ihm sofort die vielen Banner mit Bildern von halbnackten, eng umschlungenen Männern und Frauen aufgefallen. Zuerst dachte er, der andere Kongress hätte etwas mit Erotikfilmen zu tun. Auf seine Frage aber sagte man ihm, dass im Hotel ein Kongress für Romanautoren stattfinde. Die Konferenz, die er besuchte, wirkte im Vergleich so unbedeutend wie ein Tropfen Wasser im Meer. Bald würde es im Hotel nur so wimmeln von Autoren, Verlegern, Literaturagenten und Lesern. Es ging, ohne Zweifel, um Liebesromane. Bücher, die ein Happy End versprachen.

Walt konnte sich gar nicht vorzustellen, wie so eine Konferenz ablaufen würde. Aber das bekäme er ja bald zu sehen.

Als er das nächste Mal hochblickte, hatte sich das Lakers-Mädel Kopfhörerstöpsel in die Ohren gestopft und holte gerade ein Notebook aus ihrer großen Tasche. *Ich will nicht angequatscht werden,* sollte das wohl heißen.

Trotzdem beobachtete Walt sie weiter. Sie hatte bereits ihr zweites Getränk vor sich stehen, während immer wieder Leute an den Tresen kamen, um etwas zu trinken zu bestellen. Ihre Schultern krümmten sich, als sie leise über etwas lachen musste. Sie machte sich Notizen, dann saß sie wieder ganz still, bis sie erneut in sich hineinlachte.

Walt versuchte, sich auf seine Arbeit zu konzentrieren. Er kritzelte auf einem Papier herum, bis er gegen seinen Willen doch wieder zu ihr hinsehen musste.

Diesmal schien sie vor Lachen regelrecht an sich halten zu müssen. Obwohl Walt keine Ahnung hatte, was sie so amüsierte, war ihr Lachen ansteckend.

Er klappte den Ordner zu und stand von seinem Tisch auf, um sich auf einen der Barhocker zu setzen. Am Tresen bestellte er noch etwas zu trinken und beobachtete unauffällig, wie sich das Lakers-Mädel eine Haarsträhne hinters Ohr strich und wieder etwas aufschrieb. Wie von alleine fiel Walts Blick auf ihre linke Hand. Sie trug keinen Ring.

Was ja nichts zu bedeuten hatte. Er hatte schon oft Frauen in einer Bar kennengelernt, die zwar verheiratet waren, doch während einer Konferenz den Ehering ablegten. Männer wie Frauen nutzten solche Gelegenheiten oft für einen kleinen Seitensprung.

Allerdings glaubte er, dass das Lakers-Mädel nicht zu dieser Kategorie gehörte. Sie sah ja noch nicht einmal den Barkeeper richtig an.

Zwei Stühle weiter setzte sich eine attraktive Blondine und bestellte ein Glas Wein. Das Lakers-Mädel sah die andere Frau und drehte sich in ihre Richtung. Innerhalb weniger Sekunden kam ein Mann, der sich zwischen die beiden setzte und die Blondine ansprach. Das Lakers-Mädel saß daneben, biss sich auf die Unterlippe und schrieb, so schnell sie konnte. Obwohl sie versuchte, ihr Lachen zu verbergen, zog sie damit trotzdem die Aufmerksamkeit anderer Gäste auf sich.

Kurz trafen sich die Blicke von ihr und Walt, doch dann widmete sie ihre Aufmerksamkeit wieder dem Notebook. Genauso schnell, wie sie weggeguckt hatte, sah sie ein weiteres Mal zu ihm hinüber.

Selbst in dem gedämpften Licht der Bar konnte Walt das exotische Gold in ihren braunen Augen sehen. Er stellte sich vor, wie sie geschminkt aussehen würde. Ein bisschen Make-up, das diese Augen betonte, ein dezenter Lippenstift. Dabei wurde ihm ganz heiß. Er sah, wie sich ihr Lachen bis zu den Augen ausbreitete, was sie noch attraktiver machte. Ihm war zwar bewusst, dass er sie anstarrte, es war ihm aber egal.

Sie erwiderte seinen Blick und wandte die Augen auch nicht von ihm ab, als sie das Glas an die Lippen setzte und es leerte.

Walt konnte sich nicht erinnern, wann er zuletzt eine Frau in einer Bar angesprochen hatte. Wahrscheinlich zu Collegezeiten. Ein Flirt, der in einer Bar begann, hatte immer einen komischen Beigeschmack, aber jetzt war er durchaus in Versuchung.

»Da bist du ja!«

Eine bekannte Stimme riss ihn aus seinen Überlegungen.

Monica Fairchild, die früher mit ihm im Krankenhaus zusammengearbeitet und gerade ihr Aufbaustudium als Nurse Practitioner beendet hatte, stand mit ausgebreiteten Armen neben ihrem Ehemann Trent.

»Mo!« Er umarmte sie und gab Trent die Hand. »Du bist ja schon früh hier!«

Monica legte ihrem Mann die Hand auf die Schulter. »Pünktlich zu sein ist ja auch nicht schwer, wenn man selber das Flugzeug fliegt.« Trent Fairchild und seine beiden Brüder waren die Inhaber und Geschäftsführer von Fairchild Charters, einer Chartergesellschaft mit einer riesigen Flotte an großen und kleinen Privatjets und noch mehr Helikoptern. Auch sie waren zu dieser Konferenz gekommen, bei der es um internationale medizinische Notfallhilfe ging und darum, wie die Einsatzmöglichkeiten bei Katastrophen verbessert werden können. »Ist Glen auch hier?« Glen war Trents Bruder, ebenfalls Pilot und genauso engagiert, bei Katastrophen zu helfen.

»Er landet später«, antwortete Trent.

Monica sah sich um und zeigte auf einen Tisch, an dem alle Platz hätten.

Nachdem sie sich gesetzt hatten, winkte Trent einen Kellner herbei.

»Anscheinend erwarten sie hier im Laufe der Woche noch sehr viele Leute«, sprach Monica aus, was Walt soeben gedacht hatte.

»Was sollen die ganzen Poster?«, fragte Trent.

Walt erzählte von der anderen Konferenz, die zur selben Zeit wie ihre stattfinden würde. Monicas Augen begannen zu leuchten. »Echt? Liebesromane?«

»Sag bloß nicht, dass du so ein Zeug liest.« Walt rollte mit den Augen.

»Sei nicht so voreingenommen. Auf der Welt gibt es schon genug Gewalt und Blutvergießen. Wenn ich lese, kann ich abschalten.«

Trent und Walt sahen sich an. »So hat eben jeder seine Laster. Wenigstens ist sie beim Fliegen abgelenkt, wenn sie liest.«

Wie ein Pilot und eine Frau mit Flugangst zusammen sein konnten, würde Walt ein ewiges Rätsel bleiben.

»Lesen ist ja wohl kein Laster«, protestierte Monica.

Trent zog sie an sich und gab ihr einen Kuss auf die Wange.

Walt blickte wieder zum Tresen. Das Lakers-Mädel war fort, es stand nur noch ein leeres Glas an ihrem Platz.

Kapitel 2

Walt ging an den vielen Frauen vorbei, die in einer langen Schlange vor dem Eingang des Konferenzraumes standen, und bemerkte, dass sich mehrere Dutzend Augenpaare auf ihn richteten. Offensichtlich warteten diese Frauen nicht auf eine Fachdiskussion über bessere medizinische Versorgung in der Katastrophenhilfe. Sie hatten Stoffbeutel dabei, auf denen halbnackte Körper zu sehen waren, und sie trugen mit Autorennamen und Bücherauszügen bedruckte T-Shirts. Walt ahnte, dass es sich um den falschen Raum handeln musste. Er blickte noch einmal auf seinen Konferenzplan, auf dem jedoch genau diese Raumnummer für die entsprechende Uhrzeit stand, und so stieß er die Doppeltür auf und betrat den Saal.

Über hundert Stühle standen in Zehnerreihen aufgestellt. Vorne an einem Rednerpult sah er zwei Frauen. Eine hatte dichte blonde Locken, die zweite, die mit dem Rücken zu ihm stand, hatte langes, glattes schokoladenbraunes Haar. Sie sprachen mit einem untersetzten Mann in einem dreiteiligen Anzug. *Jemand von der Geschäftsleitung.*

Als Walt näherkam, wandte sich der Mann zu ihm. Er hielt dabei sein Notebook verkrampft an die Brust gedrückt. »Sie sind sicher Dr. Eddy.«

Walt stellte seine Aktenmappe ab. »Jawohl.«

»Ich bin Robert Cruise.« Der Mann streckte ihm die Hand entgegen.

In diesem Moment drehte sich die Brünette um.

Walt wurde von ihrem Anblick in den Bann gezogen. Ihre Absätze waren unglaublich hoch. Wusste sie denn nicht, wie schädlich solche Dinger waren? Der orthopädische Gedanke aber währte nur kurz. *Oh Gott, sieht das sexy aus.* Dazu taten die braungebrannten schlanken Waden, ihre glatte Haut und der Rock mit dem Schlitz, der gerade genug von den Oberschenkeln preisgab, ihr Übriges.

Der dunkelrote Rock schmiegte sich an ihre Hüften und betonte ihre Taille. Dazu trug sie eine weiße Seidenbluse, deren geöffneten Knöpfe einen bezaubernden Blick auf das Dekolleté mit dem Ansatz ihrer cremefarbenen Brüste freigaben.

Walt blinzelte und rief sich in Erinnerung, dass er auf einer Konferenz war und nicht in einem Nachtclub.

»Es gibt eine Doppelbelegung.«

Walt richtete seinen Blick auf ihre Lippen, die sich beim Sprechen bewegten. Ihre Stimme erinnerte an dunklen Honig und würde sich für die Telefonseelsorge bestens eignen. Diese Frau, die vor ihm stand, war schlichtweg bezaubernd.

Ihre Augen lachten, selbst wenn sich auf ihren roten Lippen kein Lächeln zeigte.

»Diese Woche sind etliche Räume belegt«, erklärte der Hotelmanager. »Wenn wie jetzt zwei Konferenzen gleichzeitig stattfinden, kann es schon mal aus Versehen zu einer Doppelbelegung kommen.«

»Mein Vortrag soll in zehn Minuten beginnen«, sagte Walt zu Mr Cruise.

»Wir suchen einen anderen Raum für Sie.«

Für einen kurzen Moment dachte Walt, dass Robert das vielleicht zu der Frau und ihrer blonden Kollegin gesagt hatte, die ein paar Schritte zurückgetreten war.

»Für mich?«, fragte er und zeigte auf sich.

»Ja, Dr. Eddy. Es tut uns sehr leid. In diesem ganzen Flügel hier soll die Literaturkonferenz stattfinden. Für die Mediziner ist eigentlich die dritte Etage gedacht.« Robert fasste sich an die Stirn und trat von einem Bein auf das andere. »Das war ein Computerfehler …«

»Das ist ja kein Problem«, sagte Walt besänftigend. Nicht, dass der Mann am Ende noch einen Herzinfarkt bekam. Ganz aus der Luft gegriffen war der Gedanke nicht, denn Robert hatte einen beachtlichen Bauchumfang und schwitzte plötzlich sehr.

Aus dem schiefen Grinsen der Brünetten wurde schallendes Gelächter.

Walt sah zu ihr. Sie ging um den Tisch herum und versuchte nun, ihr Lachen zu unterdrücken. Erst jetzt erkannte Walt: Sie war das Lakers-Mädel. Nur trug sie diesmal Make-up und hatte Klamotten an, die bei jedem Mann das Blut in Wallung bringen mussten. Die Frau, die am vergangenen Abend an der Bar Whiskey getrunken und den Unterhaltungen anderer gelauscht hatte, stellte sich vor ihn, um den Platz, auf dem sie standen, zu verteidigen.

»Finden Sie das komisch, Miss …?«

Ihre Augen trafen sich. Sie lehnte sich über den Tisch und legte beide Hände fest darauf. »Miss Laurens. Und ja, ich finde es komisch.«

Die Blondine legte ihrer Freundin die Hand auf die Schulter. »Dakota!«

Dakota. Schicker Name. Zwar eigentlich eher ein Landstrich als ein Name, aber er passte zu einer Frau voller Lebensenergie.

»Was denn?«

»Vielleicht sollten *wir* in einen anderen Raum gehen?« Die blonde Frau war etwas entgegenkommender als Miss Laurens.

»Ich schätze mal, dass mehr Frauen gekommen sind, die mir zuhören wollen, als Fachleute für den Vortrag unseres lieben Doktors.«

Walt dachte an die Frauen, die in der Schlange vor dem Raum standen. Dakota hatte natürlich recht.

In jeder anderen Situation hätte Walt einfach nachgegeben und wäre gegangen, aber etwas an Dakota Laurens stachelte ihn dazu an, dass er nicht so klein beigeben wollte. Er wollte, dass sie aufhörte zu lachen und ihn ernst nahm.

Roberts Handy klingelte. Er trat einen Schritt zurück und telefonierte leise.

»Sie machen also bei dieser Liebesromankonferenz mit?« fragte Walt, was ohnehin klar war.

Dakota nahm einen Stapel Papiere aus ihrer Tasche und klopfte ihn auf den Tisch, um die Kanten auszurichten. »Sie sagen das Wort *Liebesroman* so abfällig, als ob es sich um eine Krankheit handelt, Dr. äh, Eddy. So heißen Sie doch, oder?«

»Ich heiße Walt. Und ich wusste gar nicht, dass es ganze Konferenzen über Kitschromane gibt.«

Das freundliche Lächeln der blonden Frau wurde eisig und Dakota stieß einen hörbaren Seufzer aus. Ihre Lippen verzogen sich zu einem höhnischen Grinsen, aber Walt konnte sehen, dass er sie mit seinen Worten getroffen hatte. Seine Mutter sah auch immer so aus, wenn ihr Vater etwas gesagt hatte, worüber sie sich ärgerte.

»Wovon handelt denn Ihr Vortrag, Dr. Eddy?«, fragte Dakota, die sich aufrichtete und trotzig das Kinn hochhielt.

»Ich erzähle von der Kunst der Notfallmedizin und was man macht, wenn man nichts anderes als Zahnseide und Zahnstocher zur Verfügung hat, um einen Verletzten zu retten. Und Sie?«

Ihre Augen waren eigentlich braun, aber jetzt, da er sie anstachelte, erschienen sie tiefschwarz. Walt kannte sie zwar nicht, doch war es offensichtlich, dass sie aufgebracht war. Schon eine

Sekunde später wirkten ihre Augen wieder sanfter, wurden heller, zur flüssigen Schokolade mischte sich Honig.

Walt musste an sich halten, um sich als Antwort darauf nicht die Lippen zu lecken.

»Von der Kunst, eine heiße Sexszene zu schreiben.«

Jetzt fuhr sich Walt doch unfreiwillig mit der Zunge über die Lippen. Er zog die Augenbrauen zusammen. »Wie bitte?« Er zupfte an seinem Kragen. Ihm war trotz Klimaanlage plötzlich recht heiß geworden.

Dakota lehnte sich mit der Hüfte gegen den Tisch, der zwischen ihnen stand, und beugte sich gerade so weit darüber, dass er ihr tief ins Dekolleté blicken konnte.

»Ich schreibe *Kitschromane*, wie Sie sich vorhin so eloquent ausgedrückt haben, Dr. Eddy. Und stimmt, es ist sogar so kitschig, dass das eine oder andere Kleidungsstück darin fällt.«

Er zeigte auf die Tür. »Und die ganzen Frauen dort draußen warten auf Ihren Vortrag, um genau das zu hören?«

Statt einer Antwort zog Dakota nur eine Augenbraue hoch.

Für einen kurzen Moment starrten sie einander an.

Gleichstand.

Vielleicht hatte sie auch gewonnen. Egal. Walt würde nicht weiter darauf eingehen, sonst sagte er am Ende noch etwas, womit er sich auf alle Ewigkeit blamierte.

Robert trat wieder zu ihnen und steckte das Handy in die Tasche. »Wir haben einen Ersatzraum gefunden.«

Die Türen wurden geöffnet. Unzählige Frauen strömten herein, alle erpicht auf die besten Plätze in der vordersten Reihe.

Fasziniert sah Walt zu, wie sie sich an ihm vorbeidrängten und Bücher auf den Tisch von Miss Dakota Laurens legten.

»Würden Sie die bitte signieren?«

Dakota setzte sich. Sie nahm die Bücher, ihre blonde Begleiterin reichte ihr sogleich einen Stift.

»Wie heißen Sie?«

Walt sah, dass Dakota ihm einen triumphierenden Blick zuwarf, der bedeuten sollte, dass er sie mal gernhaben konnte.

Dazu würde Walt nur allzu gerne eine Chance bekommen.

★★★

Walt? War das etwa eine Abkürzung für Walter? Welche Eltern nannten ihr Kind denn bitteschön *Walter?*

Nur altmodische Eltern, Konservative, die an alten Traditionen festhielten. Dakota könnte sogar darauf wetten, dass Dr. Eddys Eltern selber Ärzte waren. Oder sie hielten sich für elitär und nannten ihren Sohn nach einem längst verstorbenen Großvater. Vielleicht war auch beides der Fall.

Und was sollte dieser überhebliche Kommentar über Kitschromane?

Sollte er sich doch sonst wohin scheren, mitsamt seinem markanten Kinn, dem kurzen Haarschnitt und diesen attraktiven braunen Augen. Selbst wenn er im Anzug wirklich sexy aussah. Wie ein Sportler und ganz und gar nicht wie ein spießiger Arzt. Auf solchen breiten Schultern sollte ein Warnhinweis angebracht sein.

Es war nicht gerade ratsam, so einen Mann attraktiv zu finden. Er war ihr schon am Vorabend in der Bar aufgefallen, bevor sich eine hübsche blonde Frau zu ihm gesellt hatte, mit ihrem Mann oder verliebten Lebensgefährten.

Mit welchem Spruch hätte er sie wohl an der Bar angequatscht? Das hatte sie sich schon gestern gefragt und jetzt würde sie es umso mehr interessieren.

Verdammt, es machte Spaß, ihn zu reizen.

Nach ihrem Vortrag über das Verfassen von guten Sexszenen signierte Dakota Bücher und dann ging sie an den vielen weiblichen Fans vorbei, die bereits auf dem Weg zu ihrer nächsten Lieblingsautorin waren.

Dakota hatte an diesem Tag noch zwei Termine: ein Treffen mit ihrer Lektorin und ein weiteres mit ihren Autorenkolleginnen an der Bar, um sich auszutauschen und viel zu trinken. Aber das war erst später.

»Dakota?«, rief Mary und Dakota wartete auf sie.

»Du hast es aber eilig«, sagte ihre Freundin, die sich die große Konferenztasche höher über die Schulter zog.

»Ich brauche einen Kaffee.« Und zwar dringend. Aber nicht das wässrige braune Gesöff, das aus den großen Kaffeespendern herauskam, die es immer im Flur der Konferenzräume gab. Sondern einen richtigen Espresso, am besten einen doppelten, um der Müdigkeit, die ihr die Augenlider schwermachte, entgegenzuwirken. Der Starbucks im Erdgeschoss rief sie laut und deutlich.

Mary versuchte, mit Dakota Schritt zu halten, während sich die Gänge leerten und die Frauen in die nächsten Konferenzzimmer strömten.

»Ich wundere mich immer, wie du überhaupt noch schlafen kannst bei deinem Kaffeekonsum.«

Dakota lachte auf. »Liegt vielleicht an den Whiskeys, die ich abends trinke.« Sie gingen zu den Aufzügen und Dakota betrat den Lift, der nach oben fuhr.

»Ich dachte, du wolltest runter und dir einen Kaffee holen?«, wunderte sich Mary, die neben ihr stand und auf die Aufzuganzeige blickte.

Im dritten Stock war es viel stiller. Außerdem gab es hier deutlich weniger Werbung als unten. Dakota drehte ihr Namenschild um, sodass man es nicht mehr lesen konnte.

»Du willst doch nicht etwa diesen Arzt von vorhin suchen?«, fragte Mary mit gesenkter Stimme.

»Du bist cleverer, als man es von einer Blondine erwarten würde.«

Mary stieß sie freundschaftlich an. Immer machte Dakota Bemerkungen über Marys Haarfarbe. Aus den Witzen über

Marys Haarpracht sprach allerdings der pure Neid. Mary beklagte sich zwar oft, dass ihre wilden Locken kaum zu bändigen waren, sie waren aber wunderschön und Mary wurde von allen darum beneidet.

An einem kleinen Tisch, auf dem Anmeldeformulare lagen, saßen zwei Leute.

Dakota wandte sich höflich an eine der Damen. »Entschuldigung, ich habe meinen Konferenzplan verloren«, sagte sie.

Ohne nachzufragen, nahm die Frau einen Raumplan des Ärztekongresses und reichte ihn ihr. »Kein Problem, Dr. …«

Dakota sagte keinen Namen, sie nahm einfach nur das Papier entgegen und bedankte sich.

»Wie machst du das nur?«, wollte Mary wissen, als Dakota ihre Freundin wegführte.

»Was machen?« Sie öffnete den Konferenzplan und schaute auf die Ärzteliste, suchte nach einem ganz bestimmten Namen. Und schon entdeckte sie ihn. Der Name Walt sprang einem sofort ins Auge.

»Dass man denkt, du gehörst dazu.«

Für den ersten Vortrag von Dr. Walt Eddy stand noch die alte Raumnummer dort. Sie sah sich suchend um und entdeckte eine Anzeigetafel, auf der handschriftlich die Nummer korrigiert worden war.

»Ich gehöre eben einfach dazu.« Sie machte auf dem Absatz kehrt und ging zu dem Raum, den man Dr. Eddy zugewiesen hatte.

Dort drehte sie sich zu Mary um. »Es wird nicht lange dauern. Ich treffe dich in zehn Minuten unten auf einen doppelten Caffè Latte, okay?«

Mary zog die Stirn in Falten. »Du warst aber nicht wirklich nett zu ihm, das weißt du, oder?«

»Was bedeutet, dass ich mich jetzt ein bisschen einschleimen muss.«

Mary musste lachen. »Du und einschleimen?«

Wenn er schnucklig genug ist, dann schon.

»In zehn Minuten im Café.«

»Ja, schon gut!« Mary wandte sich zum Gehen und rief winkend über die Schulter hinweg: »Und seien Sie nett, Dr. Laurens.«

Grinsend öffnete Dakota die Tür und schlüpfte hinein.

Der Raum war sehr klein, der Vortrag aber gut besucht. Offensichtlich hatte Dr. Eddy eine große Fangemeinde, denn alle Stühle waren besetzt und in der letzten Reihe standen sogar einige Leute.

»… und Sie meinen wirklich, dass man mit Klebeband eine Blutung stoppen kann?« Die Frage kam von einem Mann in der fünften Reihe.

Dr. Eddy lehnte am Pult. Seine Hände ruhten an den Seiten, er blickte den Mann an, der die Frage gestellt hatte.

»Wenn Sie alleine sind und nur Klebeband zur Verfügung haben, um einen Verletzten am Leben zu halten, dann sollten Sie es besser auch verwenden.«

»Aber wenn man das Band dann wieder entfernt …«

»Im Vergleich zum Tod sind Hautprobleme das kleinere Übel.«

Die Tür hinter Dakota quietschte, als jemand hereinkam und Dr. Eddy ein Zeichen gab, dass seine Vortragszeit nun abgelaufen sei.

Er nickte dem Mann zu. Dann fiel sein Blick auf Dakota.

Er hielt kurz inne. Plötzlich hatte er keine Lust mehr, die Fachdiskussion fortzuführen.

»Leider ist unsere Zeit vorüber. Wenn Sie noch Fragen haben, können Sie mich gerne jederzeit ansprechen.«

Lustig, er sagte es eigentlich zu seinem Publikum, blickte aber nur Dakota an.

Sie bekam eine Gänsehaut.

Wie auch bei ihrem Vortrag verließen die ersten Zuhörer den Raum, während andere noch länger verweilten.

Dr. Eddy blieb stehen, wo er war. Er riss sich von ihrem Anblick los und wandte sich den Leuten zu, die jetzt zu ihm kamen.

Auch Dakota ging nach vorne, dankte freundlich den Leuten, die sie vorbeiließen.

»Vielen Dank«, sagte ein Konferenzteilnehmer, der gerade Dr. Eddy die Hand schüttelte. »Sie haben mir gerade die Angst genommen, die mich bis jetzt davon abgehalten hat, bei Ärzte ohne Grenzen mitzumachen.«

Dakota lauschte der Unterhaltung.

Sie wusste, dass Dr. Eddy sie aus dem Augenwinkel beobachtete, während er seine Unterlagen einsammelte und in die Aktentasche steckte.

»Warum haben Sie sich für die Notfallmedizin entschieden, Dr. …?«

»Dr. Daniels. Klingt vielleicht nach einem Klischee, aber ich will den Menschen helfen. Denjenigen, denen es am schlechtesten geht.«

»Lassen Sie mich raten: Die Politik, die Krankenkassen, unsinnige Vorschriften, all das hindert Sie daran, richtig für Ihre Patienten da zu sein?«

»Ganz genau!«, rief Dr. Daniels.

Dr. Eddy sah Dr. Daniels in die Augen. »Dann geht es Ihnen wie allen anderen hier. Nach einem Einsatz bei Ärzte ohne Grenzen, auch wenn es nur ein paar Wochen im Jahr sind, wissen Sie wieder, warum Sie die harte Zeit des Studiums in Kauf genommen haben.« Walt gab dem jüngeren Arzt seine Visitenkarte und schüttelte ihm die Hand. »Bei uns gibt es eine eigene Politik, aber alles ist ganz anders als in Ihrem bezahlten Job.«

Dr. Daniels blickte auf die Karte und verabschiedete sich.

Ein anderer Mann, wahrscheinlich auch ein Arzt, machte Dakota ein Zeichen, dass sie die Nächste sei.

Walt ließ seine Aktentasche zuschnappen und wartete.

»Ich glaube, ich sollte Sie auf ein Getränk einladen, Doktor.«

In seinen Augen erkannte sie ein Lächeln, das er noch nicht zeigen wollte.

»Für Alkohol ist es noch etwas früh, Miss Laurens.«

Er erinnerte sich an ihren Namen. Sie musste ebenfalls schmunzeln, verkniff es sich aber.

Der Mann, der als Nächstes dran war, stand neben ihr und wartete darauf, mit Walt zu sprechen. Dakota war sich durchaus bewusst, wie ihr Gespräch auf andere wirken musste.

Alles erschien ihr plötzlich wie eine Szene aus einem ihrer Bücher. Manchmal wirkte die Realität, als hätte sie jemand erfunden.

»Kaffee wäre auch ein Getränk.«

Er grinste schief.

Mist, das war ziemlich sexy.

»Ach so, Sie meinten Kaffeetrinken?« Er wirkte amüsiert.

Demonstrativ blickte sie auf ihre Uhr. »Jetzt habe ich erst ein Meeting mit meiner Lektorin. Wie sieht es später bei Ihnen aus? Wir können gerne auch etwas Stärkeres trinken.«

»Sie schulden mir tatsächlich noch einen Drink.«

Dakota hob das Kinn. »Um sieben?«

Dr. Eddy nickte und Dakota drehte sich wortlos um und ging.

Kapitel 3

Er musste es einfach selbst sehen und machte deshalb einen kleinen Spaziergang durch den zweiten Stock.

Überall in den Gängen waren große Poster angebracht, auf denen Autoren und ihre Werke zu sehen waren. An den Wänden standen Tische mit Lesezeichen, Stiften und Postkarten. Walt griff in einen Korb und zog bunte Kondome heraus, auf denen die Webseite einer Autorin stand. ›*Heiße Versuchung*‹. Er steckte gleich ein paar davon ein und sagte sich, dass er sie für seine Kollegen in Kalifornien mitnehmen wolle. Es gab auch Lipgloss, Nagelfeilen, Knautschbälle gegen Stress und bunte Anstecknadeln in allen Farben und Formen. Liebesromanautorinnen waren sehr einfallsreich, wie es schien. Im nächsten Gang bot sich ihm das gleiche Bild.

Dies war also die Welt von Dakota Laurens. Die vielen halbnackten Körper auf den Postern ließen den Raum wärmer wirken, als er war. Schon aus fünf Metern Entfernung entdeckte Walt ihren Namen. Das D stach auf dem Hintern einer nackten Frau hervor, deren dunkle Haare über den Rücken fielen, während sie von einem Mann geküsst wurde. »*New-York-Times*-Bestsellerautorin« stand in großen Buchstaben auf dem Banner.

»*Leuchtfeuer der Leidenschaft.*«

Er las den Titel und wäre am liebsten gleich in den nächsten Buchladen gegangen, um ein Exemplar zu kaufen.

Viele Frauen und einige wenige Männer kamen aus den Konferenzräumen.

»Dr. Eddy?«

Er drehte sich nach der Stimme um.

»Hat man wieder Ihre Raumnummer verwechselt?«

Die Blondine, Dakotas Freundin, stand hinter ihm.

Erwischt.

»Nein, ähm, ich … Entschuldigung, ich habe vorhin Ihren Namen gar nicht mitbekommen.«

»Ich heiße Mary«, sagte sie, ohne ihren Nachnamen zu erwähnen. »Das ist doch ein großartiges Umschlagbild, oder?«

Walt sah wieder auf Dakotas Banner. »Ja, ein echter Hingucker.«

»Der Roman ist immer noch auf Platz eins. Und das soll was heißen.«

Jemand stieß aus Versehen gegen ihn. Walt wich zur Seite, um die Dame vorbeizulassen.

Die beleibtere Frau, Mitte vierzig, blieb plötzlich stehen und sprach ihn an. »Oh, sind Sie einer von den Models?«

»Wie bitte?«

»Alice!«, rief sie ihre Freundin. »Fotografier mich mal mit ihm.« Sie winkte ihr mit der Tasche und holte ihr Handy heraus.

»Er ist kein –«

Alice kam näher und plötzlich fühlte Walt ihren Arm auf dem Rücken. Der plötzliche Paparazzimoment wurde von Blitzlicht begleitet.

»Danke«, sagte die Frau und kniff ihm in die Pobacke.

Verdutzt blickte Walt der Frau nach, die bereits um die Ecke verschwunden war.

Mary kicherte, dann brach sie in schallendes Gelächter aus. Auch Walt begann zu grinsen. »Was war das denn?«, fragte er.

»Es war amüsant. Und wie. Dakota wird mir das nicht glauben.«

»Wirklich? Was denn?«

Mary trat näher. Im Gang tummelten sich mittlerweile noch mehr Frauen, die alle versuchten, etwas von den Werbegeschenken abzubekommen.

»Hier läuft ein Dutzend männliche Models herum, die von der Zeitschrift engagiert wurden, die diese Konferenz hier organisiert. Es sind Models, die sonst auf dem Cover von Zeitschriften zu sehen sind. Die Ladys können mit ihnen zusammen Fotos machen.«

Bei dem Wort ›Foto‹ drehte sich eine rothaarige Frau neben Mary um. Sie hatte ihr Make-up zu dick aufgetragen und war noch forscher als die Frau von vorhin. »Oh, wie heißen Sie?«

»Walt«, antwortete er automatisch und versuchte, nicht weiter zu beachten, dass sie sich mit ihrem schlanken Körper an ihn herandrückte.

Sie kniff die Augen zusammen, als ob sie ihn wegen seines Namens noch einmal genauer betrachten müsste. »Ah, Sie machen die Nummer mit dem Anzug. Sehr sexy.« Sie lehnte sich an ihn, machte mit dem Handy ein Selfie, warf ihm einen Luftkuss zu und ging.

Mary konnte nicht aufhören zu lachen.

»Ich glaube, ich muss hier weg«, sagte er, aber seine Füße bewegten sich nicht.

»Hey, Mimi«, rief Mary über die Schulter nach hinten.

»Kannst du mal ein Foto von uns machen?« Sie gab Mimi ihr Handy.

Walt verlor sein Lächeln, während Mary ihn dort hinschob, wo sie ihn haben wollte. »Cheese, Doktor«, sagte sie, »Ihre Freunde zu Hause werden das lustig finden.«

Mit Sicherheit.

Er grinste.

★★★

Dakotas Telefon klingelte, als ihre Lektorin Loretta gerade Salat bestellte. »Ist es zu früh für Wein?«, fragte sie.

Dakota lachte und sagte zum Kellner: »Wir nehmen eine Flasche Champagner und zwei Gläser.«

»Wir haben verschiedene Sorten zur Auswahl –«

Sie stoppte ihn, bevor er weitersprach. »Den beliebtesten, der nicht weniger als hundertfünfzig Dollar kostet.«

»Einer von vielen Gründen, warum ich dich liebe«, gestand die zierliche Loretta und ließ sich in den gepolsterten Stuhl fallen.

»Wie oft muss ich es dir denn noch sagen? Wenn deine Chefs vom Verlag fragen, dann sagst du ihnen einfach, dass ich genau diesen Champagner trinken wollte. Was sollen sie da schon machen?« Außerdem handelte es sich schließlich um ein Mittagessen und nicht um ein Abendessen, bei dem die Rechnung doppelt so hoch ausfallen würde. Loretta war eine junge Mutter und eine begnadete Lektorin, die Dakota einfach so »bekommen« hatte, und die sonst nicht so oft herauskam. Zu Beginn hatte Dakota eher Angst gehabt, dass sie jemandem auf die Füße treten könnte. Aber das hatte sich grundlegend geändert, als sich ihre Bücher wie warme Semmeln verkauften und sämtliche Verlage ihrer Agentin die Bude einrannten, weil sie Dakota für die nächsten drei Bücher unter Vertrag nehmen wollten. Mumford Publishing hatte ihr daraufhin einen Vorschuss in siebenstelliger Höhe geboten und so arbeitete sie weiterhin mit Loretta zusammen. Wenn ein Verlag freiwillig so viele Nullen vor das Komma schrieb, dann machte ein bisschen Schampus den Kohl auch nicht fett.

Aber Dakota schätzte Loretta auch als Freundin und deshalb beugte sie sich zu ihr und meinte: »Du musst es mir aber sagen, wenn man dir wegen der Restaurantrechnungen Schwierigkeiten macht.«

»Ach, Dakota.«

Loretta war dem Verlag zwar sehr verbunden, ihre Gedanken waren aber so leicht zu lesen wie ein offenes Tagebuch.

Dakotas Handy vibrierte wieder. Sie ignorierte es.

»*Sieg der Leidenschaft* ist jetzt offiziell angenommen worden. Nicht, dass es jemals einen Zweifel darüber gegeben hätte.«

Dakota knusperte an einem Cracker. »Ich sehe das nicht als Selbstverständlichkeit.«

»Machst du Witze? Deine Fans können es kaum erwarten, das letzte Buch der Serie in die Finger zu kriegen.«

Das stimmte. Die Frage war nur, was kam danach?

»Mumford hätte gerne, dass du die Serie erweiterst.«

Dakota atmete lang und hörbar aus. Sie hatte es befürchtet. Desi, ihre Agentin, hatte so etwas bei dem letzten Meeting angedeutet.

Der Kellner kam mit dem Champagner. »Auf *Sieg der Leidenschaft*«, prostete Loretta ihr zu. »Auf dass es so erfolgreich wird wie deine anderen Bücher.«

Loretta setzte das Glas an und leerte die Hälfte. »Wegen des nächsten Buches –«

»Die Serie ist zu Ende. Mathew und Cassidy sind ein festes Paar, ein Baby ist unterwegs.« Sie hatten in den Büchern weiß Gott genug Sex gehabt, um die ganze nächste Generation zu zeugen.

»Aber deine Fans –«

»Die Hälfte meiner Fans würde sich zwar freuen, wenn es weitergeht, doch die andere Hälfte wäre ziemlich sauer, wenn ich mir für die Serie noch ein Buch aus den Fingern sauge.«

»Du weißt, wir helfen dir und Desi, damit ihr auch etwas davon habt.«

Dakota hob die Hand. »Hör mir auf. Ich weiß schon: Sex ist der neue Vampir und ihr wollt mehr davon. Mittlerweile kann ich gar nichts anderes mehr schreiben als erotische Geschichten, ich will jetzt aber lieber über neue Leute schreiben. Neue Protagonisten. Wer weiß, vielleicht werden sie noch beliebter als Mathew und Cassidy.«

Als ihr Handy erneut vibrierte, war sie dankbar um die Ablenkung und zog das Telefon aus der Tasche.

Eine Facebookseite war auf dem Display zu sehen. Mary mit ihrer blonden Lockenpracht. Und daneben ein ziemlich sexy aussehender Dr. Walt Eddy vor ihrem Banner. Auf der Bildunterschrift stand: *Bin diesem Arzt hier begegnet, der gerade nach unserer Lieblingsautorin gesucht hat.*

Das Bild beflügelte ihre Phantasie. *Ein alleinstehender Arzt, der freiwillig in der Katastrophenhilfe arbeitet. Was will er? Warum ist er single? Er ist sicher schon Anfang oder Mitte dreißig. Ein bisschen zurückhaltend, aber auch nicht einer mit Privatpraxis, der auf das große Geld aus ist.*

»Erde an Dakota.«

Loretta winkte vor ihrem Gesicht.

»Entschuldige.« Dakota griff nach ihrem Glas. »Wo waren wir?«

★★★

Dr. Eddy wurde auf dem Kongress zu einer gesuchten Person. Dakota verfolgte die Nachrichten unter *#sexydoktor* auf Twitter, wo bereits einige Bilder gepostet waren, die andere Konferenzteilnehmerinnen mit ihm gemacht hatten. Mary hatte Dakotas Namen mit den Bildern verlinkt und so konnte sie die ganzen Klatschnachrichten der Konferenz verfolgen.

Kaum hatte Dakota die Bar betreten, war sie schon umzingelt von Freunden, Kollegen und treuen Fans, die sie nur auf Konferenzen sah. Sie war extra eine halbe Stunde vor der Verabredung mit Dr. Eddy gekommen.

Im Gegensatz zum vorigen Abend war die Bar gerappelt voll und es war schwierig, überhaupt ein Getränk zu bestellen. Es standen viele Männer herum, die wie Ärzte aussahen. Sie trugen Anzug ohne Krawatte und den Ehering hatten sie abgezogen.

Meinen sie wirklich, dass man die weiße Stelle am Finger nicht sieht?

Dr. Eddy hatte keine solche weiße Stelle am Finger, obwohl er gut gebräunt war. Vermutlich wohnte er irgendwo, wo es viel Sonnenschein gab. Walt wirkte nicht wie einer dieser verheirateten, untreuen Männer.

»Hast du schon von Jen Adkins gehört?«, fragte ihre Freundin Cherry.

»Nicht wirklich.« Dakota versuchte näher an den Tresen zu gelangen.

»Sie hat in ihrer Suite eine Party veranstaltet und fast hätte man sie wegen Ruhestörung aus dem Hotel geworfen«, erzählte Cherry.

»Gestern Abend?«

»Nein. Vor einer Stunde.«

»Es ist doch noch so früh.« Wen störte eine Party so früh am Abend?

»Ja, eben. Das kann man sich für das nächste Buch merken.«

Dakota bahnte sich einen Weg durchs Gedränge und winkte dem Barkeeper. »Einmal Whiskey on the rocks, bitte.«

Er signalisierte ihr, dass er sie gehört hatte.

Mary gesellte sich zu ihr, ein Weinglas in der Hand. »Da bist du ja.«

»Hi. Du warst aber fleißig heute.«

»Hast du es gesehen?«

»Hab ich unglaublich viele Twitternachrichten über einen bestimmten Arzt gesehen? Aber hallo!«

»Walt war echt super.« Mary drehte sich zu Cherry und begrüßte sie mit einer Umarmung.

»Ach, du nennst ihn jetzt schon Walt?«

»So heißt er doch. Er mag es nicht, wenn man Doktor zu ihm sagt, weil ihn das angeblich an seinen Vater erinnert.«

Hab ich es mir doch gedacht! Sein Vater war also tatsächlich auch ein Arzt. Walter Senior vielleicht?

»Miss?« Der Barkeeper reichte ihr den Whiskey und die Rechnung. Sie unterschrieb mit ihrer Zimmernummer, dann machte sie den Weg für andere durstige Konferenzteilnehmer frei.

»Aber was hat Walt denn im zweiten Stock gesucht?« Dakota setzte das Glas an die Lippen und genoss die Wärme in der Kehle, die der erste Schluck erzeugte. *Angenehm.*

»Ich habe ihn vor deinem Banner gefunden.« Mary hob zwei Finger. »Großes Pfadfinderehrenwort.«

Welcher Frau würde es nicht schmeicheln, wenn ein Mann sich anstrengte, um etwas über sie herauszufinden?

»Dann haben ihn irgendwelche Frauen aufgehalten und Fotos von ihm gemacht. Du weißt ja, wie das so abläuft.«

»Manche der Weiber sind echt verrückt«, fügte Cherry hinzu.

Dakota prostete Cherry zu. »Wenn du genügend trinkst, wirst du auch so.«

Ohne zu widersprechen, hob Cherry ihr Glas.

»Wer ist er?«, wollte sie wissen.

»Einer der Ärzte von der anderen Konferenz«, erklärte Mary.

»Das Hotel hatte ihm aus Versehen Dakotas Raumnummer zugewiesen.«

Mary erzählte von den Geschehnissen des Vormittags. »Oha …«, rempelte sie Dakota an, sodass sie fast ihren Whiskey verschüttet hätte. »Und weißt du noch was? Er scheint hier eine Art VIP-Gast zu sein. Kennt wohl jemanden vom Hotel.«

Das wunderte sie nicht. Ärzte hatten da so eine Art, die Leute zu beeinflussen. Zumindest stellte sie sich das so vor. »Ach ja, und wen?«

»Er hat nur gesagt, dass er wen kennt, der wen kennt.« Mary fuchtelte vage in der Luft herum. Der Wein auf nüchternem Magen zeigte offensichtlich schon die erste Wirkung. »Er hat die Suite auf der obersten Etage. Cool, oder?«

Dakota hob die Augenbrauen. Das Hotel gehörte zu den besten in ganz Florida. Eine Penthouse-Suite in so einem Hotel war nicht das Schlechteste.

Cherry löste sich von Dakota und Mary und gesellte sich zu einem anderen Grüppchen.

»Entschuldigung?«

Jemand berührte Dakotas Arm. Hinter ihr stand eine blonde Frau, die ihr irgendwie bekannt vorkam. »Sind Sie Dakota Laurens?«

»Ja, die bin ich.«

»Ich habe gehofft, dass ich vielleicht eine meiner Lieblingsautorinnen an der Bar treffen würde.«

Ein Fan. »Bei so einer Konferenz ist das nicht schwer. Sind Sie auch Autorin oder eine Leserin?«

Die Frau schüttelte den Kopf. »Ja, äh nein, also ich bin schon eine Leserin, aber ich nehme gar nicht an Ihrer Konferenz teil.«

Die blonde Frau trug ein schwarzes, knielanges Kleid mit dünnen Trägern und einem schönen Ausschnitt. Sie sah eher so aus, als ob sie sich ins Nachtleben der Großstadt stürzen wollte, statt den Abend in der Hotelbar zu verbringen. Dakota blickte an sich herunter und stellte fest, dass ihr rotes Kleid auch nicht gerade nach Hotelbar aussah.

»Trent?«, rief die Frau über die Schulter hinweg ihrem Begleiter zu. Als die beiden nebeneinanderstanden, erinnerte sich Dakota wieder, warum ihr die Frau bekannt vorkam. Sie hatte sie schon am Vorabend in der Bar gesehen. Mit Walt. »Ich will dir jemanden vorstellen.«

Dakota streckte dem gut aussehenden Mann die Hand entgegen. »Ich bin Dakota Laurens«, sagte sie zu ihm.

Er hatte offensichtlich keinen blassen Schimmer, wer sie war. Das wunderte sie nicht. Offensichtlich gehörte er nicht zu ihrer Leserschaft. »Trent Fairchild.«

»Und ich bin Monica«, sagte die Blondine. »Entschuldigung.«

»Sehr erfreut«, entgegnete Dakota und meinte es auch so. Sie freute sich immer, wenn sie begeisterte Fans traf.

»Erinnerst du dich nicht, Barfuß? An den Trip nach Houston. Das Layover?«, sagte Monica zu ihrem Mann.

Immer noch keine Regung, bis Monica ihm etwas ins Ohr flüsterte.

Trent begann frech zu schmunzeln.

»Ach, *diese* Dakota Laurens?«

Monica nickte und wurde rot.

Und *diese* Reaktion langweilte Dakota auch nie.

»Irgendwie muss ich Ihnen glatt meinen Dank aussprechen«, sagte er. Alle fingen an zu lachen und Monica verbarg vor Scham ihr Gesicht, aber nur kurz.

»Sind Sie hier auf dem Ärztekongress?«, erkundigte sich Dakota.

»Ja. Aber es ist das erste Mal, dass hier in der Bar so viel los ist.«

Mary mischte sich dazu. »Liebesromanautoren lieben Partys.«

Dakota stellte auch Mary vor, die den Small Talk weiterführte. »Sind Sie beide Ärzte?«, fragte sie.

Trent legte einen Arm um Monica und zog sie an sich heran. »Ich bin Krankenschwester. *Nurse Practitioner,* um genau zu sein. Trent ist Pilot.«

»Warum sind Sie als Pilot auf der Konferenz? Ich dachte, es geht um medizinische Notfallhilfe oder so was?«

Bevor Trent antworten konnte, kam ein zweiter Mann. Er war ein bisschen größer und musste aus demselben Genpool stammen wie Trent. »Ach, da seid ihr. Hier geht es ja zu wie am Bahnhof.«

Dakota sah sich um. Es war so voll in der Bar, dass man kaum sein eigenes Wort verstand.

Der Neuankömmling wurde ihnen als Trents Bruder vorgestellt und hieß Glen. Mit seinen Blicken verweilte er sehr viel länger bei Mary als bei den anderen. Offensichtlich war er Mary auch positiv aufgefallen. Sie wandte sich kurz ab, um sich Luft zuzufächeln.

Als Glen einen Augenblick wegsah, flüsterte Mary Dakota lautlos das Wort »sexy« zu.

Um ihrer Freundin einen Gefallen zu tun, fragte Dakota ihn ein bisschen aus. »Sind Sie auch Pilot, Glen?«

»Ja.«

»Und ist Ihre Frau auch hier?«

Glen zog die Augenbrauen hoch. Mit Blick auf Mary antwortete er: »Ich bin nicht verheiratet.«

Dakota leerte ihr Glas, stellte es auf einem Tisch ab und zwinkerte Mary zu.

Plötzlich stellten sich Dakotas Nackenhaare auf. Sie spürte seine Blicke von der anderen Seite des Raumes. Beobachtete er sie? Hatte er seine Augen auf die Kurven ihrer Rückseite gerichtet, genau dort, wo sie ein leichtes Prickeln spürte?

Dakota sah sich über die Schulter um.

Tatsächlich stand er am Eingang der Bar. Andere Frauen, die sich an ihm vorbeidrängten, musterten ihn interessiert. Doch er hatte nur Augen für Dakota, sah sie an und biss sich dabei auf die Unterlippe, womit er mehr sagte als mit Worten.

Walt trug ein Hemd und eine legere Hose. Seine Haare waren noch nass vom Duschen. Irgendwer wollte ihn auf dem Weg zu ihr ansprechen, doch er ließ sich nicht abhalten und ging weiter.

»Hi«, sagte Monica, als er sie hören konnte. »Ich hab mich schon gefragt, ob ich dich vor deinem Date noch zu sehen bekomme.«

Bei dem Wort ›Date‹ zog Dakota die Augenbrauen hoch.

»Nur etwas trinken, Mo, kein Date.«

Neben ihr begann Mary in sich hineinzulachen.

»Etwas trinken gehört zu einem Date. In deinen Büchern schreibst du doch über solche Dates, oder Dakota?«

»Ja, in mindestens einem meiner Bücher geht alles mit einem Date los, bei dem sie zu einem Drink verabredet sind.«

Walt trat von einem Fuß auf den anderen. War er rot geworden?

Wie süß.

Monica sah sich suchend um. »Also, wo ist sie?«

Marys Kichern wurde zu einem lauten Lachen.

»Ich will ja nicht, dass es dir peinlich ist«, sagte Monica, immer noch nichtsahnend.

»Schon zu spät«, murmelte Mary vor sich hin.

Dakota stieß ihrer Freundin mit dem Ellbogen in die Seite. »Hier ist es fast nicht möglich, ein Getränk zu bestellen«, sagte Dakota.

»Das sehe ich.«

Jetzt standen die Leute noch dichter gedrängt und es war ziemlich warm.

»Es gibt noch andere Bars in der Nähe«, schlug Walt vor.

»Wegen mir gerne«, sagte Monica.

Eine ungestörte Unterhaltung mit dem Doktor musste wohl warten.

»Gehen wir.« Dakota hängte sich ungeniert bei Walt ein.

Er tat, als sei das völlig normal, und marschierte los.

»Aber wartet mal. Sind *Sie* etwa Walts Date?«, fragte Monica.

Dakota schüttelte den Kopf. »Nein, nein, wir gehen ja nur was trinken, gell, Doktor?«

Er lachte.

In Florida war es immer heiß und schwül, doch wenn man sich in einem Gebäude befand, vergaß man aufgrund der Klimaanlage leicht, wie das Wetter draußen war.

Die Sonne war zwar von grauen Wolken bedeckt, trotzdem herrschten noch fast dreißig Grad.

»Sieht nach Sturm aus«, sagte Trent hinter ihnen, als sie eine andere klimagekühlte Bar betraten.

»Gut, dass wir nicht fliegen«, sagte Monica.

»Ich mag es, wenn es stürmt. Das haben wir in Kalifornien nicht so oft.«

»Kommen Sie aus Kalifornien?«, wandte sich Glen an Mary.

»Ja. Wir hatten schon so lange keinen Regen mehr, dass selbst die Kakteen langsam Durst bekommen.«

Sie suchten sich einen Tisch, an dem alle Platz fanden. Walt zog einen Stuhl für Dakota heraus und diese Geste sagte ihr zweierlei: Erstens war es für ihn tatsächlich ein Date und zweitens war er ein echter Gentleman. Offensichtlich hatte seine Mutter ihm gute Manieren beigebracht.

Mary griff nach der Karte und las das Angebot. »Hoffentlich haben sie nicht nur so frittiertes Zeug. Ich verhungere fast.«

»Haben Sie nichts gegessen?«

»Nur die Snacks, die es bei solchen Konferenzen gibt.«

Monica lachte. »Käsehäppchen, Cracker und manchmal auch Obststücke, wenn man sich beeilt.«

»Genau«, stimmte Dakota zu.

Monica sah ihren Mann an. »Vielleicht können wir Jack ein paar Vorschläge diesbezüglich machen. Er ist zwar nicht persönlich dafür zuständig, aber es muss doch etwas Besseres geben als Käse und Cracker, oder?«

Mary griff nach den Erdnüssen. »Wer ist Jack?«

Das hatte Dakota auch gerade fragen wollen.

»Morrison. Jack ist mein Schwager.«

Sie verstanden nicht gleich.

Walt beugte sich vor. »Jack Morrison, der Hotelbesitzer.«

Dakota hielt überrascht die Luft an. »Echt?«

Monica bestätigte es mit einem Nicken, während ein Kellner zu ihrem Tisch kam. Sie bestellten Getränke, dann setzten sie die Unterhaltung fort.

»Ich finde, wir könnten uns alle duzen, oder? Wo wohnt ihr denn?«, fragte Dakota.

Trent, Monica und Glen wohnten im Nordosten und Walt wohnte, wie es der Zufall wollte, auch in Kalifornien, und zwar ungefähr fünfzig Kilometer von Dakotas Wohnung in Orange County entfernt.

»Woher kennt ihr euch?«, fragte Dakota.

»Ich habe mit Walt in Pomona zusammengearbeitet. Wir waren beide nach dem Erdbeben als freiwillige Helfer in Jamaika und dabei habe ich Trent kennengelernt.«

Dakota hätte nur allzu gerne einen Stift genommen und sich Notizen gemacht. Irgendwie kam ihr das bekannt vor, die beiden Namen hatte sie doch schon mal zusammen gehört. »Fairchild und Morrison … Moment mal. Ihr seid aber nicht zufällig die beiden, die eingesperrt waren und die man tot geglaubt hatte?«

»Doch, das sind sie«, bestätigte Glen.

Sie hatte die Geschichte gelesen und darüber in den Nachrichten gehört. Man hatte eine Krankenschwester und einen Mann von der Insel vermisst, was für internationale Aufregung sorgte, weil die beiden mit der berühmten Hotelbesitzerfamilie und der privaten Fluggesellschaft in Verbindung standen.

»Ich erinnere mich, das war überall in den Nachrichten. Wow, ihr hattet ganz schön viel Glück, dass ihr das überlebt habt.«

Monica griff nach der Hand ihres Mannes. »Das hatten wir.«

»Sie haben überlebt und dann haben sie geheiratet. So romantisch wie ein Liebesroman«, meinte Glen.

»Romantik gibt es überall«, sagte Dakota zu ihren neuen Freunden.

Ihre Getränke wurden gebracht. Die Mitglieder einer Band kamen und begannen ihre Instrumente aufzubauen.

★★★

Es war faszinierend, Dakota zu beobachten. Walt konnte fast hören, wie sie im Geiste jede neue Geschichte, die sie hörte, mittippte. Sie erzählte nicht sehr viel von sich, obwohl Monica ständig versuchte, mehr Informationen aus ihr herauszulocken.

Zuerst war Walt enttäuscht, weil sie nicht zu zweit, sondern plötzlich zu sechst waren. Andererseits erfuhr er vielleicht sogar mehr über sie, weil die anderen so neugierig waren. Sie war Schriftstellerin geworden, weil es das Einzige sei, worin sie gut war. Aber je mehr er hörte, desto eher glaubte er, dass das nicht stimmte und dass sie ihren Erfolg herunterspielte.

Sie war so selbstbewusst, wie es die meisten Frauen wahrscheinlich sein wollten, aber nicht waren.

Sexy! Sie war unglaublich attraktiv in ihrem roten, enganliegenden Kleid und den Stilettoabsätzen. Ihm gefielen auch ihre dunklen, mandelförmigen Augen und die natürliche Bräune, die man nur haben konnte, wenn man im Süden wohnte. Er konnte kaum stillsitzen, wenn er sie ansah. Dakota zog ihn in den Bann, sie blickte ihn so durchdringend an, dass sie ihn komplett vereinnahmte.

Dakota war eine Frau, von der die meisten Männer träumten, sich aber nicht trauten, sie anzuquatschen. Walt fand, dass er eigentlich eine gute Partie abgab. Schließlich war er unabhängig, hatte Ansehen und war ein verdammt guter Arzt. Aber diese Frau würde alles mit ihm machen können, das spürte er.

Er trank und lauschte ihren Schilderungen von Flughafenpolizei und stinkenden Polizeiautos.

»Wartet mal.« Glen hob die Hand. »Seid *ihr* etwa dafür verantwortlich, dass ich eine geschlagene Stunde lang Warteschleifen über Miami drehen musste und nicht landen durfte?«

Dakota schmunzelte. Mit stärkerem Akzent als vorher sagte sie: »Daran ist diese blonde Dame hier schuld. Sie hat laut das Wort *Bombe* gerufen.«

Mary konnte ihr Grinsen kaum unterdrücken. »Ich habe nicht gerufen!«, rief sie. Dann senkte sie die Stimme und versuchte es erneut: »Ich habe nicht gerufen, Glen. Es hat uns bloß blöderweise diese kleine ältere Dame gehört.«

»Wir haben über eine Stunde in dem Polizeiauto des Bombeneinsatzkommandos gesessen. Ich dachte schon, sie würden gleich noch eine Leibesvisite machen.«

»Es war nicht lustig«, lachte Mary. »Wirklich nicht.«

»Nur ein bisschen«, gluckste Dakota, bis schließlich der ganze Tisch in schallendes Gelächter ausbrach.

Jetzt war die Band auf der Bühne und begrüßte die Leute, die in der letzten Stunde, während die Musiker aufgebaut hatten, in die Bar gekommen waren. Schon beim ersten Lied begannen sich einige Leute auf der kleinen Tanzfläche zu bewegen und es wurde sehr laut.

Walt rückte mit seinem Stuhl näher an Dakota heran, da er sich aufgrund der Lautstärke ohnehin nicht mehr mit den anderen unterhalten konnte.

»Ist es okay für dich, dass wir nicht allein sind?«

»Ja, ich mag deine Freunde.« Sie beobachteten beide, wie Mary über etwas lachte, das Glen ihr ins Ohr gesagt hatte.

Die Band spielte den nächsten Song und jetzt gingen auch Monica und Trent auf die Tanzfläche.

Walt bemerkte, dass Dakota ihren Fuß im Rhythmus der Musik bewegte. Er nickte zur Tanzfläche und sie war einverstanden. Dakota tanzte gerne.

Ihm gefiel ihr Lächeln. Und wie sie die Augen schloss, die Musik fühlte, sie in sich aufnahm.

Sie blieben noch zwei Stunden und tanzten, tranken und aßen. Die Band spielte schnelle Musik, die keinen ruhigen, engen Tanz erlaubte. Die Leute hier gehörten wohl nicht zu denen, die langsam über den Tanzboden schunkelten, auch wenn Walt nur allzu gerne eine Ausrede dafür gehabt hätte, mehr von Dakota zu berühren als nur ihre Hand.

Er wollte gerade eine weitere Runde bestellen, als plötzlich das Licht ausging und die Lautsprecher quietschten.

Die Lampen gingen zwar umgehend wieder an, doch offensichtlich gab es Probleme mit der Stromversorgung.

Der Sänger der Band klopfte auf das Mikrofon, das kein Geräusch mehr erzeugte. Dann rief er ohne Verstärker ins Publikum: »Da kommt das Sturmtief wohl doch näher, als der Wetterfrosch geglaubt hat.«

Walt erinnerte sich an die Vorhersage. Ein tropischer Wirbelsturm war Richtung Golfstrom unterwegs, es war aber nicht erwartet worden, dass er bis nach Miami kommen würde.

Als klar wurde, dass das Problem nicht so schnell behoben sein würde, schlug Monica vor, im Hotel auf dem Zimmer weiterzufeiern.

Dort schien es keinen Stromausfall zu geben, auf der Hauptetage aber war kaum noch etwas los.

»Mein lieber Scholli!« brachte Mary hervor, als sie in die Suite betrat. »Das ist euer *Zimmer?*«

Monica warf ihre Tasche auf das Tischchen und ging zur Küche. Der Hauptraum mit Foyer, offener Küche, einem Essbereich für zehn Leute und einem Wohnzimmer, in dem sogar ein Klavier stand, war ungefähr hundert Quadratmeter groß. Von dort schlossen sich drei Schlafzimmer an. Durch die großen Fenster hatte man einen Panoramablick über die ganze Stadt. Das Penthouse war für eine ganze Familie eingerichtet worden. Glen bewohnte eines der zwei freien Schlafzimmer des Apartments. Walts Suite auf der anderen Seite des Hotelganges war nur halb so groß. Obwohl ihm an einer Penthouse-Suite gar nicht so viel lag, hatte er das großzügige Angebot der Morrisons nicht ablehnen können.

»Ich habe meiner Schwester ja auch gesagt, dass wir das gar nicht brauchen«, seufzte Monica.

»Die Suite ist größer als meine gesamte Wohnung!«, rief Mary.

Dakota passte sich schnell der Lage an. »Nett habt ihr es hier.«

Trent ging zu einem der Fenster. Von draußen prasselte der Regen gegen die Scheibe. Er steckte die Hände in die Taschen und schaukelte auf den Fersen vor und zurück.

Walt stellte sich neben ihn, sah auf die regenschweren Wolken. »Sieht gar nicht gut aus.«

»Ich habe in Jamaika schon so manchen Sturm erlebt.«

»Meinst du, das ist so einer von dieser üblen Sorte?«

Er zuckte die Achseln. »So ein Sturm bleibt seiner Richtung treu und meistens wird er dabei noch stärker.«

»Schatz?«, rief Monica aus der Küche.

Trent sah zu ihr.

»Möchtest du noch etwas trinken?«

Er winkte ab. »Für mich nicht, danke.«

Dass er so früh am Abend einen Drink ablehnte, fand Walt etwas beunruhigend. Er war zwar schon oft in einem Katastrophengebiet gewesen, aber immer nur, *nachdem* die Katastrophe stattgefunden hatte, nie währenddessen. Mit Ausnahme des starken Nachbebens damals in Jamaika.

Walt wollte Trent fragen, ob sich seiner Meinung die Wetterlage verschlimmern würde und mehr zu erwarten war als starke Böen und Regenschauer.

»Sieht ungut aus, da draußen.« Dakota stand hinter ihnen.

»So ein Wetter kann ganz schönen Schaden anrichten.«

»Davon kannst du ein Lied singen, oder Walt?«, sagte sie. »Wie lange bist du schon bei Ärzte ohne Grenzen?«

»Gute fünf Jahre.«

»Es gefällt dir.« Es war keine Frage, sondern eine Feststellung, und das von einer Frau, die er kaum kannte.

»Ja, dadurch kann ich wieder an das Gute im Menschen glauben. Manchen Menschen widerfährt unglaubliches Leid und sie brauchen jede Hilfe, die sie bekommen können. Und manche haben alles verloren und trotzdem helfen sie mit, weil es ihnen selber noch besser geht als anderen. Alle meine Kollegen bei Ärzte ohne Grenzen arbeiten dort, weil sie an das Gute im Menschen glauben.«

Dakota lehnte sich gegen das Fenster und seufzte. »Und es gibt Menschen wie dich, die sogar ihr eigenes Leben aufs Spiel setzen, um anderen zu helfen. Das macht dich zum Helden, Dr. Eddy.«

Er lachte schnaubend und war froh, dass er gerade keinen Alkohol trank, der ihm sonst dabei in die Nase gestiegen wäre.

»Du lachst, aber du weißt genau, dass ich recht habe.«

»Ich steige ins Flugzeug und fliege zu furchtbaren Orten und tue, was ich tue. Das macht mich noch lange nicht zum Helden.«

Dakota sah auf ihre Schuhe. Dann hob sie wieder den Kopf. »Ich bin Schriftstellerin, Doktor. Ein Held ist einer, der bereit ist, etwas von sich zu geben, ohne eine Gegenleistung dafür zu erwarten.«

Er blickte ernst. »Ich bekomme durchaus sehr viel als Gegenleistung.« Die Dankbarkeit seiner Patienten und das Wissen, dass sein Handeln etwas bewirkte. Genau darum war er überhaupt Arzt geworden.

Jemand hatte den Fernseher für den Wetterbericht angeschaltet. Walt und Dakota drehten sich um und hörten die Vorhersage für Florida und die Sturmwarnungen.

»Aus dem Sturmtief bildet sich ein tropischer Wirbelsturm, der sich zurzeit Richtung Kuba bewegt und an Geschwindigkeit zunimmt.« Der Journalist stand während des Berichts im Freien. Regentropfen, die an seinem Gesicht herunterliefen, verstärkten den dramatischen Effekt.

»Mit ›tropischem Wirbelsturm‹ meinen sie aber keinen Hurrikan, oder?«, fragte Mary.

»Hier gibt es selten Hurrikane. Die Wirbelstürme richten meistens keinen so großen Schaden an, außer sie bleiben lange oder es kommt zu einer Flut.«

»Und zu Stromausfällen?«, fragte Dakota.

Monica stellte sich neben sie und drückte ihr ein gefülltes Glas in die Hand. »Das Hotel ist auf so etwas eingestellt.«

»So weit es geht«, sagte Dakota. »Aber wahrscheinlich werden alle Zimmer, die oberhalb des achten Stockwerks oder so liegen, kein Wasser haben, wenn der Strom ausfällt. Denn man braucht Strom, um das Wasser hochzupumpen.«

Walt war überrascht und überlegte, ob sie recht hatte.

»Ach, Dakota, du hast bloß diese Serie gesehen, in der die Leute alle möglichen Katastrophen erwarten und sich darauf vorbereiten.«

»Vielleicht habe ich recht, vielleicht auch nicht. Jedenfalls werdet ihr hier im achtundzwanzigsten Stock und wir im siebzehnten kein Wasser haben, wenn der Strom ausfällt.«

Walt war einer, der sich gut auf Neues einstellen konnte. Er beobachtete, er hörte zu und dann traf er seine Entscheidungen. Vorbereitungen traf er nur für die Arbeit, alles andere ließ er auf sich zukommen. Wenn der Sturm schlimmer wurde, konnten alle hier im Raum entkommen. Gut war natürlich auch, dass sie für alle Fälle ihren Privatpiloten mit Hubschrauber und Flugzeug zur Verfügung hatten. Das galt auch für Dakota und Mary. Nur, was wäre mit den anderen Hotelgästen?

»Wir haben Trinkwasser und genügend Essen im Kühlschrank«, sagte Monica.

»Was ist mit der Toilettenspülung?« Dakota ließ keine Ruhe.

Monica runzelte die Stirn. »Daran habe ich noch gar nicht gedacht.«

Dakota deutete mit dem Glas zu Monica. »Mach doch einfach die Badewanne voll. Bestenfalls lässt du es morgen wieder ab.«

Glen wandte sich um. »Gar keine so schlechte Idee, Dakota.«

Während weiterhin der Regen gegen die großen Fensterscheiben peitschte, verschwand Monica im Bad und schon hörte man Wasser laufen.

Kapitel 4

Am nächsten Morgen ließen sie das Wasser wieder aus der Wanne, der Sturm war nicht stärker geworden. Ein paarmal hatte das Licht geflackert, sodass Dakota und Mary, als sie nach ein Uhr morgens gingen, lieber die Treppen statt den Lift zu ihren Zimmern genommen hatten. Monica und Trent, ihre neuen Freunde, hatten sogar vorgeschlagen, dass sie auch einfach in der Suite übernachten könnten, aber die paar Stockwerke ließen sich doch noch gut zu Fuß bewältigen.

Früh am nächsten Morgen wachte Dakota auf. Irgendwie war sie nicht ganz happy. Sie hatte kaum mit Walt geredet, abgesehen von der Unterhaltung zu sechst.

Als sie nach ihrem ersten Vortrag aus dem Raum kam, machte ihr Herz plötzlich einen Sprung und sie begann zu grinsen. Er stand vor ihr, in Hemd und legeren Hosen. Heute mal ohne Anzug, schicke Schuhe und Aktentasche.

»Hi.«

»Hallo. Fliegst du heute nach Hause?«, fragte sie und wusste dabei ganz genau, dass er in den nächsten zwei Tagen noch Vorträge halten würde.

»Ich fliege tatsächlich. Aber nicht nach Hause.«

»Wie bitte?« Dakota bemühte sich um Contenance.

»Der Sturm«, sagte er mit einem Kopfnicken nach draußen. »Es hat sich die Gelegenheit aufgetan, dass wir mit ein paar Leuten zu den Keys fliegen, wo es wegen des Hurrikans Verletzte gegeben hat.«

Sie blinzelte. »Du reist ab?«

»Trent fliegt uns runter. Wahrscheinlich fliegen wir dann von dort aus wieder nach Hause an die Westküste.«

Zwischen Gehirn und Lunge spürte sie ein Ziehen. »Oh.«

»Ich, äh, wollte mich noch verabschieden, bevor ich gehe.«

Er sah ihr fest in die Augen.

Dakota wusste nicht, was sie sagen sollte. »Die Inseln? Sind sie … also, war es sehr schlimm dort?«

Walt schüttelte den Kopf. »Ich glaube nicht, aber es ist eine gute Übung. Die nehmen wir gerne wahr, wenn wir schon mal Piloten und viele erfahrene Fachleute hier versammelt haben.«

»Na ja, das ist schließlich das, was du machst …«

»Ja. Ich dachte nur …«

Er führte den Satz nicht zu Ende und sie wusste genau, was unausgesprochen blieb. Sie hatten beide gehofft, dass sie noch mehr Gelegenheit hätten, sich besser kennenzulernen, bevor sie wieder ins normale Leben zurückkehrten.

Dakota beugte sich über den Tisch, auf dem mehrere Exemplare ihres letzten Buches lagen. Sie holte einen Stift aus der Tasche, signierte eines davon und gab es ihm. »Ich habe flexiblere Arbeitszeiten als du, Doktor.«

Er blickte auf das Buch.

Irgendwo klingelte sein Handy in der Tasche, er schien es aber nicht einmal zu bemerken. Er sah sie einfach nur weiter an. Von seinen Augen ging eine Wärme aus, die Dakota, trotz ihrer sonstigen Selbstsicherheit, ein wenig nervös machte.

Schon wieder klingelte sein Telefon. »Sie warten auf mich …« Er deutete nach oben.

»Auf dem Dach?«

»Ja.«

»Dann solltest du dich jetzt besser beeilen.«

Er machte keine Anstalten zu gehen. Um sie herum strömten die Leute in die Veranstaltungsräume.

»Walter.« Sie verwendete seinen vollen Namen. »Lies das Buch. Und dann ruf mich an.«

Er klopfte auf den Buchdeckel und wandte sich schließlich doch zum Gehen. »Okay, mach ich.«

Jetzt lag es an ihm. Wenn er sich aus Los Angeles bei ihr melden wollte, dann hatte er ihre Nummer. Außer ›Auf Wiedersehen‹ wusste sie nicht, was sie noch sagen sollte.

Dakota schob den Träger ihrer Tasche höher und trat einen Schritt zurück.

»Guten Heimflug, Dakota.«

»Dir auch, Doc.«

»Walt«, verbesserte er sie lachend.

Sie ging ein paar Schritte rückwärts. »Walter … bist du eigentlich Walter der Zweite oder der Dritte?«

Auch er ging rückwärts, sie riefen über die Köpfe der anderen Leute hinweg.

»Der Dritte. Woher hast du das gewusst?«

Sie lachte. »War nur eine Vermutung. War dein Opa auch Arzt?«

Als Walt gerade antworten wollte, hob sie abwinkend die Hand. »Ach, erzähl mir das lieber das nächste Mal«, sagte sie. »Viel Spaß auf den Keys, Dr. Eddy. Um diese Jahreszeit soll es dort sehr schön sein.«

Und dann drehte sie sich um und ging.

★★★

Walt hatte Mühe, die Augen aufzuhalten, als er den letzten Befund ins Diktiergerät sprach. Durch die Fenster schien von dort, wo die Rettungswagen ankamen, gleißendes Sonnenlicht herein. Es war schon recht heiß, obwohl es erst früh am Morgen war. In Kalifornien war es zwar nicht sehr schwül, was höhere Temperaturen erträglicher machte, doch trotzdem gab es bei vierzig Grad Außentemperatur immer sehr viel in der Notaufnahme zu tun. Es gab mehr Zwischenfälle, mehr Unfälle und mehr Chaos. Nach drei langen Nachtdiensten direkt im Anschluss an seine Floridareise brauchte Walt dringend wieder mal eine freie Nacht. Eine Nacht mit ungestörtem Schlaf.

Walt beendete das Diktat, stellte das Handy aus und unterschrieb die letzten Krankenakten.

»Walt?«, sagte Nancy, als er zum Ärztezimmer ging, um seinen Autoschlüssel zu holen.

»Ja?«

»Ein Anruf auf 2748.«

Er hob dankend die Hand und ging in ein leeres Krankenzimmer, in dem er ungestört den müden Kopf in die Hände stützen konnte und noch das letzte Gespräch führen würde, bevor er endlich heimfuhr.

Er setzte sich auf das unbenutzte Bett und wählte die Nummer, um das Gespräch anzunehmen. »Hier spricht Dr. Eddy.«

»Du klingst genau wie dein Vater am Telefon.«

Er liebte seine Mutter, aber das Timing hätte kaum schlechter sein können. »Hi, Mom.«

»Ah, du hast schon wieder diese Stimme, die sagt, dass du müde bist und jetzt nicht reden willst.« JoAnne Eddy war die Frau eines Arztes. Sie wusste nur allzu gut über Nachtdienste und Schlafmangel Bescheid.

»Ich habe gerade drei Nachtdienste am Stück hinter mir, Mom. Worum geht's?«

»Zu Hause stellst du ja wieder das Telefon aus. Deshalb rufe ich auf der Arbeit an.«

Walt schloss die Augen. »Du könntest auch einfach eine Nachricht hinterlassen und ich rufe zurück.«

Seine Mutter seufzte. Er sah sie förmlich vor sich mit ihrer exakten Frisur, für die sie zu viel Haarspray verwendete, und ihrem perfekten Make-up. »Du weißt, wie sehr ich es hasse, wenn ich dir hinterhertelefonieren muss. Die eigene Mutter wird immer als Letzte zurückgerufen. Und dabei habe ich doch alles für dich gemacht und finde, dass ich deshalb mehr Aufmerksamkeit von meinem einzigen Sohn verdient hätte.«

Walt war zu müde, um sich Vorwürfe machen zu lassen. »Mom, ich bin müde, ich habe eine anstrengende Nacht hinter mir. Du willst doch auch nicht, dass ich auf dem Heimweg am Steuer einschlafe …« Er wusste genau, wie er sie kriegen konnte.

»Es ist gemein, wenn du so etwas sagst. Aber gut, ich fasse mich kurz: In zwei Wochen ist die Geburtstagsfeier deines Vaters. Du kommst doch, oder? Nicht, dass wieder so eine dumme Schweinegrippewelle dazwischenkommt und du wegmusst.«

Schweinegrippe? Seine Eltern machten immer wieder abfällige Bemerkungen über das, was er mit seiner Freizeit anstellte. Dass er seine Dienste ohne finanzielle Gegenleistung zur Verfügung stellte, konnten sie nicht nachvollziehen, und es traf sie persönlich, weil sie schließlich seine Ausbildung finanziert hatten.

»Natürlich komme ich, war doch ausgemacht.«

Seine Mutter wartete eine Sekunde, bevor sie fragte: »Bringst du eine Begleitung mit?«

Was würde er geben, wenn er die Fragen abstellen könnte, die immer kamen. Er sah Dakota vor sich und ihm fiel eine Passage aus ihrem Buch ein, das er von vorne bis hinten verschlungen hatte. Er musste sie unbedingt anrufen. Sie informieren, dass er wieder zurück war. Vielleicht hatte sie einen Tipp, was er seiner Mutter sagen könnte, damit die ewige Fragerei aufhörte.

Schließlich kannte sich diese Frau besonders gut mit Worten aus.

»Nein.«

»Warum antwortest du so zögerlich?«

»Ich antworte nicht zögerlich. Ich komme alleine.«

»Wer ist sie?«

Er gähnte. »Niemand.«

»Du hast schon wieder gezögert.«

»Ich habe gegähnt. Also, wir sehen uns in zwei Wochen.« Er blickte auf die Uhr. *Schon nach acht?* Auf den Straßen würde es ziemlich belebt zugehen.

»Versprichst du es mir?«

»Wenn es kein großes Erdbeben gibt und die Flughäfen nicht geschlossen sind ...«

»Sag sowas nicht«, schalt sie ihn. »Du weißt, ich bin nicht gerade begeistert, dass du in so einer gottverlassenen Gegend wohnst. Colorado hat vielleicht auch seine Fehler, aber wenigstens gibt es hier keine Erdbeben.«

Ja, aber da wohnt ja ihr, wäre ihm fast herausgerutscht.

»Tschüs, Mom.«

Als er bei sich zu Hause ankam, fühlte er sich wacher, als er es vorher im Krankenhaus gewesen war. Der Verkehr und die helle Sonne hatten seinem Kopf gesagt, dass das Schlafen noch warten konnte.

Er warf die Schlüssel und den Geldbeutel in eine Schale neben der Tür und ging zur Küche. Jetzt brauchte er ein Frühstück und ein Glas Milch und dann würde er sicher schlafen können. Hoffte er zumindest. Selbst ein paar Stündchen würden schon helfen, um den restlichen Tag angenehmer zu machen.

Im Kühlschrank herrschte gähnende Leere. Die Milch war zwar noch frisch, der Karton aber fast leer. Er hatte sonst noch ein paar Flaschen Bier und einen welken Salatkopf. Falls es ein starkes Erdbeben gab, müsste er damit über die Runden kommen.

Warum hatte seine Mutter dieses Bild nur in seinen Kopf gepflanzt? Walt machte sich normalerweise wenig Gedanken darüber, dass er in einem erdbebengefährdeten Gebiet wohnte. Wenn tatsächlich die Erde stark bebte, würde er tagelang im Krankenhaus beschäftigt sein. Dort gab es Essen in der Cafeteria.

Gegen die Arbeitsfläche gelehnt, schüttete er sich übersüßte Frühstücksflocken in eine Schüssel. Sein Blick fiel dabei auf Dakotas Buch, das daneben lag. Er hatte sich ein paar Seiten mit Eselsohren markiert. Eine Passage der erotischen Leidenschaft gefiel ihm besonders gut. Aber auch die anderen Stellen waren intelligent geschrieben und so manches erinnerte ihn an sein eigenes Leben.

Er fand sie anziehend. Und zwar so sehr, dass er seit Miami jeden Tag an sie dachte. Seit Vivian hatte keine Frau mehr so viel Platz in seinem Kopf eingenommen.

Obwohl es schon so viele Jahre her war, brachte der Gedanke an Vivian wieder Bilder ihrer gemeinsamen Zeit zurück. So etwas wollte er kein zweites Mal erleben. Das Leben war so zerbrechlich. Wer wusste das besser als ein Arzt, der in der Notaufnahme arbeitete und täglich mit ansehen musste, wie Menschen mit dem Tod rangen und den Kampf verloren.

Dann hatte er Dakotas Buch gelesen. Darin ging es um zwei Menschen, die Unterschiedliches erlebt hatten und die sich mit Dingen auseinandersetzen mussten, die für die meisten Menschen schwer nachvollziehbar waren, weil sie selbst von so etwas verschont geblieben waren. Aber es bestand eine große Anziehungskraft zwischen ihnen.

Wahrscheinlich war es das, was Walt wiederum so anziehend fand. Wenn eine Frau so explizit und gefühlvoll über erotische

Liebe schrieb, musste sie trotz ihrer ironischen Art doch selbst vor Leidenschaft sprühen.

Er wollte unbedingt mehr über Dakota erfahren, über diese Frau, die sinnliche Liebesromane verfasste. Und zwar schleunigst, bevor es zu spät war.

Walt öffnete den Buchdeckel und nahm das Telefon.

Sie antwortete nach dem zweiten Läuten.

»Hallo?«

Ihre Stimme klang ein wenig verschlafen. Es erinnerte ihn an frühe Morgen und lange Abende im Bett.

»Dakota.«

Er hielt den Hörer in der Hand und spielte mit der leeren Cornflakespackung.

»Dr. Eddy. Ich habe mich schon gefragt, ob du überhaupt anrufen würdest.«

»Dich gefragt oder es gehofft?«

»*Oha, was für eine Frage*, sagte die Frau kurzatmig. *Ach Doktor, ich habe mich gerade zu verzehrt nach Ihrem Anruf.*« Der leichte Akzent, der preisgab, dass sie aus dem Süden kam, und der ihm aufgefallen war, als sie etwas getrunken hatte, war auch jetzt wieder herauszuhören. »Oder vielleicht sagt sie es auch in gleichgültigem Tonfall: *Doktor wer? Ach, an Sie habe ich ja gar nicht mehr gedacht.*«

»Spielen sich in deinem Kopf immer solche Szenen ab?«

»Du hast doch mein Buch gelesen. Sag du es mir.«

»Woher willst du denn wissen, dass ich dein Buch gelesen habe?«

Dakota musste lachen. Der Klang erwärmte ihn. »Weil es ein verdammt langer Flug von Miami nach Los Angeles ist. Wie war es auf den Keys?«

»Gut. Nur geringe Schäden und ein paar Probleme mit den Krankenhäusern dort.«

»Enttäuschend und nicht das verbrauchte Kerosin wert?«

Er lachte. »Du hast dich wohl mit Trent und Glen unterhalten?«

»Nein. Aber ich kann mir vorstellen, dass sie so etwas sagen würden.«

»Da hast du recht.«

»Ich beobachte die Menschen, Doc. Das ist etwas, das wir beide gemeinsam haben.«

Walt hörte auf, mit der Schachtel zu spielen und goss Milch in die Schüssel. »Entschuldigung, aber ich habe furchtbaren Hunger und ich kann nicht weitertelefonieren, wenn ich mir nicht gleich etwas Essbares in den Mund schaufle.«

»Ah, du bist ehrlich. Das weiß ich zu schätzen. Hast du die ganze Nacht gearbeitet?«

»Ja, habe ich.« Er erzählte ihr von den letzten drei Nächten und den niemals enden wollenden Geschichten aus dem Leben seiner Patienten. Er schob sich wieder ein paar Löffel in den Mund.

»Übrigens mache ich mir gerade Notizen.«

»Über die nicht erzählten Geschichten aus der Notfallambulanz?«

»Nein, das habe ich schon. Ich mache eine Charakterstudie über einen überarbeiteten Arzt. Ich benutze dich, Doktor, nur damit du vorgewarnt bist.«

»Ah, du bist ehrlich. Das weiß ich zu schätzen«, ahmte er sie nach und ihr Kichern verursachte ein Prickeln, das ihm wohlig den Rücken entlanglief.

»Ich habe furchtbare Arbeitszeiten«, sagte er.

»Ich habe flexible Arbeitszeiten.«

Er schob die halbvolle Schüssel zur Seite und legte ihr Buch vor sich. »Hat eigentlich irgendeine deiner Geschichten schon mal mit einem einfachen Date angefangen?«

»Nein. Bei mir gibt es immer Chaos und Drama.«

»Ist ein Date zu einfallslos?«

»Könnte man so sagen.«

Trotzdem.

»Morgen Abend. Ich brauche deine Adresse.«

Sie schwieg.

Sein Herzschlag beschleunigte sich.

Dann aber sagte sie Straßennamen und Hausnummer.

Hastig wollte er zum Stift greifen, dabei stieß er die Cornflakesschüssel um, die auf klirrend auf den Boden fiel.

Shit.

»Um wie viel Uhr, Doc?«

»Um sechs«, antwortete er.

»Und wie schick soll ich mich anziehen?«

»Ganz normal.« Weil er überhaupt keine Ahnung hatte, wohin er sie ausführen wollte.

»Du überlegst jetzt erst gerade, wohin du mich ausführen willst, stimmt's?«

»Vielleicht.«

Bei ihrem Lachen musste auch er schmunzeln. »Schon wieder deine Ehrlichkeit … Ich hätte nicht gedacht, dass ich so eine Spontanität bei einem Mann gut finden würde.«

»Schön, dass ich Ihnen bei Ihrer Charakterstudie behilflich sein kann, Miss Laurens. Wir sehen uns morgen Abend.«

»Ich freu mich, Doktor.«

»Dakota?«, sagte er schnell, bevor sie auflegte.

»Ja?«

»Nenn mich bitte Walt. Nicht Walter … und nicht Doktor. Einfach nur Walt.«

»Wie du willst …«

Er wartete, wusste, was gleich kommen würde.

»… Doktor.« Und dann legte sie auf.

★★★

Der Pizza-Flirt, so könnte sie vielleicht ihr nächstes Buch nennen.

Pizza und Bowling.

Ging denn irgendwer überhaupt noch zum Bowling?

»Eine Frau ist sehr stolz auf ihre Schuhe.« Dakota sah auf ihre Sandalen mit den Fünf-Zentimeter-Absätzen, die perfekt zu ihrer Designerjeans und der Seidenbluse passten.

Walt steckte Geld in einen Sockenautomaten. »Bowlingschuhe haben besonderen Retro-Chic.«

Sie griff in die Klappe des Automaten, zog ein Paar weiße Socken heraus und schlug ihm damit auf die Brust. »Hast Glück, dass du so süß bist.«

»Komm schon.« Er zog sie zu der Bahn, für die er gerade gezahlt hatte.

»Für ein gelungenes erstes Date geht doch nichts über einen freundschaftlichen, kleinen Wettbewerb.«

»Und was, wenn ich dir sage, dass mein Durchschnitt bei zweihundert liegt?«

Er blieb abrupt stehen, sodass sie gegen ihn stieß. »Hattest du dich nicht gerade noch abfällig über Bowling geäußert?«

»Muss ja nicht heißen, dass ich nicht trotzdem ein Champion darin bin.« War sie nicht. Zumindest nicht beim letzten Mal, zu Collegezeiten vor mehr als fünf Jahren.

Sie sahen sich tief in die Augen, fast zehn Sekunden lang, bis Dakota schließlich als Erste zu grinsen begann.

»Du bluffst doch.«

Sie ging um ihn herum, legte ihre Tasche auf dem Tisch ab.

»Ich werde dich locker schlagen.«

Er blies die Luft aus, während sie lässig zu den Kugeln schlenderte, sich eine heraussuchte, die gut in der Hand lag und die nicht zu schwer war, damit sie das Ding nicht versehentlich nach hinten statt nach vorne warf.

Walt verschwand kurz, um etwas zu trinken zu holen und eine Pizza zu bestellen. Mindestens zehn Bahnen waren mit irgendwelchen Gruppen belegt, die den Sport ernsthaft zu betreiben schienen, wenn man sich die Anzeigetafeln mit dem Punktestand anschaute.

Sie versuchte, die Knoten in den kurzen Schnürsenkeln zu lösen, die noch vom Vorgänger stammten, der anscheinend die Schuhe nur abgestreift hatte.

Bowlingschuhe ließen einiges zu wünschen übrig, fand sie, als sie sie anhatte und ihre Hosenbeine umschlug, damit sie nicht stolperte.

Auf der Digitalanzeige erschienen ihre Namen, als Walt mit den Getränken zurückkam.

Er trug ein Freizeithemd und Jeans. Sein sandbraunes Haar sah aus, als ob es ausbleichen würde, wenn er eine Zeitlang am Meer war. Hatte er blaugrüne oder goldgrüne Augen? Sie hatte eigentlich gedacht, dass sie braun waren. Wodurch änderte sich ihre Farbe?

Walt setzte die Getränke auf dem kleinen Tischchen ab. »Pizza kommt in dreißig Minuten.«

»Mit allem außer Fisch?«

»Was man auf der Pizza mag, sagt viel über einen aus.«

Dakota nahm ihre Kugel und trat zur Bahn vor. »Fast so viel wie das, was man trinkt.« Mit dem ersten Wurf traf sie genau zwei Kegel.

»Wann warst du das letzte Mal beim Bowling?«, fragte er.

»Im Studium. Und du?«

»Vor ein paar Jahren.«

Diesmal warf sie drei weitere um, dann war Walt dran.

Seine Kugel donnerte mit Überschallgeschwindigkeit die Bahn entlang und riss acht Kegel nieder. »Ich habe während der Uni öfters gespielt. Wahrscheinlich, weil es eine billige Beschäftigung bis zum späten Abend war.«

Nebenan jubelte die Mannschaft. Einer von den Herren landete einen Treffer nach dem anderen.

»Hast du auch in einer Mannschaft gespielt?«

Walt warf die Kugel und verpasste beide übrigen Kegel. »Damals habe ich keine Zeit für so etwas gehabt.«

»Aber gewollt hättest du schon?«

Er zögerte mit seiner Antwort und sie drängte sich dicht an ihm vorbei, um ihre Kugel zu holen. »Solange es nicht um Golf ging, war mir alles recht.«

»Um das Klischee zu vermeiden?« Mit dem nächsten Wurf traf sie mehr Kegel als vorher. Vielleicht würde sie wenigstens hundert Punkte erreichen?

»Golfspielende Ärzte. Schrecklich!«

»Lass mich raten: Dein Dad spielt Golf?«

Seine blaugoldenen Augen verdunkelten sich. »Woher weißt du das?«

»Er ist doch auch Arzt, oder?«

Bildete sie sich das ein oder donnerte seine Kugel jetzt mit noch stärkerer Wucht die Bahn entlang und traf in die Vollen?

»Glückstreffer«, sagte er.

Sie nahm einen Schluck von ihrem Bier. »Stimmt's oder habe ich recht?«

»Kardiologe. Hat die Praxis von meinem Großvater übernommen und sie vergrößert.«

Dakota beugte sich zu ihm. »Hast du Medizin studieren *müssen* oder wolltest du es wirklich?«

Er schwenkte das Glas in der Hand. »Ich wollte schon immer Arzt werden.«

Da fehlte noch etwas bei der Aussage, darauf hätte sie wetten können. »Aber?«

»Aber Kardiologie hat mich nie interessiert. Herzinfarkte ja, aber das jeden Tag? Nee, das ist nicht mein Ding. Stell dir vor, da studierst du zehn Jahre, damit du weißt, wie ein Auto funktioniert, und am Ende beschäftigst du dich nur noch mit der Benzinpumpe.«

»Die Benzinpumpe ist sehr wichtig.«

»Klar, irgendwann muss auch mal eine ausgetauscht oder gerichtet werden, weil das Auto sonst nicht mehr läuft. Aber es gibt doch noch so viel mehr, was das Auto zum Fahren braucht.«

»Für dich ist also nur die Notfallmedizin interessant?«

Er lachte. »Könnte man so sagen.«

»Deine Eltern sind sicher stolz auf dich.«

Walt nippte an seinem Getränk und mied ihren Blick.

»Etwa nicht?« Ihr fiel das Kinn herunter.

»Sie wollten, dass ich später mal Dads Praxis übernehme.«

»Aber du bist Arzt geworden. Du arbeitest als Freiwilliger in der Katastrophenhilfe. Welche Eltern wären da denn nicht stolz?« Das hätte sie nicht gedacht.

»Ach komm, Dakota, die Figuren in deinem Buch haben doch sicher auch nicht alle perfekte Eltern.«

»Ja, aber das ist Fiktion.« Fiktion, die auf losen Fakten basierte, die sie von irgendwelchen Leuten aufgeschnappt hatte bei der Recherche für ihre Figuren.

»So ungewöhnlich ist meine Geschichte gar nicht. Mein Dad wollte halt, dass ich in seine Fußstapfen trete. Ich bin zwar Arzt geworden, aber nicht von der richtigen Sorte. Meine Mutter ist nichts anderes als seine Frau, sie hat immer alle seine Wünsche unterstützt.«

Dakota musste lachen. »Wirklich? Hatte sie kein eigenes Leben, bevor sie ihn kennengelernt hat?«

»Sie lebt nur für ihn.«

Dakota rollte mit den Augen. Dann stand sie auf und nahm ihre Kugel. Während sie warf, dachte sie über das nach, was Walt gesagt hatte.

»Ist sie auch aufs College gegangen?«

»Ja.«

»Was hat sie studiert?«

Walt antwortete nicht. Offenbar hatte er keine Ahnung, was seine Mutter interessiert hatte, bevor sie Dr. Walter Eddy II. heiratete.

Das faszinierte Dakota dermaßen, dass sie kaum bemerkte, wie ihre Kugel am Rand der Bahn an sämtlichen Kegeln vorbeirollte.

»Ich bin sicher, dass deine Mutter noch andere Dinge im Kopf hat, als nur die Ehefrau deines Vaters zu sein.«

Walt schüttelte den Kopf. »Vor zwei Tagen hat sie mich angerufen, um mich an die Geburtstagsfeier von Dad zu erinnern, damit ich auch wirklich komme. Sie ruft nur wegen so etwas an. Mein Dad ruft nie selbst bei mir an.«

»Okay, du bist also Arzt geworden, weil du diesen Beruf liebst, und du hast es trotzdem geschafft, deine Eltern zu verärgern, weil du nicht der Tradition folgst und die Praxis übernimmst. Ich wette, deine Eltern wohnen nicht hier in der Nähe.«

Er zog die Augenbrauen zusammen. »In Colorado.«

Walt hatte immer noch die Stirn gerunzelt, als er nach seinem nächsten Wurf und sieben umgefallenen Kegeln zurückkam.

Offensichtlich machte ihm das Thema schlechte Laune. Das wollte sie nicht und Walt wahrscheinlich auch nicht. »Meine Eltern finden auch nicht gut, was ich mache. Da bist du nicht alleine.«

Jetzt war Walt erstaunt. »Aber du bist doch eine erfolgreiche Schriftstellerin. Eine *New-York-Times*-Bestsellerautorin mit Millionen von Lesern.«

Sie lachte. »Das hast du auf meiner Homepage gelesen.«

Er hob ergebend die Hände. »Erwischt.«

»Ja, stimmt, und ich verdiene einen Haufen Kohle. Trotzdem sind meine Eltern nicht gerade angetan von meinem Job.« Im besten Südstaatenakzent raunte sie ihm zu: »*Sie schreibt diese Pornobücher.*«

»Ach komm, du machst Witze.«

Dakota schüttelte den Kopf. Sie überspielte, dass sie selbst über die Entfernung hinweg die Missbilligung ihrer Eltern fühlte, was sie, auch wenn sie es nicht zugeben wollte, tief in ihrem Innersten sehr traf.

Walt nahm ihre Hand. Seine Augen wurden goldbraun. Sie spürte, wie die Wärme ihren Arm hochstieg, während die Geräusche um sie herum – umfallende Kegel, Gejubel – verschwanden.

Walt blickte sie an. »Was ich gelesen habe, war keine Pornografie. Gut, es war detailreicher als alles, was ich sonst kenne, es war aber ganz und gar nicht oberflächlich. Deine Figuren haben ernst zu nehmende Probleme, und man fiebert mit ihnen mit und fragt sich, was aus ihnen wird. Blöd nur, dass ich ein halbes Jahr warten muss, bis das nächste Buch erscheint, damit ich das erfahre.«

Ein warmes Lachen überkam sie. »Es ist eine Liebesgeschichte, Doc. Irgendwann, am Ende, wird alles gut.« Sie machten sich über die Pizza her, dabei hatten sie noch nicht einmal das erste Spiel beendet. Zugegeben zählten sie nicht gerade zu den besten Bowlern. Na gut, Walt war um einiges besser, und Dakota hätte wetten können, dass er die letzten beiden Würfe absichtlich vermurkst hatte.

Sie hatten die nächste Runde Getränke bestellt und Dakota musste zugeben, dass Bowling sich sehr gut für ein erstes Date eignete. Beziehungsweise ein zweites Date, wenn man die Drinks mit Freunden in Miami dazuzählte.

»Wie oft fährst du heim?«

»Zu meinen Eltern?«, fragte sie und rollte einen Käsefaden mit ihrer Zunge auf.

Walt beobachtete sie fasziniert dabei.

Sie spürte wieder die Anziehungskraft, die von ihm ausging und die zu diesem Date geführt hatte. Der angenehme Schauder kam eindeutig nicht von der kühlen Luft der Klimaanlage. Sie musste sich auf das Kauen konzentrieren.

»Nach South Carolina, oder?«

»Ja.« Sie schluckte. »So selten es geht.«

»Ist es so schlimm?«

»Das kannst du dir gar nicht vorstellen. Der Süden ist grausam. Und erst die Frauen! Die lästern über dich, selbst wenn du direkt vor ihnen stehst. In Kalifornien sind alle viel entspannter.«

»Hier ist es allen egal, was du machst.«

»Genau!« Sie wedelte bestätigend ihr Pizzastück und biss erneut ab. »Oder sie sehen dir in die Augen und sagen, dass du eine blöde Kuh bist. Damit kann man viel leichter umgehen.«

»Ich kann mir gar nicht vorstellen, dass deine Eltern deine Arbeit nicht gut finden.«

Dakota zuckte mit den Achseln. »Als mein erstes Buch erschienen ist, haben sich alle aus meiner Stadt ein Exemplar ergattert und es gleichzeitig gelesen. Bei Kapitel zehn hat das Telefon nicht mehr stillgestanden. Meine Mutter war stinksauer. Manche meiner engsten Freunde, die ich schon seit der Grundschule kenne, haben über mich gelästert.« Bei der Erinnerung an die Zeit schüttelte es sie. Sie hatte sich so über die Veröffentlichung ihres ersten Romans gefreut, doch dann hatten genau diejenigen, von denen sie die meiste Unterstützung erwartet hätte, ihr den Rücken zugekehrt.

»Haben dich denn alle gemieden?«

Sie schüttelte den Kopf. »Nicht alle. Aber es waren so viele negative Schwingungen in der Luft, dass ich lieber abgehauen bin. Damals habe ich in einer kleinen Wohnung in der Nähe von Savannah gewohnt. Dann habe ich meinen Vorschuss genommen, bin hierhergezogen und habe hart daran gearbeitet, meinen Akzent loszuwerden. Ich fahre nur heim, wenn ich muss. Weihnachten und so. Manche meiner alten Freunde kamen wieder angetanzt, als meine Bücher so erfolgreich wurden.«

Walt schmunzelte. »Ich mag es, wenn man hört, dass du aus einem südlichen Bundesstaat kommst.«

Sie lachte. »Manchmal passiert das. Aber wenn man die ganze Zeit so spricht« – jetzt redete sie mit vollem Akzent – »dann nimmt dich niemand ernst.«

»Aber du willst, dass man dich ernst nimmt.«

Sie nippte an ihrem Drink. »Ich habe schwer daran gearbeitet, das zu erreichen. Ich will nicht, dass man meine Arbeit lächerlich findet, bloß weil ich einen Akzent habe oder weil man das Genre, in dem ich schreibe, verachtet.«

»Oh, da habe ich wohl einen wunden Punkt getroffen, als ich das mit den Kitschromanen gesagt habe.«

Dakota warf ihm zum Spaß einen finsteren Blick zu und Walt hob entschuldigend die Hände.

»Jetzt bin ich ja ein gebildeter Leser. Nie wieder würde ich diesen Fehler begehen.«

Sie deutete mit dem Zeigefinger auf ihn. »Wenn man erst mal weiß, wie gut es ist, dann passiert das auch nicht mehr.«

Als sie aufhörte zu lachen, lehnte sie sich seufzend in ihrem Plastikstuhl zurück. »Wir haben viel gemeinsam.«

Er hob das Glas. »Trinken wir darauf, dass wir unseren Eltern aus dem Weg gehen.«

Gute Idee. »Wann ist denn eigentlich diese Geburtstagsparty von deinem Dad?«

Walt rollte mit den Augen. »In zwei Wochen.«

Dakota stöhnte mitfühlend. »Wird es furchtbar?«

»Eine Wurzelspitzenresektion ist dagegen angenehm. An Geburtstagen kommt die ganze Familie zusammen.«

»Und dann bekommst du es von allen Seiten zu spüren.«

»Ja. Wenn ich Glück habe, hat meine Mutter noch kein Blind Date für mich arrangiert.«

Dakota tätschelte seine Hand. »Ach, Walt, das ist furchtbar und gleichzeitig unglaublich komisch.«

»Meine Mutter hat einen gänzlich anderen Geschmack, was geeignete Partnerinnen für mich anbelangt.«

»Du musst es so sehen: Sie will dich mit einem Mädel aus deiner Heimatstadt verkuppeln, weil du dann vielleicht wieder nach Hause ziehst und die Praxis von deinem Dad übernimmst.«

Walt raufte sich die Haare und nahm sein Glas. »Dabei wollte ich lieber glauben, dass sie einfach nur Enkelkinder haben will. Wahrscheinlich hast du recht.«

»Komm mir bloß nicht mit der Enkelkindgeschichte. Als Frau ist es noch schlimmer. Meine Mom glaubt, wenn die Gebärmutter vor dreißig nicht zum Einsatz kommt, dann schrumpft sie und fällt raus.«

Walt prustete los und verschluckte sich an seinem Bier.

Kapitel 5

Sie spielten nicht zu Ende. Irgendwann gingen sie ins Café auf der anderen Straßenseite. Die Unterhaltung mit Dakota geriet nie ins Stocken. Sie amüsierten sich über die schockierten Gesichter der anderen Bowlingspieler, weil sie mitten im Spiel aufgehört hatten, und sie unterhielten sich weiter über ihre Eltern.

Dakota sagte, was sie dachte. Das gefiel ihm. Sie äußerte unverblümt ihre Meinung und es war ihr egal, ob sich andere daran störten.

»Wie bitte, *was* hast du ihm aus dem Hintern gezogen?«, fragte sie, ihre dunklen Augen auf ihn geheftet.

»Eine Gurke, aber ich habe sie gar nicht herausgezogen. Der Arme musste sogar unters Messer und der Gastroenterologe hat sie dann entfernt.«

»Wie alt war denn der Kerl?«

»Sechzehn.« Solche Krankenhausgeschichten waren immer amüsant, wenn man nicht dort arbeitete.

»Wow. Und seine Eltern haben einfach nur dabeigestanden?«

»Ich weiß nicht, wem es peinlicher war, dem Knaben oder seinen Eltern.«

»Das ist schon ein verrückter Job, den du hast, Doc.«

Irgendwann verlangte er nach der Rechnung und fuhr Dakota anschließend nach Hause.

Kurz bevor sie zu ihrem Appartement kamen, merkte er, dass sie ihn musterte. »Was ist?«

»Warum bist du nicht verheiratet?«

Seine Brust verengte sich. Statt zu antworten, stellte er eine Gegenfrage. »Warum bist *du* denn nicht verheiratet?«

»Das kann ich dir sagen: Ich nehme kein Blatt vor den Mund, bin eigensinnig und schreibe Pornos, was entweder die Falschen geil oder die Richtigen abstoßend finden. Dazu kommt, dass ich mehr Geld verdiene als die meisten Typen, mit denen ich zusammen war. Entweder bekamen sie Komplexe oder sie hatten es nur auf die Kohle abgesehen.«

Die Ampel schaltete auf Grün. »Offensichtlich hast du länger über diese Frage nachgedacht.«

Sie seufzte. »Nicht wirklich. Das ist nur die offizielle Version, wie ich sie meiner Mom sage, wenn sie mich wieder nervt.«

»Die offizielle Version, aber sie basiert auf Tatsachen?« So wie er sie an diesem Abend kennengelernt hatte, stimmte alles.

»Manches wohl schon. Ich schreibe Bücher, in denen sich zwei Menschen, die beide nicht perfekt sind, unsterblich ineinander verlieben und alles tun, um zusammenzukommen. Das brauche ich nicht unbedingt, ich bin glücklich als Single.«

Er bog in ihre Straße ein.

»Aber du hast meine Frage nicht beantwortet.«

Er ließ sich Zeit. Erst parkte er in ihrer Einfahrt und öffnete die Tür. »Ich bin auch glücklich als Single«, sagte er schließlich beim Aussteigen.

Das Licht des Eingangsbereiches erleuchtete ihr Gesicht. Sie lehnte sich gegen das Auto und nickte. »Weil man niemandem Rechenschaft schuldig ist.« Genauso hätte er es auch gesagt.

»Und weil ich mir um niemanden Sorgen machen muss, wenn ich in ein Katastrophengebiet fliege.«

»Und weil es niemanden stört, wenn ich bis um zwei Uhr morgens wie eine Verrückte tippe.«

»Und weil mich niemand nach einer langen Nachtschicht weckt.«

Sie lächelte schwach und Walt hatte nur Augen für ihre Lippen.

»Niemand …«, murmelte sie.

Er berührte ihr Gesicht. Ihre Haut war so warm und weich, dass er ihr noch näher sein wollte. Da öffnete sie ihre Lippen und endlich kostete er sie. Sie schmeckte nach Apfelkuchen und Kaffee. Als er ihren Körper spürte und sie ihren Arm um ihn legte, schwand plötzlich der Wunsch, *niemanden* zu haben.

Der zaghafte erste Kuss wurde intensiver, wobei sie leise aufstöhnte und sich ihm hingab. Er spürte es vom Kopf bis zu den Zehen. Und in seiner Mitte, sodass es in seiner Jeans plötzlich, aber nicht unerwartet, sehr eng wurde.

Es war schier unmöglich, es bei dem einfachen Kuss zu belassen und sie jetzt gehen zu lassen. Hätten sie in Miami Zeit zu zweit verbracht und sich dort schon geküsst, dann wüsste er vielleicht, wie es sich anfühlte, in ihr zu sein. Eine Affäre mit irgendeiner Frau war vielleicht ein netter Zeitvertreib, aber diese Frau, die er jetzt in den Armen hielt, war anders. Ganz eindeutig.

Ihre Hand fuhr über seine Taille, die Hüften entlang.

Walt ließ von ihren Lippen ab. »Du machst es mir verdammt schwer, ein Gentleman zu bleiben.«

Sie zog ihre Hand nicht fort. »Und du machst es mir verdammt schwer, mich ladylike zu benehmen«, raunte sie, was unglaublich sexy klang.

Er küsste sie erneut. Mit offenem Mund und sehr intensiv.

Ihre Tasche fiel auf den Boden, denn jetzt umfasste sie ihn mit beiden Armen.

Vier Worte und es könnte noch weiter gehen.

Darf ich mit raufkommen? Es wäre nicht das erste Mal, dass er so etwas fragte.

Walt hielt ihren Kopf in den Händen, genoss es, sie zu spüren.

Atemlos stieß sie hervor: »Am liebsten würde ich dich hineinbitten.« Es war keine Einladung.

»Da würde ich am liebsten auch mitkommen …«

Sie lehnte die Stirn gegen seine Brust und atmete heftig.

Walt zog sie an sich und hielt sie einfach nur fest.

★★★

Mary kam früh am nächsten Morgen mit dem Schlüssel in Dakotas Wohnung, wie sie es immer tat. »Ist er nicht über Nacht geblieben?«

Dakota sah von ihrer Kaffeetasse hoch und schenkte ihrer Freundin einen finsteren Blick. »Kannst du nicht klopfen?«

Mary nahm die Kanne, holte eine Tasse und fühlte sich ganz wie zu Hause.

»Wir sind bereits gemeinsam verhaftet worden. Das schweißt einen so zusammen, dass man nie wieder bei dem anderen anklopfen muss.« Mary zog einen Stuhl heran und setzte sich mit dem Kaffee zu Dakota. »Wie war's?«

»Wir waren beim Bowling.«

Mary schaute fassungslos.

»Ja, ich weiß. *Bowling!*«

»War also nicht so toll.«

»Doch, es war super. Haben was getrunken, Pizza gegessen.«

»Und gebowlt.« Mary klang alles andere als überzeugt.

»Wir haben ein paar Kegel umgeworfen. Aber haben wir das Spiel ernstgenommen?« Dakota blickte zur Decke, als ob dort die Antwort ihrer eigenen Frage stünde. »Nein, wir sind nach der achten Runde gegangen.«

»Ihr habt nicht zu Ende gespielt?«

»Wir waren zu sehr mit Reden beschäftigt. Er hat schwierige Eltern, wie ich. Er liebt seinen Beruf, liebt die Flexibilität der Notambulanz. Wohnt in einem Apartment zur Miete.«

Mary war erstaunt. »Zur Miete? Aber er muss doch einen Haufen Schotter verdienen.«

»Vielleicht will er keine Schulden bei der Bank haben oder so und dann auch noch für Reparaturen verantwortlich sein. Keine Ahnung.«

Mary ließ die Schultern fallen. »Oder er hat Bindungsangst. Jetzt kapier ich auch, warum er nicht über Nacht geblieben ist.«

Dakota nahm einen Schluck Kaffee. »Eine gemeinsame Nacht im Bett ist doch keine Bindung, Mary. Da geht es bloß um Sex. Aber darauf hatten wir es beide nicht angelegt.«

»Er ist also kein guter Küsser?«

»Doch, er küsst unglaublich gut. Kann einen damit direkt in den Himmel katapultieren. Ich habe das gleich aufgeschrieben.«

»Wow. Aber du hast nicht mit ihm geschlafen.«

»Klingt, als würde ich sonst mit jedem ins Bett hüpfen.«

Mary zog eine Augenbraue hoch.

»Ach, komm mir nicht schon wieder mit dieser Las-Vegas-Geschichte! Das ist fast zwei Jahre her und es war das einzige Mal!«

»Du hast nicht mal nach seinem Namen gefragt.«

»Er auch nicht nach meinem.«

Mary trank ihren Kaffee. »Aber du bist eine Frau. Eine Frau sollte wenigstens den Namen des Mannes kennen, mit dem sie schläft.«

»Wir haben doch nicht geschlafen, Mary. Keine Sekunde. Jedenfalls war es nur einmal und das reicht. Seitdem bin ich sehr wählerisch.«

»Und was war mit Mason?«

»Du bist gemein. Ich mochte Mason.« Aber der Mistkerl war verheiratet. Verheiratet!

Sie waren ein paarmal miteinander ausgegangen und irgendwann hatte er bei ihr übernachtet. Dann rief seine Gattin an.

Bis dahin hatte Dakota keinen blassen Schimmer von der Existenz einer Ehefrau gehabt.

Mistkerl.

»Und Steve?«

»Mit dem habe ich nicht geschlafen.«

»Stimmt ja. War ein schlechter Küsser«, erinnerte sich Mary.

»Und obendrein hat er gelispelt, wenn er aufgeregt war.«

Mary musste lachen und schon ahmten sie Steves Sprachfehler nach. Der arme Tropf, schlechter Küsser hin oder her.

»Also, Walt kann gut küssen, er ist nicht verheiratet und lispelt nicht. Warum trinken dann *wir* beide hier Kaffee?« Mary deutete mit dem Zeigefinger zwischen sich und Dakota.

»Ich weiß nicht. Es hätte einfach nicht gepasst. Ich meine, es wäre schon wahnsinnig toll gewesen … aber irgendwie zu früh.«

Mary seufzte. »Oh je, Dakota. Du bist verknallt.«

Dakota war an diesem Morgen alleine in ihrem Bett aufgewacht und spürte diese komische Art von Hoffnung. Es war so eine Hoffnung, die meist beim dritten Date wieder verpuffte. Sie wusste, dass Walt seine Gründe hatte, warum er warten wollte, warum er nicht gleich das nächste Date vereinbart, sondern nur gesagt hatte, er würde sie anrufen. Oder hatte er vielleicht nicht das Gleiche gespürt, als sie sich küssten? Andererseits hatte er ausgesehen, als ob er am liebsten mit zu ihr in die Wohnung gekommen wäre. Fast ärgerte es sie ein bisschen, dass er nicht fordernder gewesen war.

»Du bist eine hoffnungslose Romantikerin«, verkündete Mary, wie jedes Mal, wenn Dakota ein Date hatte.

»Ich habe zu hohe Erwartungen. Das Leben ist eben kein Liebesroman.«

»Er ist Arzt. Deine Eltern würden ihn lieben.«

Dakota rollte mit den Augen. »Das wäre eher ein Grund sofort seine Nummer zu verlieren.«

Mary lehnte sich zurück. »Er ist sexy.«

»Seine Eltern würden mich hassen.«

»Du sagst das über alle Eltern, wenn sie keine Fans von deinen Büchern sind. Sie würden dich lieben.«

»Sie klingen so aufgesetzt. Walt meidet seine Eltern so sehr, wie ich meine.«

»Hat er Geschwister?«

Dakota ließ die Hand auf den Tisch fallen. »Oh, das weiß ich gar nicht. Darüber haben wir nicht gesprochen.«

»Hatte er vorher eine ernste Beziehung gehabt?«

»Keine Ahnung.«

»Geht er in die Kirche?«

»Ich –«

»Ist er für die Demokraten oder die Republikaner?«

»Ach Mann, Mary, er hat doch kein Antragsformular ausgefüllt. Ich weiß nicht, wir haben nicht über Religion oder Politik gesprochen. Und bevor du fragst, auch nicht über seine Meinung zu den Abtreibungsgesetzen.« Dakota schenkte sich Kaffee nach. Koffein würde an diesem Tag ihr bester Freund sein.

★★★

Walt setzte sich mit der Kaffeetasse an den Computer.

Die blöde Stromrechnung war längst überfällig und er hatte noch dazu vergessen, an die Wasserwerke zu zahlen.

Sicher war Dakota in solchen Sachen sehr gut organisiert. Sicher zahlte sie alles schon zwei Wochen vor der Frist, und das wahrscheinlich nebenbei, während sie bei der Maniküre saß. Als sie die Bowlingkugel über die Bahn schlittern ließ, war ihm aufgefallen, wie gepflegt ihre Nägel waren. Im Bowling war sie wirklich nicht gut. Deshalb hatte er ihr auch nicht gesagt, dass sein Durchschnitt bei 180 lag. Er hatte mit Absicht schlecht gespielt.

Dakota hatte eine harte Schale. Wahrscheinlich, weil ihre Eltern nicht gut fanden, was sie machte. Jemand, der so ehrgeizig seine Ziele verfolgte, hatte etwas, das ihn antrieb. Er musste sie unbedingt fragen, ob sie noch Geschwister hatte, die als Puffer zwischen ihr und ihren Eltern standen und auf ihrer Seite waren. Oder waren sie gar der gleichen Meinung wie die Eltern? Er konnte sich das kaum vorstellen. Er war froh, dass er eine Schwester hatte, die verstand, warum er weggezogen war. Brenda war superglücklich in ihrer Ehe. Sie hatte direkt nach dem College ihre erste große Liebe geheiratet.

Seine Eltern würden Dakota hassen.

Bei dem Gedanken musste er grinsen. Ihre eigenwillige Art, die er so mochte, würde seinen Eltern, vor allem seiner Mutter, missfallen.

Walt klickte auf das Bestätigungsfeld für die Online-Überweisung und nahm das Telefon.

»Guten Morgen«, sagte er, als Dakota abhob.

»Du bist früh auf.«

»Du auch.«

»Ich könnte immer noch im Bett sein. Es mal gemütlich angehen.«

Er lehnte sich zurück. Fast wäre er nach hinten gekippt, weil die Lehne nachgab. *Mann, ich muss das blöde Ding endlich mal reparieren.*

»Du trinkst Kaffee, stimmt's?«, fragte er. »Wahrscheinlich nur mit Zucker. Oder nur mit Milch, aber sicher nicht mit beidem.«

Ihr heiseres Lachen sagte ihm, dass er recht hatte.

»Rohzucker. Honig, wenn ich im Restaurant bin. Raffinierter Zucker ist ungesund, Doktor. Das solltest du wissen.«

Er stieß die leere Schüssel von sich, in der sich kaum etwas anderes als raffinierter Zucker befand, und blickte aus dem Fenster. »Ich habe heute die Tagesschicht, dann einen Tag frei, dann zweimal Frühdienst. Danach ein Abendessen mit den Leitern von Ärzte ohne Grenzen.«

»Okay.« Sie machte eine Pause. »Warum erzählst du mir das?«

»Ich habe dir schon gesagt, dass ich blöde Arbeitszeiten habe.«

»Was nicht schlimm ist, weil du ja single bist.«

Richtig.

»Alle Termine sind so dicht gedrängt, wegen Miami und dem Geburtstag von meinem Vater –«

»Walt?«, unterbrach sie ihn.

»Ja?«

»Willst du mich wiedersehen?«

Unbedingt, und zwar so sehr, dass er sich fast blöd vorkam. »Ja«, gestand er.

»Gehst du manchmal mit deinen Kollegen direkt nach der Arbeit was trinken?«

Er lachte, dachte an die Kneipe in der Nähe des Krankenhauses. »Ja, zu Joe's Bar.«

»Gut. Dann treff ich dich einfach in Joe's Bar am Dienstag.«

Das klang gut. Zu gut. »Sag mal, zahlst du eigentlich alle Rechnungen immer im Voraus?«

Es folgte eine kurze Stille.

»Was?«

»Deine Rechnungen. Strom, Wasser und so Zeug. Solche –«

»Ich weiß schon, was Rechnungen sind. Ja, mache ich. Ich hasse es, wenn sie sich stapeln und ich sie dann vergesse. Und du?«

Er lachte nervös, stellte seinen Computer an und sah die zwei Zahlungsaufforderungen der Wasserwerke. In Rot stand ›zweite Mahnung‹ darauf. »Natürlich …« Er tippte den Betrag ein und drückte auf Senden.

»Doktor?«

»Ja?« Er klickte durch die anderen Überweisungen, die sonst von seinem Konto getätigt wurden, und stellte fest, dass er auch mit der Handyrechnung so weit im Rückstand war, dass man ihm bald das Handy sperren würde.

»Du kannst schlecht lügen. Ich hoffe, du weißt das.«

Wieder tippte er einen Betrag ein und drückte auf Abschicken. »Was?«

Die restlichen Rechnungen konnten noch warten. Für die Miete hatte er einen Dauerauftrag wie auch für den Fernsehanschluss. Den er eigentlich nicht wirklich brauchte, weil er so selten zu Hause war. Auch die Kreditkartenrechnungen, Autosteuer und Versicherungen wurden automatisch von seinem Konto abgebucht.

Die Leitung war still. »Dakota?«

»Ich bin immer noch hier. Bist du fertig mit den Überweisungen?«

»Ja.« *Halt.* Hatte er ihr gesagt, dass er gerade Überweisungen machte? »Mist, erwischt.«

»Ach, du bist also nicht perfekt? Wenn ich das gewusst hätte, Doc.«

Er stieß seinen Stuhl zurück und trank den schwarzen Kaffee. »Also Dienstag?«

»Dienstag in Joe's Bar beim Krankenhaus.«

Das klang ziemlich gut. »Pass auf dich auf.«

»Du auch, Doc.«

Kapitel 6

Desi Calloway hatte sich schon mit siebenundzwanzig selbständig gemacht. Angefangen hatte sie bei einem Verlag, dann kam sie zu einer Literaturagentur und dort wurde ihr klar, dass sie Autoren vertreten wollte, und zwar viele. Sie war eine Koryphäe auf ihrem Gebiet. Nur ein paar Jahre später konnte sie schon eine beachtliche Liste an Autoren vorweisen. Jetzt wurde sie bald fünfzig, war zum zweiten Mal verheiratet und hatte eine erwachsene Tochter. In ihrer Firma, der Literaturagentur Calloway, arbeiteten sechs Agenten und ebenso viele Büroangestellte.

Immer wenn Dakota im Büro in New York vorbeischaute, wurde sie so herzlich wie ein Familienmitglied empfangen. Alle wussten dort, wer sie war. Dakotas E-mails wurden innerhalb von vierundzwanzig Stunden beantwortet und man schlug ihr nie einen Wunsch ab.

»Kein Wunder, dass sie Druck machen, Dakota. Du hast seit drei Jahren Verträge mit ihnen. Sie möchten dich als Bücherproduziermaschine behalten.«

»Ich weiß aber nicht, ob ich eine neue Serie anfangen will. Mir schwebt eher ein Einzelroman vor.«

»Einzelroman oder Serie, das ist egal. Sag mir zwei Sätze, mit denen ich ihnen das Buch schmackhaft mache, und los geht's.«

Dakota musste lachen. »Zum Glück muss ich nicht mehr so eine sechsseitige Synopsis schreiben.« *Scheißnopsis*, hatte sie immer gesagt, weil es sich um einen emotionslosen Abriss eines angestrebten Buchprojekts handelte, das sich während des Schreibens ohnehin wieder änderte. Alle Schriftsteller hassten diese Dinger.

»Schick mir eine Mail, wenn du was hast. In den nächsten zwei Wochen kriegen wir auch deine aktuellen Verkaufszahlen, was uns bei den Vertragsverhandlungen sehr entgegenkommen wird.«

»Das überlasse ich wieder alles dir. Ich bleibe einfach nur die launische Künstlerin, die Zeug erfindet, das man verkaufen kann.«

Desi lachte und verabschiedete sich.

Die nächste Stunde setzte sich Dakota mit Block und Stift hin. Sie erinnerte sich an Leute und Gespräche auf der Konferenz in Miami, die sie inspiriert hatten, und daraus würden nun Figuren entstehen. Dakota begann ihre Storys immer bei den Figuren. Sie überlegte, wer sie waren, welche Erfahrungen sie gemacht hatten, die sie dorthin brachten, wo das Buch begann. Als sie Walt gesagt hatte, dass sie eine Charakterstudie mit ihm betreiben wolle, war das tatsächlich nicht nur Spaß gewesen. Dabei ging es nicht um ihn als Person, sondern um sein Leben als Arzt. Oder sie könnte vielleicht auch über eine Krankenschwester schreiben. Oder eine Geschichte über einen Krankenpfleger, der etwas mit einer Ärztin anfing. Sie notierte sich diese Idee, fragte sich, welchen Lauf so eine Geschichte nehmen konnte.

Als sie nicht weiterkam, ging sie in die Küche, um mal wieder etwas zu ordnen oder zu putzen. Nachdem sie die Hälfte ihrer Krimskrams-Schublade ausgeräumt hatte, kam ihr plötzlich Monica Fairchild in den Sinn. Ohne zu zögern, griff sie zum Handy und wählte die Nummer, die Monica ihr in Miami gegeben hatte.

»Hallo?« Monicas fröhliche Stimme wurde von Hundegebell begleitet. »Gilligan, sitz!«

»Monica? Hier ist Dakota.«

»Ah, hallo. Warte mal kurz.«

Sie hörte, wie Monica die Hunde nach draußen verbannte.

»Entschuldige. Sie finden es super, wenn ich telefoniere.«

»Wie Kinder.«

»Komm mir bloß nicht damit. Ich habe es echt nicht eilig, ein Baby zu kriegen.« Sie lachten und redeten darüber, dass sie beide noch nicht bereit für das Mutterdasein waren.

»Walt hat erzählt, dass der Flug zu den Keys ein Reinfall war.«

»Na ja, es war keine totale Zeitverschwendung, aber stimmt schon, es war nicht das, was wir erwartet hatten.«

Dakota kritzelte Kreise auf eine leere Blockseite. »Warum ich eigentlich anrufe … ich wollte dich ein bisschen ausfragen. Ich arbeite doch gerade an meinem neuen Buch, beziehungsweise will ich bald damit anfangen. Seit Miami schwebt mir diese Idee im Kopf, dass ich etwas über einen Arzt oder eine Krankenschwester schreibe.«

»Echt?«, gluckste Monica. Ihr Lachen war ansteckend. »Ich weiß nicht, ob ich da helfen kann, aber wenn, dann gerne.«

»Das wäre super. Ich kann zwar auch im Internet recherchieren, aber es gibt eben Dinge im Berufsalltag, über die man selten etwas erfährt.«

»Das stimmt. Sicher kann auch Walt … Warte mal, du hast doch nicht etwa gerade gemeint, dass du dich mit Walt wieder getroffen hast?«

»Ja, hab ich.«

Monica zögerte. »Für ein Date?«

»Warum, ist das so komisch?«

»Für Walt schon. Versteh mich nicht falsch, er hat sicher auch ein Privatleben, aber er hat sich noch nie mit einer Frau getroffen. Zumindest hat er nie davon erzählt.«

Plötzlich wollte Dakota unbedingt mehr über Walts frühere Beziehungen erfahren und das Charakterprofil war nur noch Nebensache.

»Da ist der Gute also ein ewiger Single? Aber warum?«

»Ich habe immer gedacht, dass er einfach keine Zeit für so etwas hat. Wegen Ärzte ohne Grenzen und der Notambulanz und so.«

Dakota kritzelte weiter Kreise und malte sie aus. »So was hat er mir auch gesagt. Trotzdem kann ich mir kaum vorstellen, dass nicht wenigstens die eine oder andere Krankenschwester ein Auge auf ihn geworfen hat.«

»Glaub mir«, sagte Monica. »Krankenhausromanzen gibt es im wirklichen Leben nicht so oft. Eher bandeln die Schwestern mit den Sanitätern an, weil man sich so nicht jeden Tag sehen muss, wenn aus der Beziehung nichts wird.«

Monica erzählte von einer früheren Beziehung und wie schwierig es nach der Trennung war.

Dakota blätterte um und fragte: »Also, gibt es ein ungeschriebenes Gesetz, demzufolge man sich als Krankenschwester nicht mit einem Arzt einlassen sollte?«

»Nicht wirklich. Viele Schwestern sind während der Ausbildung mit einem zusammen gewesen, aber das hält nie lange. Zumindest war das bei den Beziehungen so, von denen ich weiß.«

»Was ist mit männlichen Krankenpflegern, die mit einer Ärztin zusammen sind?«

»Das würde mal ein Buch ergeben«, sagte Monica. »Ich kenne kein solches Paar, wäre aber eine heiße Geschichte.«

Dakota schmunzelte und kreiste die Worte ›Ärztin‹ und ›Pfleger‹ ein.

»Wirst du Walt wiedersehen?«

»Ja, wir treffen uns nach seinem Dienst in Joe's Bar.«

Monica lachte. »Joe's Bar ist ein übler Schuppen. Nur so als Vorwarnung.«

»Gut zu wissen.«

»Walt ist schon einer von den Guten. Und er tut alles für seine Patienten.«

»Du musst keine Werbung für ihn machen, damit ich mit ihm ausgehe, Monica.«

Monica sagte, Dakota dürfe sie jederzeit anrufen, wenn sie mehr Informationen zu Krankenschwestern oder Krankenhäusern brauchte.

★★★

Joe's Bar war also eher eine Kaschemme. Für ein paar Drinks in einer Bar zog man sich zwar nicht allzu schick an, aber Dakota war schließlich aus dem Süden. Sie musste sich wenigstens ein bisschen aufhübschen. Mit anderen Worten, sie sah heiß aus, aber auch nicht so, als ob sie zur Oscarverleihung gehen würde. Sie redete sich ein, dass das ihr normales Kneipen-Outfit war: eine enge schwarze Leggings mit einem kleidähnlichen Longshirt darüber und dazu hohe Schuhe.

Dass sie sich selber etwas vormachte, war nichts Neues.

Wahrscheinlich würde sie auch ein, zwei Freunde von Walt in der Bar kennenlernen. Da er sonst keine Dates hatte, wollte sie einen guten Eindruck machen. Das war ebenfalls nicht normal, denn eigentlich war es ihr herzlich egal, was andere Leute von ihr dachten.

Die Kneipe war düster, es roch nach altem Bier und abgestandenem Rauch. Eine muffige Schwermütigkeit herrschte dort, wie meistens in solchen heruntergekommenen Spelunken.

Es war sieben Uhr fünfunddreißig, nur wenige Minuten nach der vereinbarten Zeit. In einer Ecke saß eine Gruppe Männer um die zwanzig. Sie tranken Bier aus der Flasche. Zwei von ihnen sahen zu ihr herüber. Schnell blickte Dakota in die andere Richtung. In der Kneipe waren auch ein paar ältere Männer Ende fünfzig und ein Pärchen.

Es gab Tische, aber nicht sehr viele, und eine Jukebox, aus der bekannte Rockhits tönten.

Obwohl die Kneipe dunkel und alt war und auch so roch, war es relativ sauber darin. Abgesehen von der Decke, die mal wieder gestrichen werden müsste. Wenn das überhaupt ging, so schwarz, wie sie war.

Hinten stand ein Tisch, der ihr ideal erschien. Von dort würde sie den Eingang gut sehen können. Sie wusste, dass sie beobachtet wurde, als sie den Raum durchquerte. Sie ignorierte die Blicke.

Die Kellnerin trug Jeans und sah freundlich aus.

»Was ist der beste Whiskey, den Sie haben?«, fragte Dakota.

Die Kellnerin nannte einen, der vielleicht nicht Dakotas erste Wahl gewesen wäre, aber ein besseres Label als erwartet. Mit einem Nicken nach hinten sagte sie, bevor sie ging: »Die Jungs da drüben versuchen jetzt schon, Ihnen einen Drink zu spendieren.«

Auch wenn Dakota nicht hinsah, wusste sie, dass die jüngeren Männer im Raum sie beobachteten.

»Sind das Stammgäste?«

»Ja, leider.«

»Und wenn ich sage, dass ich verheiratet bin?«

»Als ob das bei denen einen Unterschied macht.«

»Und wenn mein Freund so ein Rocker ist?«

Jetzt grinste die Kellnerin. »Die sind zu fünft. Hat dieser Freund noch Freunde?«

Dakota lachte auf. »Haben die Vorstrafen? Ist einer von ihnen auf Bewährung?«

Die Kellnerin wurde ernst. »Sind Sie etwa von der Polizei?«

»Vielleicht … vielleicht auch nicht. Jedenfalls braucht mir niemand einen Drink zu spendieren.«

Die Blondine legte eine Serviette auf den Tisch. »Ich mag Gäste wie Sie. Wenn Sie gehen, kann Hektor Sie hinausbegleiten. Geben Sie mir einfach Bescheid.«

Dakota dankte den Zeigefinger hebend. »Alles klärchen.«

Aber sie ging davon aus, dass sie diesen Hektor nicht brauchen würde.

Eine Viertelstunde später wurde Dakota unruhig und fragte sich, was mit Walt war. Da sie nie ohne Notizbuch aus dem Haus ging, beschrieb sie, während sie wartete, die Bar und einen der Männer am Tresen, der sich gerade die Wiederholung eines Footballspieles ansah.

Endlich aber kamen zwei Frauen in Krankenhauskluft herein, was Dakota wieder beruhigte. Monica hatte ihr von den anstrengenden Diensten in der Notaufnahme erzählt. Man konnte nie wissen, ob nicht kurzfristig etwas dazwischenkam, und wenn ein Unfallopfer gebracht wurde oder es eine andere Notsituation gab, konnte man die Ärzte und Schwestern dort auch nicht einfach so anrufen. Die beiden Frauen sahen sofort zu ihr, als sie sie in der Ecke entdeckten.

»Entschuldigung.« Die zierliche Blonde warf die langen Haare über die Schulter zurück. »Sind Sie Dakota?«

Dakota hob erleichtert die Hand, weil sie also doch nicht einfach so sitzen lassen worden war. »Ja, bin ich.«

»Ich heiße Valerie.« Die junge Frau war zwar klein, aber ihr Handschlag dafür sehr kräftig. »Und das ist Nancy. Wir sollen Ihnen von Walt ausrichten, dass er gleich kommt.«

Nancy setzte sich auf den Stuhl neben Dakota. »Vollmond. Da passiert immer was.« Ohne Pause setzte sie hinzu: »Ich liebe Ihre Bücher.«

Dakota freute sich. »Danke.«

Valerie winkte der Bedienung. »Gina, ich brauche unbedingt eure Chickenwings.« So hieß die Kellnerin also. »Geht in Ordnung. Und du, Nancy?«

»Einen Wodka-Tonic.«

Dann wandten sich Dakotas neue Freunde zu ihr und starrten sie an. »Sie sind also Dakota Laurens.«

Dakota nahm einen Schluck von ihrem Getränk.

»Wenn ihr das so sagt, klingt es, als sei ich total berühmt. Wir können uns übrigens ruhig duzen.«

»Gerne. Aber du bist ja auch berühmt.«

»Na ja, ich hatte zwei Bestseller –«

»Nein, mindestens drei, von denen ich weiß. Wann kommt das nächste Buch von der Reihe *Leidenschaft und Tränen* heraus? Ich muss unbedingt wissen, ob Cassidy schwanger ist.« Nancy war offensichtlich ein Fan.

»Das nächste Buch erscheint nach Weihnachten.«

Bevor die Frauen weiterreden konnten, kamen noch zwei Kollegen in Arbeitstracht. »Da seid ihr. Ihr wart aber schnell.« Der Mann hatte bereits einen dunklen Schatten von den Bartstoppeln am Kinn.

»Ich habe Durst«, sagte Nancy.

Dale und Maria gesellten sich zu ihnen und Valerie stellte alle vor. Sie bestellten mehr Getränke und Gina brachte einen großen Korb Chickenwings mit leckerer Barbecue-Sauce.

»Es ist immer wieder das Gleiche. Kurz vor Dienstschluss bringen sie noch eine Zerquetschte«, stöhnte Maria.

Valeria beugte sich zu Dakota vor. »Mehrfacher Auffahrunfall auf der Zehn.«

»Ich bin von dort gekommen, habe aber gar nichts gesehen.«

»Ich glaube, es war bei San Bernardino.«

Nancy hob ihr Cocktailglas. »Dann brauch ich mich gar nicht zu beeilen, weil es sicher Stau gibt.«

»Gab es viele Verletzte?«, fragte Dakota.

»Ein paar Leichtverletzte. Am meisten hat eine Beifahrerin abbekommen. Wegen ihr sind wir auch so spät aus der Arbeit raus. Sie haben sie gerade in den OP geschoben, als wir gingen.« Valerie trank Wasser mit Limette.

Die Kollegen unterhielten sich über den Unfall und andere Ereignisse des Tages. Dakota hörte zu und merkte, dass diese Kaschemme hier ein Ort war, wo das Krankenhauspersonal den

Arbeitsstress ablassen konnte. Nur zwei von ihnen tranken etwas mit Alkohol. Die anderen aßen, plauderten und ließen die Anspannung des Tages fallen.

Um acht Uhr dreißig sah Nancy aufs Handy. »Was ist denn nur mit Walt?«

Valerie sah immer wieder ungeduldig zum Eingang, öfter noch als Dakota. Um neun war es mehr als offensichtlich, dass Valerie heimwollte, und Maria tippte die ganze Zeit auf ihrem Handy herum. Die kleine Gruppe war für nur einen Drink gekommen und ihre Gläser waren nun leer.

»Ihr müsst nicht mit mir warten«, sagte Dakota schließlich.

»Wir haben es Walt aber versprochen.«

Deshalb sind sie alle noch da.

Kurz vor neun zog auch Dakota ihr Handy hervor. Keine Nachricht von Walt.

Aber Walt würde sie doch nicht sitzen lassen, wenn er seine Kollegen schickte. Er wurde aufgehalten. Enttäuscht nahm Dakota ihre Tasche und ließ ihr Handy hineinfallen. »Ich gehe noch zur Toilette und dann fahre ich auch«, erklärte sie und legte ein paar Geldscheine auf den Tisch.

Nancy wirkte erleichtert, Valerie sagte nichts und Maria machte sich schon auf den Weg.

»War nett dich kennenzulernen«, sagte Maria im Gehen. »Ich bin sicher, dass Dr. Eddy etwas dazwischengekommen ist. Das passiert eben.«

»Kein Problem.«

Als Dakota von den Toiletten zurückkam, waren ihre neuen Freunde schon verschwunden.

Es waren jetzt mehr Leute in der Bar als vorher, nur leider nicht derjenige, für den sie überhaupt gekommen war.

Kurz überlegte sie, ob sie zum Krankenhaus fahren sollte, entschied sich aber dagegen. Lieber rief sie ihn an, hinterließ eine Nachricht und vereinbarte ein neues Treffen.

Abgesehen vom Licht, das von der Bar kam, war der Parkplatz dunkel. Sie hatte ihr Auto im hintersten Eck geparkt, weil sie gehofft hatte, dass dort weniger Leute parkten und ihr Wagen keine Macke von anderen Autotüren abbekommen würde.

»Hey, Baby!«

Dakota drehte sich nicht um. Sie griff in die Tasche und umfasste den Elektroschocker, den sie immer zur Selbstverteidigung dabeihatte.

»Ah, die Lady ist wohl zu fein für uns, oder was?«

»Ich habe kein Interesse«, rief sie über die Schulter zurück und hoffte, dass die Kerle den Wink mit dem Zaunpfahl verstanden. Es waren drei Männer, sie trugen alle schwarze Kleidung.

Gleich würde sie bei ihrem Auto sein.

»Komm schon, Kleine. Jetzt stell dich nicht so an.«

Sie versuchte, nicht in Panik zu geraten. Da hörte sie Schritte dicht hinter sich.

Ohne zu zögern, holte Dakota den Elektroschocker heraus und entsicherte ihn. Sonst ließ sie sich nicht so schnell einschüchtern, doch jetzt hatte sie wirklich Angst.

»Hey!« Sie wurde an der Schulter gepackt. Und da drückte Dakota den Knopf.

Ein schrilles Pfeifen ertönte. Funken leuchteten auf, zwischen ihr und dem Feind. Obwohl sie kaum etwas sah, hielt sie das Ding auf den Arm desjenigen, der sie festhielt.

»Verdammte Scheiße!« Der feste Griff der Hand löste sich und Dakota konnte zurückweichen.

Vom Eingang der Bar aus hörte sie Gelächter. Die drei Männer, die ihr hinterhergerufen hatten, standen immer noch dort.

Auf dem Boden aber kniete ein anderer Mann und hielt vor Schmerzen seinen Arm. Es war Walt.

»Um Gottes willen.«

Dakota ließ die Handtasche fallen und eilte zu ihm. »Oh je, geht's? Shit.«

»Verdammt noch mal!«

»Ich dachte, du wärst einer von denen. Das tut mir echt leid.«

Walt hatte die Augen geschlossen, sein Arm zuckte.

Sonst hatte sie diesen Elektroschocker noch nie benutzt. Tja, er funktionierte tatsächlich.

»Jetzt hat sie dich erwischt«, rief einer zu Walt hinüber.

Dakota zeigte den Mistkerlen den Mittelfinger und half Walt auf die Beine.

»Was zum Henker war das denn?«

Immer noch hielt sie den Schocker in der Hand. »Als Frau kann man nie vorsichtig genug sein.«

Walt rieb sich die schmerzende Stelle, wo der Strom in die Haut eingedrungen war.

»Tut es sehr weh?«

Walt sah sie an. Sein Gesichtsausdruck sprach Bände.

»Es tut mir leid. Wirklich.«

»Geschieht mir ganz recht, wenn ich so spät komme.« Er trug noch sein Ärzte-Outfit und ließ die Mundwinkel hängen.

»Du siehst müde aus.«

»Bin ich auch. Sich nach der Arbeit zu treffen, ist doch keine gute Idee.«

Dakota hob die Handtasche vom Boden auf. »Du bist Arzt, da ist das eben so.«

Er sah sich um. »Wo sind denn Dale und Valerie?«

»Schon gegangen.«

Walts Blick verfinsterte sich. »Dale hätte dich nach draußen begleiten sollen.«

»Ich bin schon groß, Doc.«

Er rieb sich den Arm. »Das merke ich.«

Sie nahm seine Hand und drehte ihn zum schwachen Lichtschein der Bar.

Als sie die rote Schwellung sah, stieß sie einen leisen Schrei aus. »Wird das wieder?«

»Ja, ja. Tut mir echt leid, dass ich dich hier allein gelassen habe.«

Sie zuckte mit den Schultern und die kühle Nachtluft ließ sie schaudern. »Fahr jetzt besser heim und schmiere eine Salbe oder irgendwas drauf.«

Er betrachtete sie sanft und seine Gesichtszüge wandelten sich. »Du siehst toll aus. Viel zu gut für diesen Schuppen hier.«

»Es war ja mein Vorschlag.«

»Hier hat man nur Schwesternkittel oder Sportklamotten an. Nicht hautenge Stretch-Miniröcke und Stilettos.«

Sie zwinkerte. »Verstehe. Ich habe aber keinen Krankenhauskittel und meine Sporthosen sind auch alle aus Stretch.«

Er lachte und kam näher. »Tut mir leid, dass es nicht geklappt hat.« Er wischte ihr eine Haarsträhne aus dem Gesicht und strich sie hinter ihr Ohr. Sie genoss die Wärme seiner Hand. »Kann ich es wiedergutmachen?«

»Ich habe dir gerade eins mit dem Elektroschocker verpasst, Doc. Du musst nichts wiedergutmachen.«

»Dann eben dafür, dass du das Ding überhaupt gebraucht hast.«

»Solange ich nicht wieder in so einen Laden gehen muss …«

Er legte seine Hand um ihren Nacken. »Dann entscheidest du, wohin wir gehen und ich lade dich ein, abgemacht?«

Sie zog eine Augenbraue hoch, während er noch näherkam. »Ich habe einen teuren Geschmack.«

Er war mit seinem Mund nahe an ihrem. »Damit kann ich leben.«

Dakota hob den Kopf, spürte die sinnliche Berührung seiner Lippen. Die lange Wartezeit in der Kneipe war längst vergessen. Zumindest, bis sie wieder die Rufe der Männer hörten, die immer noch dastanden.

Sie unterbrachen lachend den Kuss. »Also, diesen Abend werde ich so schnell nicht vergessen«, meinte er.

»Ich auch nicht.« Selbst ohne Brandwunde am Arm.

Walt öffnete für sie die Autotür.

Sie startete den Motor und ließ das Fenster herunter, bevor sie die Tür schloss.

Er beugte sich zu ihr. »Hast du eigentlich auch eine Schusswaffe?«

»Eine Schusswaffe?«

»Ja, also eine Pistole. Mit richtiger Munition und so.«

Sie grinste ihn an. »Du hast dich halt von hinten angeschlichen.«

»Ich will nur wissen, welchen Arztkoffer ich für unser nächstes Date brauche.«

»Es war ja nur fast ein Date. Küssen auf dem Parkplatz zählt nicht. Zumindest nicht mehr seit der Highschool.«

Walt lachte laut auf und trat zurück. »Pass auf dich auf, Dakota.«

»Du auch, Doc.«

Kapitel 7

Brenda rief sonst nie an. Als Walt ihre Stimme auf dem Anrufbeantworter hörte, wunderte er sich.

»Wer ist die beste Schwester der Welt?«, fragte sie nach dem Piepton. »Genau, ich. Wie ich soeben über verschiedene Kanäle erfahren habe, versucht Mom dich nicht mit *einer* Frau zu verkuppeln. Nein, es sind gleich *drei* Herzensdamen für dich, wenn du zu Dads Party kommst.«

Walt stöhnte.

»Und versuch bloß nicht, dich vor der Party zu drücken, weil du das jetzt weißt. Larry sagt, dass er eine Flasche Whiskey für dich mitnimmt.«

Larry war der Mann seiner Schwester. Der Arme wohnte kaum zwanzig Meilen von seinen Schwiegereltern entfernt und musste sie viel öfters aushalten als Walt.

»Und hör auf den Rat deiner jüngeren, doch weiseren Schwester: Bring einfach selber mal jemanden mit und schon hört dieser ganze Mist endlich auf. Hab dich lieb, Bruderherz. Freu mich, dich nächste Woche zu sehen.«

Er war zu lange auf den Beinen gewesen und außerdem hatte er unglaubliche Schmerzen am Arm.

Er hatte gleich Vorbereitungen getroffen, damit das nächste Date mit Dakota ohne Störungen ablaufen würde. Sogar Blumen hatte er bestellt und neue Kondome in die Geldbörse gesteckt. War das berechnend oder rücksichtsvoll? Jedenfalls hoffte er, dass sie zum Einsatz kommen würden. Dakota und ihr Elektroschocker hatten ihn erobert und bei dem Gedanken an sie wurde ihm warm.

Am folgenden Tag suchte Walt nach einer Alternative zu dem furchtbaren Schuppen, an den er sich so gewöhnt hatte.

Dummerweise kannte er nur ähnlich zwielichtige Kneipen oder Clubs, die wiederum so angesagt waren, dass er und seine Kollegen nicht zum Entspannen dorthin gingen.

Walt stellte den Korb mit der sauberen Wäsche, die er eigentlich mal in den Schrank räumen sollte, zur Seite. Er machte den Fernseher an und öffnete sich ein Bier. Seit Ewigkeiten hatte er schon kein Baseballspiel mehr angeschaut, aber jetzt würde er wenigstens die zweite Hälfte des Spiels sehen.

Er kommentierte gerade lautstark eine Schiedsrichterentscheidung, als das Telefon läutete.

»Hi, Doc.«

Verdammt, klang ihre Stimme heiß. Schnell drehte er die Lautstärke des Fernsehers herunter und sagte: »Hatte ich nicht gesagt, dass du mich Walt nennen sollst?«

»Schon, aber ich bin vorher noch nie mit einem Arzt ausgegangen, also musst du dich einfach damit abfinden.«

»Ah, geht's dir um gesellschaftliche Anerkennung?«

»Klaro, ich bin nur mit dir zusammen, weil du einen Doktortitel hast.«

»Und wegen der Charakterstudie.«

»Genau. Die zwei Gründe.«

Er lachte.

»Ich hoffe, du hasst mich jetzt nicht«, sagte sie etwas ernster als zuvor.

»Warum sollte ich?«

»Ich muss unser Date für morgen absagen.«

Er hoffte, dass er sich gerade verhört hatte, und stellte den Fernseher aus, um nicht abgelenkt zu sein.

»Im Ernst?«

»Ich muss nach New York fliegen. Meine Agentin hat der Verlegerin von meinem neuen Buchprojekt erzählt und sie war nicht mit deren Angebot einverstanden.«

»Und was bedeutet das?«

»Sie hat es drei weiteren Verlegern vorgestellt und jetzt wird es hektisch.«

Walt kannte sich mit der Verlagsszene nicht aus, zumindest aber konnte er sich ausmalen, dass Hektik in Dakotas Welt etwas Besseres bedeutete als in seiner. »Trotzdem ist es was Gutes, oder?«

»Verrückt gut.«

»Magst du deinen jetzigen Verlag?«

»Ja, sehr. Aber wenn man Geschäfte macht, versucht jeder, das Beste für sich herauszuziehen. Desi, meine Agentin, hat vorgeschlagen, dass wir mehr Geld verlangen sollen, und jetzt versucht jeder, den anderen zu überbieten. Sie nennen es eine Auktion. Das ist mir vorher auch noch nie passiert. Deshalb muss ich also nach New York, um alle Verleger zu treffen. Ich will wissen, mit wem ich es zu tun habe, bevor ich einen Vertrag unterzeichne.«

»Klingt spannend.«

»Ist es auch. Nur blöd, dass ich dir absagen muss.«

»Arbeit geht vor.« Trotzdem blöd. »Und was ist mit nächstem Wochenende?«

»Da bist du doch in Colorado.«

Er lehnte sich zurück und kratzte sich am Kopf. »Komm mit.«

Sie zögerte. »Nach Colorado?«

»Ja.« Wahrscheinlich würde er sich hinterher ohrfeigen. »Aber ich muss dich vorwarnen. Ich nutze dich aus, damit meine Mutter nicht versucht, mich mit irgendwelchen anderen Frauen zu verkuppeln.«

»Warum Plural, sind es etwa mehrere?«

»Sagt meine Schwester.«

»Okay, also benutze ich dich für mein nächstes Buch und du mich, damit ich dir deine Mom vom Hals halte?«

»Gut zusammengefasst.« Sollte er noch den Kondomvorrat erwähnen? *Ach, lassen wir das lieber …*

»Okay, Doc. Hiermit hast du eine Wochenendbegleitung gewonnen. Aber warte mal, wenn ich das laut sage, kommen mir plötzlich alle möglichen Bilder in den Kopf.«

Stimmt, ihm auch.

»Getrennte Zimmer?«, schlug er vor. »Ich erwarte nicht –«

»Aber würde das nicht deinen Plan durchkreuzen?«

»Ich habe keinen Plan, Dakota. Komm einfach mit nach Colorado und wir werden schon sehen. Zumindest ist eines sicher: Meine Arbeit kann uns dort keinen Strich durch die Rechnung machen.«

»Und ich habe bis dahin auch meinen Deal klargemacht.«

»Du kannst mich benutzen und ich dich.«

Sie lachte laut auf. »Ich färbe auf dich ab, Doc. Deine Eltern werden mich hassen.«

»Das bezweifle ich.«

»Kann ich überhaupt bei dir mitfliegen, so spontan?«

Shit. Er hatte ganz vergessen, überhaupt einen Flug zu buchen. »Tja also, da muss ich mich noch erkundigen.«

»Walt?«

»Ähm …«

»Sag bloß nicht, dass du noch gar keinen Flug gebucht hast!«

Er stand auf und ging mit dem Telefon ins Arbeitszimmer zu seinem Computer. »Ich hatte gehofft, dass vorher noch irgendwo die Schweinegrippe ausbricht.«

»Die Schweine-was?«

»Das ist ein Insiderwitz. Ich kümmere mich darum.«

»Du brauchst echt eine persönliche Assistentin.«
»Da magst du recht haben.«

★ ★ ★

New York war ganz anders als Los Angeles. Flip-Flops und Shorts waren an der Westküste an der Tagesordnung, in New York aber trug man niemals Sandalen oder kurze Hosen, außer vielleicht am Wochenende, wenn man an den Strand fuhr. Doch Dakota hatte eine Sache von ihrer Mutter gelernt: *Wenn du nicht weißt, was du tust, dann tu wenigstens so, als wüsstest du es*. So hatte sie es bei ihrem ersten Trip zum Big Apple gemacht und jetzt war sie sozusagen ein alter Hase.

Sie buchte sich ein schickes Hotelzimmer, das so viel kostete wie ihre frühere Studentenbude in einem Monat. Es befand sich im Morrison Hotel, weil sie ihren neuen Freunden gegenüber, beziehungsweise deren Verwandten, loyal sein wollte.

Am nächsten Tag schwirrte Dakota nach dem Geschäftsessen mit dem zweiten Verleger der Kopf.

»Die wollten mich mästen.«

Desi stellte die Handtasche auf dem Schreibtisch im Hotelzimmer ab. »Sie wollen dir vier Millionen geben. Sonst nichts.«

Dakota setzte sich auf die Bettkante und kickte ihre Schuhe von den Füßen. »Das ist ein Haufen Kohle.«

Desi lehnte sich gegen den Schreibtisch und verschränkte die Arme über der Brust. Sie war elegant gekleidet. Wahrscheinlich hatte allein das Kleid tausend Dollar gekostet und die Schuhe fünfhundert. Dakota wusste, wie hart Desi arbeitete und dass sie sich die achtzig Dollar teuren Maniküren schwer verdient hatte. Dakota hatte sich noch nicht ganz daran gewöhnt, dass sie selbst nun auch viel Geld verdiente und jetzt ebenfalls großzügige Trinkgelder verteilte.

»Sag, dass es eine Serie wird, und wir verdoppeln den Betrag.«

»Ich weiß aber nicht, ob es eine Serie wird. Noch nicht. Ich muss erst mal das erste Buch schreiben, Desi, das kennst du doch schon.«

Das Telefon blinkte. Froh um die kurze Ablenkung, griff Dakota zum Hörer. »Denk wenigstens darüber nach.«

Die Empfangsdame von der Rezeption meldete sich und Dakota wurde zum Concierge durchgestellt.

»Ms Laurens. Wir wurden über Ihren Aufenthalt nicht rechtzeitig benachrichtigt. Bitte entschuldigen Sie vielmals.«

»Was meinen Sie damit?«

»Mrs Morrison hat gesagt, dass es Ihnen an nichts fehlen soll, Ms Laurens. Ein Page ist auf dem Weg zu Ihnen und Ihr neues Zimmer ist nun für Sie bereit.«

Dakota sah sich in ihrem Zimmer um. Es war relativ klein, aber schließlich waren sie in New York und hier kostete jeder Quadratzentimeter ein Vermögen.

»Ich habe doch schon ein Zimmer.«

»Natürlich, Ma'am. Wir haben jedoch ein anderes für Sie vorgesehen. Bitte entschuldigen Sie vielmals die Unannehmlichkeiten.«

Dakota war verwirrt und während sie sich noch wunderte, was gerade geschah, öffnete Desi die Tür.

»Ms Laurens?«, fragte der Page.

Desi winkte ihn herein zu Dakota, die gerade auflegte, um ihre Aufmerksamkeit dem Mann zu schenken, der jetzt vor ihr stand.

»Man hat mir gesagt, dass Sie ein anderes Zimmer beziehen.« Der Page stand kerzengerade vor ihr, seine Schläfen waren grau meliert. Seine tadellose Uniform saß akkurat.

»Ich hatte dieses Zimmer reserviert«, sagte Dakota.

»Ja, Ma'am. Bitte folgen Sie mir. Wenn das neue Zimmer nicht Ihren Wünschen entspricht, dürfen Sie natürlich gerne wieder in das alte zurückwechseln.«

Dakota warf Desi einen irritierten Blick zu.

Ihre Agentin zuckte nur mit den Achseln.

Schließlich aber schnappte sich Dakota die Handtasche und folgte mit Desi dem Pagen.

Sie betraten den Lift, der Page hielt eine Schlüsselkarte über einen Sensor und reichte sie ihr anschließend. »Um in Ihr Zimmer zu gelangen, müssen Sie die Karte hier vor den Sensor halten und innerhalb von fünf Sekunden auf den Knopf für das oberste Stockwerk drücken.«

Der Aufzug fuhr bis ganz oben.

»Sie haben die Nummer zwei.«

Der Page öffnete die Tür zur Penthouse-Suite. Ein riesengroßer Raum breitete sich vor ihr aus. Durch die bodenlangen Fenster sah man New York und den Central Park. Das goldene Licht der untergehenden Sonne spiegelte sich an den Glasfronten der Wolkenkratzer. Der Blick war atemberaubend. »Wahnsinn!«

Der Page wippte auf den Fersen. »Mrs Morrison lässt ausrichten, dass Sie sich an deren Schwester wenden sollen, falls Sie Fragen wegen des Zimmers haben. Wenn Sie einverstanden sind, würden wir nun Ihr Gepäck heraufbringen, Ms Laurens.«

»Ich … äh, ich kann –«

»Ich versichere Ihnen, dass es Ihnen an nichts fehlen wird.«

Dakota nickte wie ein Wackeldackel mit dem Kopf.

Als der Page die Suite verlassen hatte, stellte sich Desi in die Mitte des Raumes und drehte sich einmal im Kreis. Der Hauptraum war ungefähr fünfundsiebzig Quadratmeter groß. In einer Ecke stand ein Klavier. In der anderen war eine Bar und in einer großen Nische war die offene Küchenzeile. Überall standen duftende Blumen und auf dem großen Esstisch befand sich ein Korb mit frischen Früchten.

»Woher kennst du denn einen von den Morrisons?« Desi inspizierte bereits den Rest der Suite.

»Ich kenne gar keinen von denen persönlich.«

Das Hauptschlafzimmer war größer als das Wohnzimmer ihrer Eigentumswohnung. Das Bett war riesig, der Fernseher auch und es gab einen Balkon mit Flügeltüren. Das Badezimmer wirkte wie ein Wellnessbereich.

»Er hat aber doch gesagt, dass das Mrs Morrison arrangiert hat.«

»Ich kenne zwar Monica, aber nicht ihre Schwester.«

Desi blieb in der Tür zum nächsten Zimmer stehen. »Und wer ist Monica?«

»Die habe ich auf der Konferenz kennengelernt.« Dakota ging zur Fensterfront und betrachtete den Sonnenuntergang. »Sie war eine Arbeitskollegin von Walt.«

»Wer ist denn Walt schon wieder?«

»Der Arzt, mit dem ich ausgehe. Mann, Desi, der Blick ist der Hammer.«

»Dakota!« Desi rief laut, um Dakota aus ihren Gedanken zu holen. »Jetzt lass dir doch nicht alles aus der Nase ziehen. Ich verstehe nur Bahnhof.«

»Monica ist die Schwägerin von Mr Morrison.«

»Der Inhaber dieses Hotels?«

»Der Inhaber *aller* Morrison Hotels. Zumindest steht das so im Internet. Monica ist Krankenschwester und hat mal mit Walt zusammengearbeitet. Ich habe dir doch von Walt erzählt, oder?«

Desi schüttelte den Kopf und setzte sich auf eines der zwei Plüschsofas. »Nein.« Und so brachte Dakota Desi auf den neuesten Stand über ihr Liebesleben.

»Also ist das derjenige, der dich auf die Idee für dein neues Buch gebracht hat?«

»Er ist derjenige, dem ich absagen musste, für diesen kleinen Ausflug nach New York.«

Bevor Desi etwas erwidern konnte, kam der Page mit dem Gepäck. Sie zeigte ihm, wohin er die Koffer stellen sollte, und reichte ihm einen Schein, ohne ihn anzusehen.

Bevor er das Zimmer verließ, sagte er: »Ich möchte mich noch einmal für die Unannehmlichkeit entschuldigen. Alles, was Sie hier finden, ist gratis, wie auch der Zimmerservice, wenn Sie sich während Ihres Aufenthaltes etwas zu essen auf Ihr Zimmer bestellen möchten. Ich wünsche Ihnen einen schönen Abend, Ms Laurens.«

»Alles, was wir hier finden?«, wiederholte Dakota, als er verschwunden war.

Desi lachte und ging zur Küchenzeile. »Die Bar ist geöffnet, Schätzchen. Was willst du?«

★★★

»Der Rückflug wird weniger luxuriös sein«, warnte Walt sie vor, als er sie am Freitagmorgen abholte.

»Ich bin sowieso sehr erstaunt, dass du so kurzfristig noch einen Flug bekommen hast.« Dakota trug eine Sonnenbrille mit riesigen Gläsern und hatte ihre Haare zu einem strengen Pferdeschwanz zurückgebunden. Sie hielt eine leichte Strickjacke auf dem Schoß und trug ein ärmelloses Stricktop. Ihre Hose saß perfekt und dazu trug sie Schuhe mit Fünf-Zentimeter-Absätzen. Walt wurde der Mund wässrig, wenn er sie ansah.

»Machst du eigentlich immer alles auf den letzten Drücker?«

»Nicht immer.« Er bog aus ihrer Einfahrt und mischte sich in den Verkehr.

»Okay und bei was bist du pünktlich?«

»Bei der Arbeit.«

»Abgesehen davon.« Walt sah aus dem Augenwinkel, wie Dakota den Kopf schüttelte.

»Manche Rechnungen zahle ich pünktlich.«

»Daueraufträge zählen nicht. Und was ist mit Geburtstagen?«

»Den Muttertag vergesse ich nie.«

»Wenn du immer alles auf den letzten Drücker kaufst oder Flüge buchst, gibst du ein Vermögen dafür aus.«

Er zwinkerte ihr zu. »Onlineshopping schafft da Abhilfe.«

Der John-Wayne-Airport war viel kleiner als der internationale Flughafen von Los Angeles. Walt fuhr zum VIP-Parkplatz und sagte dem Parkwächter seinen Namen.

Als sie durch eine separate Sicherheitskontrolle gingen, wurde Dakota skeptisch.

»Wann geht denn unser Flug?«

»Sobald wir eingestiegen sind.«

Jemand stellte ihr Gepäck auf einen Wagen und schob ihn fort.

»Dr. Eddy?«

Sie drehten sich um. Ein Mann in Pilotenuniform blickte sie an.

»Trent hat gesagt, dass man uns abholt.«

»Ich heiße Rendell«, sagte er und gab Walt die Hand. »Ich bin heute Ihr Pilot. Unser Copilot Sean ist schon an Bord und bereitet den Flieger vor.«

Dakota nahm die Sonnenbrille ab und blickte aus dem Fenster zum Vorfeld.

»Ich müsste bitte noch Ihre Ausweise kontrollieren.«

Walt zog seine Brieftasche hervor.

»Hast du etwa ein Flugzeug gechartert?« Dakotas Stimme klang vor Erstaunen eine Oktave tiefer.

Walt nahm sie am Ellbogen und führte sie zum Flugzeug.

»Ich habe bloß jemanden um einen Gefallen gebeten. Wie schon gesagt, der Rückflug wird anders.«

Walt freute sich über Dakotas verblüfftes Gesicht. Die Frau hatte sonst so viel zu sagen, jetzt aber war sie sprachlos.

Sie gingen direkt zu dem kleinen Düsenflugzeug und stiegen die kurze Treppe hinauf.

In den Flieger passten zwar sechs Passagiere, sie waren aber die einzigen Leute, abgesehen von den beiden Piloten und einer Flugbegleiterin.

Walt wies Dakota den Mittelsitz zu und setzte sich ihr gegenüber. Noch bevor sie angeschnallt waren, wurden schon die Türen geschlossen. »Das sieht verdammt nach Monica und Trent aus«, meinte Dakota schließlich.

»Sie bieten es immer wieder an und ich nehme es sonst nur selten in Anspruch.«

Dakota strich über den gepolsterten Ledersitz und schlug die Beine übereinander. Sie machte es sich in ihrem Sitz bequem und wirkte nun, als ob sie immer in Privatjets unterwegs sei. »Deine Freunde gefallen mir, Doc. Habe ich schon erwähnt, dass Monica für ein Upgrade gesorgt hat und ich die Penthouse-Suite bekommen habe, als ich in New York war?«

Walt schnallte sich an und lehnte sich entspannt zurück. »Nein, hast du nicht.«

»Ja, das Penthouse, mit allem Drum und Dran. Ich habe sie gleich angerufen und ihr gesagt, dass das doch nicht nötig sei, aber sie hat abgewimmelt und meinte, es sei doch gar nicht der Rede wert.«

»Gewöhn dich dran. Die Morrisons und die Fairchilds sind unglaublich großzügig.«

»Das merkt man. Dabei kenne ich sie gar nicht richtig.«

Die Flugbegleiterin trug eine schwarze Hose und eine weiße Seidenbluse. Freundlich sagte sie: »Willkommen an Bord von Fairchild Charters. Ich heiße Stacey und bin heute Ihre Flugbegleiterin. Sobald wir die Reisehöhe erreicht haben, werde ich Ihr Essen zubereiten. In der Mittelkonsole finden Sie die Speisekarte. Wenn Sie etwas brauchen, stehe ich Ihnen jederzeit zur Verfügung.«

Dakota strahlte. »Vielen Dank.«

Stacey ging nach hinten in die Bordküche. Aus dem Lautsprecher ertönte nun die Stimme des Kapitäns. »Dr. Eddy, Miss

Laurens, in fünf Minuten starten wir. Bitte bleiben Sie angeschnallt sitzen, bis ich Stacey das Zeichen zum Abschnallen gebe. Willkommen an Bord.«

Dakota beugte sich vor und flüsterte: »Daran könnte ich mich locker gewöhnen.«

»Manchmal zahlt es sich doch aus, wenn man alles auf den letzten Drücker macht.«

Dakota bestellte Rührei mit Toast. Stacey bot ihnen Champagner mit Orangensaft an.

»Was werden wohl deine Eltern denken, wenn du mich ihnen vorstellst?«

Walt nippte an seinem Getränk und nahm einen Bissen vom Rührei. »Meine Mutter wird ganz kopflos sein, weil sie gar nicht weiß, dass ich jemanden mitbringe.«

»Hast du ihr nicht gesagt, dass ich mitkomme?«

»Nein. Und bevor du mich wieder beschimpfst und meinst, dass ich das auch vergessen habe, kann ich dich beruhigen. Ich habe absichtlich nichts gesagt, um sie zu überraschen. Sonst hätte sie nur zu viele Fragen gestellt, die ich ohne dich gar nicht beantworten kann.«

Das Essen schmeckte ausgezeichnet. *Wie hat Stacey das bloß in der engen Flugzeugküche gezaubert*?

»Sollen wir bei der Wahrheit bleiben? Wir gehen erst seit Kurzem miteinander aus. Oder noch treffender: Wir versuchen miteinander auszugehen, aber haben es noch nicht wirklich geschafft.«

Walt zeigte mit der Gabel auf sie. »Wenn wir *das* sagen, wird Mom mich, selbst wenn du dabei bist, mit einer anderen verkuppeln wollen.«

»Dann lügen wir lieber.«

»Wir verschweigen die Wahrheit.«

Dakota lehnte sich zurück. »Du benutzt mich wirklich.«

Er ließ die Gabel sinken.

»Sei ehrlich, Doc.«

Sein Kiefer schmerzte, weil er so fest die Zähne aufeinanderbiss. »Die Wahrheit ist, dass wir noch keine freie Minute zu zweit hatten. Dieses Wochenende zusammen zu verbringen, ist das Beste, das wir tun können.«

»Oder vielleicht auch nicht.«

Ihre Worte erzeugten einen plötzlichen Druck in seiner Brust. »Wenn es nichts mit uns wird, dann muss ja nur *ich* die Sache mit meinen Eltern wieder geradebügeln.«

»Klingt, als ob du uns gar keine große Chance einräumst.« Dakota blickte ernst. Diese Unterhaltung entwickelte sich in eine ganz andere Richtung als geplant. Beziehungsweise, er hatte ja eigentlich nichts geplant.

»Ich habe ja gesagt, dass ich gerne single bin«, erinnerte er sie. »Und du hast das Gleiche gesagt.«

Ihre Brust hob und senkte sich mit einem langgedehnten Atemzug. »Stimmt. Habe ich. Und bin ich. Wir Frauen werden nur nicht gerne ausgenutzt. Dann fliegen wir also nach Colorado, um Abstand vom Alltag zu gewinnen, und deine Eltern sind eine willkommene Ablenkung.«

»Genau.« Vielleicht verstand sie doch, was er eigentlich sagen wollte. Andererseits klang es auch wie etwas, das sie in ihren Büchern schreiben würde, dachte er betrübt.

Sie blickte aus dem Fenster. Man konnte ihr nicht ansehen, was sie dachte.

»Du bist sauer«, sagte er zu ihr.

Sie wandte sich zu ihm, ihr Blick durchbohrte ihn.

Beide stellten tausend schweigende Fragen.

Mit ihrem Südstaatenlächeln – breit, aber aufgesetzt – prostete Dakota ihm zu. »Auf die Täuschung deiner Eltern und ein wundervolles Wochenende ohne Arbeit.«

Er stieß mit ihr darauf an, aber ›wundervoll‹ fühlte sich anders an.

Kapitel 8

Sie war, wie alle Südstaatlerinnen, hart im Nehmen und behielt stets die Fassung. Selbst Walts Ehrlichkeit würde sie nicht aus dem Konzept bringen, egal wie sehr es wehtat. Sie würde aus dem Wochenende einfach das Beste machen. Alles oder nichts. Wer A sagt muss auch B sagen. Noch weitere solcher Sprüche, die sie in ihren Büchern tunlichst vermied, fielen ihr ein.

Dakota wusste nicht, ob Walt mit ihr zusammen war, weil er wollte oder weil er sie brauchte, um das Wochenende bei seinen Eltern durchzustehen. Oder war sie einfach nur praktisch für ihn? Sie hätte das gerne gefragt. Aber solche ehrlichen Fragen schreckten viele ab. Meistens die Richtigen, und insgeheim hoffte sie, dass Walt der Richtige war.

Stacey räumte die Teller ab. Dakota war schon beim zweiten Glas. Das Wochenende wollte sie nicht nüchtern überstehen. Könnte sie wahrscheinlich gar nicht.

Ihr fielen Marys Fragen ein und sie begann ein kurzes Verhör. »Meine Eltern sind Baptisten, aber nicht streng gläubig. Und deine?«

»Protestanten, gehen aber nur an Ostern und Weihnachten in die Kirche.«

»Also ähnlich. Hast du Geschwister?«

»Eine Schwester. Brenda. Seit ein paar Jahren verheiratet. Dakota –«

Sie redete weiter, duldete keine Unterbrechung. »Ich habe auch eine Schwester. Hat ihren Jugendfreund geheiratet. Und zwei Neffen. Sie wohnen alle in der Nähe meiner Eltern.«

»Warum erzählst du mir das?«

»Wenn wir deine Eltern täuschen wollen, dann müssen wir doch etwas voneinander wissen.«

»Dakota?« Sein Blick wurde sanft. Er beugte sich zu ihr, umfasste ihre Hand, die auf der Armlehne des Sessels lag.

Sie zog ihre Hand fort. »Ich muss zur Toilette, bevor wir landen.«

Sie spürte seine Blicke, als sie ging. Als sie an Stacey, die in der Bordlüche saß und las, vorbeiging, ließ sie sich nichts anmerken und bemühte sich um einen fröhlichen Gesichtsausdruck.

Die Toilette war größer als in einem normalen Passagierflugzeug, aber trotzdem eng. Aus Gewohnheit verschloss sie die Tür. Als sie endlich allein war, lehnte sie ihren Kopf dagegen.

Du bist so blöd, Dakota. Verliebst dich, ohne nachzudenken.

Trotz ihrer harten Schale stürzte sie sich in eine Beziehung und glaubte, es könnte Liebe sein, wenn es doch nur um sexuelle Anziehungskraft ging. Oder sie verliebte sich in verheiratete Männer, die so taten, als seien sie single und schwer verliebt. Oder sie suchte dort nach Liebe, wo nur sabbernde Küsse und wenig Leidenschaft zu erwarten waren.

Sie wollte, dass Walt anders war.

Aber sie hatte keinen Grund, auf ihn sauer zu sein. Walt hatte schließlich gesagt, dass er sie benutzte, um sich seine Mutter vom Hals zu halten. Und trotzdem hatte sie gehofft, dass er scherzte. Sie legte weiß Gott weder Wert auf seinen Doktortitel noch auf eine Charakterstudie. Sie hatte das aus Spaß gesagt. In Wirklichkeit handelte ihr Buch von einer Ärztin und die war ganz anders als Walt.

Ein paar Minuten später verließ sie wieder die Toilette und hatte sich ein Lächeln auf ihre Lippen gezeichnet.

★★★

Das Anwesen der Eddys – man konnte es nicht anders nennen – war riesig. Das Grundstück umfasste acht Hektar und auf dem ausgedehnten Gelände befand sich ein doppelstöckiges Haus im Stil einer Ranch, das an einem Bergsee lag. Er war umsäumt von hohen Pinien, es gab viele kleine Pfade, auf denen man sich leicht verirren konnte, wenn man sich hier nicht auskannte. Walt sagte, es gebe zwei Gästehäuser. Eines davon wurde auch als Bootshaus genutzt und das andere war ein gemütliches, kleines Häuschen mit zwei Schlafzimmern, einer Küche und einer eigenen Auffahrt. Es gab auch noch ein Haus, das Walt aber nicht mitzählte, weil dort schon seit Ewigkeiten der Gutsverwalter wohnte.

»Mit dem Einkommen eines Arztes kann man sich so etwas aber nicht leisten«, staunte Dakota, als sie mit dem Mietwagen die baumgesäumte Allee hinauffuhren.

Er blickte aus dem Fenster, offenbar wenig beeindruckt. »Wahrscheinlich nicht.«

»Stammt deine Mutter aus einer reichen Familie?«

Walt musste lachen. »Mein Vater hat die Eddy-Klemme erfunden. Sie wird für Operationen am offenen Herzen gebraucht. Die Blutzufuhr wird umgeleitet …« Er ließ den Satz unbeendet. »Damit hat er viel Geld verdient.«

»Da wäre es für dich schon vernünftig gewesen, selbst Kardiologe zu werden.«

»Ja, mein Dad hätte es vernünftig gefunden.«

In der letzten halben Stunde hatte Dakota wenig gesagt und mehr geguckt, und auch Walt blickte zu ihr, ohne etwas zu sagen.

Sie parkten hinter den anderen Autos, die in der großzügigen Auffahrt standen. Dakota stieg aus und öffnete den Kofferraum.

Walt holte das Gepäck heraus und schloss den Deckel. Als Dakota sich zum Gehen wandte, hielt Walt sie fest.

»Dakota.«

Wieder setzte sie ihr gespieltes Lächeln auf, doch er zog die Stirn in Falten. »Ich habe im Flugzeug etwas gesagt, das dir nicht gefallen hat.«

Sie schüttelte den Kopf. »Es ist schon okay.«

»Nein, ist es nicht.« Es lag ihm noch mehr auf der Zunge, er sagte aber nichts weiter. Stattdessen umfasste er einfach ihren Kopf und küsste sie.

Sie bewahrte für ein paar weitere Sekunden ihre steife Haltung, dann zerschmolz sie. Sie wollte, dass ihr seine Berührung gleichgültig war, aber sie war nicht so stark. Seine Lippen waren so weich und begierig. Leicht stöhnend drückte sie sich an ihn. Plötzlich räusperte sich jemand hinter ihnen. Sie wichen auseinander.

Walt hatte trotzdem weiterhin seinen Arm um sie gelegt, als er sich zu der Frau umdrehte. »Mom.«

Sie sah Dakota an, dann ihren Sohn. Sie trug einen eleganten Hosenanzug, wahrscheinlich aus Seide, vermutete Dakota. Dazu hatte sie hohe Schuhe an, was verwunderlich war. Schließlich war sie hier zu Hause und die Party von Walts Vater würde erst am nächsten Abend stattfinden. Das war also die Alltagskleidung von Mrs Eddy.

Walt ließ die Koffer stehen und schob Dakota nach vorne. »Sie beißt nicht«, flüsterte er.

Dakota war sich da nicht so sicher.

Walt gab seiner Mutter einen Kuss auf die Wange. »Schön, dich zu sehen.«

Mrs Eddy ließ die Augen nicht von Dakota. »Stellst du mich nicht deiner … Bekannten vor?«

»Mom, das ist Dakota. Dakota, das ist meine Mutter, JoAnne.«

Dakota streckte die Hand aus und empfing einen laschen Händedruck. »Freut mich, Sie kennenzulernen, Mrs Eddy. Ich habe schon viel von Ihnen gehört.«

JoAnne blinzelte stumm und sah Walt fragend an. »Von Ihnen habe ich dagegen noch nie etwas gehört, Miss …«

»Miss Laurens, aber nennen Sie mich doch einfach Dakota.« Sie wartete darauf, dass Walts Mutter auch ihren Vornamen nannte, was aber nicht geschah.

»Mein Sohn hat leider versäumt, mir zu sagen, dass er einen weiteren Gast mitbringt.«

»Es war eine sehr kurzfristige Entscheidung«, sagte Walt. Er stellte sich näher zu Dakota, den Arm nun um ihre Taille gelegt.

Dafür, dass sie ihren Sohn verheiratet sehen wollte, war die Frau reichlich unterkühlt.

»Bleiben wir hier draußen stehen oder können wir vielleicht reingehen?«, fragte Walt.

»Natürlich.« JoAnne Eddy drehte sich um und ging voran.

Walt zögerte, blickte unentschlossen zu den Taschen, die noch vor dem Auto lagen.

Dakota packte seinen Arm und wisperte ihm zu: »Wage es ja nicht, mich mit ihr alleinzulassen.«

Er richtete sich auf und salutierte wie ein Offizier.

»Wir haben dein altes Zimmer für dich hergerichtet, Walter«, sagte JoAnne über die Schulter hinweg. »Jetzt muss ich alles wieder ändern, um Platz für einen weiteren *Gast* zu machen.«

Eigentlich war Dakota sehr selbstbewusst, außer ihre Eltern äußerten sich mal wieder abfällig über Dakotas Job. Doch JoAnne Eddy verunsicherte sie sehr.

»Wir gehen ins Gästehaus«, sagte Walt zu seiner Mutter.

»Das Gästehaus habe ich schon deiner Schwester versprochen.«

»Dann eben ins Bootshaus.«

JoAnne wandte sich um und sah sie finster an. »Das ist doch sehr unpassend, Walter.«

»Mein Apartment ist kleiner, Mom. Das passt schon für uns.«

Der Austausch zwischen ihnen war wenig herzlich und Dakota fand, dass sie nicht gut darauf reagiert hatte. Sie zwang sich zur Freundlichkeit und sagte mit mehr Akzent als sonst: »Sie haben ein sehr schönes Zuhause, Mrs Eddy. Wirklich sehr beeindruckend.« An der Decke sah man schwere Balken und das Haus hatte trotz seiner Größe den Charme einer Berghütte. Auch wenn Dakota jetzt lieber in einer richtigen Hütte gewesen wäre, so stimmte es doch, was sie sagte. Alles, von den Tischchen im Flur bis zu den Kronleuchtern, war überdimensioniert und mit schwerem Schmiedewerk und Westerncharme geschmückt. Aber trotzdem wirkte es beeindruckend und nicht bloß wie ein Landhaus. Die Mischung aus Raffinesse und Kultur zeugte von Geld.

Viel Geld.

Dakota blieb vor einem Gemälde im Flur stehen. Frühes neunzehntes Jahrhundert. Impressionismus. Das Werk war ein ganz anderer Stil als das restliche Interieur, trotzdem passte es irgendwie. Zu Walt sagte sie: »Dann muss das ja eine schrecklich kleine Bude sein, in der du wohnst.«

Walt lachte und drückte ihren Arm.

»Danke, dass Sie das auch sagen. Wäre schön, meinen Sohn in einem anständigen Haus zu sehen, statt in dieser lächerlichen Wohnung, auf die er so hartnäckig besteht.«

»Ich habe keine Zeit für ein Haus.« Es klang, als ob sie diese Diskussion schon öfters geführt hätten.

JoAnne führte sie in einen sehr großen Raum mit einem riesigen Kamin, der die ganze Fläche einer Wand einnahm. Draußen sah man den See. Auf so einer Veranda könnte sie stundenlang sitzen und schreiben. »Wow.«

»Walter?«, sagte JoAnne zu dem Mann, der mit Lesebrille auf der Nase und einer Zeitung in den Händen auf dem Sofa saß. »Schau, wer da ist.«

Dr. Walter Eddy II hatte grau meliertes, volles Haar und war glatt rasiert. Als er den Blick auf sie beide richtete, wurden seine Augen dunkler, wie es auch oft bei Walt geschah.

»Ich war mir gar nicht sicher, ob du überhaupt kommst.«

Dakota wunderte sich, dass sich Vater und Sohn zum Gruß nur die Hand gaben.

»Ich habe doch gesagt, dass ich komme.«

»Das heißt aber noch lange nicht, dass du auch wirklich kommst.«

Walt ging auf diese Stichelei seines Vaters nicht weiter ein, sondern stellte Dakota vor.

»Dakota, das ist mein Vater, Dad, das ist Dakota.«

»Dr. Eddy. Freut mich.«

Ein Handschlag sagte sehr viel über die Persönlichkeit aus. Dr. Eddy war offenbar schon mit starkem Selbstbewusstsein auf die Welt gekommen.

»Wussten wir, dass Sie mitkommen?« Dr. Eddy blickte zu seiner Frau.

»Das wussten wir *nicht.*«

Dakota ergriff das Wort. »Ich hoffe, ich mache keine Umstände.« Walt und sein Vater stritten das sofort ab.

»Natürlich nicht«, sagte Walt.

»Alle Freunde unseres Sohnes sind uns willkommen.«

Zufrieden mit dieser Antwort richtete Dakota den Rücken gerade. »Ich habe gerade schon Ihrer Frau gesagt, wie beeindruckend Ihr Haus ist.« Sie ging zu den Fenstern. »Ich verstehe, warum Sie sich genau diesen Ort hier ausgesucht haben.«

»Im Winter ist es etwas schwieriger hier, der Blick ist es aber immer wert.«

»Das kann ich mir vorstellen.«

»Wie lange werden Sie bleiben?«, fragte JoAnne.

»Wir fliegen am Montag wieder«, sagte Walt.

Walt stellte sich neben sie. Alle schwiegen.

Dakota gab auf. »Wo ist denn das Bootshaus, Walt? Wir sollten unser Gepäck ausladen.«

★★★

Das Bootshaus war früher Walts Zufluchtsstätte gewesen. Dort war er außer Reichweite der Eltern und hatte einfach nur Kind sein können.

Es war damals als Gutsverwalterhäuschen gebaut worden und hatte ein Schlafzimmer, ein Wohnzimmer und ein Bad mit Badewanne. Da es aber im Winter, wenn der See zugefroren war und meterhoch Schnee lag, selbst mit loderndem Feuer im Kamin nicht ausreichend beheizt werden konnte, hatte man für den Verwalter ein neues Haus weiter weg vom Wasser errichtet.

Walt trug das Gepäck, während er Dakota den Weg zum See zeigte.

»Es ist interessant, dass weder du noch deine Schwester das Wochenende im Haus deiner Eltern verbringen wollen.«

Er setzte die Taschen auf den Stufen zum Eingang ab und öffnete die Tür. »Ich bin eher überrascht, dass Brenda und Larry überhaupt hier übernachten. Ich dachte eigentlich, dass sie nur zur Party kommen und dann wieder fahren. Wenn ich alleine wäre, würde ich schon im Haus bleiben.«

Dakota blieb stehen, drehte sich um.

»In der Nacht. Also nur zum Schlafen.«

Sie lachte und folgte ihm hinein. »Wow!«

»Ganz nett, oder?«

»Gemütlich. Das gefällt mir.«

»Das Gästehaus ist noch besser. Hat auch eine Küche und nicht nur Waschbecken, Mikrowelle und Kühlschrank.«

Dakota ging zum Fenster, öffnete die Vorhänge. »Es ist wunderschön. Eine Freundin von mir, die ich jedes Jahr besuche, wohnt am Lake Tahoe. Von ihrem Haus aus hat man auch einen tollen Blick auf den See, aber der ist mit diesem hier ja gar nicht zu vergleichen.« Sie öffnete ein Fenster und sog die Luft ein. »Ich liebe den Geruch von Pinien.«

»Das haben wir in Kalifornien nicht so oft, oder?«

Ihr Lächeln war ansteckend. Walt stellte sich neben sie und blickte ebenfalls zum See. »Ich weiß, es sieht einladend aus, aber das Wasser ist kalt.«

»An heißen Sommertag ist es sicher toll.«

»Ja, wenn man zwölf ist«, lachte Walt.

»Also, wenn ich das Verlangen habe, reinzuspringen, dann kommst du besser mit.«

Er nahm ihre Hand und zog sie zur Terrassentür hinaus. Direkt von dort führte ein Holzsteg über das Wasser. Hier wurden vor dem Winter die Boote an Land gezogen.

Sie zögerte, als sie das Ende des Steges erreichten. »Du würdest mich mit der ganzen Kleidung aber doch niemals reinschubsen, oder?«

Er packte sie fest an der Hand und sie versuchte sich von ihm zu lösen.

»Doc!«

Er hatte nicht wirklich vor, sie ins Wasser zu stoßen, ihm gefiel aber, dass ihr Lächeln nun echt war und nicht mehr so aufgesetzt wirkte.

Statt sie zu sich zu ziehen, kam er noch einen Schritt näher und umfasste sie. Sofort begann sie, mit Fäusten gegen seine Brust zu schlagen, um sich gegen seinen Klammergriff zu wehren.

Er tat, als wollte er sie hineinwerfen.

Jetzt hielt sie sich an seinem Hals fest. »Wage es ja nicht!«, lachte sie.

»Was hast du denn, Dakota? Ist doch bloß Wasser.«

Sie krallte sich mit ihren Fingernägeln an seinem Nacken fest. »Wenn ich reinfalle, dann du auch.«

Als er sie hochhob, quietsche sie auf und kniff die Augen zu. »Walter!«

Doch statt sie hineinzuwerfen, setzte er sie wieder lachend auf dem Steg ab. Als ihre Füße wieder sicher auf dem Boden standen, schwang sie sich mit Kraft gegen ihn.

Seine Augen weiteten sich vor Schreck, als er merkte, wie er das Gleichgewicht verlor. Im Fallen schnappte er ihre Hand.

Egal wie oft er schon freiwillig in den See gesprungen war, der Moment des Eintauchens war stets ein Schock.

Prustend tauchte er auf. »Verdammt.«

Die ersten Worte Dakotas, als sie wieder an der Wasseroberfläche erschien, waren: »Scheiße, ist das kalt.«

Walt spritzte Wasser in Dakotas Gesicht und versuchte, davonzuschwimmen, was mit der nassen Kleidung nicht leicht war.

Dakota ging mit klappernden Zähnen und einem gezielten Spritzer zum Gegenangriff über.

Walt schwamm zu ihr und drückte sie unter Wasser.

Sie tauchte weg, hüpfte rücklings auf ihn und schon war auch er mit dem Kopf unter Wasser. Seine Lungen weiteten sich, suchten nach Luft. Als er diesmal auftauchte, war Dakota schon auf dem Weg zum Ufer. Sobald sie stehen konnte, drehte sie sich zu ihm um und lachte. Ihre Klamotten klebten tropfend an ihr. Sie hob einen Fuß, wackelte mit den nackten Zehen. »Ich hhhh-habe einen Schuh-hhh verloren.«

Erst wollte Walt umdrehen und ihn suchen, aber sofort verwarf er die Idee. »Ich kauf dir neue.«

Seine Füße erreichten jetzt auch den Seeboden. Er zog sich aus dem Wasser.

Noch einmal spritzte ihn Dakota an, und bevor er sich rächen konnte, rannte sie schon zum Bootshaus.

Er holte sie vor der Tür ein und umfasste ihre Taille. Sie war eine bezaubernde, fast ertrunkene, zitternde, kichernde Maus.

»Das wirst du noch büßen«, neckte er sie.

»Du hhhh-hast angeffff-fangen.« Ihre Lippen zitterten, ihre Augen lachten.

Während das tropfende Wasser schon eine beachtliche Pfütze vor der Eingangstür bildete, drückte Walt seine Lippen auf ihre. Er liebte, wie sie schmeckte und wie sie ihn erst wegstoßen wollte, dann aber doch näher an sich heranzog.

Sie öffnete ihre Lippen und umspielte seine Zunge.

Walt drückte sie gegen die Tür, dann griff er zum Türknauf. Taumelnd stürzten sie ins Häuschen. Dakota zupfte an seinem Hemd, das ihm am Rücken klebte.

Drinnen drückte er sie wieder gegen die geschlossene Tür, fuhr ihre Taille entlang, über ihre Hüften.

Dakotas Lippen waren warm, obwohl ihr Körper vor Kälte zitterte. »Wir müssen dich von diesem nassen Zeug hier befreien«, raunte er, während sie ihm das Hemd auszog.

»Immer einen Schritt voraus …« Ihre Worte verebbten, als sie den übriggebliebenen Schuh wegkickte und mit Fingerspitzen seine feste Brust erforschte.

Er wurde hart, trotz der Kälte des gerade genommenen Bades.

Mit eisigen Händen knöpfte er ihre Bluse auf und warf diese auf den Boden zu seinem Hemd.

Ihre Brustwarzen, die durch den BH spitzten, schmeckten besser als alles, was er je gekostet hatte. »Du bist wunderschön«, murmelte er zwischen ihren Brüsten.

Sie bäumte sich auf. »Seit wann ist kaltes Wasser so erregend?«, fragte sie.

Er zog auch die Schuhe aus, zupfte an den nassen Socken, die sich nicht von seinen Füßen trennen wollten. Währenddessen küsste er weiter ihre Wangen, ihren Hals.

Als sie sich aus der Hose herauswand, stand Walt still und beobachtete sie dabei.

Sie zitterte. »Nicht schauen, lieber anfassen.«

Immer noch fielen Tropfen von ihm auf den Boden des kleinen Bootshauses. Er zog sie mit sich ins Schlafzimmer, wo auch er nun mit seiner Hose kämpfte, die sich genauso schwer ausziehen ließ wie zuvor die Socken. Lachend kletterte Dakota aufs Bett.

Walt hatte endlich die Hose abgestrampelt, packte jetzt ihre festen Pobacken und zog sie unter sich. Sie lachten, küssten sich und alberten herum. Dann aber fand er eine Stelle zwischen ihrem Schlüsselbein und Hals. Aus dem Lachen wurde ein Stöhnen.

Dakota liebte mit ihrem ganzen Körper, ihre Nägel fuhren über seinen Rücken und machten ihm eine Gänsehaut. Sie legte ein Bein um ihn, damit er Platz hatte.

Beim Wälzen im Bett wurden sie trocken. Walt wusste nicht, wer ihren BH auszog, aber er genoss ihre nackten Brüste und versuchte seine harte Erektion zu ignorieren, bis Dakota ihr Beachtung schenkte.

Ihn durchrollte eine heiße Welle, als sie ihn streichelte und mit dem Daumen über seine Eichel fuhr.

Sie bog ihren Rücken durch, während er ihr den Slip abstreifte.

Als seine Hand die richtige Stelle fand, bettelte sie: »Lass mich nicht länger warten.«

Die Wärme ihrer Mitte ließ auch ihn aufstöhnen.

Als er plötzlich aufstehen wollte, hielt sie ihn fragend mit den Beinen fest.

»Kondom«, keuchte er.

Sie ließ ihn los, damit er seine Hose holen konnte. In der einen Tasche fand er sein ertrunkenes Handy. Er schaute es an, dann zu Dakota und schließlich feuerte er es durchs Zimmer.

Endlich hatte er seine Geldbörse und zog daraus ein Kondom hervor.

Sie half ihm, es überzustreifen, lehnte sich im Kissen zurück und holte ihn zu sich.

Er küsste ihr Lachen fort, dann drang er langsam in sie ein.

»Ja«, stöhnte sie, ihre Hüften hießen ihn willkommen, ihre Beine waren mit seinen verschlungen. »Gut, dass das kalte Wasser uns nichts anhaben konnte.«

»Weder dir noch mir.« Er bewegte sich und eroberte sie mit seinem Körper.

Sie stöhnte nicht sehr damenhaft. Mit Händen und Lippen liebkoste er sie, während er sie zu ihrem ersten Höhepunkt brachte. Die ganze Anspannung des Tages fiel von ihrem Gesicht ab, als sie kam. Die Art und Weise, wie sie seinen Namen rief, ließ ihn den eigenen Höhepunkt zurückhalten und er gab ihr noch mehr von sich zu spüren.

Bevor ihr Zittern verebbte, nahm er ihre Hände und hielt sie über ihrem Kopf fest. Dabei drang er noch schneller und tiefer in sie ein. Sie liebten sich ohne Worte, ihr Gesicht sagte ihm, dass sie genoss, was er tat.

Als sie ein zweites Mal kam, küsste er sie. Dann ließ er ihre Hände los, als auch er endlich laut aufstöhnte und auf ihr niedersank.

★★★

Walt zog die Daunendecke hoch, die ans Bettende gerutscht war.

Noch nie hatte sie beim Sex so viel gelacht. Sie hatte nicht gewusst, dass Sex alles gleichzeitig sein konnte: wundervoll, sinnlich und trotzdem unglaublich lustig.

Die Sonne schien durchs Fenster, als sie den Kopf auf Walts Brust legte, und sich fragte, ob die Wärme in ihrem Inneren nur von den Endorphinen kam oder vielleicht von etwas ganz Anderem. Etwas viel Stärkerem.

»Das hatte ich nicht geplant«, sagte Walt in ihr Haar.

Sie schmunzelte. »Und trotzdem hattest du ein Kondom in der Brieftasche.«

Seine Brust wackelte, als er leise lachte. »Okay. Ich habe es gehofft. Und gewollt.«

»Wir sind beide erwachsen, finden uns attraktiv und wir verbringen zusammen ein Wochenende. Ich glaube, wir haben es beide gehofft und gewollt.«

»Ich liebe deine Aufrichtigkeit, Dakota. So viele Frauen spielen irgendwelche Spielchen und tun so, als ob sie etwas wollen, was sie eigentlich doch nicht wollen …«

»Ich mag keine Spielchen.« Sie sah ihm in die Augen, die sich verdunkelten und sein Lächeln verschwand, als er sie küsste.

Dann lehnte sie sich wieder an ihn. »Übrigens, ich nehme seit der Highschool die Pille. Nur falls dein restlicher Kondomvorrat wie mein zweiter Schuh im See versunken ist.«

Er lachte. »Mein Handy ist auch im Eimer.«

»Du hast damit angefangen.«

»Hier ist sowieso schlechter Empfang.«

»Redest du dir gerade ein, dass es okay ist, dein Telefon zu schrotten?«

»*Du* hast es geschrottet.«

»Hast eh ein neueres Modell gebraucht.«

Er seufzte zustimmend. »Ich sag es nur ungern, aber –«

»Aber wir sollten besser duschen«, beendete sie den Satz für ihn.

Er nickte. »Bevor noch jemand nach uns sucht.«

»Würden deine Eltern hierherkommen?«

»Wahrscheinlich nicht. Aber wenn meine Schwester und ihr Mann ankommen, dann wird Brenda dich unbedingt kennenlernen wollen.«

Dakota sah sich um. Überall lag Kleidung. Wahrscheinlich würde das nicht den besten ersten Eindruck machen.

Sie stieß die Decke fort und rollte sich aus dem Bett. Sie merkte, wie Walt ihr zusah, als sie die nassen Klamotten einsammelte.

Kapitel 9

Brenda klopfte, als Walt gerade unter der Dusche stand.

Dakota öffnete die Tür und dachte, JoAnnes jüngere Schwester würde vor ihr stehen. Beide Frauen hatten feine Gesichtszüge mit hohen Wangenknochen und hellen Augen. Mit dem einzigen Unterschied, dass Brenda viel freundlicher aussah als JoAnne. Liebenswürdiger.

»Sie müssen Brenda sein«, sagte Dakota, die noch ein nasses Kleidungsstück entdeckte und heimlich, hoffentlich ohne dass Brenda es sehen würde, wegkickte.

Brenda blickte nach Walt suchend über Dakotas Schulter. »Ah, ja …«

»Walt duscht gerade.«

Brenda sah auf die Wasserlache von vorhin und Dakotas nackte Zehen.

»Wir, ähm, sind aus Versehen in den See gefallen.«

Walts Schwester hatte Grübchen.

»Ich bin Dakota.«

Brenda gab ihr lachend die Hand. »Gefallen?«

»*Vielleicht* habe ich auch ein bisschen geschubst.«

Jetzt lachten beide. »So wie ich meinen Bruder kenne, hat er es sicher verdient.«

»Ganz genau.« Und so schnell hatte Dakota eine Verbündete unter den Eddys gefunden.

Das Wasser wurde ausgedreht. »Larry meinte, ich solle besser warten, aber ich wollte vorher kurz mit euch reden, bevor ihr zum Haus kommt.«

»Warum denn?«

»Sieht so aus, als hätte Mom für heute Abend ein paar Leute eingeladen. Zum Abendessen. Quasi die Party vor der Party. Ich wollte Walt vorwarnen.«

»Sie – du übernachtest im Gästehaus, oder?«

»Genau.«

»Sollen wir gleich zu euch rüberkommen, bevor wir zum Haus gehen? Dann kannst du Walt noch mal persönlich sprechen.«

Brenda nickte. »Klingt nach einem guten Plan. Freut mich, dich kennenzulernen, Dakota.«

★★★

Sie gingen Hand in Hand zum Gästehaus. Der Weg entlang des Sees war mit Naturstein umsäumt und vom Haupthaus nicht sichtbar.

»Brenda sieht deiner Mutter total ähnlich.«

»Sie kann nichts dafür«, meinte Walt.

»Deine Mom ist schön. Kaltherzig, aber schön.«

Walt war nicht überzeugt. »Ich habe dich gewarnt.«

Das hatte er tatsächlich. Oft genug.

Sie erreichten das Gästehaus und die Tür ging auf, bevor sie überhaupt klopften.

Anders als vorhin bei seinem Vater, umarmte Walt seinen Schwager und seine Schwester herzlich. »Ich habe euch vermisst.«

Dakota stand daneben und wunderte sich über das ungleiche Paar. Larry war ein bisschen kleiner als Brenda und hatte gute zehn Kilo zu viel auf den Rippen. Sie schienen so wenig zueinander zu passen, dass Dakota schon dachte, sie hätte vielleicht etwas falsch interpretiert. Aber dann wurde ihr Larry tatsächlich als Brendas Ehemann vorgestellt und er umfasste dabei Brendas Taille.

Larry ging zur Küchenzeile und sagte: »Ich habe einen alten Freund dabei.«

Er winkte mit einer Flasche Crown Royal und holte zwei Gläser aus dem Schrank.

»Oh Gott, bitte gebt mir auch was davon!«, rief Dakota vom Wohnzimmer aus.

Larry zog anerkennend eine Augenbraue hoch und holte noch ein Glas.

»Magst du Wein, Schatz?«, rief Larry.

»Ist der Papst katholisch?«

Dakota lachte und Brenda zuckte zusammen. »Ach Shit, du bist doch nicht etwa katholisch? Also, ich meine, das wäre ja auch nicht schlimm …«

»Bin ich nicht. Und keine Sorge. Es ist lustig.«

»So was passiert immer, wenn wir bei unseren Eltern sind.« Walt goss zwei Fingerbreit von dem Whiskey ein und reichte Dakota augenzwinkernd ein Glas. Bei seinem Blick wurde ihr heiß, noch bevor sie überhaupt das Glas ansetzte und die Flüssigkeit warm ihre Kehle hinunterrann.

»Ich will ja nicht undankbar erscheinen«, begann Walt, »aber warum trinken wir hier unseren Aperitif?«

Brenda hatte ein Sommerkleid an. Sie wirkte leger und elegant zugleich. Ihr sandblondes Haar hatte sie lose hochgesteckt, was zwar lässig aussah, aber doch eine aufwendige Frisur war. Das wusste Dakota.

Brenda schwang die Beine aufs Sofa und nippte an ihrem Wein. »Mom hat die Phelps eingeladen. Und zwar alle. Sie kommen heute zum Dinner.«

Walts großem, hastigem Schluck war zu entnehmen, dass dies keine gute Nachricht war. »Etwa auch Lily?«

Brenda nickte mit zusammengekniffenen Augen.

»Wer ist Lily?«, fragte Dakota.

»Sie war damals meine Begleitung. Auf dem Highschool-Ball.«

»Mom versucht, Walts alte Flamme wieder zum Lodern zu bringen«, lachte Brenda.

»Ich habe ihr damals einen Gefallen getan. Sie war nie meine Flamme«, protestierte Walt. Er setzte sich in den Sessel neben Dakota.

»Steht Lily auf dich?«

»Oh Gott, hoffentlich nicht!«

Brenda lachte. Ihr Mann schmunzelte ebenfalls in sich hinein. »Lily wohnt immer noch bei ihren Eltern. Ist nach dem College nach Hause zurückgezogen.«

Walt lehnte sich zurück, spielte mit Dakotas Haaren. »Kommt sonst noch wer, von dem ich wissen müsste?«

»Ich weiß noch von ein paar Leuten, die zugesagt haben, ich habe aber nicht die vollständige Gästeliste gesehen.«

Brenda nannte Namen. Manche davon ließen Walt aufstöhnen. »In Kalifornien ist es so viel schöner, da kenne ich niemanden.«

Dakota rempelte ihn im Spaß an. »Aber du kennst mich.«

»Nicht, was ich meine. Ich kann gar nicht glauben, dass Mom die Vanderkamps eingeladen hat. Ich habe Jean noch nie gemocht.«

»Heißt noch lange nicht, dass sie nicht ein Auge auf dich geworfen hätte.« Brenda sah zu Dakota. »Ich hoffe, du weißt, worauf du dich hier einlässt.«

»Ich bin vorgewarnt worden. Walt hat mir gesagt, dass seine Mutter ihn verkuppeln will, noch bevor wir ins Flugzeug gestiegen sind.«

»Dann ist ja gut.«

Dakota legte Walt eine Hand aufs Bein. »Soll ich diesen Ladies sagen, dass du arme, wehrlose Frauen ins eiskalte Wasser schubst?«

Sein Lächeln erwärmte sie. »*Du* hast mich geschubst.«

»Aber du hast mich mit reingezogen. Und sonst hättest du mich geschubst.«

»Ich habe nur so getan.«

Sie biss sich auf die Lippe. »Dann sage ich ihnen, dass du in so komischen Kneipen abhängst.«

Er blickte finster, aber frech. »Schuldig im Sinne der Anklage. Manche von den Frauen fänden solche üblen Schuppen vielleicht toll.«

Dakota bezweifelte das. »Vielleicht sollte ich ihnen besser meinen Elektroschocker leihen.«

Walt rieb sich den Arm und grinste schief.

Dakota lachte. »Geschieht dir ganz recht, wenn du dich so an mich heranschleichst.«

»Elektroschocker?«, mischte sich Larry ein.

»Ja, Dakota hat mir damit eins verpasst.«

Brenda erschrak.

Dakota winkte ihre Bedenken fort, während sie den restlichen Whiskey herunterkippte. »Ach, er hat's überlebt. Außerdem hat er sich auf dem dunklen Parkplatz vor diesem Schuppen heimlich von hinten angeschlichen. Übrigens gehe ich nie wieder dorthin.«

»Sie hat dir eins mit dem Elektroschocker verpasst und du gehst trotzdem mit ihr aus?« Larry hob sein Glas. »Ich glaube, du passt zu ihm, Dakota. Willkommen in der Familie.«

★★★

Lily sah umwerfend aus mit ihrer zarten Pfirsichhaut, die so hell war, dass sich Dakota fragte, ob sie überhaupt jemals ans Sonnenlicht ging. Eigentlich sollte es ein legeres Dinner sein, aber Lily Phelps trug ein hautenges, trägerloses, halblanges schwarzes Kleid und sie hatte tolle Kurven. Wenn Dakota nicht eben gerade auf eine Kostprobe von Walts Fähigkeiten als Liebhaber gekommen wäre, würde sie sich Sorgen machen.

Aber nein, Walt war neben ihr, brachte ihr etwas zu trinken und unterhielt sich im Flüsterton mit ihr.

»War sie eine Cheerleaderin in der Highschool?«

»Nein, sie hatte damals Hasenzähne und eine Brille.«

Dakota nippte an ihrem Getränk. »Na, dieser optischen Hindernisse hat sie sich offensichtlich entledigt.«

Walts fester Griff um ihre Hüfte sagte ihr, dass er auf ihrer Seite war. Er küsste ihre Schläfe. »Danke, dass du mitgekommen bist.«

»Und zum Dank hast du mich mit in den See gezogen.«

Walt wackelte mit den Augenbrauen und Dakota bekam rote Wangen. »Jetzt sind wir quitt für den Elektroschocker.«

JoAnne kam und unterbrach sie: »Darf ich zu Tisch bitten? Gleich wird das Essen serviert.« Sie legte Dakota eine Hand auf den Arm. »Es macht Ihnen doch nichts aus, dass ich für den heutigen Abend den Platz neben Brenda für Sie vorgesehen habe.« Mit übertrieben weit aufgerissenen Augen fügte sie hinzu: »Ich wusste schließlich nicht, dass unser Sohn noch einen Gast mitbringt.«

Dakota wollte gerade antworten, dass sie keine Einwände hätte, als Walt sie an sich heranzog und sagte: »Sicher kann der neben mir auch mit dir tauschen.«

JoAnne seufzte missbilligend und sagte betont freundlich: »Du weißt doch, wie wichtig mir die Sitzordnung ist, Walter.«

Dakota stellte sich auf die Zehenspitzen und küsste Walt auf die Wange. »Es ist schon okay, Schatz«, versicherte sie mit der Lässigkeit eines Südstaaten-Girls.

»Es ist nicht okay.«

»Walter –«

»Mom, ich habe einen Gast mitgebracht. Entweder stellst du dich jetzt darauf ein oder wir fahren wieder.«

Dakota trat einen Schritt zurück.

JoAnne hob das Kinn, machte auf den Fersen kehrt und ging.

Dakota raunte Walt zu, sodass nur er es hören konnte: »Na super, du Held. Jetzt wird deine Mom mich sicher hassen.«

Walt nahm ihre Hand und führte sie hinaus, weg von dem Raum voller Phelps und Eddys.

Als sie außer Sichtweite waren, drückte er sie gegen die Wand. Seine Zunge stieß durch ihre Lippen und eroberte sie, bevor sie Zeit hatte, etwas zu sagen.

Gott, fühlte er sich gut an.

Ihr wurde sofort heiß, ihre Hüften drückten sich gegen ihn, auch wenn es hier gänzlich unpassend war.

Sie wusste nicht, was so plötzlich das Verlangen nach Intimität hervorgerufen hatte. Jedenfalls wollte Dakota nicht, dass er aufhörte. Sie merkte, wie plötzlich ihre Hand nass wurde, weil sie versehentlich das Glas mit dem Drink schief gehalten hatte.

Als sie seine Lenden an sich spürte, drückte sie ihn stöhnend weg. »Walt?«

Seine Augen hatten diesen Ausdruck, der sie schwach machte, sodass sie jetzt viel lieber mit ihm im Bootshaus gewesen wäre als hier auf dieser Dinnerparty. »Du hast so eine verführerische Stimme«, sagte er.

Dakota legte ihre andere Hand auf seine Wange und er lehnte sich dagegen. »Du hast mich das ganze Wochenende, Doc.«

»Die beste Entscheidung, die ich je getroffen habe. Lass dich von meiner Mom nicht unterkriegen.«

Das war es also, was zu diesem plötzlichen intimen Moment geführt hatte. »Welche Mom?«

Er küsste sie wieder, weich und sanft.

Eine Glocke ertönte. *Unglaublich, sie haben sogar eine Glocke, mit der sie zum Dinner rufen.* »Es ist angerichtet.«

Dakota löste sich von ihm, wischte mit dem Daumen eine verräterische Spur unterhalb seiner Unterlippe fort und hätte gerne nachgesehen, ob ihr Make-up tatsächlich so verschmiert war, wie es sich anfühlte.

»Du siehst bezaubernd aus«, raunte Walt ihr ins Ohr.

Sie bogen um die Ecke und sahen JoAnnes verkniffenes Gesicht und Brenda, die kicherte.

Die Phelps kamen aus Texas und waren Freunde von Walts Eltern. Lilys älterer Bruder, der bereits verheiratet war und dessen Frau ein Kind erwartete, war nicht gekommen. Dafür aber ihre beiden jüngeren Brüder. Siebzehnjährige Zwillinge, die sich mit Sicherheit Besseres vorstellen konnten, als den Freitagabend mit langweiligen Erwachsenen zu verbringen, um den Geburtstag eines alten Knackers zu feiern. Sie hatten die Köpfe zusammengesteckt und ignorierten alle anderen weitestgehend.

Dakota saß links neben Walt und Lily rechts von ihm. Auf der anderen Seite des Tisches waren Brenda und Larry. Die beiden Zwillinge saßen sich gegenüber und Dr. und Mrs Eddy hatten ihre Plätze jeweils an der Stirnseite. Mr Phelps saß links neben Dakota und Mrs Phelps am Eck neben Mrs Eddy.

Allein die Sitzordnung sprach Bände. Die Frauen waren durch die Männer getrennt, die Kinder waren nicht nebeneinander, damit sie die Unterhaltung nicht störten, und Lily saß neben Walt. Dakota hätte sich am liebsten einen Stift geholt und Notizen gemacht. So eine Familiendynamik versprach immer einen guten Plot.

Das Dienstpersonal, das extra für das Wochenende angestellt worden war, brachte den ersten Gang. Walt hatte erzählt, dass sie zwar eine eigene Haushälterin hatten, aber die Mahlzeiten meist von einem Lieferservice gebracht wurden.

Lily saß mit kerzengeradem Rücken neben Walt und hörte zu, was Brenda sagte, als die Suppe serviert wurde.

»Gefällt es Ihnen in unserem Bundesstaat?«, wandte sich Mr Phelps an Dakota.

»Ja, sehr. Die Weite und die frische Luft. Bisher war ich leider immer nur in der Nähe des Flughafens und habe noch nicht so viel von Colorado gesehen.«

Dr. Eddy legte die Serviette auf den Schoß und neigte den Kopf zur Seite. »Reisen Sie viel?«

»Ja, relativ.«

Walt kommentierte eine Bemerkung von Lily.

»Dann arbeiten Sie wahrscheinlich mit Walt zusammen bei Ärzte ohne Grenzen, oder?«, meinte Mr Phelps.

Sie lachte. »Nein, ich bin weder Ärztin noch Krankenschwester.«

Ein Hauskellner stellte ihr die Fischcremesuppe mit Tomatenjus vor die Nase. Dakota sagte in JoAnnes Richtung: »Das sieht sehr köstlich aus.«

Walts Mutter zeigte ein Lächeln, das die Augen nicht erreichte.

Sie hasst mich.

Brenda warf Dakota einen mitleidigen Blick zu und hob das Weinglas. Dakota ebenfalls.

»Was machst du denn eigentlich beruflich, dass du öfters nach Colorado reist?« Die Frage kam von Larry.

Im Gegensatz zu sonst überlegte Dakota, ob sie diesmal mit ihrem Beruf lieber hinter dem Berg halten sollte. Sie schämte sich nicht dafür, wie sie ihren Lebensunterhalt verdiente, aber auf die wahrscheinlich folgende Diskussion mit diesem konservativen Grüppchen würde sie gerne verzichten.

Während Dakota noch mit sich haderte, kam Walt ihr schon zuvor: »Dakota ist Schriftstellerin.«

Ein Raunen ging um den Tisch.

»Schon was veröffentlicht?«, wollte Brenda wissen.

Dakota hatte ihren Stolz wiedergefunden, streckte den Rücken gerade und nahm den Löffel für die Suppe. »Ja.«

»Was schreiben Sie denn? Vielleicht hat jemand hier schon mal etwas von Ihnen gelesen.« JoAnnes Worte hätten vielleicht nett sein können, wenn sie nicht in so einem herablassenden Tonfall gesagt worden wären. Jedes ihrer Bücher kostete sie Schweiß und Tränen. In ihnen steckte viel Herzblut und während des Schreibens hatte sie wochenlang kaum ein Privatleben.

»Ich glaube eher nicht«, antwortete Dakota leise.

Alle am Tisch starrten sie nun an.

JoAnne widmete sich der Suppe. »Nun ja, lassen Sie sich nicht entmutigen. Viele Schriftsteller schreiben, ohne dass ihre Bücher gelesen werden.«

Dakota ballte die linke Hand zur Faust und biss sich auf die Zunge.

»Vorsicht, Mom, ruder mal lieber wieder zurück«, sagte Walt.

Dakota sah, wie ein listiges Grinsen seine Mundwinkel umspielte. Kopfschüttelnd ließ sie den Löffel in der Suppe liegen, um ihre Hand auf seinen Schoß zu legen.

»Ich meine ja nur, dass es Schriftstellern wie vielen anderen Künstlern geht. Sie arbeiten jahrelang, ohne ein Publikum zu finden.«

»Mom.«

»Ich will ihr ja nur Mut zusprechen, Walt.«

»Dakota muss man nicht Mut zusprechen. Glaub mir.«

Walts Hand fuhr ihr über den Schenkel. Beide lächelten und hatten den gleichen, geheimen Gedanken.

»Was für Bücher hast du denn geschrieben?«, erkundigte sich Brenda.

Dakota lehnte sich vor und sagte nur zu Walts Schwester: »Ich schreibe Liebesromane.«

JoAnne lachte laut auf.

Walt blickte ungehalten.

»Brenda liebt ja so etwas.«

Dakota sagte nichts dazu.

Dann meinte Lily plötzlich: »Aber … Sie sind nicht etwa Dakota Laurens?«

Lily, die vorher so steif war, wirkte zum ersten Mal an diesem Abend ungekünstelt und interessiert.

Brenda ließ laut den Löffel in den Teller fallen. »*Du* bist Dakota Laurens?«

★★★

Die gesellige Runde im Bootshaus war genauso lustig wie das Zusammentreffen vor dem Dinner. Ob Dr. Eddy und seine Frau wussten, wie viel Spaß ihre Kinder hatten, wenn sie nicht in ihrem Haus waren?

»Ich dachte, Mom würde gleich ohnmächtig auf den Tisch knallen.«

Larry war rot im Gesicht und Dakotas Wangen glühten ebenfalls. An diesem Abend hatte sie mehr getrunken als in den ganzen letzten Monaten.

»Keine Ahnung, wer schockierter war, Phelps oder Dad, als dich Lily gefragt hat, wie du die sexuellen Vorlieben deiner Protagonisten recherchierst. Wirst du das oft gefragt?«, wollte Brenda wissen.

»Die Frage wird immer in den Interviews gestellt. Langsam habe ich mich daran gewöhnt.« Dakota saß nah bei Walt, seine Hand ruhte vertraut auf ihrem Bein. Seine Berührung war angenehm und hatte ihr auch vorher den Abend versüßt. Als sich herausstellte, dass Lily, so hübsch sie auch war, offenbar mehr Interesse an Dakota als an Walt hatte, entspannte sich Dakota und genoss den Rest des Abends. Außerdem hatte sie festgestellt, dass Walts Vater nicht so steif war wie seine Frau.

Brenda bewarf ihren Bruder mit einem Sofakissen. »Warum hast du mir nicht erzählt, dass deine Freundin berühmt ist?«

Walt wich aus und warf Dakota einen Blick zu, weil er die Aussage, dass Dakota seine Freundin sei, nicht korrigierte.

»Ich bin nicht wegen des Ruhmes mit ihr zusammen.«

Dakota senkte bescheiden den Blick, dann leerte sie ihr Glas und verkündete: »Sondern wegen der Sexrecherche.«

Larry verschluckte sich an seinem Drink und Brenda prustete vor Lachen.

★★★

Eine Stunde später entfernte Dakota ihr Make-up und unterhielt sich dabei mit Walt, der angezogen auf dem Bett lag.

»Kann ich ehrlich sein?«, fragte sie.

»Ich mag keine Lügen.«

»Deine Mom hasst mich. Ich weiß nicht, ob es aus Prinzip ist oder ob es tatsächlich an mir liegt.«

»Ich habe noch nie verstanden, was ›aus Prinzip‹ bedeuten soll.«

Dakota beugte sich zum Spiegel vor, während sie die letzten Reste der Wimperntusche zu entfernen versuchte, die hartnäckig an ihrem Auge klebten.

»Nun, sie hat mich nicht eingeladen und du hast ihr nicht gesagt, dass ich mitkomme. Jetzt steht sie dumm da, mit all den unverheirateten Ladys, die sie extra eingeladen hat, um eine davon mit dir zu verkuppeln. JoAnne hasst mich, aber es ist mir egal.«

»Sie ist nicht wirklich so schlimm.«

Dakota drehte sich zu Walt um, aber vom Waschbecken aus konnte sie ihn nicht ganz sehen. Vielleicht war es besser, ein bisschen zu schwindeln, damit er sich keine Sorgen machte. »Ja, vielleicht muss sie mich nur richtig kennenlernen.«

Eine Bettfeder quietschte. Dakota fuhr fort: »Dein Dad hat ziemlich wenig gesagt. Ist er immer so still?«

»Mhm, nein. Normalerweise ist er so wie Mom.«

Es klang fast, als ob Walt das Sorgen bereitete.

Sie beugte sich weiter zurück, sah Walt auf dem Bett sitzen, den Kopf in die Hände gestützt. »Meinst du, ihm geht's nicht gut?«

»Keine Ahnung. Wir haben schon seit Jahren nicht mehr wirklich geredet. Zumindest nicht mehr seit ...«

Sie wartete, drehte das Wasser auf und putzte sich die Zähne. »Seit?«

»Seit ich gesagt habe, dass ich nicht die Praxis übernehme.« Er machte eine Pause. »Also, wir haben schon geredet, aber eben nicht so wie früher, bevor ich gesagt habe, was ich will.«

Dakota sah zu, wie der Schaum im Abfluss verschwand. Sie spülte nach und wusch sich das Gesicht. »Das war wohl kein leichtes Gespräch.« Sie lehnte im Türrahmen. »Es ist immer schwer, wenn man seine Eltern enttäuschen muss, egal warum oder wie alt man ist. Irgendwie will man seinen Eltern doch immer alles recht machen.«

Walt schmunzelte. »Hast du auch Psychologie studiert?«

Sie schüttelte den Kopf. »Ich habe nur *Die Psyche – Basiswissen für die Allgemeinheit* gelesen, daraus beziehe ich mein Wissen. Und aus der Schule des Lebens. Ich habe schon immer gerne Menschen beobachtet. Alle meine Romanfiguren sind für mich wie echte Menschen. Sie haben eine Familie, eine Vergangenheit und eine Vorgeschichte, die zu dem führt, was im Buch passiert. Dass wir unseren Eltern gefallen wollen, wird uns in die Wiege gelegt, und es wurde von Dr. Eddy Senior an seinen Sohn Dr. Eddy Junior weitergegeben.« Sie stieß die Tür auf und setzte sich zu Walt aufs Bett. »Eigentlich ist alles, was wir brauchen und wollen, das Gleiche wie bei anderen Menschen. Nur haben wir eben unterschiedliche Herangehensweisen.«

Walt streckte sich über das Bett, um ihre Hand zu nehmen. »Da denke ich die ganze Zeit, dass ich klug bin, und dann treffe ich so jemanden wie dich.«

Bei diesem Kompliment musste sie grinsen. »Ich studiere die Menschen, Doc, und du behebst ihre Probleme. Ich habe den leichteren Job.«

Er küsste ihre Fingerspitzen. Dann ging auch er ins Bad.

Während Walt die Zähne putzte, dimmte Dakota das Licht und zog sich aus.

»Ich glaube nicht, dass meine Mom dich hasst«, hörte sie Walt aus dem Bad.

»Ach so?«

»Nein …« Er öffnete die Tür. »Sie –«

Dakota wusste ein, zwei Dinge über Männer. Nacktheit war etwas, das sie nicht erwarteten. Niemals. Sie hatte ein sexy Negligé in ihrer Tasche, aber nicht wirklich Lust, es anzuziehen.

Der offenen Kinnlade und den weiten Augen nach zu urteilen, wusste sie, dass sie das richtige Outfit für den Abend gewählt hatte.

»Ich glaube, wir sollten nicht weiter über deine –«

»Nein!«

Sie lachte und stützte die Hand auf ihre nackte Hüfte.

Selbst aus dieser Entfernung merkte sie, wie sich seine Augen verdunkelten. Als er ihren Körper mit seinem bedeckte, war ohnehin kein Raum für Konversation mehr.

★★★

Lag es am Sex oder an den paar Stunden, die Walt tatsächlich und gut geschlafen hatte, mit Dakota neben sich im Bett? Jedenfalls wachte Walt früh auf.

Dakota war offenbar keine Frühaufsteherin. Oder der viele Alkohol am Abend zuvor war schuld. Walt war bei Sonnenaufgang auf den Beinen und kochte Kaffee.

Er ließ den Abend Revue passieren, während er auf den See blickte. Eine dünne Nebelschicht hatte sich über der Wasseroberfläche gebildet. Wie hatte er das vermisst, die Ruhe am See. Wie früher, wenn ihm nur Enten Gesellschaft leisteten und manchmal auch seine Schwester.

Als er an Brenda dachte, musste er lächeln. Weil er und sie so normal waren, obwohl ihre Eltern ständig versucht hatten, sich in ihr Leben einzumischen. Trotzdem hatten die Geschwister ihren Willen durchgesetzt und jeder für sich den Weg gefunden.

Wie war das mit Dakotas Familie? Ging sie ihr auch auf die Nerven? Machten ihre Eltern ihr auch die Hölle heiß, weil Dakota nicht das machte, was sie wollten? Akzeptierten sie Dakotas Entscheidungen, die sie als erwachsene Frau traf, oder versuchten sie ihr Steine in den Weg zu legen?

Walt wollte das gerne wissen. Zum ersten Mal seit Langem wollte er wirklich etwas über eine Frau wissen.

»Hey!«

Brenda kam am Ufer entlang und winkte.

Walt ließ die schlafende Dakota zurück und ging seiner Schwester entgegen.

»Du bist also immer noch eine Frühaufsteherin«, sagte er.

»Larry schläft regelmäßig bis acht. Da ist der halbe Tag schon vorbei.«

Walt lachte, legte seiner Schwester einen Arm um die Schulter. »Verheiratet zu sein, bekommt dir.«

Brenda stieß mit der Hüfte gegen ihn. »Eine Freundin zu haben, bekommt dir auch.«

Er grinste.

»Ich mag Dakota.«

»Ich auch.«

»Seid ihr schon länger zusammen?«

Walt ließ seine Blicke über das Wasser schweifen und überlegte, was er antworten sollte. »Was meinst du mit ›länger‹?«

Brenda schmunzelte und sah ihn fragend an.

»Wir sind beruflich so eingebunden, dass wir bisher kaum Zeit miteinander verbracht haben, eigentlich nicht bis zu diesem Wochenende.«

Seine Schwester schlug den Kragen hoch, um die kühle Morgenluft abzuschirmen. »Es wirkt, als ob ihr schon seit Monaten ein Paar seid.«

Ja, das fand Walt auch.

»Freut mich, dass du wieder einen Schritt nach vorne wagst«, sagte Brenda.

Mach ich das, einen Schritt nach vorne?

Kapitel 10

Dakota hatte mehrere Kleider eingepackt, da sie nicht wusste, ob das ganze Wochenende lang gefeiert werden würde.

Sie trug ein silbernes Kleid mit Pailletten und einem moderaten Ausschnitt. Ihr Outfit war elegant und stilvoll und würde JoAnne keinen Anlass zur Kritik geben.

»Gehe dem Vanderbilt lieber aus dem Weg«, warnte Walt sie, als sie durch die Leute gingen. »Er ist krank.«

»Er ist nicht der Einzige hier, der Schnupfen hat, Doc. Sehr passend, wenn man krank zu einer Arztparty kommt.«

Immer wieder kamen neue Gäste an. Das riesige Wohnzimmer war schon gesteckt voll. Kellner mit schwarzen Fliegen boten Appetithäppchen und Champagner an.

Nach dem Vorabend hatte Dakota wenig Lust auf Alkohol. Seit einer Stunde hielt sie schon das gleiche Glas, aus dem sie nur wenige Schlucke getrunken hatte.

»Mann, deine Mutter weiß doch, dass sie niemanden reinlassen soll, der krank ist.« Walts Großvater, Dr. Walter Eddy der Erste war zwar schon fast dreiundachtzig, aber voller Lebenskraft. Er hatte wache Augen und flinke Hände.

»Offensichtlich nicht.«

»Aber du bist wahrscheinlich sowieso immun, weil du ja immer in irgendwelchen fremden Ländern bist. Macht er Sie krank?«, fragte er Dakota mit einem Augenzwinkern.

»Ich habe nicht … äh, nein.«

Er redete weiter. »Warten Sie es ab. Seine Arbeit in der Notaufnahme macht Sie sicher noch krank. Da lobe ich mir das Herz. An dem steckt man sich nicht an.«

Anscheinend lag auch der Senior dem jüngsten Dr. Eddy in den Ohren, die Familienpraxis zu übernehmen.

»Ist allerdings auch verdammt langweilig«, fügte er hinzu.

Oder doch nicht.

»Ich habe gehört, Sie schreiben Sexbücher.«

Er ließ Dakota gar keine Zeit, auf seine Bemerkung zu reagieren.

»Lässt die Pumpe auch ein bisschen schneller schlagen.«

Dakota wandte sich zu Walt und spürte plötzlich eine Hand auf ihrem Po. Als sie sich wieder umdrehte, war Dr. Eddy Senior schon gegangen.

Walt lachte seinem Großvater hinterher, während Dakota ihm zuraunte: »Er hat mir gerade in den Hintern gekniffen.«

Walt entgleisten die Gesichtszüge. »Hat er nicht wirklich!«

Sie legte den Kopf schief. »Würde ich dich anlügen?« Dann aber musste sie lachen.

Dr. Eddy Senior quatschte bereits eine andere junge Frau an.

»Ich werde ihm später auf die Finger klopfen.«

»Ich kann gar nicht glauben, dass er der große Patriarch dieser Familie ist.«

Walt zuckte mit den Achseln. »Meine Großmutter war seine Stütze. Als sie gestorben ist, hat mein Vater die Praxis übernommen.«

»Wie lange ist das her?«

»Lange Zeit, ich glaube, sechzehn Jahre.«

»Walter?«, rief jemand.

Dakota setzte wieder ihr Gesellschaftslächeln auf, doch Walt schien blass zu werden.

»Mrs Adams«, grüßte er kühl.

Keine Umarmung. Noch nicht einmal ein Handschlag.

Mrs Adams war offensichtlich interessiert, wer Dakota war, denn die Frau musterte sie alles andere als verstohlen von oben bis unten. Ohne sich dessen gewahr zu werden, rückte Dakota näher an Walt. Aber er hielt ein bisschen Abstand zu ihr, was sie verunsicherte.

»Wir hätten nicht gedacht, dass du auch kommst«, sagte Mrs Adams.

Dakota wartete, vorgestellt zu werden, doch Walt machte keine Anstalten.

Er stellte sein Getränk ab und trat sogar noch einen Schritt zurück.

Mit jeder verstreichenden Sekunde wuchs die Anspannung.

Dakota suchte nach einem vertrauten Gesicht unter den vielen Leuten, entdeckte Brenda in der Nähe, und bat mit flehendem Blick um Hilfe.

Ein Mann trat an die Seite von Mrs Adams. Er sah sogar noch unfreundlicher aus.

Als Walt Fäuste machte, stellte auch Dakota ihr Glas zur Seite und legte Walt besänftigend die Hand auf den Rücken.

Er zuckte zusammen. Sie nahm die Hand fort und trat einen Schritt zurück.

Mrs Adams hatte weiterhin die Augen auf Dakota geheftet. »Sie sieht überhaupt nicht so aus wie unsere Vivian.«

Brenda kam herüber und sagte freundlich: »Hallo, Harriett«, was nicht gerade mit einer liebenswürdigen Begrüßung erwidert wurde.

Dakota hatte keine Ahnung, was hier vorging. Jedenfalls hatte sie Walt noch nie so angespannt gesehen. Nicht einmal seine Eltern hatten ihn so unter Anspannung gesetzt, wie das Paar, das vor ihm stand.

Mrs Adams holte tief Luft und wandte sich an den Mann. »Wir sollten besser gehen.«

Als sie sich umwandten, rief Walt den Mann. »Lee?«

Doch dieser höhnte im Gehen: »Wir haben dir nichts zu sagen.«

Walt wirkte plötzlich kleiner als sonst. Er stand wie angewurzelt da und auch Brenda war offensichtlich sprachlos.

Dakota wartete.

»Das war hässlich«, fasste sich Brenda schließlich. »Ich weiß nicht, warum Mom sie eingeladen hat.«

»Lass es gut sein, Brenda.«

»Nein, tu ich nicht. Sie hätten sich doch denken können, wie diese Begegnung verläuft.«

Dakota mischte sich ein. Sie wollte wissen, was gerade passiert war und warum Walt so betroffen war. »Wer war das denn?«

Brenda blickte kurz zu ihr, dann zu ihrem Bruder. »Die Eltern von Vivian.«

Dakota spürte einen Stein im Magen. »Wer ist Vivian?«

»Walts verstorbene Frau.«

Verstorbene … was?

Dakota brauchte einen Augenblick, um zu kapieren, was Brenda sagte. Als sie Walts überschatteten Blick sah, verstand sie endlich.

Walt war Witwer.

★★★

Komisch, wie einem der Kopf schwirrt, wenn man unter Stress steht. Manche Partygäste hatten etwas mitbekommen und wussten, worum es ging. Andere hatten nur Vermutungen. Die meisten aber hatten keine Ahnung, was wirklich passiert war.

Walts Kopf pochte.

»Walt?« Er spürte Dakotas Hand. Ihr Blick war voller Fragen, jetzt aber war weder die Zeit noch der richtige Ort, ihr von Vivian zu erzählen. Eigentlich hatte er gehofft, dass er das Thema ganz meiden können würde.

»Es … es tut mir leid, dass du das mitbekommen hast«, sagte er zu Dakota. Sie legte den Kopf schief. »Ein bisschen Familiendrama ist doch immer interessant.«

»Hier bist du.« Seine Mutter war gekommen und Brenda ging sofort auf sie los.

»Wie konntest du nur, Mom?«

JoAnne zischte: »Harriett und Lee haben sich gerade wieder verabschiedet. Was hast du gesagt, dass sie so schnell gehen wollten?«

Walt malmte mit den Zähnen, die unter dem Druck zu zerbersten drohten. »Deine Loyalität ist verblüffend.«

Dakota drückte seinen Arm und starrte seine Mutter an. »Ich könnte ein bisschen frische Luft vertragen. Bitte entschuldigen Sie uns, JoAnne.«

Wahrscheinlich war es gut, dass Dakota ihn wegführte.

Als sie in die kühle Luft hinaustraten, fühlte er sich wie ein Tier, das aus dem Käfig gelassen wurde. Er löste sich von Dakota. Das Mondlicht glitzerte auf dem See wie Diamanten. Ein unglaublicher Anblick, den er aber nicht genießen konnte, weil er so aufgewühlt war.

Dakota lehnte sich an das Holzgeländer der Terrasse und blickte aufs Wasser.

»Sie studierte auch Medizin, war im letzten Semester«, begann er.

Dakota hob die Hand. »Du musst nichts sagen, wenn du nicht willst.«

Das mochte er an ihr. Wenn er selbst gerade erfahren hätte, dass Dakota Witwe wäre, hätte er eine Million Fragen. Eigentlich sprach er nie darüber. Doch die Begegnung mit Vivians Eltern hatte vieles wieder an die Oberfläche gebracht.

»Ich war gerade Assistenzarzt geworden. Wir sind im gleichen Ort aufgewachsen, hatten uns aber nie wahrgenommen, bis wir zusammen studierten. Sie war klug. Und lustig.« Er blickte zu

Dakota, sah, wie sie sich um Fassung bemühte. »Du willst das gar nicht hören.«

Ihr Blick wurde sanft. »Doch, will ich. Bitte.«

Er stieß sich vom Geländer ab, während er sprach.

»Wir haben uns immer wieder mal gesehen. Es war nichts Ernstes. Eher war es das Heimweh, das uns verband, und wir sehnten uns nach einem bekannten Gesicht. Wir haben uns gegenseitig Gesellschaft geleistet.«

»Und was hat sich dann geändert, dass ihr schließlich geheiratet habt?«

Er sah Vivians Gesicht vor sich. »Ich hatte erst vier Monate zuvor in der Klinik angefangen. Mann, ich war so müde, dass ich mit niemandem ausgehen wollte und auch gar keine Zeit dafür hatte. Vivian war genauso erschöpft. Ich dachte, sie sei abgekämpft von den ganzen Prüfungen im Studium. Aber ich habe es nicht gecheckt. Sie war immer so voller Energie gewesen.« Er rieb sich die Schläfen. Fühlte die Müdigkeit wieder, als ob es erst gestern gewesen sei. »Sie hat ihre Symptome ignoriert. Mir nichts gesagt.« Er fuhr sich durch die Haare. »Sie hatte Bauchspeicheldrüsenkrebs. Im fortgeschrittenen Stadium. Schon nach der ersten Untersuchung wussten wir es.«

»Ach, Walt, das tut mir so leid.«

»Sie entschied sich für eine Operation, wollte danach eine Chemotherapie machen. Es gab neue Medikamente. Aber sie hatte Angst. Als ob sie es gewusst hätte.« *Sie hat gewusst, dass sie sterben würde.*

»Was ist dann geschehen?« Dakotas Stimme war sanft, voller Mitgefühl.

»Lee und Harriett sind keine Ärzte. Sie wissen nicht, wann man jemanden gehen lassen muss. Vivian war ihr einziges Kind. Sie wollte keine lebensverlängernden Maßnahmen, die auch das Leid verlängern. Wenn man verheiratet ist, darf der Ehepartner für den anderen entscheiden, dass die Maschinen ausgestellt werden, falls so ein Fall eintritt. Deswegen haben wir vor ihrer Operation heimlich geheiratet.« Er erinnerte sich an die Hochzeit in der Klinik und wie sie noch über den künstlichen Blumenstrauß gelacht hatten, den er schnell aus dem Foyer geklaut hatte.

»Eigentlich war die Operation gut verlaufen. In ganz seltenen Fällen kommt es aber aufgrund der Narkose zu Komplikationen. Vivian bekam einen Schlaganfall und ist nicht mehr aufgewacht. Vielleicht hat sie sich auch selbst aufgegeben. Das Problem war nur, dass sie noch geatmet hat. Man hat sie nicht sterben lassen, sondern an Schläuche angeschlossen. Daraufhin habe ich veranlasst, dass man Vivians Wunsch nachgekommen ist, so wie sie es vor der Operation in der Patientenverfügung geschrieben hatte. Aber Lee und Harriett wollten das nicht zulassen.«

Walt sah, wie Dakota Tränen übers Gesicht liefen.

Obwohl die Erinnerung wehtat, konnte er zum ersten Mal richtig darüber sprechen.

Dakota trat zu ihm, legte eine Hand auf seine Wange. »Vivian hatte großes Glück.«

Er lachte traurig. »Sie ist vor ihrem siebenundzwanzigsten Geburtstag gestorben.«

»Das wäre so oder so der Fall gewesen, auch ohne deine Entscheidung.«

Er atmete tief ein und ganz langsam wieder aus. Ein Geräusch aus dem Haus lenkte sie kurzeitig ab.

Dakota deutete mit einem Kopfnicken zum See. »Knicken wir die Party. Larry hat noch eine wunderbare Flasche Whiskey im Bootshaus zurückgelassen.«

Einen Moment dachte er an seinen Dad. Doch dann fiel ihm wieder ein, dass seine Mutter die ganze Geschichte zwischen ihm und Vivians Eltern kannte und sie trotzdem zur Party eingeladen hatte.

»Eine Flasche Crown kommt uns jetzt gerade recht.«

★★★

Die Sonne ging über dem See auf und blendete ihn. Sobald die Augen geöffnet waren, schloss er sie wieder. Seine Zunge fühlte sich dick und pelzig an und das Pochen im Kopf erinnerte ihn daran, warum er sonst nicht viel Alkohol trank.

»Dakota?«, stöhnte er. Sie konnte nicht im Bett sein, weil er quer darin lag.

Er rollte sich zur anderen Seite und versuchte noch einmal, ein Auge zu öffnen. Er krächzte wieder ihren Namen, diesmal etwas lauter.

»Ich dachte schon, dass du vielleicht eine Infusion brauchst.« Die Stimme seines Vaters.

Walt schloss vor Schreck wieder die Augen.

Als er blinzelte, sah er seinen Dad im Türrahmen des Schlafzimmers. »Du schaust beschissen aus, mein Sohn.«

»Schön, dass man mir ansieht, wie ich mich fühle.«

Sein Dad stellte ihm ein Glas mit einer grünen, dicklichen Flüssigkeit ans Bett. »Immer noch das beste Mittel für den Morgen danach.«

Walt drehte sich und fluchte, als sich der Kopf noch zu bewegen schien, obwohl der Körper schon längst wieder stilllag.

Sein Dad lachte.

Walt nahm das Glas und roch daran. »Du willst mich wohl umbringen.«

»Es ist schon Jahre her, seit ich es das letzte Mal gebraucht habe. Aber es funktioniert.«

Grün war wirklich keine Farbe, die man gerne trank, und dieses Gesöff hatte noch irgendwelche Stückchen drin. Gott weiß, was das war. Und ein Schuss Whiskey war auch dabei. Es war das Einzige, das Walt herausschmecken konnte, bevor er das Glas leerte. Er wischte sich mit dem Handrücken über die Lippen und bemühte sich, alles im Magen zu behalten.

»Nächstes Mal nehm ich freiwillig die Infusion«, erklärte Walt.

Das Bett ächzte, als sich sein Vater daraufsetzte. »Brenda hat mir erzählt, was gestern Abend passiert ist.«

Walt versuchte, nicht zu stöhnen. So ein würdeloses Geräusch wollte er vor seinem Vater nicht von sich geben.

»Wir haben die Adams in den letzten Jahren immer wieder eingeladen. Sie sind nie gekommen.«

»Sie glauben, dass ich für Vivians Tod verantwortlich bin.«

»Das ist doch absurd. Sie haben ihr Kind verloren und müssen dem Universum dafür die Schuld geben.«

Das Licht vom Fenster blendete jetzt nicht mehr so, als Walt sich umdrehte, um seinen Vater anzusehen. Er hatte in den letzten Jahren mehr Falten bekommen und ein paar graue Strähnen mehr im Haar. Die Verbindlichkeit in seinem Tonfall war allerdings neu. »Du bist doch sonst nicht so, Dad. Sonst sagst du mir immer, was ich anders machen soll. Was ist los?«

Sein Vater schnaufte, legte die Hände auf die Knie. »Ich werde eben nicht jünger.«

Walt wartete auf die übliche Predigt.

Aber sie blieb aus.

»Ich sehe dich zu selten. Meistens weiß ich noch nicht einmal, wo du gerade bist.«

»In Kalifornien.«

»Ich meine deine Reisen.«

»Viele Eltern wissen nicht immer, wo ihre erwachsenen Kinder gerade sind. Das ist nichts Besonderes.«

Sein Dad stand auf, öffnete die Jalousien. Erstaunlicherweise tat das Sonnenlicht nun gar nicht mehr weh und ihm war auch nicht mehr schwindelig. Er blickte auf das leere Glas, hatte noch den grässlichen Geschmack auf der Zunge.

»Welcher Vater hätte nicht gerne sein Kind in der Nähe?«

»Es ist schwierig, in eurer Nähe zu sein. Ihr macht mir immer nur Vorwürfe, wenn ich euch besuche.«

»Ich … ich weiß. Ich gelobe, mich zu bessern.« Sein Dad sah ihm lange in die Augen.

Das war gut. Komisches Timing, aber schließlich zählte das Ergebnis.

»Wo ist denn Dakota?«

Als er ihren Namen hörte, wirkte sein Vater so erfreut, wie Walt es selten in den letzten Jahren bei ihm erlebt hatte. »Sie ist mit deiner Schwester in die Stadt gefahren, um etwas aus der Apotheke zu holen.«

»Ist sie krank?«

Walter Senior blickte zur Decke. »Mal sehen, ob ich mich an ihre genauen Worte erinnern kann. *Dr. Eddy,* hat sie gesagt, *da Ihr Sohn gerade seinen Rausch ausschläft, kann ich ihn nicht fragen und wollte Sie deshalb um den Gefallen bitten, mir ein Rezept zu schreiben.*« Sein Dad lachte.

»Was denn für ein Rezept?«

»Deine Freundin hat eine Blasenentzündung.«

Walt ließ die Schultern sinken. Frauen hatten zwar öfter mal eine Blasenentzündung und es war nichts Ernstes, trotzdem hatte er ein schlechtes Gewissen. Im Volksmund sagte man auch ›Flitterwochenkrankheit‹, weil Frauen auch manchmal eine Blasenentzündung bekamen, wenn sie zu viel Sex hatten. Wenn er daran dachte, wie oft sie sich in den letzten zwei Tagen nackt vergnügt hatten, war es eigentlich kein Wunder.

»Ich mag sie.«

»Wir haben uns erst kennengelernt, Dad.«

»Ich mag sie trotzdem. Habt ihr das Geschenk gemeinsam ausgesucht?«

Walt rieb sich die Bartstoppeln. »Geschenk?«

»Das heißt also nein.« Er ging zur Tür. »Sie hat mir ein Stethoskop aus der Zeit des Bürgerkriegs geschenkt. Das war sehr nett von ihr.«

Walt grinste. »Dad?«

»Ja?«

»Was zum Henker war in dem Getränk?« Er deutete auf das grün verschmierte, leere Glas.

»Ich schicke dir mal eine E-Mail mit den Zutaten. Schön, dass es immer noch so gut wirkt wie früher.«

Kapitel 11

Dakota griff über ihre Tastatur hinweg zum klingelnden Telefon. Sie klemmte es zwischen Schulter und Kinn ein, um den letzten Satz noch zu Ende zu schreiben. »Hey!«

»Meldest du dich immer so?«

Sie lehnte sich zurück. »Doktor, schön, dass du anrufst.«

Seit Colorado hatte er sie schon zweimal angerufen, obwohl sie erst seit drei Tagen wieder zurück waren. »Geht's dir besser?«

»Viel besser. Ich trinke viel Wasser und nehme das Antibiotikum. Mir geht's gut.«

»Perfekt.« Er klang ausgeschlafen, mehr als am Abend zuvor, als er nach seinem Dienst angerufen hatte. »Kann ich dich zu einer kleinen Pause überreden?«

Dakota blickte auf den blinkenden Cursor auf dem Bildschirm. Sie hatte schon mehr als zehntausend Wörter geschrieben. Die erste Szene für ihr neues Buch spielte sich wie ein Film in ihrem Kopf ab, und jetzt, da sie zu schreiben begonnen hatte, war der Wortfluss kaum aufzuhalten.

»Ich spreche von richtigem Essen, nicht so Mikrowellenzeug«, erklärte Walt.

»Kannst du kochen?«

»Nein. Na ja, Nudeln schon, aber ich habe an etwas anderes gedacht.«

Sie senkte die Stimme. »An was denn, Doc?«

»Ich bin in dreißig Minuten bei dir.«

»Moment mal, es dauert doch länger als eine halbe Stunde von dir aus.«

»Ich hätte auch kein Nein akzeptiert.«

Sie klickte auf Speichern und stellte den Computer aus. »So dominant. Finde ich sexy.«

Er lachte. »Weißt du, wenn das mit dem Bücherschreiben nicht mehr klappt, dann könntest du gut für eine Sexhotline arbeiten.«

»Ach ja? Was weißt du denn über Sexhotlines?«

Als er nichts antwortete, lachte Dakota heiser.

»In dreißig Minuten.«

Sie duschte, legte etwas Make-up auf, um einigermaßen salonfähig zu sein, und föhnte sich die Haare. Als sie Walt fünfundzwanzig Minuten später die Tür öffnete, trug sie nur einen Spitzenbody.

Köstlicher Essensduft stieg aus den Tüten, die Walt dabeihatte. Er trat ein, schloss die Tür hinter sich. Sofort umschlang er sie, küsste sie stürmisch und schon zogen sie sich aus. Dann führte er sie ins Schlafzimmer.

Kurze Zeit später saßen sie auf dem Bett und aßen direkt aus den Essensbehältnissen. »Woher wusstest du, dass ich chinesisches Essen liebe?«

»Jeder liebt chinesisches Essen«, meinte Walt, der sich gerade eine Gabel voll gebratenem Reis in den Mund schob.

»Es ist wahrscheinlich ungesund. So salzig und fettig.«

»Deshalb auch so beliebt.« Er beugte sich vor und leckte ein Reiskorn von ihrer nackten Brust. »Nackt essen. Gefällt mir.« Er streichelte über ihre Brust, sie stöhnte, als ihre Brustwarze hart wurde.

»Wenn ich es nicht besser wüsste«, sagte sie, als Walt seine Finger wieder fortnahm und sich noch mehr Orangenhühnchen in den Mund steckte, »dann würde ich meinen, dass das Essen nur ein Vorwand war.«

Er hob eine Augenbraue und kaute lange und deutlich. Als er herunterschluckte, steckte er gleich die nächste Gabel in den Mund. »Du warst diejenige, die mir in Unterwäsche die Tür aufgemacht hat.«

»Ich könnte ja sagen, dass du fünf Minuten zu früh warst und dass ich noch nicht fertig angezogen war.«

»Das könntest du behaupten, aber dann würdest du lügen.«

Sie griff in die Box, holte mit bloßen Fingern ein Stück Huhn heraus und ließ es sich in den Mund fallen.

Dakota spielte nun mit seinen Brustwarzen, tauchte ihre Finger in die Sauce, dann strich sie damit über seine Brust bis runter zu den Lenden. Bevor sie seine Erektion erreichte, sah sie ihm in die Augen.

»Stimmt, da würde ich lügen.«

Mit ihrer Zunge leckte sie die Spur entlang. Süß-saure Sauce. Sex-Essen. Sie hatte schon darüber geschrieben, hatte auch schon das eine oder andere Mal Schlagsahne zum Einsatz gebracht, aber mit chinesischem Essen?

»Ah …«

Sie blieb bei seiner Hüfte, leckte dort die Sauce weg, wo Oberkörper und Schenkel zusammentrafen.

»Ach, da habe ich ja noch was übersehen«, sagte sie und leckte weiter, bis sie seine volle Länge erreicht hatte.

Er schmeckte süß. Als sie ihn vollständig im Mund hatte, sog er scharf die Luft ein. Walt streichelte ihr Gesicht, während sie ihn nahm, und sah ihr zu.

Sein Blick war so durchdringend, dass er bis tief in ihr Innerstes gelangte. Er nahm ihren Kopf mit beiden Händen fort und stellte das Essen auf den Nachttisch.

Sein Kuss schmeckte nach Ingwer und Gewürzen. Dakota legte sich zurück und empfing ihn. Im Gegensatz zu vorhin liebten sie sich jetzt langsam und so intensiv, dass sie beide es im Herzen spürten.

Dakota merkte, wie sie ein Stückchen mehr in Walts Welt vorgedrungen war. Es war eine gefährliche Welt, eine Welt mit verrückten Arbeitszeiten, in der es besser war, wenn man keinen Partner hatte. Doch als er ihren Namen rief, während er in sie stieß, konnte sich Dakota seine Welt nicht mehr ohne sie vorstellen. Und vor allem konnte sie sich ihr eigenes Leben nicht mehr ohne ihn vorstellen. Ihr Orgasmus kam langsam. Wie ein Feuer, das bei den Zehen begann und sich von dort ausbreitete.

Dann sank auch er auf ihr zusammen, sein Atem ging schnell wie ihrer.

»Chinesisches Essen wird nie mehr das sein, was es mal war.«

Sie lachte und spürte, wie er herausrutschte, während auch er lachen musste.

★★★

Als er die Augen öffnete, war das Bett leer. Dakotas Seite war kühl und dabei war es draußen noch dunkel.

Walt suchte seine Boxershorts und streifte sie über, bevor er aus dem Zimmer ging.

Er fand Dakota im Arbeitszimmer bei gedämmtem Licht. Von ihrem Computer ertönte leise Musik. Sie lachte und tippte schneller, als es möglich zu sein schien. »Du bist so ein Luder, das gefällt mir.« Dakota tippte weiter, unterbrach nur kurz, um nach der Wasserflasche zu greifen, nahm einen Schluck, und setzte dann die Finger wieder auf die Tastatur. Er hatte sie noch nie arbeiten gesehen und wusste auch nicht, wie er sie sich dabei vorgestellt hatte. Klar, ans Tippen hatte er gedacht, aber die Begeisterung, mit der sie die Gedanken aus ihrem Kopf auf die Seite fließen ließ, war beeindruckend. Andererseits war das gar nicht so verwunderlich, wenn man bedachte, welche Lebensfreude sie sonst hatte. Trotzdem war er erstaunt.

Sie führte den Gedanken zu Ende und lehnte sich zurück. Erst jetzt wurde sie seiner Anwesenheit gewahr.

»Oh, ich habe dich doch nicht etwa geweckt?«

»Nein. Das war wahrscheinlich der Reis.«

Sie gähnte und rieb sich die Augen. Sie blickte auf die Uhr an der Wand und jetzt erst sah auch Walt, wie spät es war. Drei Uhr morgens. »Entweder bist du eine extreme Frühaufsteherin oder eine Nachteule.«

»Ich bin vor einer Stunde aufgewacht und konnte nicht mehr einschlafen. Und dann hatte ich diese brillante Idee.«

Er wollte einen Blick auf den riesigen Bildschirm werfen. »Darf ich lesen?«

Dakota klickte mit der Maus und schloss schnell das Schreibprogramm. »Nicht, bevor ich fertig bin.«

Er lachte. »Wirklich?«

»Ja. Das ist nur der Rohentwurf. Du darfst es erst lesen, wenn es gut klingt.«

Walt strich ihr über den Kopf und über ihre Haare den Rücken entlang.

Sie lehnte sich zurück, schloss die Augen.

»Kommst du wieder zurück ins Bett?«

Dazu musste er sie nicht länger überreden. Anscheinend hatte sie in der letzten Stunde genug von ihrer Idee in den Computer gehämmert. Im Bett nahm er sie in die Arme und bald schon hörte er sie langsam und gleichmäßig atmen.

Diesmal lag er länger wach und blickte auf die Schatten an der Wand. Wie sehr hatte er das vermisst. Er hatte den einen oder anderen Flirt gehabt und bisweilen eine Affäre, aber selten hatte das zu gemeinsamen Nächten oder gar Wochenenden geführt. Mit Dakota war es anders. Und das, so musste sich Walt eingestehen, machte ihm Angst. Ihre unkomplizierte Herangehensweise, ihre Einstellung zum Leben, ihr Humor, ihre Unabhängigkeit. Dass mit ihr selbst chinesisches Essen erotisch war. Mann, das war etwas Neues. Er schmunzelte und fühlte sich tief in seinem Innersten so zufrieden wie schon seit Jahren nicht mehr.

★★★

Mary beugte sich erwartungsvoll über die Kaffeetasse und war gespannt auf das, was Dakota erzählen würde.

»Ich habe jetzt schon zweimal diese Woche sein Auto gesehen und mindestens einmal warst du weg.«

»Spionierst du mir nach?« Dakota füllte auch für sich Kaffee in die Tasse und setzte sich.

»Ich lebe durch dich. Ich bin eifersüchtig, deshalb erzähl alle Details, Süße.«

Details? Gab es Details? »Er ist überhaupt nicht so, wie ich mir einen Arzt vorgestellt habe. Er kann sicher auch ernst sein, wenn er will, aber meistens sind die Geschichten, die er erzählt, sehr lustig.«

»Ich kann mir seine tägliche Arbeit gar nicht vorstellen. Das ist sicher nicht leicht.«

»Vielleicht, aber er lässt sich zumindest nichts anmerken. Bei manchem, was er erzählt, dreht sich mir der Magen um, aber bei ihm klingt es, als ob es nichts weiter wäre, als ein Spaziergang durch den Supermarkt.«

»Hat er noch mal etwas über seine verstorbene Frau gesagt?«

Dakota hatte Mary davon erzählt, als sie aus Colorado zurückgekehrt war. »Nichts. Immer wieder starrt er mich an und da würde ich ihn am liebsten fragen, was er denkt. Ich würde gerne wissen, wie sie aussah, wie es war, als sie starb. Aber ich kann das nicht fragen. Ich will es zwar wissen, irgendwie aber auch nicht.«

»Meinst du, dass er sie geliebt hat?«

»Ich glaube schon. Vielleicht war er nicht verliebt, aber zumindest hatte er sie so gern, dass er sich bis zum Tod um sie gekümmert hat. Das war sicher nicht leicht.«

Mary zeichnete mit dem Finger die Schrift auf der Kaffeetasse nach. »Und? Wird das etwas Ernstes zwischen euch beiden?«

»Ach komm, Mary. Wir sind doch erst wie lange, seit zwei Monaten zusammen.«

Nicht, dass sie sich nicht genau dasselbe schon gefragt hätte. Sie führten ein sehr unterschiedliches Leben und doch war es, wenn sie beieinander waren, als ob es ein und dasselbe wäre.

»Du hast recht. Zwei Monate sind viel zu wenig, um über eine gemeinsame Zukunft nachzudenken. Aber wenn die ersten drei Monate verstrichen sind, greifen wir das Thema wieder auf.«

»Was soll nach den ersten drei Monaten denn anders sein?«

»Die ersten drei Monate sind die Flitterwochenphase. Da zeigt man sich von der besten Seite, unterdrückt seine lästigen Angewohnheiten. Mit großer Wahrscheinlichkeit habt ihr euch noch nicht gestritten, oder?«

»Zählt der Elektroschocker?«

»Nein.«

»Und dass ich ihn in den See geschubst habe?«

»Das war doch Vorspiel. Ich meine eine ernsthafte Auseinandersetzung.«

Dakota schüttelte den Kopf. »Nein. Nicht einmal die Hexe, also seine Mom, konnte einen Keil zwischen uns treiben.«

»Hat er komische Angewohnheiten, die dich nerven?«

Hat er komische Angewohnheiten? »Er schiebt Dinge auf.«

»Das kann einem ziemlich auf den Nerv gehen. Und dabei wissen wir ja, dass du ein A-Typ bist.«

»Ich bin kein A-Typ.«

Mary stand auf, ging zum Vorratsschrank, öffnete die Tür. Darin befanden sich Essensvorräte für mindestens sechs Monate. Die Dosen standen akkurat aufgereiht, die Trockenlebensmittel waren nach Verfallsdatum sortiert, Milchpulver und Wasserflaschen wurden alle zwei Monate ausgetauscht. »Mist. Ich bin tatsächlich ein A-Typ.«

»Wetten, dass Walt noch nichts von deiner Angewohnheit weiß?«

»Er weiß zumindest, dass ich zu denjenigen gehöre, die sich auf alle Eventualitäten vorbereiten.«

»Wahrscheinlich findet er das süß. Noch.«

Dakotas Lächeln verschwand. »Meinst du, in drei Monaten hasst er das?«

Bei dem Gedanken, Unordnung in ihrem Vorratsschrank zu haben, um Walt damit zu gefallen, wurde sie nervös.

»Vielleicht wird er es gar nicht hassen, aber bis zum nächsten Monat würde er nie im Leben etwas Schlechtes darüber sagen«, erklärte Mary. »Und seine Angewohnheit, wichtige Dinge aufzuschieben, wird kein Problem sein, bis er mal etwas aufschiebt, was für dich wichtig ist. Dann gibt es Streit.«

»Gott, Mary, wenn das so ist, sollten wir lieber gleich Schluss machen, um diese Streitthemen zu vermeiden.«

»Du brauchst doch keine Angst zu haben. Die Art und Weise, *wie* ihr streitet, lässt erkennen, wie gut ihr als Paar funktioniert. Eine Beziehung ist immer easy, wenn ihr euch gerade erst gegenseitig entdeckt und der Sex heiß ist. Doch bei einem Streit«, sagte Mary und zeigte mit dem Finger auf Dakota, »sieht man erst den Kern der Beziehung.«

Worüber werden wir das erste Mal streiten? Aber warum machte sie sich hier beim Morgenkaffee Gedanken über ihr erstes Streitthema? »Ich fühle mich, als hättest du gerade eine Psychoanalyse bei mir durchgeführt.«

Mary grinste. »Habe ich auch. Die Rechnung ist schon in der Post.«

★★★

Walt war im Schockraum, hatte Handschuhe und OP-Kittel an. Der Assistent sagte, dass der Krankenwagen mit der Verletzten eingetroffen sei. Sie sei Anfang dreißig, wurde während eines Unfalls aus dem Auto geschleudert. Bewusstlos, akutes Lungenversagen. Die Sanitäter hätten sie schon auf dem Weg zur Klinik intubiert.

»Wann kommt Dr. Meeks?« Chuck Meeks war der Unfallchirurg. Zusammen würden sie alles versuchen, die Patientin so schnell es ging zu stabilisieren. Dann erst würde Chuck sie in den OP schieben können und dort würde er sie, so gut er konnte, wieder zusammenflicken.

»In weniger als fünf Minuten.«

Er soll sich beeilen.

Walt hörte das nur allzu vertraute Geräusch. Es kam von den schweren Stiefeln der Feuerwehrmänner, die mit den Sanitätern eilig eine Krankenliege über den Gang zur Notaufnahme rollten. Ein Sanitäter drückte den Beatmungsbeutel, mit dem er die Verletzte beatmete. Die anderen schoben die fahrbare Trage. Sie stellten sie neben die Krankenhausliege, hoben gemeinsam die Patientin darauf, während einer von ihnen den Befund herunterratterte. Walt konnte kaum noch hören, was der Mann sagte. Denn jetzt sah er die Patientin. Ihr dunkles Haar war blutverklebt, das Gesicht mit den hohen Wangenknochen war schneeweiß, in den vollen Lippen steckte ein dicker Schlauch.

Sie sah aus wie Dakota. Es war aber nicht die Frau, mit der er seine Freizeit verbrachte. Doch sie hätte ihre Schwester sein können.

»Bewusstlos am Unfallort, Herz-Lungen-Wiederbelebung durch einen Ersthelfer. Tastbarer Puls, als wir ankamen. Sinkender Blutdruck, liegt jetzt bei 80 zu 42, Puls bei 135, mit ventrikulären Extrasystolen.«

Walt hörte die Lungen ab. Das gurgelnde Geräusch des rechten Lungenflügels klang gar nicht gut. Das Gleiche beim linken. »Wir brauchen ein Röntgenbild, um zu sehen, was da los ist. John«, rief er den Pfleger. »Holen Sie zwei Thoraxdrainage-

Tabletts.« Walt ging methodisch vor, tastete an verschiedenen Stellen den Puls, der nur schwach vorhanden war. Sie sah nicht aus, als sei sie herausgeschleudert, sondern von einem Auto überfahren worden. Die Kopfwunde verlief über die gesamte Länge des Schädels von einem Ohr zum anderen und zeigte mehr von dem Schädelknochen, als man vertragen konnte. »Ist bekannt, wie es passiert ist?«, fragte er den Sanitäter.

»Sie lag auf der anderen Seite von einem Stacheldrahtzaun.«

»Der zweite Zugang ist fertig«, sagte Valerie, während sie eine Infusion mit Ringerlösung anschloss. »Die Laborwerte sind unterwegs. Wir halten vier Konserven Null negativ bereit.«

Die Röntgenassistenten kamen und platzierten vorsichtig eine Platte unter die Patientin.

»Ihre Temperatur ist auf 35,8 abgesunken, Dr. Eddy.«

»Wir müssen sie aufwärmen, aber nicht zu schnell.« Wegen ihrer Kopfwunde hatte sie sehr viel Blut verloren.

Bevor die Röntgenassistenten eine Aufnahme machen konnten, schlugen die Monitore Alarm.

Alle Köpfe wandten sich, sahen den Herzschlag der Patientin. Kammerflimmern.

Sie war nicht Dakota, sah ihr aber so ähnlich, dass Walt nicht ihr Gesicht ansehen konnte. Und das Herz dieser Frau hatte soeben aufgehört zu schlagen.

Sie versuchten es drei Mal mit Herz-Lungen-Wiederbelebung, gaben ihr unterdessen vier Blutkonserven und legten eine Thoraxdrainage, doch die Patientin hatte nach einer weiteren vergeblichen Stunde den Kampf endgültig verloren, noch bevor man sie überhaupt in den Operationssaal bringen konnte.

Er zog die Handschuhe aus, den blutverschmierten Kittel, die Überschuhe, und ließ alles in den Behälter neben der Tür fallen. Nachdem er sich die Hände gewaschen hatte, ging er durch die Station, um einen ruhigen Moment im Arztzimmer zu verbringen.

»Walt«, rief eine Schwester, die nicht im Schockraum gewesen war.

Er drehte sich zu ihr, wusste, was als Nächstes käme. »Das CT von Smith ist zurück, die Blutwerte auch. Das Kind auf der Achtzehn ist fertig mit der Inhalation und das Fieber ist gesunken –«

Er hob die Hand, um sie zu unterbrechen. »Gib mir bitte fünf Minuten, Debby.«

Die Notaufnahme war voller Leute, überall saßen Patienten, in den Gängen und im Wartebereich. Manche stöhnten, manche husteten, andere bluteten. Aber alle atmeten noch, bis auf eine.

Er kam gar nicht bis zum Ärztezimmer.

»Dr. Eddy?«

Am liebsten hätte er nicht geantwortet, aber den Krankenhauspfarrer konnte man schlecht ignorieren.

»Die Familie von Mrs Comer ist in der Kapelle. John kommt auch mit.«

Der Ehemann von Mrs Comer war sicher nicht älter als Walt. Er sprang auf, als sie zu dritt die Kapelle betraten. Angst, Schmerz und leider auch Hoffnung lagen in den Augen des Mannes.

Der Pfarrer stellte sie vor und dann überbrachte Walt die Nachricht, die kein Mensch je hören will.

Kapitel 12

Er schreckte aus dem Bett hoch, sein Herz raste. »Scheiße!«, schimpfte er, obwohl niemand da war. Bilder von Dakota hatten sich mit den verblassenden Erinnerungen an Vivian vermischt und mit denen von Mrs Comer. Mann, er hatte seit Jahren schon nicht mehr die Geschehnisse seiner Arbeit mit nach Hause genommen. Aber jetzt, zwei Tage nach dem Vorfall, ließen sie ihm keine Ruhe.

Immer wieder sah er Dakota tot vor sich. Immer wieder fühlte er mit dem Arzt mit, der ihm sagte, dass sie es nicht geschafft hatte.

Es war halb drei am Nachmittag. Das Verdunkelungsrollo vor dem Fenster hielt zwar nach einer langen Nachtschicht das Tageslicht ab, trotzdem wusste sein Körper, dass er zur falschen Uhrzeit schlief.

Schließlich gab er es auf, stieg aus dem Bett und zog sich eine Jogginghose über. Der Kühlschrank war mitleidserregend leer. Dakota hatte ihn deshalb schon geschimpft. »Du brauchst einen Lebensmittelvorrat für mindestens eine Woche, Doc. Doch du bist höchstens für einen Abend mit der Sportschau vorbereitet.«

»Die Sportschau darf man nicht unterschätzen«, hatte er gewitzelt.

Er leerte den Milchkarton und die letzten Reste eines Müslis.

Er konnte einfach nicht aufhören, an sie zu denken.

Trotzdem hatte er seit drei Tagen nicht bei ihr angerufen. Ein rechter Feigling war er. Aber das Leben war so zerbrechlich und er könnte es nicht verkraften, Dakota zu verlieren. Nicht an den Tod.

Er hatte Vivian sehr gemocht. Der wachsende Druck in seiner Brust aber, wenn er an Dakota dachte, war so überwältigend, dass es ihm Angst machte.

Genau diese Verlustangst hatte ihn davon abgehalten, sich mit anderen Frauen zu verabreden. Warum hatte er sich mit Dakota nicht an die eigenen Regeln gehalten?

»Walt, geh lieber einen Schritt zurück«, sagte er zu sich, »und mach langsam.«

Er musste sich ablenken, brauchte Abstand – räumlich und zeitlich – zwischen sich und der Frau, die jeden verdammten Tag seine Gedanken beherrschte.

Er holte das neue Handy vom Ladegerät. Natürlich hatte Dakota eine Textnachricht geschrieben. *Angeblich landen unanständige Sexnachrichten vom Handy immer im Internet. Drum musst du dir einfach das Bild vorstellen, das ich dir jetzt schicken würde. Melde dich, wenn du wach bist.*

Es juckte ihn in den Fingern, ihre Nummer zu wählen, ihre Stimme zu hören, ihre offensichtliche Einladung anzunehmen. Stattdessen aber hörte er die Nachricht auf dem Anrufbeantworter ab.

»Eddy! Hier Klein.« Dr. Klein war einer seiner Kollegen bei Ärzte ohne Grenzen. »Ärzte ohne Grenzen sucht einen Arzt als Koordinationsmanager, der die Einsatzkräfte ausbildet, koordiniert und als Erster vor Ort ist. Da habe ich an dich gedacht. Ruf mich an.«

So rief er also jemand anderes an und nicht Dakota.

★★★

Der blinkende Cursor stand immer noch an der gleichen Stelle von Kapitel fünfzehn. *Was nun? Was geschieht als Nächstes?*

Zum fünften Mal in einer Stunde sah Dakota aufs Handy.

Schließlich gab sie nach und rief ihn an.

Walts Stimme, es war aber nur der Anrufbeantworter. »Hallo, Doc«, sagte sie und versuchte normal zu klingen, obwohl er sich nicht mehr bei ihr meldete. »Ich rufe bloß an, weil ich wissen will, ob du noch lebst.« Was keine Lüge war. Ein Teil von ihr machte sich Sorgen, dass etwas Schreckliches passiert sein könnte. Ein noch größerer Teil von ihr machte sich Sorgen, dass es einen anderen Grund gab, warum er nicht anrief und keine Nachricht schickte. Weiter sagte sie nichts und legte wieder auf.

Die Buchstaben verschwammen, ihr Kopf pochte und sie stellte frustriert den Computer aus.

Nach sechs Uhr klingelte ihr Handy. Wie eine hoffnungslos verknallte Teenagerin sprang sie hoch. Und das machte sie wütend auf sich selbst. Seit wann war sie so abhängig von der Aufmerksamkeit eines Mannes?

Als es aber tatsächlich Walts Gesicht war, das sie auf dem Display sah, freute sie sich trotzdem.

»Du lebst ja doch noch«, begrüßte sie ihn.

»Ja. Tut mir leid. Ich habe entweder gearbeitet oder geschlafen.« Seine Stimme klang matt und im Hintergrund hörte man Geräusche.

War es zu fordernd, sich eine Nachricht oder gar einen kurzen Anruf zu wünschen? Ging es zu weit, wenn sie zugab, dass sie sich Sorgen gemacht hatte? Sie tat, was die Heldin in ihrem neuen Buch machen würde, und nahm ihren Mut zusammen: »Weißt du, mein Lieber, eine Nachricht zwischen den Schichten würde wirklich nicht allzu viel von deiner Zeit in Anspruch nehmen.«

Er machte eine Pause. »Ich weiß. War voll blöd.«

War voll blöd? Sind wir jetzt sechzehn oder was?

»Bin noch auf der Arbeit. Ein zusätzlicher Dienst«, sagte er. »Dann wieder ein paar Tage weg. Nicht, dass du dir Sorgen machst.«

Er klang mit seinen Halbsätzen sehr distanziert. »Ist alles in Ordnung? Irgendeine Naturkatastrophe, von der ich noch nichts gehört habe?«

»Nein, nichts dergleichen –«

»Dr. Eddy!« Dakota hörte, wie er gerufen wurde.

»Ich muss aufhören. Melde mich, wenn ich zurück bin.« Nicht ›ich ruf dich an‹ oder ›wir treffen uns‹, nur ›melde mich‹.

Ihre Kehle schnürte sich zusammen. »Alles klar. Pass auf dich auf, Doc.«

»Ja, du auch.« Dann legte er auf.

Was in aller Welt ist nur los?

★★★

»Hat er gesagt, wohin er fährt?«, fragte Mary, die gegenüber von ihr am Tisch saß.

Die Pizza mit Pilzen und Peperoni wurde bereits kalt. Normalerweise wirkte Pizza immer Wunder, wenn sie down war. Dakota hatte aber keinen rechten Appetit darauf. »Nein, nur dass er wegfährt.«

»Vielleicht ruft er noch mal an und erzählt mehr.«

»Glaub ich kaum. Ich kenne das, Mary. Er war so kalt am Telefon.«

»Hmm …« Mary überlegte mit einem Pizzastück in der Hand. »Wie fühlst du dich dabei?«

»Wie ein Stück Dreck. Er lässt mich einfach so fallen.« Dakota griff zum Whiskeyglas und leerte es in einem Zug. Aber selbst der Whiskey schmeckte heute nicht. »Und lass mich mit dieser Psychoscheiße in Ruhe. Ich brauche dich als Freundin, nicht als Therapeutin.«

Mary ließ die Pizza auf den Teller fallen. »Ich weiß. Tut mir leid. Mit mir hast du immer beides, ich kann es halt nicht abstellen.«

»Du musst mir sagen, dass ich es falsch interpretiere oder dass er ein Depp ist. Dass er selbst schuld ist und so.« Mist, jetzt bekam sie auch noch feuchte Augen.

»Du interpretierst nichts falsch und du hast auch ein Recht darauf, verletzt zu sein.« Mary nahm Dakotas Hand und drückte sie fest. »Wenn Walt mit dir Schluss macht, dann ist er nicht nur ein Depp, sondern ein schwanzloses Arschgesicht, wenn er es dir noch nicht einmal richtig sagt. Und wenn ich ihn das nächste Mal sehe, wird er das auch von mir zu hören kriegen.«

»Genau.« Sie hasste Tränen. Hasste sie von ganzem Herzen. Wenigstens hatte ihre Freundin endlich kapiert, was sie brauchte. »Schwanzloses Arschgesicht.« Dakota hätte fast lachen müssen.

»Vielleicht gibt es aber auch einen Grund für sein Verhalten –«

Dakota zog ihre Hand fort. »Jetzt fängst du doch wieder mit dieser Psychoscheiße an. Bleib lieber beim Arschgesicht, Frau Psychologin.«

»Na gut. Aber –«

»Mary! Ich warne dich. Ich gebe mich gerade meinem Schmerz hin und du musst mich dabei unterstützen.« Dakota ging zu Marys Kühlschrank, öffnete das Tiefkühlfach. Sie holte Eiscreme, die Mary immer im Vorrat hatte, und einen Löffel.

»Wow. Du gibst dich ja wirklich richtig deinem Schmerz hin. Da ist viel weißer Zucker drin, Dakota.«

»Ja, das ist mir aber heute egal. Für einen echten Liebeskummer braucht man Eis.« Sie öffnete die Verpackung und fing sofort an zu löffeln. Das Eis schmolz cremig in ihrem Mund. »Gott, ist das gut.«

Mary starrte sie an.

Dakota steckte sich den nächsten Löffel mit Eis in den Mund. »Ich brauche auch was davon zu Hause.«

Mary hielt Dakotas Hand fest, bevor sie einen weiteren Löffel nahm. »Dakota, du machst mir Angst.«

»Entweder Eis oder Whiskey!«

Mary ließ Dakota wieder los.

»Eben.«

★★★

In San Antonio war es sehr heiß und die hohe Luftfeuchtigkeit nahm einem fast den Atem. Aber dieses Meeting, das Donald Klein organisiert hatte, fand im zentralen Hauptsitz von Ärzte ohne Grenzen statt. In einem Ort, in dem es im Sommer zwar kaum auszuhalten war, dafür zur restlichen Jahreszeit kaum Wetterprobleme gab.

Walt war fast zweitausend Kilometer von Kalifornien entfernt. Und von Dakota.

Jeden Tag wollte er ihr eine Nachricht schreiben, sie anrufen. Tat es aber nicht.

Er hörte sich Donalds Vorschlag an, traf sich mit verschiedenen Mitgliedern von Ärzte ohne Grenzen und führte viele Gespräche, die für die Bewerbung für den Posten notwendig waren.

Den Vollzeitjob in der Notaufnahme würde er nicht behalten können. Vielleicht könnte er versuchen, nebenher in seinem derzeitigen Job weiterzuarbeiten, aber wenn, dann war das nur aushilfsweise möglich.

Als Walt damals bei Ärzte ohne Grenzen anfing, wusste er, dass er mehr wollte. Er liebte die Notaufnahme und war froh, dass er am Ende des Dienstes gehen konnte. Außerdem lernte er jeden Tag etwas Neues.

Doch was Donald erzählte, klang perfekt.

Er könnte an jedem beliebigen Ort wohnen, sofern es einen Flughafen in der Nähe gab. Und da er auch die Fairchilds an der Hand hatte, die ebenfalls für Katastropheneinsätze flogen, konnte sich Walt wirklich jeden Wohnort aussuchen.

Warum sage ich nicht sofort zu?

Weil ihm die Vorstellung, wie ein Nomade zu leben und keine Wurzeln zu haben, Unbehagen bereitete. Bisher hatten seine Reisen in die Katastrophengebiete immer ein Ende gehabt. Dieser Job hier, ohne eine feste Bleibe, wäre wie eine permanente Achterbahnfahrt. Ein chaotisches Leben.

»Darf ich ehrlich sein?«, fragte Donald am letzten Abend in Texas während des Essens.

»Ich hoffe, du bist immer ehrlich zu mir.«

»Ich hätte gedacht, dass du den Vertrag sofort unterschreibst.«

Walt legte die Gabel nieder. »Ich ziehe den Job ernsthaft in Erwägung.«

»Aber was hält dich denn zurück?«

»Nichts«, log er. »Ich will nur alles bedenken. Für jetzt, für morgen, für die nächsten zehn Jahre.«

Donald kratzte sich am kahlen Schädel. »Ach, komm schon, Walt, du hast doch keine Wahrsagerkugel, oder? Wer weiß denn schon, was in zehn Jahren ist?«

Walt atmete hörbar aus. »Du bist doch verheiratet, oder?«

»Ja.«

»Wie sehr beeinflusst dein Job euer Familienleben?«

Statt einer Antwort lehnte sich Donald zurück und beäugte Walt. »Gibt es eine Frau?«

»Vielleicht.«

Donald lachte, nahm Messer und Gabel wieder auf, und machte sich weiter über sein Steak her. »Wir wissen beide, was es heißt, wenn man während einer Katastrophe weg ist. Wir konzentrieren uns auf das, was zu tun ist, wenn wir so knietief im Schlamassel stecken, dass wir sonst nichts anderes mehr sehen. Eine Frau zu haben, die das versteht und akzeptiert, ist das A und O.« Donald steckte sich ein Stück Fleisch in den Mund und kaute. Nach ein paar Sekunden redete er weiter. »Du und ich, Walt, wir sind aus demselben Holz geschnitzt. Wir machen nichts Normales. Egal, wie oft du dir vormachst, dass du Nachtschichten hasst, du kommst doch immer wieder zurück und machst es gerne. Wenn du nicht zum Arbeiten ins Krankenhaus müsstest, dann würdest du manche Nächte einfach gegen die Wand starren.«

Walt schüttelte den Kopf. »Drei Uhr in der Nacht ist furchtbar, wenn man nicht etwas trinkt oder eine Frau im Bett hat.«

»Du bist doch nicht so oberflächlich.«

Er dachte wieder an Dakota. Mit ihr war es schön um drei Uhr in der Nacht.

Verdammt. Warum konnte er sie nicht einfach vergessen?

Walt tauchte die Gabel ins Essen. »Wann möchte Ärzte ohne Grenzen eine Antwort?«

Kapitel 13

Kapitel fünfzehn gestaltete sich schwierig. Dakota hatte schon drei verschiedene Wendungen der Geschichte ausprobiert, sie wusste aber einfach nicht, wie es weitergehen sollte. Dakota ging laufen, um einen klaren Kopf zu bekommen, was auch nicht funktionierte. Laufen war blöd. Wer zog sich schon freiwillig Shorts und einen Sport-BH an und joggte um den Block?

Sie hatte seit drei Tagen nicht mit Walt gesprochen.

Zwar hatte sie einen Anruf in Abwesenheit von ihm, sie weigerte sich aber, zurückzurufen. Sie hatte schließlich Durchhaltevermögen, verdammt.

Dakota trommelte mit manikürten Fingernägeln auf den Schreibtisch und starrte aufs Telefon.

Schließlich nahm sie es genervt, als ob die Anwesenheit des Hörers sie belästigte.

Dakota modellierte ihre Stimme, damit sie freundlich wirkte, und setzte auf den Charme ihres Akzents.

»Notaufnahme, hier spricht Rick?«

»Hallo, Rick. Wären Sie so nett und verraten mir, ob Doktor Eddy heute Dienst hat?«

»Wir dürfen die Dienstzeiten der Ärzte leider nicht weitergeben.«

»Ach so, ich will ja gar nicht seine Dienstzeiten wissen. Die Sache ist nur so, er hat meiner Stieftochter letzte Woche sehr geholfen und ich wollte mich mit einer kleinen Aufmerksamkeit erkenntlich zeigen. Es wäre halt dumm, wenn ich etwas schicke und dabei arbeitet er heute Abend gar nicht.«

Dakota drückte die Daumen und schloss die Augen, als ob sie damit das Gespräch in die richtige Richtung lenken könnte.

»Na ja …«

»Ich wollte nur wissen, ob ich eher Pizza schicken soll oder Donuts. Ich könnte mir vorstellen, dass Doktor Eddy die gerne isst, aber Donuts sind nichts für den Abend, oder was meinen Sie?« *Komm schon, Rick.*

Sie wusste von Walt, wie sehr sich seine Kollegen über Essen freuten.

»Na ja, wenn das so ist, also er hat heute Abend um sieben wieder Dienst.«

Ha, erwischt! »Gott segne Sie. Ich werde genug Essen für alle schicken. Sie waren alle so nett. Vielen Dank, dass Sie uns geholfen haben.«

»Gern geschehen.«

Walt war also zurück und hatte nicht angerufen.

Manches konnte man vielleicht verzeihen, aber dazu gehörte nicht, wenn sich jemand nicht an sein Wort hielt.

Bevor sie den Computer ausstellte, rief sie bei einem Pizzaservice an und bestellte sechs große Pizzen für die Belegschaft. Schließlich hielt *sie* sich schon an ihr Wort.

Sie ging ins Schlafzimmer, um sich zu schminken und etwas Schönes anzuziehen.

Ich will umwerfend aussehen, wenn er mit mir Schluss macht. Dann wünscht er sich vielleicht, er hätte es sich besser überlegt. So machte man das zumindest im Süden der Vereinigten Staaten.

Bevor sie aus dem Haus ging, schluckte sie zwei Aspirintabletten gegen den Kopfschmerz, der sie fast täglich heimsuchte, seit Walt so abweisend war.

Und heulen half auch nicht gerade.

Nach dem heutigen Tag würde sie aber keine weitere Träne vergießen. Wenn Walt sie nicht in seinem Leben haben wollte, dann war es eben so. Aber erklären musste er es trotzdem.

★★★

Er bog ins Parkhaus, fand einen Platz auf dem zweiten Parkdeck und sperrte das Auto zu, bevor er in die Notaufnahme ging.

Unten an der Treppe blieb er stehen.

Sie trug schwarze Stilettostiefel und einen Minirock mit einem engen, ärmellosen weißen Top. Eine dunkle, große Sonnenbrille verbarg ihre Augen. Trotzdem sah man sofort, dass sie nicht fröhlich war.

Walt spürte seinen Magen. Er wollte sie so gerne umarmen, ihr sagen, dass es blöd von ihm war, sich nicht zu melden. Er wollte ihr erklären, warum er sich so verhalten hatte, auch wenn er das selbst nicht genau wusste. Es war wie ein körperlicher Schmerz, es nicht zu tun. Außerdem sah sie attraktiver aus denn je. »Dakota«, flüsterte er.

»Sieh an, Doc. Du erinnerst dich noch an meinen Namen. Ich fühle mich direkt geschmeichelt.«

Ich habe das verdient.

»Wir sollten reden.«

Sie massierte sich die Schläfen. »Weißt du, Walt, ich dachte, mit uns läuft es ganz gut. Ich bin bloß gekommen, weil ich verdammt noch mal wissen will, warum du vor mir wegläufst.«

»Es liegt nicht an dir.« Und wenn er jetzt so neben ihr stand, dann hätte er sich selbst ohrfeigen können, weil er sie nicht angerufen hatte.

»Wenn du jetzt noch diesen Spruch bringst von wegen ›es ist nicht wegen dir, sondern es hat mit mir zu tun‹, dann übernehme ich keine Verantwortung für meine Reaktion.« Sie drückte sich wieder gegen die Schläfe. »Es war ein Fehler, hierherzukommen.«

Als sie auf dem Absatz kehrtmachte, hielt er sie fest. »Bitte.«

Sie schüttelte ihn ab und schob die Sonnenbrille hoch. Sie sah müde aus. Es war der gleiche müde Gesichtsausdruck, den er von sich selbst kannte, wenn er in den Spiegel blickte. *Ich habe es vermasselt*, wollte er sagen. Er öffnete den Mund, wollte gestehen, dass er sich unfair verhalten hatte, dass er ein Feigling war. Doch da wischte sie sich mit dem Handrücken über die Nase.

Blut.

»Scheiße«, fluchte sie.

Nach vorn übergebeugt fischte sie ein Taschentuch aus der Tasche und drückte es an die Nase.

»Was ist los?«

»Nur Nasenbluten, Doktor. Bemüh dich nicht.«

Schon war ihr Taschentuch durchtränkt und das Blut lief ihr sogar den Arm entlang.

Es kostete ihn Überwindung, sie nicht zu berühren. Sie hatte ganz offensichtlich etwas dagegen.

Es war schier unerträglich.

Blut tropfte auch auf ihr weißes Top und sie fluchte so sehr, dass selbst ein Matrose rot geworden wäre.

»Die Notaufnahme ist nur ein paar Meter entfernt. Dort gibt es genügend Mullkompressen, die du jetzt ganz gut brauchen könntest.«

Sie warf ihm einen finsteren Blick zu, doch dann wandte sie sich tatsächlich um und ging Richtung Notaufnahme.

Er kam mit, lief neben ihr her, ohne sie zu berühren. Er gab den Türöffnungscode ein und sofort sprangen die Doppeltüren auf. In der Notaufnahme herrschte reges Treiben. Ein paar Köpfe drehten sich in ihre Richtung.

»Hey, Walt.«

Er nickte Valerie zu, während er Verbandszeug holte. Als er die Kompressen hatte, nahm er endlich ihre Hand fort und übte sogleich Druck auf die Nasenwurzel aus.

»Ich mach das selbst«, versuchte sie zu protestieren, er hielt sie aber mit dem anderen Arm fest.

»Du musst stillhalten!«

Sie grummelte ungehalten vor sich hin.

Damit konnte er umgehen. Schwieriger wurde es, als sie lautlos zu weinen begann. »Verdammt, Dakota. Es ist alles zu schnell gegangen. Ich habe zu viele Gefühle für dich entwickelt.«

Jetzt liefen die Tränen. Zum Glück kam Valerie und unterbrach sie. »Du solltest besser sitzen«, sagte sie zu Dakota. »Raum B-9 ist frei, ich bringe dich dorthin.«

Valerie legte ihre Hand, die in einem Latexhandschuh steckte, auf seine, löste ihn ab und übte ebenfalls Druck aus, während sie Dakota wegbrachte.

★★★

Dakotas Kopf pochte und ihr brandneues Top aus Angorawolle war ruiniert. Verdammter Mistkerl!

Valerie schob sie in einen Behandlungsraum, der nur durch einen Vorhang abgetrennt war, und holte mehr Kompressen. Ohne den Druck zu lösen, wechselte sie die Kompressen, und wies Dakota an, den Kopf nach vorne zu beugen.

Der Geschmack ihres eigenen Blutes löste einen Würgereiz aus.

»Danke, Valerie.«

»Kein Problem.« Valerie nahm Dakotas freie Hand und legte sie über ihre. »Halte mal selbst und drücke richtig fest.«

Valerie zog ihre Hand fort und holte noch mehr Verbandsmaterial aus einem Vorratswagen. »Ist das schon öfters vorgekommen?«

Dakota schüttelte den Kopf. »Nein … Beziehungsweise, ich hatte das ein paarmal in der letzten Woche.«

»Genauso schlimm?«

Ist das schlimm?

Sie schluckte wieder, hasste den Geschmack.

»Nein.«

»Die Luft ist sehr trocken, da kann es schon mal zu Nasenbluten kommen.«

»Ich wohne aber am Meer«, sagte Dakota.

Statt weiter zu fragen, holte Valerie eine Blutdruckmanschette, die an einen Monitor angeschlossen war. »Ich werde jetzt deinen Blutdruck messen.«

Dakota sah auf, aber Valerie drückte sofort wieder ihren Kopf nach unten. »Tu mir den Gefallen.«

Dakota rollte mit den Augen und hob ihren linken Arm. Was der Blutdruck mit Nasenbluten zu tun hatte, war ihr ein Rätsel.

Die Manschette pumpte sich auf, dann wurde der Druck gelöst und sie pumpte sich erneut auf. »Aua.«

»Halte still.«

Der Klammergriff der Manschette löste sich, der Monitor piepste.

Valerie verließ den Raum, sagte, sie käme gleich wieder zurück.

Wenn das Nasenbluten nicht so stark gewesen wäre, wäre Dakota heimlich aufgestanden und gegangen. Wenigstens war Walt nicht hier.

Valerie kam mit einem manuellen Blutdruckgerät zurück.

Dakota musste sich flach auf die Liege legen und Valerie begann erneut zu messen. Beim zweiten Mal begann Dakota, sich Sorgen zu machen. »Stimmt irgendetwas nicht?«

Valerie nahm das Stethoskop aus den Ohren. »Hast du öfters Probleme mit hohem Blutdruck?«

Dakota zuckte mit den Achseln. »Nein, also nicht, dass ich wüsste. Warum?«

»Dein Blutdruck ist sehr hoch, was wahrscheinlich auch die Ursache für das Nasenbluten ist.«

»Was haben denn Blutdruck und Nasenbluten miteinander zu tun?«

»Sehr viel.«

Wenig überzeugt schwang Dakota die Beine von der Liege. Mit der Bewegung wurde das Nasenbluten stärker. »Mach was, dass es aufhört, Valerie.«

»Du musst den Druck niedrig halten, indem du den Kopf unten lässt. Ich komme gleich wieder.«

Sie verschwand. Als sie zurückkam, war Walt dabei, und sah plötzlich sehr blass aus.

Dakota hatte so viel Zeit aufgewendet, um umwerfend sexy auszusehen, und jetzt lag sie hier auf einer blöden Krankenliege mit blutverschmierten Armen und einem befleckten Top, das sie nur noch in die Tonne treten konnte. So viel also zu diesem Plan.

»Hey, Liebes.«

»Nenn mich nicht Liebes!«

Er verstand die Warnung und schaute zu Valerie, die sofort wegsah.

»Der hohe Blutdruck ist wahrscheinlich die Ursache für das Nasenbluten. Wir müssen ihn senken, dann wird es besser. In der Zwischenzeit müssen wir die Blutung stillen.«

So sehr sie Walt auch zum Teufel schicken wollte, sie konnte nicht. »Was müssen wir machen?«

»Ich versorge dich auch ohne den Papierkram, aber für das Krankenhaus müssen wir eine Akte anlegen.«

Dakota schloss die Augen, wollte ihn nicht länger ansehen. Sie zwang sich langsam und kontrolliert auszuatmen. »Meinetwegen.«

Der Blutdruck hatte doch mit Stress zu tun, oder? Sie war jung und ernährte sich äußerst gesund. Daran konnte es also nicht liegen.

Valerie schob einen Computer herbei und tippte ein paar Zahlen ein, während Walt einen Wagen holte. Eine zweite

Schwester, die Dakota nicht kannte, klebte ihr Elektroden für das EKG auf.

»Ist das nicht alles ein bisschen übertrieben?«

Walt zog Handschuhe an. »Dein Blutdruck liegt bei 210 zu 120.«

»Ich hatte auch ein bisschen Stress, Doc.«

Er erwiderte nichts darauf, setzte sich auf einen Rollhocker und schob sich näher. »Versuche, dich zu entspannen.«

Valerie kam dazu und warf Walt einen drohenden Blick zu. »Dakota, hast du Allergien, bist du gegen irgendwelche Medikamente allergisch?«

»Nein.«

»Gibt es andere Krankheiten? Hat irgendwer in deiner Familie Bluthockdruck?«

»Mir geht's gut. Und was meine Familie betrifft, weiß ich nichts. In den Südstaaten reden die Eltern erst über so etwas, wenn sie siebzig sind. Man sagt nie genau, wie es einem geht.« Während Dakota sprach, hob sie den Kopf. Sofort wurde das Nasenbluten stärker.

Walt legte wieder die Hand über ihre und drückte.

»Das tut weh.«

»Der direkte Druck stoppt die Blutung.«

»Ich drücke doch schon die ganze Zeit und es hört trotzdem nicht auf.«

Statt eines Kommentars wandte sich Walt an die zweite Schwester. »Schwester, geben Sie mit bitte einen Nasentampon.«

»Einen was?«, rief Dakota entsetzt.

»Verdammt, Dakota, jetzt halte endlich still.«

Valerie legte die Hand auf ihren Arm und lenkte Dakotas Aufmerksamkeit auf sich. »Nimmst du irgendwelche Medikamente?«

Dakota schüttelte den Kopf, dann aber fiel ihr ein: »Ich nehme die Pille.«

»Wann war die letzte Periode?«

Die letzte was? Walt drückte so fest, dass sie sich kaum auf Valerie konzentrieren konnte. »Vor ungefähr drei Wochen. Autsch!«

»Halten Sie das«, sagte die andere Schwester und reichte ihr eine Nierenschale, die sie unter ihr Kinn hielt. »Spucken Sie alles Blut aus, das Ihnen in den Hals läuft.«

»Ausspucken?«

»Ja.«

»Feine Damen spucken nicht.«

Walt fand das nicht witzig. »Wenn du Blut im Magen hast, musst du dich übergeben. Feine Damen kotzen auch nicht, oder?«

Mann, er ging ihr wirklich auf die Nerven.

Wenn ihr wegen der unwillkommenen Flüssigkeit nicht so schlecht gewesen wäre, hätte sie ihm Kontra gegeben. Doch nun musste sie die Nierenschale verwenden und versuchte dabei, mit einer Hand ihr Gesicht abzuschirmen.

Wie eklig!

»Ich muss deine Nase tamponieren.«

»Was?«

Walter sagte etwas, das Dakota nicht verstand. Valerie versuchte, es ihr zu erklären.

Machtlos lehnte sich Dakota zurück und ergab sich ihrem Schicksal.

Der Druck der Nasentamponade bereitete ihr Schmerzen. Als sie fertig waren, lief wenigstens kein Blut mehr im Inneren des Halses hinab, und sie konnte sich etwas entspannen. So würdelos es auch war, wenn man dasaß und die Nase voller Tampons hatte, doch wenigstens fühlte sie sich etwas besser.

Dakota öffnete die Augen. Die beiden Krankenschwestern waren hinausgegangen.

Walt saß neben ihr. »Wie lange hast du schon Nasenbluten, Dakota?«

»Seit ein, zwei Wochen. Ich war ein bisschen angespannt.«

Sie stieß einen Seufzer aus.

»Ein bisschen Stress verursacht so etwas nicht.« Er war blass, nicht der leiseste Anflug eines Lächelns im Gesicht.

Sie wusste nicht, was das sollte. Ihr Blutdruck würde sich sicher nicht senken, wenn er neben ihr sitzenblieb. »Ich bin nicht sie, Walt. Ich sterbe nicht. Es ist nur Nasenbluten.«

Seine Kiefernmuskeln spannten sich an.

Dann fragte sie: »Wie lange muss das Zeug in der Nase bleiben?«

»Wir geben dir jetzt ein blutdrucksenkendes Mittel und sehen, ob wir die Blutung kauterisieren können.«

»Heißt das wegbrennen?«

»So in der Art.«

»Na super!«

Er berührte sie sanft und sie zuckte zusammen. »Ich versuche echt, mich hier zu beruhigen, Doc. Das Timing könnte kaum blöder sein. Also lass mich besser in Ruhe.«

»Verdammt, Dakota. Es tut mir leid.«

Sie fühlte Tränen aufsteigen und schloss die Augen. »Mir auch.«

★★★

Als Dakota endlich zu Hause war, konnte sie nicht schlafen. Walt hatte sie fast eine Stunde allein gelassen, dann hatte er die blöden Dinger aus der Nase entfernt, ein Blutgefäß verödet und war wieder gegangen. Erst nach zehn war sie aus der Notaufnahme gekommen. Leere Pizzaschachteln lagen bei dem offenen Schwesternzimmer und die Belegschaft war beschäftigt. Dakota wusste nicht, wo Walt war, und fragte auch nicht nach. Sie war nur froh, dass die Blutung endlich aufgehört hatte und der Kopf nicht mehr so schmerzte wie zuvor.

Nun beobachtete sie mit einem Glas kalter Milch in der Hand den Sonnenaufgang. Sie musste unbedingt weg von hier.

Sonst würde am Ende noch ein gewisser Doktor bei ihr aufkreuzen, mit schlechtem Gewissen und fadenscheinigen Entschuldigungen.

Er hatte nichts mehr mit ihr zu tun haben wollen, und nun würde sie sich zusammenreißen und ihr Leben ohne ihn weiterführen.

Dakotas Hausarzt, Dr. Chin, hatte sie zwischen zwei andere Termine geschoben. Er war der Arzt ihres Vertrauens. Seit sie in Kalifornien wohnte, also seit Studienende, ging sie zu ihm, wann immer sie ärztlichen Rat brauchte.

»Ihr Blutdruck ist heute besser. 145 zu 86, aber das ist trotzdem nicht gut. Als Sie das letzte Mal hier in der Praxis waren, hatten Sie einen Blutdruck von 118 zu 62.«

»Ich hatte aber noch nie Probleme mit dem Blutdruck. Ich verstehe das nicht.«

»Haben Sie sonst irgendwelche Symptome?«

»Kopfschmerzen. Und ich kann nicht gut schlafen. Ich habe mich vor Kurzem getrennt.«

Dr. Chin machte Notizen in ihrer Akte. »In den achtziger Jahren hat man bei allem Möglichen gesagt, es liege am Stress. Heutzutage sucht man, ob es vielleicht andere Ursachen gibt. Hatten Sie in der letzten Zeit irgendwelche Krankheiten?«

Sie schüttelte den Kopf. »Nur eine Blasenentzündung. Vor ungefähr sechs Wochen.«

Dr. Chin sah in den Unterlagen nach. »Waren Sie irgendwo beim Arzt?«

»Nein. Ich habe aber mit einem Arzt gesprochen. Es war nicht meine erste Blasenentzündung. Ich habe Bactrim genommen und dann wurde es auch gleich besser.«

»Haben Sie das Antibiotikum bis zum Ende genommen?«

»Natürlich.«

Er klappte die Akte zu. »Ich werde ein paar Tests machen und Sie vielleicht an einen Kardiologen überweisen müssen.«

Automatisch musste sie an Walts Vater denken, doch den Gedanken schob sie schnell wieder beiseite.

Nach drei Blutröhrchen, einer Urinprobe und mehreren wiederholten Blutdruckkontrollen kam Dr. Chin zurück.

»Wir haben einige Tests durchgeführt, die Blutproben aber müssen wir ins Labor schicken. Allerdings haben wir schon etwas gefunden.« Dr. Chin tippte auf die Akte und zog eine Augenbraue hoch.

Ihr wurde kalt.

»Nichts Schlimmes. Zumindest momentan nicht«, begann er.

Sie wusste nicht, was sie darauf antworten sollte, deshalb schwieg sie und wartete.

Er seufzte und setzte schließlich fort: »Ich denke, Ihr erhöhter Blutdruck ist nur ein vorübergehendes Problem. Eine Gestationshypertonie ist nicht so selten.«

Sie verstand nicht. »Eine Gesta-was?«

Dr. Chin sah sie an. »Ich überweise Sie besser an Ihren Frauenarzt und nicht an einen Kardiologen, Dakota. Sie sind schwanger.«

Er redete weiter, doch sie hörte gar nicht, was er sagte.

»Aber ich nehme doch die Pille!«

»Welche nicht immer zuverlässig wirkt. Vor allem nicht, wenn man Bactrim einnimmt. Es gibt viele Bactrim-Babys. Das Antibiotikum setzt nämlich die Wirkung der Antibabypille herab. Steht auch auf der Packungsbeilage.«

Sie ließ den Kopf in die Hände sinken.

Heilige Scheiße.

Kapitel 14

»Du haust ab!«, kommentierte Mary, was offensichtlich war.

»Ich brauche einen klaren Kopf.«

Dakota ging um Mary herum, holte zwei riesige Taschen und einen Rollkoffer für das Handgepäck. Sie hatte Mary erzählt, dass sie Walt aufgesucht hatte. Auch die Sache mit dem Nasenbluten und dass sie drei Stunden in der Notaufnahme zugebracht hatte. Mehr nicht.

»Trotzdem läufst du weg. Wer bist du und was hast du mit meiner Freundin gemacht?«

Dakota hörte für eine kurze Verschnaufpause mit dem Packen auf. Sie musste den hohen Blutdruck im Zaum halten, bis sie den richtigen Arzt gefunden hatte. Sie würde auf die richtige Ernährung achten und vor allem durfte sich nicht aufregen. Sie hatte im Internet über hohen Blutdruck in der Schwangerschaft gelesen. Vorerst würde sie nur an den Blutdruck denken und nicht daran, warum sie das Problem überhaupt hatte. Dass sie *schwanger* war, war noch gar nicht richtig in ihrem Kopf angekommen.

Bescheuerte Klischees fielen ihr ein und spielten sich wie ein Film ab.

»Deine starke, selbstständige Freundin muss einfach mal weg. Walt hat zweimal angerufen, seit ich aus dem Krankenhaus raus bin.« Dakota hatte nicht einmal seine Nachricht abgehört, sondern sie gleich gelöscht.

»Das ist doch gut, oder?«

»Er will bloß den Helden spielen. Fühlt sich wahrscheinlich für meinen Stress verantwortlich.« Wenn er auch noch wüsste, dass er sie geschwängert hatte und deshalb der Blutdruck so hoch war, würde sein Heldenflug sicher ungeahnte Höhen erreichen. »Ich möchte nicht, dass er sich aus Mitleid mit mir trifft. Ich will ihn nicht.«

»Das ist doch großer Bockmist. Wenn du ihn nicht wolltest oder es dir egal wäre, würdest du doch hierbleiben und ihm die Meinung geigen.«

Dakota blinzelte nur, ihre Lippen waren ein schmaler Strich. »Manchmal hasse ich dich echt.« Sie drehte sich um und packte weiter.

»Weil ich eben recht habe.«

»So, jetzt kannst du wieder meine Freundin spielen und mir beim Packen helfen.«

Mary nahm zwei Paar Schuhe und steckte das Paar, dem Dakota zustimmte, in die Tasche. »Wo willst du eigentlich hin?«

»Du musst schwören, dass du Walt nichts sagt, wenn er fragt.«

»Ich sage Walt, dass er ein Armleuchter ist und dass er Dakotas erste Regel nicht befolgt hat.«

Zum ersten Mal seit gefühlter Ewigkeit musste Dakota wieder lachen. »Und ebenjene Regel lautet: Sei kein Armleuchter, oder vielmehr: Sei kein beschissener Armleuchter.«

»Vernünftig oder sexy?« Mary hob zwei schwarze Schuhe hoch, einer mit einem Zehn-Zentimeter-Absatz, der andere nur fünf Zentimeter hoch.

»Vernünftig. Ich werde zu Hause nicht in Clubs gehen.«

Mary ließ die Schuhe fallen und hob den Kopf. »Du fährst heim?«

Dakota stopfte die Schuhe in eine Lücke im Koffer, dann holte sie noch ein Paar. »Meine Familie nervt und sie sind gehässig und bissig, aber …«

»Aber es ist deine Familie. Gott, Dakota, du musst ihn ja echt lieben.«

Dakota klappte den Koffer zu und schloss den Reißverschluss. Es schockierte sie, dass ihre beste Freundin so etwas sagte. Ihre Freundin, die sonst zu den Bücherkonferenzen mitkam, weil auch sie die Idee der großen Liebe so gut fand, wie Dakota sie in ihren Büchern beschrieb. »Jetzt mach dich doch nicht lächerlich. Ich kenne ihn erst seit drei Monaten.«

»Man kann sich innerhalb jeder Zeitspanne verlieben, das weißt du ganz genau.«

»Ich weiß nicht mehr, wer ich bin. Ich muss mich erst selbst wieder finden, das geht aber nicht hier, wo ich ihn überall sehe, in meinem Bett, in der Küche. Mann, ich kann jetzt sogar verstehen, warum manche nach einer Scheidung ihr Haus verkaufen. Die Schatten einer Trennung verfolgen einen regelrecht.«

Während der gesamten Fahrt zum Flughafen gab Dakota Anweisungen. »Ich habe eine Zeitschaltuhr für die Lichter angebracht, damit sie immer wieder an- und ausgehen. Ich rufe dich an, damit du ab und zu die Zeiten verstellst. Stell öfter auch deinen Müll vor meine Wohnung, damit man nicht sieht, dass ich weg bin.«

»Das klingt, als ob du sehr lange wegbleiben würdest.«

Der Verkehr lenkte Dakota ab. Wo sie aufgewachsen war, hatte es auch viele Autos gegeben, nicht aber so viele wie hier.

»Dakota?«

»Ja?«

»Ich habe gefragt, wann du wieder zurückkommen willst.«

Sie bogen in die Auffahrt zum Abflugterminal.

»Ich … ich weiß nicht.« Sie lachte scherzend. »Siebeneinhalb Monate.«

»Haha, sehr lustig.«

Mary fand einen Halteplatz. Sie stiegen aus, holten das Gepäck und Dakota umarmte ihre Freundin. »Danke, dass du meine Geheimnisse nicht ausplauderst.«

Mary löste sich. »Es wird mir ein Vergnügen sein, Walt nicht zu sagen, wo du bist. Dieser Mistkerl.«

Dakota umarmte sie ein zweites Mal und flüsterte ihr ins Ohr: »Ich bin schwanger.«

Mary hielt die Luft an, löste sich aus der Umarmung. Dakota hielt sich den Finger an die Lippen. »Aber psssst.«

»Oh je, Süße.«

Hinter ihnen hupte es. Ein Verkehrspolizist des Flughafens kam zu ihnen. »Fahr lieber, sonst musst du Strafe zahlen.«

Mary beeilte sich. »Ich rufe dich morgen an. Darüber müssen wir dringend reden.«

Ja, nur konnte Dakota mit der Entfernung zwischen ihnen auch einfach nicht ans Telefon gehen.

Gedankenverloren stand Dakota am Randstein, bis ein anderes Auto anhielt.

Halb erwartete sie, dass Walt heraussprang. Als aber eine vierköpfige Familie ausstieg, nahm Dakota ihr Gepäck und verschwand im Terminal.

★★★

Wenn sich Walt nicht entspannte, würde auch *sein* Blutdruck ausflippen oder er würde das Auto in den Graben setzen, weil er sich nicht konzentrieren konnte.

Sie ging nicht ans Telefon, sie rief nicht zurück.

Er konnte es ihr schlecht verübeln. Er hatte sich wirklich danebenbenommen.

Er wusste nicht wohin mit seinen überschäumenden Emotionen und ihm war klar, dass er sich nur noch schlechter fühlen würde, wenn er Dakota nicht bald sah.

Wenn sie ihm die kalte Schulter zeigen wollte, konnte sie das genauso gut tun, während er vor ihrer Haustür saß.

Sie war schließlich auch zu seiner Arbeit gekommen, versuchte er sich einzureden, und genau deshalb würde er einfach auch bei ihr aufkreuzen.

Es war nach sechs, vom Meer blies kühler Wind, als er den kurzen Weg zu ihrer Wohnung joggte. Er ordnete sich die Haare, dann drückte er den Klingelknopf.

Er klingelte ein zweites Mal, versuchte, durch den Spion in die Wohnung zu sehen. Doch es regte sich nichts. Er klopfte, rief ihren Namen.

Nichts.

Als er durch die Fenster der Garage Licht sah, ging er hinüber und blickte hinein. Ihr Auto war da.

Sie ignoriert mich.

Über der Garage ging ein Licht an.

Er kehrte zurück zur Tür und klopfte, dann lehnte er sich dagegen. »Ich weiß, dass du zu Hause bist, Dakota. Wir müssen reden.«

Nichts.

»Ich gehe hier nicht eher weg.«

Immer noch nichts.

»Ich habe mich scheiße benommen.«

Als er weiterhin nichts hörte, lehnte er die Stirn gegen die Tür.

»Das hast du aber wirklich.«

Erschrocken hüpfte er hoch und drehte sich um.

Mary.

»Kannst du nicht mit ihr reden?«, fragte er und zeigte auf die Tür.

»Warum sollte ich? Ist doch viel besser, wenn man sich einfach gar nicht meldet, oder?« Mary strich sich eine blondgelockte Haarsträhne hinters Ohr.

»Was ich Dakota zu sagen habe, ist wichtig.«

Mary verschränkte die Arme vor der Brust und sah ihn höhnisch an.

Er gab die Überredungsversuche auf und klopfte wieder an die Tür. »Dakota?«

Mary lachte. »Wo ist nur mein Handy, wenn ich es brauche?«

Er klopfte wieder.

»Sie ist nicht zu Hause, Walter.«

»Ich habe aber ein Licht gesehen.«

Mary flüsterte: »Zeitschaltuhr.«

Jetzt schenkte Walt ihr seine ganze Aufmerksamkeit.

»Ich habe sie heute Mittag zum Flughafen gebracht.«

Er schaute düster, sein Herz sank. *Sie ist weg?* »Zu einer Konferenz?«

»Das würdest du wohl gerne wissen.«

»Zu ihrem Verleger?«

»Vielleicht.«

»Oder zu ihrer Agentin?«

»Ja, ja, Desi will immer viel von ihr.«

»Verdammt, Mary.«

Mary zischte zurück. »Verdammt, Walt.«

Er kam Dakotas bester Freundin näher. »Wenn sie fliegt, dann ist das mit ihrem hohen Blutdruck echt nicht gut.«

Marys höhnisches Grinsen verschwand.

»Davon bekommt sie Nasenbluten.«

Marys Hals schnürte sich zusammen. »Was interessiert dich das? Du hast sie doch sitzen lassen.«

»Ich habe sie nicht sitzen lassen.«

»Hast sie ignoriert. Ist das Gleiche.«

In diesem Moment hasste Walt, dass Frauen sich untereinander immer alles erzählten.

»Sag mir, wo sie hin ist.«

Mary lachte aus vollem Halse. »Nenn mir einen guten Grund.«

Er zögerte kurz und schon hatte er seine Chance verspielt.

»Also, Walt, nicht einmal mit chinesischer Tropfenfolter bringst du mich so weit, dass ich dir sage, wohin Dakota geflogen ist. Du kannst wieder heimfahren.« Mary wandte sich zum Gehen.

»Sie geht nicht ans Telefon.«

»Sie ist eben klug. Sich mit einem Armleuchter zu unterhalten, ist ja auch Zeitverschwendung.«

Er holte Mary ein, hielt sie mitten auf der Straße auf. Dass er Dakota nicht kontaktieren konnte, machte ihn schier wahnsinnig. Es jagte ihm Angst ein. Halt. Mary war doch Psychologin oder Therapeutin oder so was …

»Ich habe Angst.«

Sie wich ihm aus, lief weiter. »Da musst du dir schon was Besseres einfallen lassen, Walt.«

»Dann sag ihr wenigstens, dass ich da war«, rief er ihr hinterher.

»Damit sie noch mehr leidet? Wohl kaum. Dafür mag ich sie zu gerne.«

Mary ging ins Haus und knallte die Tür hinter sich zu.

★★★

Dakota versuchte während des Fluges, ihre Kopfschmerzen loszuwerden. Sie trank Milch, weil sie sich dachte, dass das helfen könnte. Und sie hörte entspannende Klaviermusik.

Was wirklich helfen würde, wäre ein Whiskey, aber ganz so weit konnte sie ihre Schwangerschaft doch nicht ignorieren.

Zum Glück war der Sitz neben ihr in der First Class frei und sie musste keinen Smalltalk mit irgendeinem Sitznachbarn halten. Sie zählte die geflogenen Meilen, durch die der Abstand zwischen ihr und Walt stetig größer wurde. Irgendwo über Texas schlief sie endlich ein.

Dummerweise wachte sie wieder auf, weil sie zur Toilette musste. Gott sei Dank würden sie bald landen.

Obwohl sich die First Class ganz vorne im Flugzeug befand, sprang sie nicht als Erste auf, um es zu verlassen.

Als sie sich endlich doch bewegte, stand der Pilot in der Cockpittür.

»Familienbesuch«, murmelte sie, bevor sie ausstieg.

In Savannah war es dunkel und sie musste noch ein Stück bis zu ihrem Elternhaus fahren, das in der Nähe der Küste lag. Sie mietete sich für unbestimmte Zeit ein Auto, lud ihr Gepäck ein und fuhr los.

Ihre Eltern wussten nicht, dass sie kommen würde. Falls keiner zu Hause war, hatte sie einen Schlüssel. Es war immer noch der gleiche verdammte Schlüssel seit dem Studium.

Je näher sie kam, desto schwerer fiel es ihr, die Tränen zurückzuhalten. Sie fuhr an bekannten Häusern vorbei. Dahinter lag das Meer. Sie liebte den Atlantik. Seine Wellen.

Die hohe Luftfeuchtigkeit des Sommers war verschwunden, die Nächte bereits so kühl, dass sich der Herbst ankündigte. Sie dachte an frühere Urlaube hier. Sie vermisste ihre Familie und Freunde.

Seit wann hatte sie denn Heimweh? Das konnte nur an den blöden Hormonen liegen.

Die Auffahrt sah so aus wie eh und je. Die gleichen Steine, Lampen, Pflanzen. Nur waren Letztere gewachsen und selten zurückgeschnitten worden.

Sie fuhr auf den runden Vorplatz und stellte den Motor aus.

In den hinteren Räumen des Hauses brannte Licht, ab und an sah man das Flackern des Fernsehers.

Sie stieg aus, blieb zwischen Fahrersitz und offener Autotür stehen und sah sich um. Die Weiden begannen, ihr Laub abzuwerfen und die leicht kühle Luft ließ sie frösteln. Es war nicht wirklich kalt, aber auch nicht so warm, wie es Ende September in Kalifornien war. Die Luft roch nach verblühtem Jasmin und Meer.

Zuhause.

Die Außenlichter gingen an, die Haustür wurde geöffnet. Sie hielt die Luft an.

»Dakota?«, fragte ihre Mutter erstaunt und sanft zugleich.

Ohne ein Wort ging Dakota zu ihr und während ihr die Tränen herunterliefen, umarmte sie ihre Mutter.

Kapitel 15

Kunstgemälde, passend für das Gästezimmer, hatten längst die Poster ihrer Teenie-Zeit ersetzt. Im Schrank waren keine Kleider mehr von ihr und die Kommode war, bis auf die unterste Schublade, in der Ersatzhandtücher aufbewahrt wurden, leer.

Es waren trotzdem dieselben vier Wände wie früher. Und der Blick aus dem Fenster auf die grüne, üppig bewachsene Landschaft, wie es sie nur im Süden gab, erinnerte Dakota daran, dass sie zu Hause war.

Dakota blieb länger im Bett, als es ihr früher zu Jugendzeiten erlaubt gewesen war. Sie war am Ende ihrer Kräfte gewesen, als sie ankam. Noch nie zuvor hatte sie so viel weinen wollen.

Ihre Mutter hatte sie ins Haus geführt und Dakotas Vater Dennis gebeten, das Gepäck aus dem Auto zu holen. Sie hatte ihr ein Taschentuch gegeben, den Wasserkocher angestellt und wollte hören, was Dakota erzählen würde. Zum Glück aber hatte sie nicht darauf bestanden, als Dakota nur den Kopf schüttelte.

Doch Dakota kannte ihre Mutter zu gut. Elaine Laurens würde nicht lange auf eine Erklärung für Dakotas plötzlichen Besuch warten.

Dakota sah zur mit Blumen verzierten Wanduhr. Es war schon nach acht. Mindestens die Hälfte der Stadt würde inzwischen von ihrem Besuch erfahren haben. Da die Leute nicht wirklich etwas wussten, würden sie ihre eigenen Vermutungen anstellen. Die Hälfte von ihnen hätte wahrscheinlich recht.

Nach einer ausgedehnten Dusche und zwanzig weiteren Minuten vor dem Spiegel, in denen Dakota versuchte, die Spuren von zu vielen Nächten ohne Schlaf zu vertuschen, stieg sie die Treppen herunter. Aus dem hinteren Teil des Hauses, wo Küche und Esszimmer waren, hörte sie Stimmen.

»Sie hat kein Wort gesagt, Carol Ann.«

Dakota verlangsamte ihre Schritte und hörte die Antwort ihrer Schwester. »Komisch, das ist total untypisch für sie. Irgendwas muss los sein. Es geht sicher um einen Mann.«

»Natürlich geht es um einen Mann. Weißt du noch, wie du damals mit einer Tasche vor der Tür gestanden hast, als du und Dale Schluss gemacht haben? Ich dachte schon, du gehst gar nicht mehr von hier weg.«

Zumindest wusste Dakota jetzt, dass sie nicht die Einzige war, die nach Hause flüchtete.

Sie zwang sich zu lächeln und ging in die Küche. Beide, ihre Mutter und ihre Schwester, schlossen sofort den Mund und strahlten ihr entgegen. Carol Ann sprang auf und eilte zu ihr. »Oh, Dakota, du siehst wirklich – furchtbar aus.«

Dakota umarmte sie. »Danke für das Kompliment, Schwesterherz.«

Carol Ann war eine Miniaturausgabe ihrer Mutter. Beide hatten blonde Haare und denselben Friseur. Kein einziges Haar stand ab, die Frisur saß so perfekt, dass sie dafür eine halbe Dose Haarspray verwendet haben mussten. Elaines Haare gingen bis zu den Schultern. Den Schnitt hatte sie sich an ihrem fünfzigsten Geburtstag machen lassen, weil sich ›langes Haar nicht für ältere Frauen ziemt‹. Carol Ann hatte die Haare zu einem ordentlichen Dutt hochgesteckt, aber es hingen gerade noch so viele Strähnen heraus, dass sie nicht steif wirkte. Ihre Schwester hatte die blauen Augen und die schmalen Lippen ihrer Mutter geerbt. Auch Nase und Statur waren gleich. Dakota war aber ganz froh, dass sie selbst ein paar Pfunde mehr auf der Hüfte hatte. Carol Ann war schon immer die zierliche Schwester gewesen, die schüchterne Blonde mit den tadellosen Manieren. Dakota dagegen kam nach dem Vater, hatte seine dunklen Haare und Augen. Sie wurde auch schneller braun als ihre Schwester und war schon als Kind eigenständiger gewesen.

In vielerlei Hinsicht waren sie Gegensätze, aber trotzdem Schwestern. Wenn man gemeinsam aufwächst, dann wusste man vertrauliche Dinge von dem anderen und hatte gemeinsame Geheimnisse, die man mit ins Grab nehmen würde.

»Na ja, so siehst du eben aus. Setz dich, ich bring dir einen Kaffee.«

Eine Sekunde später, nachdem eine Kaffeetasse vor ihr stand, blickten ihre Mutter und ihre Schwester sie schweigend an.

Dakota trank einen Schluck und wartete darauf, dass eine von beiden zu sprechen anfangen würde.

Aber keine machte den Anfang.

Also setzte Dakota sich aufrecht, fuhr mit dem Finger im Kreis über den Tassenrand. »Es gibt da einen Mann.«

»Wusste ich es doch!« Carol Ann tat, als hätte sie am Losstand auf dem Jahrmarkt einen Riesenteddy gewonnen.

Ihre Mutter beobachtete sie besorgt.

»Ich habe gedacht, dass alles super mit ihm läuft.«

»Und dann?«

Dakota blickte in die Tasse auf die kleinen Wellen des Kaffees, die von der Bewegung ihrer zittrigen Hände kamen. »Ich kann es euch nicht sagen. Er hat einfach von einem Tag auf den anderen nicht mehr angerufen.«

»Hat er nicht gesagt warum?«, wollte Carol Ann wissen.

»Am Anfang nicht. Gar nichts hat er gesagt. Erst als ich ihn zur Rede gestellt habe, hat er diese alte Leier von wegen ›es geht mir zu schnell‹ angebracht.«

»Das ist echt feige. Er hätte dir einfach ins Gesicht sagen sollen, wenn er Bedenken hat, statt dich einfach im Dunklen tappen zu lassen. Aber dann hast du es ohne diesen … diesen gefühlskalten Unmenschen sowieso besser.«

Ja, vielleicht.

Carol Ann rückte zu ihr hinüber und umarmte sie. »Wir werden schon dafür sorgen, dass du Mr Unmensch vergisst und wieder lachst.«

»Danke. Ich brauche einfach ein bisschen Zeit, um ihn zu vergessen.«

»Das ist hier genau der richtige Ort dafür, oder Mama?«

Elaine warf immer wieder besorgte Blicke zu Dakota hinüber, während sie sich in der Küche zu schaffen machte. »Dafür hat man schließlich eine Familie. Damit man wenigstens dann nach Hause kommt, wenn man Liebeskummer hat.«

»Ich bin an den Feiertagen hier.«

»Letztes Jahr aber nicht«, meinte ihre Mom.

»Da war ich ja auch in Europa.«

Elaine öffnete den riesigen Kühlschrank und holte Eier, Orangensaft und Brot heraus. »Du hättest trotzdem nach Hause fliegen können.«

»Der Flughafen war wegen des vielen Schnees gesperrt. Niemand hat fliegen können.« Es war auch nicht toll gewesen, Weihnachten im Hotel zu verbringen, aber sie hatte mit ein paar anderen Reisenden, die im selben Boot saßen, das Beste daraus gemacht.

»Isst du immer noch gerne Rührei?« Ihre Mutter erhitzte eine Pfanne, schlug Eier in eine Schüssel.

»Du musst mir nicht Frühstück machen, Mom.«

»Stimmt, ich muss nicht. Bald zählst du nicht mehr als Gast, also freu dich lieber, so lange es anhält.« Elaine zwinkerte ihr über die Schulter hinweg zu.

»Ja, gerne Rührei.«

Carol Ann beugte sich über die Küchentheke. »Wie lange bleibst du?«

Das war die Eine-Millionen-Dollar-Frage. »Ich weiß es noch nicht.«

»Hast du denn kein Rückflugticket?« Ihre Mutter war überrascht.

»Habe keines gekauft.«

Ihre Schwester tätschelte Dakotas Hand. »Ach, meine Süße, du musst diesen Kerl ja echt lieben.«

★★★

Erst drei Tage später verließ Dakota das erste Mal wieder das Haus. Der Grund dafür waren starke Kopfschmerzen, die in der Nacht begonnen hatten und mittags noch anhielten. Auf keinen Fall durfte ihr Blutdruck wieder so steigen, dass sie am Ende noch ins Krankenhaus musste. Auf diese Weise wollte sie ihren Eltern nicht unbedingt beibringen, dass sie schwanger war.

Ihre Mutter war gerade bei ihrer wöchentlichen Tratschrunde, die sie als Bridgepartie tarnte.

»Dad?« Sie ging zur Veranda, fand ihn mit geschlossenen Augen im Liegestuhl.

»Hallo, mein Honigbienchen.« Er klopfte auf den Stuhl neben sich.

Sie setzte sich, lehnte sich an ihn. »Ich wollte dir nur sagen, dass ich mal kurz in die Stadt fahre.«

Er klopfte ihre Schulter. »Findest du langsam wieder zu dir selbst?«

»Jeden Tag ein bisschen mehr.«

»Dann ist gut. Diesmal verläuft dein Besuch so ruhig und ganz ohne Gezeter. Nicht, dass ich froh um den Liebeskummer meiner Tochter wäre, aber du scheinst dich mit deiner Mom ja gerade ganz gut zu verstehen, oder?«

»Weil wir bisher nicht über meine Arbeit geredet haben.«

Er lachte schnaubend. »Dann erinnern wir sie besser nicht daran. Es gefällt mir, wenn es still ist.«

»Auch *du* hast mich noch nicht danach gefragt.« Und eigentlich war ihr Vater immer das Echo ihrer Mutter, wenn sie sich missbilligend über Dakotas Berufswahl äußerte.

»Weil mein Arzt mir rät, mich weniger Stress auszusetzen. Sei schlecht fürs Herz.«

Dakota richtete sich auf. »Was ist mit deinem Herzen?«

»Nichts. Es ist alles so, wie es bei einem Mann meines Alters eben ist. Ich soll einfach nur auf das eine oder andere Stück Kuchen verzichten und nichts Frittiertes essen.«

»Gehst du zu einem Kardiologen?«

Er kniff die Augen zusammen. »Was weißt du denn schon über Kardiologen?«

»Ich bin auch aufs College gegangen.«

»Ich treffe alle vier Wochen Dr. Olsen zum Pokerspielen.«

»Dr. Olsen ist aber Allgemeinarzt, kein Kardiologe. Wenn du Schmerzen hast oder einen hohen Blutdruck, dann musst du zu einem Spezialisten gehen.« Olsen war der Hausarzt der Familie, seit Dakota zehn war. Der Mann musste jetzt um die siebzig sein.

»Mach dir keine Sorgen, schließlich habe ich, im Gegensatz zu dir, kein gebrochenes Herz. Mir geht es gut.«

Dakota massierte sich die Stirn. »Mein Herz ist nicht gebrochen. Hat höchstens eine kleine Fraktur.«

»Wie viel du doch schon wieder weißt.« Ihr Vater schmunzelte. »Eine Fraktur ist dasselbe wie ein Bruch. Das habe ich gelernt, als du damals in der dritten Klasse dein Bein gebrochen hast.«

»Und ich habe geweint, weil ich keinen schwarzen Gips bekommen habe.«

Dennis musste lachen und auch Dakota schmunzelte. »Deine Mutter war außer sich. Hat darauf bestanden, dass sie dir einen rosafarbenen verpassen.«

»Und dann habe ich einen schwarzen Marker gefunden und selbst Hand angelegt.«

Jetzt lachten beide.

»Ich habe gedacht, gleich bricht sie dir noch das andere Bein, als sie gesehen hat, was du gemacht hast.«

Dakota blickte auf die Uhr. Wenn sie weiter in Erinnerungen schwelgten, würde sie zu spät zu ihrem Arzttermin kommen.

Sie erhob sich und küsste ihn auf den Kopf. »Das hat gut getan, mit dir zu lachen. Danke, Daddy.«

»Wir sind immer für dich da, Honigbienchen.«

»Ich weiß. Deshalb bin ich ja hier.«

★★★

»Sie geht nicht ans Telefon und antwortet nicht auf meine Nachrichten.«

Walt stand vor Marys Tür, die Hände in die Hüften gestützt.

»Willkommen im Club. Auch mit mir redet sie kaum und dafür gebe ich *dir* die Schuld.« Mary wusste nur, dass Dakota gut bei ihren Eltern angekommen war und dass sie noch nichts über das Baby gesagt hatte. Diese wenigen Informationen hatte Mary ihr mühsam mittels Textnachrichten entlockt. Dakota rief nicht an. Mary hatte ihr sogar per SMS gedroht, auf dem Festnetz der Eltern anzurufen, wenn sie sich nicht meldete.

Viel Zeit blieb Dakota nicht mehr für den Rückruf, dann würde Mary ihre Drohung in die Tat umsetzen.

Walt sah furchtbar aus, was Mary amüsierte. »Sag mir wenigstens, ob es ihr gut geht.«

»Sie ist nicht im Krankenhaus, wenn du das meinst.« Zumindest hoffte Mary das. Aber Dakota würde doch anrufen, wenn etwas vorfallen würde, oder?

»Bekommt sie meine Nachrichten?«

»Keine Ahnung.«

Er schlug mit der Faust gegen die Garagenwand.

»Hey, Doc, bisschen mehr Respekt für die Mauer.«

Er zog seine Geldbörse aus der Tasche, holte eine Visitenkarte heraus und reichte sie Mary. »Alle meine Nummern stehen darauf. Du kannst mich Tag und Nacht anrufen.«

»Ich bin doch nicht –«

»Ich mache mir echt Sorgen um sie, Mary. Sie ist mir so wichtig, dass ich nicht aufgebe.«

Mary stieß einen Seufzer aus. Er klang aufrichtig. Ihr Handy vibrierte in der Hosentasche. Als sie Dakotas Gesicht auf dem Display sah, zuckte sie zusammen. Sie nahm das Gespräch an und sagte: »Hi, Mom.«

»Mom?«

»Warte mal«, sagte Mary, die unglaublich froh war, Dakotas Stimme zu hören.

Mary blickte Walt finster an und hoffte, dass ihr Gesicht sie nicht verriet. »Ich ruf dich an, wenn was ist«, sagte sie ihm.

Endlich ging er kopfschüttelnd.

Mary klammerte sich ans Telefon und schloss lautstark die Haustür hinter sich. »Madre mia, Mädel, ich habe mir echt Sorgen gemacht.«

»Ich weiß schon. Tut mir leid. Ich bin gerade nicht ich selbst.«

»Das weiß ich auch. Gibst du gut auf dich acht?«

»Ich komme gerade vom Arzt, mit einer langen Liste voller Anweisungen.«

Mary ließ sich auf die Couch plumpsen. »Ich kann gar nicht fassen, dass du schwanger bist.«

»Da sind wir schon zwei. Ich nehme doch die Pille seit dem Tag, an dem ich Mom gesagt habe, dass ich etwas gegen meine Regelschmerzen brauche.«

»Wie ist es denn passiert?« Mary konnte kaum glauben, dass sie so eine blöde Frage stellte.

Dakota merkte anscheinend nicht, wie lächerlich die Frage war. »Das Antibiotikum, das ich letzten Monat genommen habe, hat die Wirkung der Pille herabgesetzt. Kannst du dir das vorstellen? Walts Dad hat mir selbst das Medikament verschrieben, das ihn jetzt zum Großvater macht.«

»Wow.«

»Das kannst du laut sagen. Man könnte fast meinen, er hätte das mit Absicht gemacht.«

»Du meinst doch nicht –«

»Oh Gott, Mary! Mein Leben ist zwar verrückt, aber es ist auch keine Fernsehsendung aus dem Vorabendprogramm.«

Sehr tröstlich. »Weiß sonst jemand davon?«

»Nein, noch nicht.«

Mary kniff die Augen zu. »Es ist eine furchtbare Frage, aber ...«

»Was?«

»Behältst du das Baby?«

Dakota seufzte. »Ich habe noch nie an Abtreibung gedacht. Ich bin kein Teenager mehr und ich habe Geld.«

»Du klingst aber nicht glücklich darüber.«

»Ich kann auch noch nicht weiterdenken als bis zur Schwangerschaft. Der Gedanke an ein Baby macht mir eine Heidenangst.«

Die Psychologin in ihr merkte auf. »Wir müssen wirklich daran arbeiten, Dakota.«

»Ich ... ich weiß.«

Mary blickte zur geschlossenen Wohnungstür vor sich. »Wirst du es Walt erzählen?«

»Irgendwann schon. Er hat ein Recht darauf, es zu erfahren.«

»Gut. Das ist gut. Hat er, äh, hat er dich angerufen?« Mary fischte nach Information, hoffte, dass ihre Freundin nichts merkte.

»Er hat ein Dutzend Nachrichten hinterlassen. Ich habe sie einfach gelöscht.«

»Ohne sie anzuhören?«

»Ich kann seine Stimme nicht ertragen.«

Das sagte alles. »Er war schon zweimal hier.«

Dakota schwieg.

»Ich habe ihm gesagt, dass du nicht hier bist, aber wo du steckst, habe ich nicht verraten.«

»Oh.«

»Er hat verzweifelt gewirkt.«

»Hat wahrscheinlich ein schlechtes Gewissen.«

»Ich weiß nicht, Dakota, ich glaube, es ist mehr als das. Ich glaube er weiß, dass er Mist gebaut hat.«

»Tja, hat er ja auch. Und dabei habe ich mal wieder gelernt: Ich bin die einzige Person, auf die ich mich verlassen kann.«

Der Trotz in der Stimme ihrer Freundin war immerhin besser als der Schmerz von vorher.

»Auf mich kannst du dich doch auch verlassen.«

»Ja, aber du weißt schon, was ich meine.«

Das wusste Mary. Sie wechselte das Thema. »Wenn du das Baby behalten willst, dann musst du es deinen Eltern erzählen.«

»Der Arzt meint, ich soll bis zum zweiten Trimester warten. Mein Blutdruck ist immer noch hoch. Man weiß erst nächsten Monat, ob das während der gesamten Schwangerschaft so bleibt.«

»Daran habe ich noch gar nicht gedacht.«

»Ein Teil meines Hirns funktioniert noch. Ich muss noch ein bisschen hierbleiben. Wenn das eine Risikoschwangerschaft ist, dann brauche ich meine Familie.«

»Ich dachte, du verträgst dich nicht so gut mit ihnen.«

»Bis jetzt ist alles in Ordnung. Es wird schon noch turbulent werden, wenn sie wissen, warum ich hier bin. Aber es ist meine Familie. Sie müssen mich ertragen.«

Mary lachte. »Wenn sie mehr Schaden anrichten als helfen, dann bin ich auch noch da. Du kannst mich jederzeit belästigen, Süße.«

»Dafür bin ich dir sehr dankbar, Mary. Mehr als du ahnst. Ich werde mich bessern, was das Telefonieren betrifft.«

»Das rate ich dir.«
»Hab dich lieb.«
»Ich dich auch.«

★★★

In seinem ersten Jahr als Arzt hatte Walt fast mehr Schlaf abbekommen als jetzt, seit Dakota weg war. Er hatte sich nicht bei ihr gemeldet, weil er Angst hatte, sie zu verlieren. Wo steckte da die Logik? Jetzt verlor er sie erst recht und der Verlust tat unglaublich weh.

Das Problem war, dass er nicht wusste, wo er nach ihr suchen sollte. Und was er Mary sagen sollte, damit sie endlich verriet, wo Dakota steckte.

Er knallte die Wohnungstür zu und hörte seine Nachrichten ab. Dann schaute er seine Post durch. Dabei entdeckte er einen Brief, in dem ihm gedroht wurde, dass man das Wasser abstellen würde, wenn er seine Rechnung nicht bezahlte.

»So ein Mist.«

Er tätigte also zwei Überweisungen, als ihm plötzlich Monica einfiel. Vielleicht wusste ja sie etwas über seine Freundin. Frauen quatschten doch immer miteinander.

Nach dem dritten Läuten hob sie ab.

»Hi, Walt. Ich habe gehört, dass du ein heißer Kandidat für diese Führungsposition bei Ärzte ohne Grenzen bist.«

»Sie haben mir ein Angebot gemacht, ich habe es aber noch nicht angenommen.«

Monica bemerkte die Anspannung in seiner Stimme gar nicht. »Wirklich? Warum nicht? Ich hätte gedacht, dass du dich total darüber freust.«

»Wahrscheinlich nehme ich die Stelle auch an. Ich muss nur erst …« Wie sollte er anfangen? »Ach verdammt, Monica. Dakota und ich hatten eine Meinungsverschiedenheit. Und jetzt geht sie nicht mehr ans Telefon.«

»Echt?«

»Ja, und ich wollte fragen, ob du vielleicht von ihr gehört hast. Ihr zwei habt euch doch gleich so gut verstanden.«

»Nein, ich habe auch nichts von ihr gehört. Warst du bei ihr zu Hause?«

Er fuhr sich durch die Haare. »Sie ist weggefahren. Und Mary verrät mir nicht, wohin.«

Monica lachte. »Muss ja eine ziemlich heftige ›Meinungsverschiedenheit‹ gewesen sein.«

Er wollte am liebsten knurren. »Ich habe mich wie ein Idiot verhalten, Monica. Ich habe Mary das auch gesagt, aber sie gibt trotzdem nicht nach.«

»Wenn Dakota sauer auf dich ist, dann wird Mary zu ihr halten.«

»Das habe ich auch schon gemerkt.« Er war so frustriert, dass er glaubte, sein Blut würde gleich kochen. »Die Sache ist so: Kurz bevor sie ging, hatte sie einen sehr hohen Blutdruck. Sie hat so starkes Nasenbluten davon bekommen, dass sie behandelt werden musste.«

Monica war besorgt. »Geht es ihr jetzt besser?«

»Das weiß ich nicht. Sie geht ja nicht ans Telefon.«

»Wahrscheinlich wird sie auch nicht drangehen, wenn ich anrufe. Aber weißt du was? Gib mir doch mal Marys Nummer. Ich versuche herauszufinden, wie es Dakota geht.«

Walt war erleichtert. »Danke, Monica. Ich schulde dir was.«

Monica musste ein bisschen lachen. »Weißt du, Walt, es erfreut mein Herz, dass du so viel Gefühl für ein Mädel zeigst. Ich habe schon gedacht, du kannst das gar nicht.«

»Es ist meine Schuld, dass wir uns gestritten haben. Ich muss einfach mit ihr sprechen.«

»Ich sehe, was ich tun kann.«

Monica legte schmunzelnd auf.

★★★

Mary packte die Unterlagen zusammen und steckte die Akten derjenigen Patienten ein, die manchmal abends anriefen, als das Telefon klingelte.

»Hier spricht Mary Kildare«, antwortete sie und ging davon aus, dass es ein Patient war.

»Äh, hi, Mary, hier ist Monica Fairchild.«

»Oh, hallo, Monica. Wie geht's dir?« *Und warum rufst du an?*

»Mir geht's gut, danke. Und dir?«

Mary setzte die Tasche ab, sah auf die Uhr. »Gut, wollte gerade zur Tür hinaus.«

»Oh, tut mir leid. Ich fasse mich kurz. Walt hat mich angerufen –«

»Halt, dir sage ich auch nicht, wo sie ist.«

»Das habe ich mir schon gedacht.«

»Warum rufst du dann an?«

Monica zögerte. »Ich wollte mich nur nach ihrem Gesundheitszustand erkundigen. Es ist eine Sache, wenn Walt nicht weiß, wo sie ist, aber wenn er Angst hat, dass sie krank ist, dann ist das gemein.«

»Genauso gemein, wie wenn man sich zum Beispiel einfach nicht mehr meldet und seine Freundin ohne Grund abserviert?«

»Hat er das echt gemacht?«, fragte Monica.

»Er hat von heute auf morgen einfach die Kommunikation eingestellt.«

»Das klingt gar nicht nach Walt. Warum sollte er denn so etwas tun?«

Mary setzte sich aufs Sofa, blickte wieder auf die Uhr. Noch zwei Minuten, dann würde sie das Gespräch abbrechen müssen. »Ich denke mal, dass es mit seiner verstorbenen Frau zusammenhängt. Dass er mit seinen wachsenden Gefühlen nicht klargekommen ist –«

»Seiner *was?*«

»Seiner verstorbenen Frau. Hast du nicht gewusst, dass er verheiratet war?«

Monica quietschte vor Schreck. »Nein! Meinst du das im Ernst?«

»Ich hasse es, etwas auszuplaudern, aber ich habe gedacht, dass du das weißt.«

»Nein, das wusste ich nicht. Walt war verheiratet?«

»Ja.« Himmel, wie viel von der Geschichte durfte sie überhaupt erzählen? Andererseits war Monica eine Freundin von Walt und rief wegen Dakota an. »Sie war auch Medizinstudentin. Hatte Darmkrebs. Oder nein, es war Bauchspeicheldrüsenkrebs. Anscheinend hat er sie geheiratet, damit ihre Eltern sie nicht an lauter Schläuche anschließen lassen würden oder so.«

»Ach verdammt. Ich hatte keine Ahnung davon. Kein Wunder, dass er sich Sorgen um Dakotas Gesundheit macht.«

»Sein Verlust tut mir leid. Wirklich. Aber Dakota braucht einen Mann, der nicht einfach so fortläuft. Jetzt mehr denn je.«

Monica stöhnte. »Sie ist sehr krank, oder?«

»Nein, nicht krank. Nur …« Ach, scheiße. »Es wird alles gut. Hoffe ich.« Mary war sich da selbst nicht so sicher. Vielleicht war es tatsächlich besser für Dakota, wenn sie sich wieder mit Walt versöhnte? Selbst wenn sie anschließend getrennte Wege gingen, wenigstens aber könnte sie ihn dann aus den Gedanken streichen.

»Bei dieser Antwort wird er durchdrehen.«

»Das habe ich nur zu dir gesagt.«

»Gut, dann drehe eben *ich* durch.«

»Ich hasse es, zwischen zwei Stühlen zu sitzen. Ich würde alles für Dakota tun und ich weiß nicht, ob Walt gerade wirklich gut ist für sie ist«, sagte Mary.

»Er ist Arzt. Er kann ihr helfen mit ihren gesundheitlichen Problemen. Er ist ein verdammt guter Arzt, Mary.«

»Mag sein, doch als ihr Freund taugt er nichts. Und sie braucht einen, der sich wie ein Mann benimmt, wenn er sie schon in diese Umstände gebracht hat.« Mary erschrak. Am liebsten hätte sie die Worte wieder in den Mund zurückgezogen. »Vergiss sofort, was ich gesagt habe.«

Mary wusste seit dem Abend des ersten Kennenlernens, dass Monica sehr clever war.

»Du machst Witze!«

»Ich muss aufhören.«

»Mary, warte!«

Sie schwiegen beide.

»Bitte sag mir, dass sie bei jemandem ist, der Bescheid weiß. Von diesem Geheimnis bekommt sie erst recht hohen Blutdruck. Frauen machen in so einer Situation manchmal verrückte Dinge mit schrecklichen Konsequenzen. Jemand muss auf sie aufpassen.«

»Sie hat einen Arzt.«

»Ich meine mehr als einen Arztbesuch alle vier Wochen, Mary. Ihr Blutdruck war so hoch, dass er einen Schlaganfall auslösen kann.«

»Sag so was nicht. Ihr geht es gut. Sie braucht ein paar Wochen, um eine Entscheidung zu treffen.«

»Die Hormone spielen in den ersten Schwangerschaftswochen verrückt. Und obendrein hat sie Liebeskummer, einen hohen Blutdruck und wer weiß, was noch alles. Hat sie sich normal benommen, als sie abgereist ist?«

Mary bekam Angst. »Nein.«

»Und seit sie weg ist?«

»Nein, verdammt.«

Monica atmete langsam aus. »Hör zu. Ich verstehe, dass du sie schützen willst. Das will ich auch. Es gibt mehrere Möglichkeiten. Entweder fährt eine von uns beiden zu ihr und haut erst wieder ab, wenn wir wissen, dass es ihr gut geht …«

»Oder?«

»Oder wir nehmen es in Kauf, dass sie sauer auf uns ist, und sagen es Walt.«

»Nein!«

»Er ist nicht so, wie du denkst. Er kann keine Verantwortung übernehmen, wenn er gar nicht weiß, was los ist. Er hat ja keine Ahnung. Denn wenn er es wissen würde, hätte er ein Zelt vor deinem Haus aufgeschlagen.«

Marys Hals schnürte sich zusammen. »Sie ist meine beste Freundin, Monica. Ich kann sie nicht belügen.«

»Und Walt hat mir schon mal das Leben gerettet. Ich kann *ihn* nicht belügen.«

»Du gehst mir auf die Nerven, Monica.«

Sie grummelte: »Ich pikse Leute mit einer Nadel, um ihnen zu helfen. Denen gehe ich auch auf die Nerven, da bist du in guter Gesellschaft.«

»Ach verdammt.«

»Hör zu. Wenn du mir nicht sagst, wo sie ist, dann dauert es nur ein bisschen länger. Weil ich sonst gleich meine Freundin Katie anrufe, die diesen unglaublich guten Privatdetektiv kennt, und der findet jeden. Wahrscheinlich hackt er sich dafür in Dakotas Handy ein, um ihren Aufenthaltsort zu bestimmen.«

»Das ist illegal.«

»Nicht bei einem medizinischen Notfall.«

Über Marys Lippen kam ein Schwall nicht sehr damenhafter Wörter.

»Walt hat ein Recht darauf, von dem Baby zu erfahren.«

»Sie wird es ihm erzählen.«

»Dann ist es aber vielleicht zu spät.«

»Ich hasse dein medizinisches Wissen.«

Monica klang streng und unterkühlt. »Super, du kannst mich und mein Wissen gerne hassen. Wo ist sie?«

»Und Dakota wird *mich* hassen.«

»Vielleicht einen Tag lang oder höchstens eine Woche. Sie kommt darüber weg.«

Mary biss sich mit den Backenzähnen auf die Zunge. »Wenn ich dahinterkommen sollte, dass du mich austrickst …«

»Dann kannst du mich verklagen, ist mir egal. Dakota braucht Freunde, die vernünftig denken, weil sie es selbst gerade nicht kann.«

Mary boxte in ihre Aktentasche. »Sie ist in South Carolina. Sie ist heim zu ihren Eltern, wie das alle ledigen schwangeren Frauen machen.«

Kapitel 16

Walt sprang zum Telefon, als es läutete.

»Sag mir, dass du etwas weißt, Monica.« Während der Arbeit konnte er Dakota für kurze Zeit vergessen, doch sobald er zu Hause war und über sein Leben nachdachte, ging das nicht mehr.

Statt einer Antwort seufzte Monica am anderen Ende der Leitung auf. »Ich weiß, wo sie ist.«

Sein Körper begann zu prickeln. *Endlich!* »Wo?«

»Ich weiß vor allem auch, warum sie abgehauen ist.«

Das Prickeln hörte auf. »Ich habe dir ja erzählt, dass ich es vermasselt habe.«

»Es ist nicht deswegen, Walt. Auch wenn es wahrscheinlich stimmt und du es so *richtig* vermasselt hast. Sie ist aber nicht nur abgehauen, weil sie über dich hinwegkommen will.«

Er schaute auf den Kugelschreiber, den er soeben zerbrochen hatte, und schloss die Augen.

»Eigentlich sollte nicht *ich* diejenige sein, die dir sagt, wo sie ist oder warum sie dort ist. Und nur damit eines klar ist: Wenn ich mir nicht Sorgen um ihre Gesundheit machen würde, dann würde ich ihren Wunsch respektieren, wie das Freundinnen eben so machen. Dann könntest du weiter im Dunklen tappen.«

Ihre Gesundheit? »Monica, du bringst mich um. Stirbt sie?« Er sprang auf die Beine, lief unruhig im Zimmer hin und her. Würde er das ein zweites Mal aushalten? *Nicht Dakota. Oh Gott, bitte nicht Dakota.*

»Nein –«

»Wegen ihres hohen Blutdrucks?«

»Der ist nur vorübergehend hoch.«

Er blieb stehen. Ein Gedanke bahnte sich den Weg in sein Gehirn. Er hielt sich an der Stuhllehne fest.

»Ihr hoher Blutdruck ist vorübergehend, Walt. In ein paar Monaten …«

»Oh Gott.« Plötzlich auftretender hoher Blutdruck, junge Frau im gebärfähigen Alter, vorangegangene Infektion. »Bactrim. Mein Dad hat ihr Bactrim verschrieben!« Sie hatte es nicht einmal eine ganze Woche genommen und er hatte … »Ich werde Vater.«

Monica sagte nichts.

Und er hatte Dakota im Stich gelassen, bevor sie es ihm sagen konnte. Hatte sie es schon gewusst, als sie ihm im Krankenhaus zur Rede stellte? Vielleicht nicht, aber selbst wenn, warum hätte sie es ihm erzählen sollen? Er drehte den Bürostuhl zu sich und ließ sich hineinplumpsen. »Wo ist sie, Monica?«

»Zu Hause. In South Carolina.«

Sofort begann er im Kopf, Dienste zu verschieben, andere um Gefallen zu bitten und an den Job bei Ärzte ohne Grenzen zu denken, der Vieles erleichtern würde. »Ich brauche einen Flug.«

»Wir können dir helfen, Walt. Aber bevor du packst, musst du noch etwas wissen.«

Noch etwas?

»Was denn?«

»Dakota hat es noch niemandem erzählt. Sie ist mit ihrem Liebeskummer zu ihrer Familie geflüchtet. Ich erzähle dir nur deshalb von dem Baby, weil ich mir Sorgen mache, dass eine Präeklampsie auftritt und sie gar nichts von dem Risiko weiß.«

»War sie schon beim Frauenarzt?«

»Mary sagt ja. Entweder hat sich der Arzt nicht klar ausgedrückt oder Dakota hat Mary nicht alles erzählt. Ich weiß, sie ist erwachsen und hat Geld, aber trotzdem. Sie ist schwanger und allein. Ich habe das bei meiner Schwester damals hautnah miterlebt. Es ist furchteinflößend und einsam und die Situation kann einem über den Kopf wachsen.«

Sein Atem war flach und kurz. »Hast du ihre Adresse?«

Monica nannte sie ihm. Er würde kurz nach Mitternacht, mal wieder mit einem Privatjet, an der Ostküste ankommen. Er hatte Monica und Trent jetzt schon oft um einen Gefallen gebeten. In Savannah würde er im Morrison übernachten, in der Nähe von Dakotas Elternhaus. Fest entschlossen und gut organisiert tätigte Walt alle Überweisungen schon für die nächsten zwei Monate im Voraus, dann zog er die Tür ins Schloss.

Gut, dass er keine Pflanzen hatte. Die würden wohl nicht überleben.

Diesmal machte er es richtig.

Und zwar alles.

★★★

Am ersten Tag, an dem Dakota wieder aktiv am Weltgeschehen teilnehmen wollte, schwankte alles, als sie aufstand. Bis jetzt, bis Ende des zweiten Monats, war ihr gar nicht schlecht gewesen. Dafür kam die Übelkeit nun umso heftiger, als Dakota die Augen öffnete. Nachdem sie gespuckt hatte, obwohl sich eigentlich nichts im Magen befand, schleppte sie sich wieder ins Bett und vergrub ihren Kopf.

Eine Stunde später hüpfte ihre Schwester ins Zimmer und ahnte nicht, wie es Dakota ging. »Du kannst hier nicht den ganzen Tag rumgammeln. Das erlaube ich nicht.«

»Ich gammle nicht.«

Carol Ann setzte sich zu ihr auf die Bettkante. »Wie würdest du es dann nennen?«

Kotzen?

Sie konnte ihrer Schwester nicht sagen, dass ihr schlecht war, denn die würde innerhalb von Sekundenbruchteilen eins und eins zusammenzählen. Das wollte Dakota nicht. Noch nicht.

»Na gut.« Mit flauem Magen und eigentlich nicht in der Lage, das Bett zu verlassen, warf Dakota die Decke zurück und tappte ins Bad.

Carol Ann sah ihr triumphierend nach.

Nach der Dusche, einem Glas Mineralwasser und einem Frühstück, das aus ein paar trockenen Crackern bestand, war Dakota fertig. Das Wetter zeigte sich schon herbstlich, soweit das in South Carolina überhaupt der Fall war. Die Luft war ein bisschen kühler und deshalb musste man als Frau zum Shoppen gehen. Zumindest war das immer ein guter Vorwand, um sich mit ein paar alten Freunden aus der Schulzeit zu treffen, wenn Dakota zu Hause war.

Louise war gerade mal eins fünfzig groß und so zierlich wie eh und je. Und dann war da noch Sis. Alle hatten sie schon immer Sis genannt, obwohl sie eigentlich June hieß, denn das war eine Abkürzung für Sister und bedeutete Schwester. Sis war nämlich ein Einzelkind und wollte schon immer unbedingt eine Schwester haben. Vielleicht mochte sie aber auch einfach ihren richtigen Namen nicht. Wie dem auch sei, ihre Freunde nannten sie Sis und behandelten sie auch wie eine Schwester.

»Wenn das mal nicht die verschollene Dakota Laurens ist.« Louise öffnete die Arme.

»Hallo, Louise, lang ist's her.«

»Ich bin ja nicht von hier weggezogen.«

Dakota hätte gelacht, wenn nicht die Gefahr bestanden hätte, dass dabei die Cracker wieder hochkamen. Louise war eine von den Frauen, die in ihrem Heimatort blieben, bis die Eltern starben und sie das Haus erbte. Alle von ihnen kamen aus wohlhabenden Familien mit Geld, das Generationen und Kriege überlebt hatte. Es würde noch Jahre dauern, bis Louises Eltern starben, und Louise blieb, wo sie war.

»Mir geht's gut in Kalifornien, danke der Nachfrage.«

Louise knuffte Dakota in den Oberarm, zwar aus Spaß, es tat aber trotzdem weh.

»Du Scherzkeks. Du siehst … gut aus.«

Sie sah aus wie ein Häuflein Elend mit Make-up. Das hatte der Blick in den Spiegel bestätigt, bevor sie aus dem Haus gegangen war. Blässe und Übelkeit hatten sich einfach nicht wegschminken lassen. Seit Dakota bei ihren Eltern war, fühlte sie sich körperlich schlechter als zuvor.

Dakota zeigte ihr South-Carolina-Lächeln und sagte, wie immer, was sie dachte: »Du bist eine schlechte Lügnerin, Louise.«

»Ich versuche nur, höflich zu sein.«

Ach ja, jetzt fiel Dakota wieder ein, warum sie aus dem Süden fortgezogen war.

Sis kam vom Parkplatz zu ihnen herübergelaufen und gesellte sich zu ihnen vor dem Eingang der Mall, wo sie sich verabredet hatten. »Tut mir leid, dass ich so spät dran bin. Junior wollte einfach nicht sein Mittagsschläfchen machen. Es ging nicht ohne Whiskey.«

Carol Ann war entsetzt.

»Für mich, nicht für ihn!« Sis war weniger zurechtgemacht als Louise und Carol Ann. Sie hatte ihren verwegenen Freund aus der Highschool geheiratet, um ihre Eltern zu ärgern, schien aber sehr glücklich zu sein.

»Dakota!« Sie umarmten sich. »Du siehst müde aus.«

Wie erfrischend, wenn jemand ehrlich war. »Es gab einen Typen, er war doof und jetzt vergesse ich ihn gerade.«

Sis blickte sie mitleidig an. »Es ist immer wegen der Männer. Oft will ich Billy umbringen und den Rest der Zeit will ich … na ja, das brauche ich nicht zu sagen, du schreibst ja solche Romane.«

Solche Romane. Auch diese Anspielung an ihren Beruf, ihr täglich Brot, erinnerte Dakota wieder, warum sie von zu Hause weggezogen war. Hier wusste sie nie, wer tatsächlich auf ihrer Seite war und wer vorne herum freundlich tat und hinter ihrem Rücken tuschelte. Carol Ann und Sis vertraute sie. Louise nicht so sehr.

Sis legte Dakota den Arm um die Schulter. »Ich habe dich vermisst. Als mir Carol Ann gesagt hat, dass du hier bist, wollte ich gleich vorbeischauen. Irgendetwas muss los sein, wenn du freiwillig nach Hause kommst. Du wolltest ja immer weg von hier, als wir jünger waren. Aber du wirst es uns schon sagen, wenn du Lust hast, uns zu treffen, habe ich mir gedacht.«

Dakota sah ihre Schwester, Louise und Sis an. »Jetzt habe ich Lust. Sofern mich keine von euch über diesen *Mistkerl* ausfragt. Ich will nicht über ihn reden.« Solche Männer, über die man nicht reden wollte, hießen bei ihnen immer Mistkerl. Einen Mistkerl hassten alle, aus Prinzip. Wenn der Mistkerl einer von ihnen das Herz brach, dann tat er ihnen allen weh.

Sis hängte sich bei Dakota ein. »Haben wir also wieder einen Mistkerl, über den wir lästern können? Wer war der Erste von diesen Mitkerlen?«

Louise hob die Hand. »Das war mein Tommy.«

»Stimmt«, sagte Dakota. »Tommy war ein Mistkerl, weil er diese Daphne Mayson gevögelt hat.«

Louise ließ ihr ohnehin nicht echtes Lächeln fallen. »Das ist lange her.«

Dakota lachte. »Um es ihm zu zeigen, hast du dafür was mit dem halben Footballteam angefangen.«

»Gar nicht.«

»Doch«, mischte sich Sis ein. »Na ja, es waren nur drei. Innerhalb von zwei Monaten.«

Dass Louise in ihrem Alter über so etwas nicht lachen konnte, war auch so ein Grund, warum Dakota weggezogen war. Sie kannte hier mehr Leute, die wie Louise waren und nicht so locker wie Sis. »Sie hat recht.«

»Egal. Jedenfalls sind Tommy und ich sehr glücklich.«

Dakota bezweifelte das. Tommy war schon immer ein Schürzenjäger gewesen. Er hatte Louise ausgenutzt und sie dann fallengelassen. Das anschließende Debakel mit dem Footballteam hätte Louise fast den Ruf ruiniert. Dakota vermutete, dass ihr Kind, Sally, damals aus Berechnung gezeugt wurde. Tommy hatte keine andere Wahl, er musste Verantwortung übernehmen und tun, was erwartet wurde. Ihre Eltern und seine hätten nichts anderes toleriert. Und da seine Eltern schließlich die Hand auf seinem Erbe hatten, konnte er sich nicht widersetzen.

Carol Ann sagte: »Dann kam Kevin. Er war der zweite Mistkerl.«

»Nicht lange.«

»Na ja, für ungefähr drei Sekunden. Weil er dich sitzen lassen hat, als er eingeschneit war und dich nicht anrufen konnte. Für den einen Abend war er ein Mistkerl«, erinnerte Sis sie.

Carol Ann lachte. »Warten wir geduldig, bis Dakota endlich etwas über ihren Mistkerl erzählt.«

Louise grinste. »Wir warten geduldig, sind aber ziemlich neugierig.«

»Sonst würde ich noch denken, dass ihr krank seid. Aber im Gegensatz zu euch bleiben meine Lippen versiegelt. Mein Mistkerl bleibt namenlos, gesichtslos und Feind Nummer eins.«

Sis lachte. »Los jetzt, ich komme doch sonst so selten zum Shoppen, also lasst uns anfangen.«

›Shoppengehen‹ bedeutete, dass sie manchmal etwas kauften, doch eine gemeinsame Maniküre und Pediküre gehörte auch dazu. Sie aßen immer zu Mittag und tranken dazu irgendwelche unglaublich süßen Drinks, die Frauen nur im Süden mitten am Tag trinken konnten, ohne als Säuferinnen abgestempelt zu werden. Wenn eine von ihnen ein Kleid brauchte, dann konzentrierten sie sich zu viert nur darauf und waren glücklich, wenn sie fündig wurden.

Nach dem Mittagessen fühlte sich Dakota zehnmal besser als in der Früh.

Sis zog sie in ein Kinderbekleidungsgeschäft, weil sie etwas für Junior brauchte.

Dakota bemühte sich, gleichgültig zu wirken. Sie lief mit ihr durch die Reihen voll rosafarbener, gelber, grüner und hellblauer Babykleidung. Winzige Pullover, winzige Strampelanzüge hingen dort und Socken so klein, dass es auch Daumenwärmer hätten sein können.

Gedankenverloren streichelte Dakota einen winzigen weißen Angorapulli, der sie an ihr schönes Top erinnerte, das jetzt ruiniert war.

»Dakota? Dakota?«

Sie blickte hoch. Sis hielt ihr eine kleine Jacke vor die Nase. »Wie findest du die?«

»Dein Mann fände eine aus Leder sicher besser.«

Alle drei lachten und Dakota sah wieder auf den Pulli.

Ich bin schwanger.

Ohne ein Wort drehte sie sich um und verließ den Laden. Draußen setzte sie sich auf eine Bank. Der kühle Wind blies ihre Gedanken fort.

Schließlich kam eine nach der anderen wieder heraus und zu ihr.

»Du musst wieder an den *Mistkerl* denken, oder?«, fragte Louise.

Nun ja, eher an das, was der *Mistkerl* ihr hinterlassen hatte. »Ja. Dabei habe ich gedacht, dass es mir heute schon wieder gut geht.«

Carol Ann legte ihrer Schwester den Arm um die Schulter. »Du hast heute aber schon mehr gelacht als die ganze letzte Woche. Es ist normal, dass man mal einen kleinen Rückschlag hat.«

»Solange das nicht so bleibt.«

Sis sprang hoch und schnappte sich die Einkaufstüten. »Ich weiß genau, was dich jetzt aufmuntern wird.«

Bitte nichts mit Alkohol. Vorher, als niemand hinsah, hatte sie das meiste ihres Getränks in Carol Anns Glas geschüttet.

»Es ist schrecklich, wenn Sis *genau weiß,* was zu tun ist«, meinte Louise.

Unbeeindruckt zog Sis Dakota auf die Füße.

»Kommt. Mir nach.«

Sie gingen die Ladenzeile entlang bis zum Buchladen an der Ecke. »Was machen wir hier?«

»Wirst du gleich sehen«, sagte sie schelmisch und öffnete die Tür.

Dakota blieb stehen. Der typische Geruch nach Leder und Papier stieg ihr in die Nase und die Stille, die immer in Buchläden und Bibliotheken herrschte, hielt sie davon ab, zu protestieren. Seit sie lesen konnte, liebte sie Bücher. Schon immer, lange vor ihrem ersten Roman, hatte sie viel Zeit in Buchläden verbracht.

Sie hörte Sis quietschen wie eine Teenagerin, die gerade von ihrem heimlichen Schwarm gefragt worden war, ob sie ihn zum Abschlussball begleiten wolle. Sie ging zur Kasse, wo Sis stand. Die Frau aus dem Buchladen kam sofort auf sie zu. »Sie sind es tatsächlich. Sis hat mir versprochen, dass sie Sie eines Tages hierherschleppen würde. Ich bin ein großer Fan von Ihnen.«

»Danke.« Obwohl sich Dakota gerade wirklich nicht danach fühlte, mit Fremden zu reden, freute sie sich doch. »Ist das Ihr eigener Laden?«

»Ja, seit drei Jahren. Ihre Bücher verkaufen sich sehr gut. Scheint hier viele Leute zu geben, die Sie von früher kennen.«

Dakota konnte das kaum glauben. Sonst redete die feinere Gesellschaft hier nämlich über sie als die Frau, die ›diesen Schweinkram‹ schreibt. Andererseits waren das auch genau diejenigen, die die meisten Playboy-Magazine versteckt hielten. Das hatte sie damals beim Babysitten herausgefunden.

Sis sah aus wie die Grinsekatze aus Alice im Wunderland.

»Ich bin hier aufgewachsen.«

»Würden Sie mir vielleicht die Bücher, die wir auf Vorrat haben, signieren? Das dauert ja nicht lange.«

»Also, eigentlich bin ich mit meinen Freundinnen hier –«

»Das macht uns gar nichts, gell?«, sagte Carol Ann zu den beiden anderen.

»Natürlich nicht«, stimmte Sis fröhlich zu.

Louise setzte ihr Lächeln auf. »Sei doch nicht albern.«

In kürzester Zeit hatte Lillianna, die Ladenbesitzerin, einen Tisch für Dakota gefunden. Sie stapelte Dakotas Bücher darauf.

»Sie müssen mir bitte das hier alles signieren. Das ist meine Privatsammlung. Ich kann es kaum erwarten, bis das nächste Buch von *Leidenschaft und Tränen* erscheint. Dieser Mathew ist aber auch ein heißer Kerl.«

Lillianna setzte sich neben Dakota und unterhielt sich mit ihr über die Bücher. Sis und Carol Ann zückten die Handys und bevor Dakota etwas dagegen sagen konnte, kamen schon die ersten Leute in den Buchladen geströmt und direkt zu ihr herüber.

Als Dakota gerade das fünfte Buch signierte, winkte sie Sis zu sich heran. »Das hast du doch geplant.«

Sis nickte der nächsten Frau in der Schlange zu und antwortete: »Nur eine kleine Planänderung in letzter Minute. Ich wusste, dass dich das aufmuntern würde.«

Zugegeben, in den letzten zwanzig Minuten, seit Betreten des Buchladens, hatte Dakota weder an Walt noch an die Schwangerschaft gedacht. Hier war sie einfach nur Dakota Laurens, die Liebesromanautorin, deren Bücher sich ganz gut verkauften.

Also ein paar Millionen Mal. Lillianna schleppte eine weitere Kiste mit Büchern an und musste dann wieder an die Kasse. Sis wollte gehen, doch Dakota verlangte, dass sie sich auf den Stuhl neben sie setzte.

»Hiergeblieben, Sis. Ich verdonnere dich jetzt dazu, meine Assistentin zu sein.«

Sis rieb sich die Hände und setzte sich gehorsam auf ihre vier Buchstaben. »Was muss ich tun?«

Dakota begrüßte die Dame, die nun an der Reihe war, und zeigte Sis, an welcher Stelle sie die Bücher aufschlagen sollte, damit es schneller ging. Als jemand ein Foto machen wollte, puderte sich Dakota schnell die Nase und zog ihren Lippenstift nach.

Es waren sogar ein paar bekannte Gesichter unter den Leuten. Dakotas Grinsen wurde etwas breiter und sie fügte noch einen frechen Satz zur Signatur hinzu.

»Es ist natürlich nicht für mich«, sagte eine Frau, Ende sechzig.

»Ich verstehe schon. Für wen soll ich es denn signieren?«

Die Frau starrte sie an, blinzelte und sagte nichts.

»Kein Problem, ich unterschreibe einfach, ohne einen Namen dazuzuschreiben.«

»Gott segne Sie.«

Ach ja, der Süden, mit all seiner Gemächlichkeit und den kleinen Lügen, die man höflich tolerierte.

»Dakota!«

»Missy?«

Missy war bis zum letzten Highschooljahr eine gute Freundin gewesen. Dakota konnte sich nicht mehr an den Anlass des Streits erinnern, der sie auseinandergebracht hatte, an den Streit selbst aber schon. Jetzt hatte Missy ein kleines Mädchen mit Zöpfen an der Hand und ein Baby, das in einem hellblauen Strampler in einer Babyschale lag. »Sieh mal einer an.«

»Als ich gehört habe, dass du hier bist, bin ich gleich losgefahren. Hatte gar keine Zeit mehr, die Babysitterin zu fragen.«

»Schön, dich zu sehen.«

Dakota blickte zu der Kleinen. Sie hatte braune Locken und genau solche großen blauen Augen wie ihre Mutter. Früher hatten ihre Mütter ihnen sogar die gleichen Kleidchen angezogen. »Und wer bist du?«

»Dana.«

Dakota zwinkerte ihr zu und schaute auf das kleine Bündel in dem tragbaren Autositz. Sie schluckte. »Und wie heißt dein kleiner Bruder?«

»Nicholas. Er weint ganz viel.«

»Ehrlich?« Nicholas hatte hellbraunen Haarflaum und ebenso blaue Augen wie seine Schwester.

Dakota wollte das Baby berühren, hielt sich aber gerade noch rechtzeitig zurück. »Deine Kinder sind süß.«

»Danke, meine Liebe. Sie sind mein ganzer Stolz. Hast du Bilder von deinen dabei?«

Dakotas Hand fiel in den Schoß. »Ich bin … ich habe keine …«

Sis kam ihr zu Hilfe. »Dakota hat keine Kinder, Missy.«

»Oh.« Missy sah sie voller Mitleid an. »Tut mir so leid. Ich bin sicher, dass der Richtige noch kommen wird.« Und dann, als ob sie spürte, dass dies ein heikles Thema war, sagte sie schnell: »Aber sieh dich an. Ich habe alle deine Bücher gelesen, seit Carol Ann mal eines von dir zum Buchclub mitgebracht hat.«

Sie plauderten noch kurz, bis Sis sie weiterführte, damit die nächste Frau in der Reihe ein Buch signieren lassen konnte.

Dakota sagte zwar, dass sie sich unbedingt treffen müssten, bevor sie wieder fuhr, wusste aber auch, dass sie sich wahrscheinlich erst wieder sehen würden, wenn Dana zur Highschool ging.

Als irgendwann der Andrang nachließ und Dakota das letzte Buch aus Lilliannas Lager signiert hatte, gingen sie.

Carol Ann und Sis begleiteten sie zum Parkplatz. »Das hat Spaß gemacht.«

Carol Ann hängte sich bei Dakota ein. »Ich bin stolz auf dich. Meine berühmte Schwester.«

»Ich bin nicht berühmt.«

Sis lachte. »Niemand hat *uns* um ein Autorgramm gebeten.«

»Schreib ein heißes Buch und dann ändert sich das«, meinte Dakota.

Auf dem Heimweg, als sie mit Carol Ann allein im Auto war, fragte Dakota: »Was war eigentlich mit Louise?«

»Ach, sie ist gegangen, als Missy aufgekreuzt ist. Die beiden –«

»Stimmt ja, jetzt fällt es mir wieder ein. Bei ihnen geht es immer nur um Tratsch und Skandal. Ich hoffe, irgendwann wachsen sie aus dieser Phase mal heraus.«

Carol Ann rollte mit den Augen. »Im Gegenteil. Je älter sie werden, desto mehr verkriechen sie sich hinter ihren Fassaden und tratschen mehr als zu Schulzeiten.«

»Das ist so blöd.« Tratsch und Klatsch war die Lieblingsbeschäftigung einer Kleinstadt. Auch wenn es kein winziges Dorf war, so kannte trotzdem jeder jeden. »Ist Tommy immer noch so ein untreuer Heini, der seine Frau betrügt?«

Carol Ann war entsetzt. »Dakota!«

»Also ja?«

»Es gibt da so Gerüchte.«

»Habe ich mir gedacht. Da bin ich lieber Single, als dass ich so etwas tolerieren könnte.«

»War es so bei euch?«

Dakota schüttelte den Kopf. »Nein. Das war nicht das Problem.« Zum ersten Mal, seit sie in South Carolina war, vertraute sich Dakota ihrer Schwester an. »Ich dachte eigentlich, dass alles super läuft. Wir haben uns nach der Arbeit gesehen, uns gegenseitig besucht. Aber plötzlich hat er sich einfach nicht mehr gemeldet.«

»Habt ihr euch gestritten?«

»Nein, nichts dergleichen. Ich habe ihn wirklich gemocht, Carol Ann, und ich leide sehr darunter, dass er mich einfach so sitzen lassen hat.«

»So etwas tut immer weh.«

»Aber nicht so wie bei diesem *Mistkerl.*« Walt hatte ein großes Loch hinterlassen und noch sehr viel mehr.

★★★

Dakotas Elternhaus war so typisch für den Süden wie das von Walts Eltern für den Westen. Die hohen Säulen und die hölzernen Fensterläden sprangen Walt sofort ins Auge. Das zweistöckige Haus stand auf einem gepflegten Grundstück, das mindestens viertausend Quadratmeter groß war. Auf der Vorderveranda stand eine Bank mit Plüschkissen. Er hätte wetten können, dass sie auf der Rückseite Schaukelstühle hatten und dass es eine riesige Wiese gab, auf der Kinder herumrennen konnten.

Walt konnte nicht anders, er überlegte, ob sein Kind auch öfter bei seinen Großeltern sein und Ostern auf jener Wiese Eier suchen würde.

Er ging an dem Mietwagen, der auf dem kreisrunden Platz der Auffahrt stand, vorbei. War sie da? Würde sie die Tür öffnen?

Walt sah sich die Bank mit neuem Interesse an. Vielleicht würde er auf dieser Bank noch schlafen müssen. Es hatte zu nieseln begonnen, als er die Treppen zum Eingang hinaufsprang und klopfte.

Walt wusste nicht, wie er sich Dakotas Mutter vorgestellt hatte, jedenfalls nicht so. Sie war blond und hatte sich an der Augenpartie offensichtlich ein bisschen Botox spritzen lassen. Mrs Laurens war groß. Sie blickte ihm freundlich entgegen. »Kann ich Ihnen helfen?« Ihr Akzent erinnerte ihn an den von Dakota.

»Mrs Laurens?«

Sie zögerte. »Kennen wir uns?«

»Nein, Ma'am. Ich bin Walt.«

Kein einziger Muskel regte sich in ihrem Gesicht.

»Ich bin wegen Dakota hier.«

Wenn Walt nicht genau hingesehen hätte, hätte er wahrscheinlich ihr minimales Mienenspiel verpasst. »Ich bin mir nicht sicher, ob sie Sie sehen will.«

»Können Sie ihr sagen, dass ich hier bin?«

»Sie ist nicht zu Hause.«

Walt wusste nicht, ob er ihr glauben sollte. Wollte sie ihm etwa sagen, dass er sie nicht sehen dürfe?

»Elaine? Wer ist gekommen?«, rief jemand aus dem Haus.

Elaine trat zurück und wollte ihm die Tür vor der Nase zumachen. »Sie müssen wieder gehen. Ich richte es Dakota aus, wenn sie zurück ist.«

Walt stellte einen Fuß in die Tür. »Bitte, Mrs Laurens. Ich bin mehr als viertausend Kilometer geflogen, um mit ihr zu reden. Ich weiß, dass sie sauer ist. Aber ich muss dringend mit ihr sprechen.«

Elaine blickte unverwandt auf seinen Fuß, weil sie wohl noch nie einen in der Tür hatte stehen sehen. Dann sah sie mit düsterer Miene zu ihm hoch.

»Elaine?« Ein Mann, von dem Walt vermutete, dass es sich um Dakotas Vater handelte, stellte sich hinter Mrs Laurens. »Wer sind Sie?«

»Das ist der Mann, wegen dem Dakota ihr Zuhause verlassen hat.«

Kann sie das vielleicht noch ein bisschen dramatischer ausdrücken? Wahrscheinlich.

Mr Laurens öffnete die Tür wieder ein Stück. »Dakota ist nicht hier.«

Das stimmt also. »Dann warte ich eben.« Walt entfernte seinen Fuß aus der Türschwelle und trat einen Schritt zurück.

»Wir wissen nicht, wann sie wiederkommt.«

Vielleicht war ihm Mr Laurens etwas freundlicher gesonnen als seine Frau.

Walt zuckte mit den Achseln. »Egal.« Er blickte zur Bank. »Ich setze mich einfach dorthin, wenn es Ihnen nichts ausmacht.«

»Und *ob* mir das etwas ausmacht«, rief Elaine aufgebracht. »Was sollen denn die Nachbarn denken?«

Mr Laurens öffnete die Tür schließlich ganz. »Wir haben die Wahl. Entweder lassen wir ihn herein oder er macht uns eine Szene, über die man noch in zehn Jahren spricht.«

Walt grinste und spazierte ins Haus. Als er eingetreten war, streckte er eine Hand aus. »Vielen Dank. Ich bin Walter Eddy.«

Mr Laurens schüttelte sie kräftig. »Dennis Laurens, und das ist meine Frau Elaine.«

Elaine schloss die Tür hinter sich.

»Also, Mr Eddy … jetzt sind Sie hier eingedrungen. Aber wenn unsere Tochter zurückkommt und verlangt, dass Sie wieder gehen, dann müssen Sie Ihrem Wunsch auch nachkommen. Nur, dass wir uns richtig verstehen.« Wer hätte gedacht, dass Dakotas Mutter so beschützend sein würde?

»Jawohl, Ma'am. Ich muss nur mit ihr reden.«

Elaine entfernte sich. »So wie ich unsere Dakota kenne, wird eine einfache Unterhaltung nicht reichen, um zu richten, was Sie angestellt haben.«

Mr Laurens zuckte mit den Achseln. »Sie war schon immer stur. Wenn sie sich etwas in den Kopf gesetzt hat, kann man sie nur schwer davon abbringen.«

Stur oder nicht, Dakota würde sich einfach an ihn gewöhnen müssen. Jetzt, da er sie gefunden hatte, würde er so schnell nicht mehr gehen.

Kapitel 17

Walt stellte zwei Dinge fest, als er auf Dakota wartete. Nämlich zum einen, dass Mr und Mrs Laurens überhaupt nichts über ihn wussten, weder Namen noch Beruf. Und zum anderen, dass es unmöglich war, mit ihnen zu sprechen, ohne etwas Persönliches preiszugeben.

»Was machen Sie eigentlich beruflich, Mr Eddy?«, wollte Mr Laurens wissen.

»Hat Ihnen Dakota das nicht erzählt?«

Mit gespitzten Lippen zeigte Mrs Laurens ein Lächeln, das ebenso gut eine tödliche Waffe hätte sein können.

»Sie haben also keinen Job.« Es war keine Frage.

»Ich bin angestellt, Mrs Laurens.«

Sie wandten sich beide ab, sagten nichts dazu.

»Ich bin Arzt.«

Jetzt drehte sich Mrs Laurens wieder zu ihm um und schnaubte. »Wenn Sie schon lügen, dann geben Sie sich wenigstens ein bisschen mehr Mühe.«

Walt sah an sich herab. Er trug eine Jeans, dazu ein kurzärmeliges Hemd. Außerdem war er nicht rasiert, was Dakotas Eltern wahrscheinlich missfiel. Seit Tagen hatte er nicht mehr richtig geschlafen.

»Hier in South Carolina trinkt man gesüßten Tee.« Mit diesen Worten stellte Mrs Laurens ein Glas Eistee vor Walt.

»Danke.« Er nahm einen Schluck und versuchte sehr, sich nicht anmerken zulassen, wie pappsüß das Getränk war. »Sehr erfrischend.«

Von der anderen Seite des Tisches grunzte Mr Laurens.

»Waren Sie vorher schon mal in South Carolina, Mr Eddy?«

»Nein, ich bin zum ersten Mal hier.«

»Zum ersten Mal? Aber Sie haben schon vor, wieder zurückzufliegen?«

Walt biss sich auf die Zunge, dann aber antwortete er: »Wenn ich Ihre Tochter dazu bringe, mir eine zweite Chance zu geben, dann ja.«

Mr Laurens musterte ihn. »Ich finde es zwar bewundernswert, dass sie extra hierhergeflogen sind, um unsere Dakota zu sehen, aber ich hoffe doch sehr, dass Sie sie kein zweites Mal enttäuschen werden.«

»Das habe ich nicht vor.«

Mrs Laurens lachte ironisch, machte auf den Fersen kehrt und ging in die Küche. Walt fuhr sich müde durchs Haar.

Mr Laurens lachte ebenfalls. Und zwar so laut, dass Walt den Kopf hob und ihn durch seine gespreizten Finger vor dem Gesicht ansah.

Die Haustür wurde aufgesperrt und Walt sprang sogleich auf.

Mrs Laurens drängte sich mit erhobenem Zeigefinger an Walt vorbei.

Er ließ ihr zwei Sekunden Vorsprung, dann bog auch er um die Ecke.

Sie trug schwarze Schuhe, eine Stoffhose und einen weichen Pullover, der ihn an den aus der Notaufnahme erinnerte. Ihre Haare waren mit einer Klammer lose hochgesteckt. Sie war blass, aber wunderschön. Als sie ihn entdeckte, sog sie scharf die Luft durch die Nase ein.

»Ist das der *Mistkerl?*«, zischte die Frau, die mit ihr zusammen gekommen war.

Dakota drehte sich um und rannte weg.

Walt sprang hinterher, hüpfte über eine Katze, die aus dem Nichts aufgetaucht war, und holte Dakota ein.

»Bitte warte.«

Ihre Hand war schon an der Autotür, ihr Atem ging schnell. »Fahr wieder heim, Walt.«

»Kann ich nicht. Nicht, bevor du mir zugehört hast.«

»Ich … ich bin –«

Er nutzte die Gelegenheit, legte beide Hände auf ihre Wangen, sodass sie ihn ansehen musste. »Ich habe es vermasselt, Dakota.«

Sie ließ es geschehen und Walt redete weiter. »Da war diese Frau …«

Er hörte, wie hinter ihnen erschrocken nach Luft geschnappt wurde.

»Sie hat dir so ähnlich gesehen. Sie ist aus dem Auto geschleudert worden. Ich habe alles gegeben, um ihr zu helfen. Wir alle haben es versucht, aber sie hat es nicht geschafft. Ich kann dir gar nicht sagen, wie oft ich in die Augen eines Patienten oder eines Angehörigen blicke und zusammenzucke. Ich frage mich, ob ich es ertragen könnte, wenn du es wärest. Ob ich es aushalten könnte, dich zu verlieren.«

Dakota begann zu zittern. »Und deshalb hast du mich gehen lassen?«

»Ich habe nicht mehr funktioniert, Dakota. Ich dachte, ich würde besser zurechtkommen, wenn wir es langsamer angehen.«

Sie machte sich von ihm los. »Du hast dich gar nicht mehr gemeldet. Das ist etwas anderes, als es langsam anzugehen.«

Dakotas Eltern und die Frau beobachteten sie.

»Ich habe Mist gebaut.«

Sie sah ihm in die Augen. »Mehr als das, Doc.«

»Ich weiß.«

Sie legte eine Hand an die Schläfe, was ihn sofort an ihren hohen Blutdruck erinnerte. Wegen ihres gemeinsamen Babys. »Du solltest dich besser setzen.«

Sie ließ die Hand fallen. »Hör auf …«, begann sie, dann hielt sie inne und sah ihn finster an. »Geh lieber.« Sie ging wieder zum Auto.

Er legte eine Hand an die Fahrertür.

»Fahren Sie jetzt, Mr Eddy«, mischte sich Mr Laurens ein und stellte sich neben seine Tochter.

Walt legte nie wert auf seinen Doktortitel. Jetzt aber schon. »Ich bin *Dr.* Eddy, Mr Laurens.« Walt sah Dakota in die Augen. »Ich mag Ihre Tochter so sehr, dass ich sie lieber nicht alleine lasse, wenn es ihr nicht *gut* geht.« Seine Augen wanderten zu ihrem flachen Bauch.

Sie ließ den Türgriff los, das Gesicht kreidebleich. »Wer hat es dir gesagt?«

Ihre Familie stand noch da, warf ihm vernichtende Blicke zu. »Bitte, Dakota, lass uns reden. Unter vier Augen.«

★★★

Obwohl die Bürotür geschlossen war, wusste Dakota, dass irgendwer lauschen würde. Sie zwang sich, ruhig und tief zu atmen, um ihren schnellen Puls zu beruhigen. Walt hatte sie gefunden und er wusste es.

Er weiß es.

Walt weiß, dass ich ein Baby bekomme.

»Wie hast du Mary dazu gebracht, ihr Wort nicht zu halten? Das hat sie doch sicher nicht freiwillig getan.«

Walt stellte sich hinter Dakota, die vor dem großen Fenster stand und hinausstarrte. »Mary hat sich geweigert, mir irgendwas zu erzählen.«

»Aber wie –«

»Ich habe Monica gebeten, mit Mary zu reden.«

Das konnte sie sich schon eher vorstellen. Trotzdem hätte Mary doch nichts gesagt.

»Als Monica darauf kam, dass du –«

»Pssst!« Sie löste die Verschränkung ihrer Arme und drehte sich zu ihm um. »Keiner weiß etwas, und ich will noch nicht, dass sie … zumindest noch nicht.«

»Und was ist mit mir, Dakota? Wolltest du es mir überhaupt sagen?« Klang er verletzt?

»Natürlich. Zu gegebener Zeit.« Sie setzte sich in den Plüschsessel ihrer Mutter und kickte die Schuhe von den Füßen. »Ich war noch nicht bereit. Jetzt aber ist eh alles egal.«

Walt setzte sich auf die Kante des kleinen Tischchens. »Wie fühlst du dich? Warst du beim Arzt?« Seine Stimme klang sanft.

»Wie ich mich fühle? Also abgesehen davon, dass ein Mann, mit dem ich mich sehr gut verstanden habe, mein Herz zertrampelt hat und dass ich ein kleines medizinisches Problem habe, das die nächsten achtzehn Jahre mein Leben bestimmen wird … ganz gut. Und ja, selbstverständlich war ich beim Arzt.«

»Wir verstehen uns doch immer noch gut, Dakota.« Er legte seine Hand auf ihr Knie, aber sie zog es fort. »Ich habe mich wie ein Idiot benommen. Ich hätte dir einfach sagen sollen, was ich fühle.«

»Ist dir das eingefallen, als du erfahren hast, dass ich …« Sie brach den Satz ab.

»Schon davor. Hast du denn nicht meine Nachrichten abgehört?«

»Nein.« Seine Stimme hätte sie zum Weinen gebracht. Doch das brauchte er nicht zu wissen. »Ich wollte und will nichts von dir hören.«

»Bitte, gib mir eine Chance, es wiedergutzumachen!«

»Ich weiß nicht, ob das geht.«

»Sag so etwas nicht.«

»Warum, wenn es doch wahr ist! Ich muss herausfinden, wie ich damit umgehe, und dafür habe ich nur noch sechseinhalb Monate. Eine Beziehungskiste steht jetzt echt nicht auf meiner To-do-Liste.«

Er wollte noch viel mehr sagen, das sah man ihm an. »Ich lasse dich dabei nicht im Stich.«

»Das ist aber nicht deine Entscheidung, Walt. Ich will mich jetzt nicht auch noch fragen müssen, ob du wegen mir da bist oder wegen des Babys.«

Walt nahm beide Hände von ihr. »Sieh mich an, Dakota.«

Als sie es tat, spürte sie die Wärme seiner Augen und wollte darin versinken.

»Und wenn es plötzlich kein Baby mehr gäbe, wäre ich trotzdem für dich da. Selbst ganz ohne Baby wäre ich gekommen, um dich zu mir zurückzuholen.«

»Ich war es nicht, der einfach so den Kontakt abgebrochen hat, Walt.«

Er küsste die Knöchel ihrer Hand, hielt sie an seine Lippen. »Ich muss einfach stärker kämpfen, dich zurückzugewinnen.«

Sie schüttelte den Kopf. »Doc –«

»Psst. Ich gebe dich nicht auf. Du kannst dir gerne einreden, dass du das nicht willst.« Er zeigte auf sie und sich selbst: »Das mit uns, das wird gut.«

»Walt –« Wie konnte er jetzt plötzlich so fürsorglich sein? Wo war der Mann, der ihre Anrufe ignoriert hatte?

Er legte einen Finger auf ihre Lippen. »Ich weiß, du willst es noch niemandem erzählen.« Er hielt inne, sah auf ihren Bauch. »Noch nicht.«

Mit dem Daumen streichelte er ihr über das Kinn und fragte sanft: »Wie fühlst du dich, körperlich?«

Jetzt war er wieder ein Arzt, der sich nach ihrem Gesundheitszustand erkundigte. »Ich habe mich heute Morgen zum ersten Mal übergeben müssen. Ich messe jetzt immer meinen Blutdruck mit so einem Ding für das Handgelenk. Die Kopfschmerzen sagen mir schon, wenn ich mich hinlegen muss.«

»Nasenbluten?«

»Nicht mehr seit Kalifornien.«

Er lächelte, nahm die Hand wieder fort. »Hat der Arzt dir etwas verschrieben?«

Sie schüttelte den Kopf. »Nein. Nächste Woche habe ich wieder einen Termin. Er meint, der hohe Blutdruck könnte so plötzlich wieder aufhören, wie er gekommen ist. Stimmt das?«

Walt schien sich zu freuen, dass sie ihn fragte. »Im zweiten Trimester werden wir sehen, worauf wir uns freuen können.«

»Du meinst, *ich* werde sehen.«

»Wir, Dakota. Ich habe doch gesagt, dass ich nicht mehr gehe. Je früher du dich damit abfindest, desto besser.«

Sie wollte ihm glauben, aber wer zweimal auf denselben Trick hereinfällt, war selber schuld. »Na ja, du verstehst wohl, dass ich etwas skeptisch bin.«

»Mit Recht. Aber eigentlich, abgesehen vom letzten Monat, bin ich ein sehr verlässlicher Typ.« Er grinste schief.

Vielleicht würde sie ihm ja doch noch eine Chance geben?

Will ich das wirklich alleine schaffen?

Sie traf seinen Blick, hob ihr Kinn. »Dann beweise es mir.«

Jetzt strahlte er und drückte ihre Hand. »Das werde ich.« Er zog ein Kärtchen aus der Gesäßtasche hervor. »Ich wohne im Morrison Hotel in Savannah.«

Sie blickte auf die Karte.

»Hatte gar nicht gewusst, dass es auch in South Carolina einen Ort namens Savannah gibt. Aber Georgia hat wohl kein Alleinrecht auf diesen Namen.«

Er wollte sie zum Schmunzeln bringen, doch es funktionierte nicht recht. »Ruf mich an, jederzeit.«

Ihr Nicken war das einzige Zugeständnis an ihn.

»Ich will dich nicht drängen. Aber ich mache mir Sorgen, dass niemand im Haus über deinen Zustand Bescheid weiß.«

»Da musst du dir wahrscheinlich nicht mehr lange Sorgen machen. Morgenübelkeit lässt sich nur schlecht verheimlichen.«

»Soll ich dabei sein, wenn du es ihnen sagst?«

»Vielleicht, weiß noch nicht.« Sie musste jetzt erst mal allein sein, alles verdauen, verstehen, was sich mit Walts Anwesenheit geändert hatte. »Ich muss nachdenken.«

Walt erhob sich und half Dakota auf die Beine. Wie erwartet stand ihre versammelte Familie vor der Tür.

»Ich begleite Walt hinaus.«

Walt war betont freundlich. »Es hat mich gefreut, Sie kennenzulernen.«

Dakotas Mom war dagegen immer noch genauso reserviert wie zuvor.

Carol Ann starrte ihn mit offenem Mund an.

Der Vater ließ die Augen zu schmalen Schlitzen werden.

An der Tür gab Walt ihr einen Kuss auf die Schläfe. »Bis morgen.«

Sie blieb stehen und sah zu, wie er einstieg und fortfuhr.

Hinter ihr hörte sie ein Räuspern. Elaine hatte die Arme vor der Brust verschränkt und Carol Ann sah sie nicht an.

Die einzige Regung war das Zucken im linken Auge ihres Vaters.

»Du bist schwanger, stimmt's?« Ihre Mutter spie diese Frage regelrecht aus.

Verdammt, sie war doch erwachsen und trotzdem fühlte sie, wie sie eine Welle der Scham überrollte.

Elaine schüttelte den Kopf, ließ die Arme sinken. »Ich wusste es. Habe ich es nicht gesagt, Dennis? Ich wusste, dass du nicht nur wegen Liebeskummer gekommen bist. Also wirklich, Dakota, wie konntest du nur?«

»Als ob ich das geplant hätte, Mom.«

»Ach, Dakota. Kein Wunder, dass du so traurig warst.« Wenigstens war Carol Ann auf ihrer Seite.

»Reicht es denn nicht, dass du dieses Schmutzzeug schreibst? Und jetzt wirst du auch noch eine … eine …« Dakota hatte sich schon gewundert, wie lange es dauern würde, bis ihre Mutter wieder ihr normales Verhalten an den Tag legte. Es war viel zu ruhig gewesen.

»Ist er der Vater?«, wollte ihr Dad wissen.

»Natürlich.«

»Was sollen wir denn unseren Freunden sagen?«

»Mom!«, rief Carol Ann entrüstet. »Es geht hier doch nicht um dich oder um eure Freunde.«

»Ich bin kein Teenager mehr, Mom.«

»Das spielt keine Rolle, du bist schließlich nicht verheiratet.«

Dakota ließ ihre Eltern stehen und ging in die Küche. »Man muss nicht verheiratet sein, um ein Baby zu bekommen.«

Ihre Mutter blieb ihr dicht auf den Fersen, die schnellen Schritte verrieten ihre Wut. »Nicht in diesem Ton, mein liebes Fräulein. Ich habe mir schon immer gedacht, dass so etwas passiert. Nicht heiraten wollen und dann hier eines Tages aufkreuzen und schwanger sein!«

Carol Ann drehte sich um. »Ich rufe Kevin an, damit er den Jungs das Abendessen macht.«

Dakota winkte ab. »Nein, fahr lieber heim, Carol Ann. Danke für deine Unterstützung, aber ich komme schon ohne dich klar.«

»Ist er wirklich ein Arzt?«

»Ja, Dad. Er arbeitet in der Notaufnahme.«

»Dann hätte er ja besser wissen müssen, wie er dich davor schützt.«

»Es gehören zwei dazu.«

»Das ist alles zu viel für mich.« Elaine ging die Treppen nach oben. Die Schlafzimmertür wurde lautstark geschlossen.

»Das lief ja prächtig.« Dakota stützte sich mit beiden Händen am Waschbecken ab, blickte aus dem Fenster.

»Wo übernachtet denn dieser Arzt von dir?«, fragte ihr Dad.

»Im Morrison. Warum?«

Dennis nahm den Autoschlüssel vom Haken.

»Daddy?«

Er drehte sich um. »Richtig. Ich bin dein Daddy. Und du bleibst jetzt schön hier und lässt mich tun, was zu tun ist.«

Sie stellte sich vor ihren Vater. »Wir sind beide erwachsen.«

»Und nur deshalb lasse ich heute meine Knarre ausnahmsweise mal zu Hause«, sagte er mit unterdrücktem Schmunzeln und gab ihr einen Kuss auf den Kopf.

Kapitel 18

Auf dem Weg zum Hotel musste Walt plötzlich grinsen. *Sie hat mich nicht rausgeschmissen.* Dass sie ihn nicht schimpfend weggejagt hatte, musste an den Hormonen liegen, oder hatte sie vielleicht Angst? Jetzt musste er nur noch hinkriegen, dass sie wieder lachte, und ihr klarmachen, dass sie beide super zusammenpassten.

Beweis es mir.

So liebte er sie. Und natürlich würde er es ihr beweisen. Die Operation »Ich beweis es dir« hatte begonnen.

Zwar hatte er keinen blassen Schimmer, wie er diese Operation zum Erfolg führen sollte, doch das würde er schon noch herausfinden. Und wenn er alle Frauen anrufen musste, die er kannte, um es zu beweisen.

Brenda könnte ihm helfen. Und Monica.

Er würde sogar Mary damit auf die Nerven gehen, auch wenn sie gerade nicht auf seiner Seite war. Egal, er würde alles tun, was in seiner Macht stand.

Er hielt vor dem Hotel und gab dem Servicemitarbeiter den Autoschlüssel. »Guten Abend, Dr. Eddy.«

Er stutzte, schaute zu dem jungen Kerl, der sich um sein Auto kümmern sollte. »Woher kennen Sie denn meinen Namen?«

Der junge Mann strahlte. »Es gehört zu meiner Aufgabe, dass ich weiß, wer Sie sind, Dr. Eddy.«

Er zwinkerte, sprang in den Wagen und fuhr fort. Baff ging Walt in die Lobby zum Lift, aber dann bog er doch noch vorher zur Concierge ab.

»Guten Abend, Dr. Eddy. Was kann ich für Sie tun?«

Die Dame am Tresen musste Mitte fünfzig sein und Walt hatte sie noch nie gesehen. Mit einem Blick auf das Namensschild sagte er: »Guten Abend, Alice.«

»Was kann ich für Sie tun, Doktor?«

Er wollte fragen, woher sie seinen Namen wusste, entschied sich aber dagegen. »Ich bin zum ersten Mal in South Carolina.«

»Tatsächlich?« Sie lächelte breit. »Wie gefällt Ihnen dieser Teil von Amerika?«

»Ich habe leider noch nicht viel gesehen und wollte Sie fragen, ob Sie mir ein paar Tipps geben können.«

Alice legte die Hand auf die Brust. »Genau dafür bin ich ja da. Was möchten Sie denn wissen?«

»Ich bleibe eine ganze Weile, wegen einer Frau …«

»Wie süß.«

Er lachte. Frauen liebten solche Geschichten. »Ich würde gerne wissen, wo die besten Restaurants sind und die schönsten Ausflugsziele.«

»Soll es romantisch sein?«

Mehr als Sie sich denken können. »Ganz genau.«

»Dann sind Sie bei mir an der richtigen Stelle. Ich mache Ihnen eine Liste mit allem, was Sie unternehmen können und was Sie auf keinen Fall auslassen dürfen, um Ihre Herzensdame zu beeindrucken. Brauchen Sie für heute Abend auch einen Vorschlag?«

Er schüttelte den Kopf. »Für heute passt alles.«

»Morgen in der Früh ist die Liste für Sie fertig.« Sie klickte bereits mit der Maus ihres Computers.

»Alice?«

»Ja, Doktor?«

»Woher wissen Sie eigentlich meinen Namen?«

»Es ist meine Aufgabe, zu wissen, wer Sie sind, Dr. Eddy.«

Sein nächster Halt war an der Rezeption. »Guten Abend, Dr. Eddy.«

Er kam sich wie in einem Film vor. »Ich werde eine Weile hierbleiben. Wenn jemand anders die Suite bucht, dann lassen Sie mich es bitte wissen, ich ziehe gerne um. Die Morrisons haben zwar gesagt, dass ich so lange bleiben kann, wie ich will, aber ich möchte niemandem im Wege sein.«

»Das ist sehr nett von Ihnen, Doktor. Ich werde einen Vermerk machen. Wir haben aber mehr als eine Penthouse-Suite, es sollte also kein Problem geben.«

»Aber falls doch –«

»Ich sorge dafür, dass wir es Ihnen mitteilen.«

»Danke«, sagte er. »Noch etwas. Könnten Sie bitte sicherstellen, dass Dakota Laurens und ihre Familie Zugang zu meinem Zimmer haben? Egal ob Tag oder Nacht.«

»Selbstverständlich.«

Operation »Ich beweis es dir« war in vollem Gange.

Walt fuhr mit dem Aufzug zur obersten Etage und war, im Gegensatz zu vorher, guten Mutes.

Er stieg aus, wischte die Zimmerkarte über den Sensor. Plötzlich blieb er stehen. »Ich werde Vater.«

Jemand lachte. Für den Bruchteil einer Sekunde glaubte er, seine eigenen Gedanken laut zu hören.

»Nicht die Begrüßung, die ich erwartet habe.«

»Trent!« Walt ging in die Suite und schloss die Tür. Er gab seinem Freund die Hand mit anschließender Männerumarmung. »Ich werde Papa.«

Trent hörte nicht auf zu lachen. »Habe ich schon gehört.«

Ein winziger Mensch entstand, der zu ihm aufsehen würde, der ihn brauchte. Kindergarten, Schule und irgendwann die ersten Dates …

Der Raum drehte sich.

Schon war sein Hinterteil auf dem Stuhl, obwohl er sich noch gar nicht hatte setzen wollen.

»Ich werde Papa.«

Immer noch schallendes Gelächter. »Mann, ich würde dich jetzt gerne auf Video aufnehmen. Ja, Walt, du wirst Papa.«

Walt blickte zu seinem Freund, sah ihn aber gar nicht richtig. »Das ist überwältigend.«

»Das ist es. Einer dieser Momente im Leben …«

Walt löste sich wieder von seinem vorübergehenden Anflug des Wahnsinns. »Nicht dass ich mich nicht über deinen Besuch freuen würde, aber warum bist du hier?«

»Meine Frau sagt, dass du jetzt einen Freund brauchst.«

Möglicherweise würde er für den Rest des Lebens nicht mehr aufhören zu grinsen. »Monica ist eine tolle Frau. Du bist echt ein Glückspilz, Trent.«

»Da hast du verdammt recht.« Trent schlenderte zur Küchenzeile, öffnete den Kühlschrank. »Welches Gift magst du, *Daddy?*«

»Whiskey.«

»Das Gespräch mit Dakota verlief also gut?«

Walt rieb sich das Gesicht. »Wie viel hat dir Monica erzählt?«

Trent lachte. »Wir sind verheiratet. Sie hat sicher nicht das geringste Detail ausgelassen. Mit Dakota selbst hat sie nicht geredet.«

»Dakota hat mich nicht rausgeworfen. Wir konnten uns einigen.«

»Das ist zumindest ein Anfang.«

»Aber ihre Eltern mögen mich nicht.«

Trent öffnete die kleinen Whiskeyfläschchen. »Du hast ihre Tochter geschwängert. Da landet man automatisch auf der Abschussliste.«

»Sie wissen ja noch nicht mal, dass sie schwanger ist.«

Trent goss die Drinks ein und brachte sie zum Sofa. »Es reicht, dass sie wegen dir geflüchtet ist. Das macht dich nicht gerade zu ihrem Liebling.«

Walt nahm das Glas und ließ die braune Flüssigkeit seine Kehle hinunterfließen. »Das muss ich ändern.«

»Was ändern?«

»Dass ihre Eltern mich nicht mögen. Denn wenn sie erst mal herausfinden, dass ihre Tochter schwanger ist, wird es noch schlimmer. Welche Eltern sind schon begeistert, wenn die Tochter unverheiratet schwanger wird?« Er war noch nicht einmal selber Vater und trotzdem konnte er ahnen, wie er sich bei seiner eigenen Tochter in der Situation fühlen würde.

Sie schwiegen eine Weile, dann sagte Trent: »Darf ich dich mal etwas Persönliches fragen?«

»Wir reden doch nur noch über Persönliches.«

Trent nahm einen Schluck Whiskey. »Liebst du sie?«

Walt atmete tief ein und hielt die Luft an. »Wie, verdammt noch mal, weiß man denn, ob das Liebe ist?«

»Ach Gott, ich erinnere mich genau an die Zeit. Du denkst ständig an sie, fragst dich, was sie gerade macht. Du stirbst fast, wenn sie nicht ans Telefon geht. Ich glaube, der entscheidende Punkt ist, dass ein Leben ohne sie so düster ist, dass du kaum noch etwas siehst.«

»Verdammt.« Trent hatte gerade genau Walts Zustand der letzten Woche beschrieben. »Dann hat es mich erwischt.«

Walt setzte das Whiskeyglas an die Lippen und Trent half mit einem Finger nach, es zu kippen. »Trink, mein Freund. Willkommen im Club.«

Walt leerte das Glas, Trent goss sofort nach.

Als es an der Tür der Penthouse-Suite klingelte, stand Trent immer noch lachend auf, um sie zu öffnen.

★★★

»Mr Laurens.« Walt sprang hoch, fühlte sein Herz in der Brust schlagen. Der Blick des Besuchers sagte schon alles.

»Kommen Sie rein.«

Trent warf Walt hinter Mr Laurens Rücken einen mitleidigen Blick zu. Walt stellte beide vor, sie schüttelten sich die Hand. »Ich lasse euch jetzt besser alleine«, meinte Trent. »Ich warte unten in der Lounge.«

Walt dankte ihm und widmete sich Dakotas Vater. »Darf ich Ihnen etwas zu trinken anbieten?«

»Ich bleibe nicht lang.« Mr Laurens ging ins Zimmer, sah sich um. »Zumindest scheinen Sie die finanziellen Mittel zu haben, um für meine Tochter zu sorgen.«

»Die habe ich, ja.«

»Aber gesorgt haben Sie trotzdem nicht für Sie.«

Walt wollte widersprechen, doch Dakotas Vater hielt ihn davon ab.

»Ich habe keine Söhne, Walt, nur zwei Töchter. Als sie jünger waren und ihre ersten Freunde hatten, habe ich den Jungs von damals ganz schön eingeheizt, weil Elaine und ich uns immer Sorgen gemacht haben. Als aus meinen Töchtern Frauen wurden, hatte ich irgendwann keine Angst mehr, dass eine von den beiden ungewollt schwanger werden könnte. Bis jetzt.«

Walt betrachtete seine Schuhe. »Ich werde mich um Ihre Tochter kümmern.«

»Na, ein guter Anfang war das aber nicht gerade.«

»Ich weiß, dass Sie aufgebracht sind –«

»Aufgebracht ist gar kein Ausdruck. Stinksauer bin ich! Und jetzt will ich wissen, was Sie vorhaben. Ein Kind großzuziehen ist ein Vollzeitjob und dazu gehören zwei, nämlich Mutter und Vater!«

»Das weiß ich. Ich gehe nirgendwohin, Mr Laurens. Ich werde für Ihre Tochter und unser Kind da sein. Was möchten Sie denn noch hören?«

Mr Laurens kam näher, senkte die Stimme. »Was meinen Sie denn, was ich hören will? Was würden Sie denn zu einem Mann sagen, der nicht der Schwiegersohn ist, wenn Sie gerade erfahren hätten, dass Ihr Kind schwanger ist?«

Dakotas Vater war ein paar Zentimeter kleiner als Walt. Trotzdem war Walt heilfroh, dass Mr Laurens nicht jünger war.

»Heiraten macht mir keine Angst, aber eine Scheidung. Und das will ich Ihrer Tochter und unserem Kind nicht antun. Wenn wir uns zu einer Hochzeit entschließen, werden Sie es als Erster erfahren.«

Mr Laurens wippte auf den Fersen, die Hände in die Hosentaschen gesteckt. »So, jetzt brauche ich was zu trinken.«

★★★

»Nicht jetzt, Mom.« Morgenübelkeit und dann noch ihre Mutter. Dakota setzte sich stöhnend auf den Badewannenrand, den Kopf in die Hände gestützt.

Was habe ich mir nur dabei gedacht, nach Hause zu meinen Eltern zu flüchten?

Ganze drei Sekunden lang huschte Mitleid über das Gesicht ihrer Mutter. Sie holte einen Waschlappen und machte ihn nass. »Rate mal, mit wem ich gerade telefoniert habe?«

»Keine Ahnung.« *Und es ist mir auch schnurzpiepegal.*

»Mrs Pinkerton.«

»Louises Mutter?«

»Ja, Louise. Warum hast du deinen Freundinnen von deinem Fehltritt erzählt, bevor du die Güte hattest, uns davon zu unterrichten?«

Fehltritt? Sie ließ die Wortwahl ihrer Mutter zum einen Ohr hinein und zum anderen hinaus und konzentrierte sich auf die Frage, die dahinterstand. »Habe ich nicht. Außer Walt und Mary seid ihr die Einzigen, die es wissen.«

Elaine wrang den Waschlappen aus und hielt ihn auf Dakotas Stirn. Er war angenehm kühl, was von dem flauen Gefühl im

Magen ablenkte. »Teri Pinkerton weiß viel. Und so wie ich ihr Mundwerk kenne, wird es bis Mittag die halbe Stadt wissen.«

Mit einem Auge schielte Dakota zu ihrer Mutter. Das andere Auge blieb dort, wo es unter dem Waschlappen so angenehm still und dunkel war. »Louise weiß nichts.«

»Dann hat sie geraten. Ach, Dakota, es ist so schrecklich.«

Dakota verbarg das andere Auge auch wieder, fand einen ruhigen Ort in ihrem Kopf und bemühte sich mit aller Kraft, dort zu bleiben.

»Ich bin nicht die erste Frau, die mit achtundzwanzig schwanger ist, Mom.«

»Aber du bist nicht verheiratet!«

»Vielen Dank für die Unterstützung.«

»Ich meine das im Ernst, Dakota. Schließlich wohne ich in dieser Stadt, kaufe hier ein und gehe mit Teri Pinkerton und ihren Freunden sonntags zu Kirche.«

»Warum ist es dir so wichtig, was die anderen denken?«

Elaine wanderte in dem kleinen Bad auf und ab.

»Es ist nicht leicht, erhobenen Hauptes zu gehen, wenn hinter deinem Rücken über dich geredet wird.«

Dakotas Magen bewegte sie dazu, sich auf ihr Bett zu legen. Wieder einmal hatte sie sich selbst etwas vorgemacht, sich eingeredet, dass ihre Mutter ihr keine Vorwürfe machen würde, weil sie schließlich kein Kind mehr war. Sie war so blauäugig gewesen. »Lass es doch gut sein.«

»Kann ich nicht. Du weißt doch, wie es hier läuft. Was soll ich meinen Freunden sagen, wenn sie anrufen?«

»Dann sag ihnen halt, dass ich eine Schlampe bin.« *Bitte geh einfach.*

»Dakota!«

»Sag ihnen, was du willst.« Dakota sah ihre Mutter an. »Und nimm das Kinn hoch, während du ihnen sagst, was sie hören wollen. Aber sieh zu, dass es nur dein Kinn ist und nicht die Nase.

Sie haben alle schon mal Sex gehabt, und ich bezweifle stark, dass sie in ihrer Hochzeitsnacht alle noch Jungfrauen waren.«

Mit zusammengekniffenen Lippen warf Elaine ihr tödliche Blicke zu. »Ich habe ja auch nicht erwartet, dass du noch Jungfrau bist. Aber du hättest doch vorsichtiger sein können.«

Dakota war plötzlich heiß und sie warf die Decke zurück. »Ich habe dich falsch eingeschätzt. Ich habe nicht gedacht, dass du dich freust, ich hätte aber auch nicht gedacht, dass du mich wie eine Sechzehnjährige behandelst.«

»Was hast du denn geglaubt? Dass dein Vater und ich begeistert sind, dass du alleinerziehende Mutter wirst, die um ihre Existenz kämpft?«

»Ich kämpfe nicht um meine Existenz!« Dakota brüllte fast.

»Du bist doch nach Hause geflüchtet.«

»Was offensichtlich ein Fehler war. Ich hatte gedacht, ich kann mich an meine Eltern wenden, wenn ich moralische Unterstützung suche. Ich soll mein Stresslevel senken und brauche Leute, die im Notfall für mich da sind.« Sie stieg aus dem Bett und sagte, während sie ins Bad lief: »Ich hätte einfach eine Krankenschwester engagieren sollen.«

Elaine blinzelte, folgte ihr. »Eine Krankenschwester? Wovon redest du? Wenn man schwanger ist, braucht man doch keine Krankenschwester.«

»Mein Blutdruck ist zu hoch.«

»Viele Leute haben Bluthochdruck.«

»Das habe ich aber sonst nicht. Das hat mit der Schwangerschaft zu tun.«

Elaine legte den Kopf schief. »Ich verstehe nicht.«

»Walt soll es euch erklären, wenn er kommt. Jetzt muss ich meinen leeren Magen leeren.« Mit dem Zeigefinger stieß sie ihre Mutter, die ihr gefolgt war, aus dem Bad und sperrte ab.

Kapitel 19

Walts Weg zur Wiedergutmachung begann mit einem einstündigen Gespräch mit Dakotas Eltern über den Gesundheitszustand ihrer Tochter. Er war kurz nach zehn erschienen. Dakota sei noch nicht besuchsbereit, hatten sie gesagt, er solle aber doch mal etwas über diese Sache mit dem Blutdruck erzählen.

Als er später mit Dakota wegfuhr, hatten Elaine und Dennis so viel gehört, dass ihre Hauptsorge nicht mehr dem Gerede der Leute, sondern dem Gesundheitszustand ihrer Tochter galt.

Walt half ihr auf den Beifahrersitz, öffnete das Fenster einen Spalt.

»Morgenübelkeit ist schrecklich.«

»Das tut mir leid. Ich kann jeden Morgen da sein und dir die Haare zurückhalten.«

Dakota sah ihn an, als sei er verrückt. »Igitt.«

»Ich meine das ernst.«

»Auf gar keinen Fall.«

Er blickte über den Rand seiner Sonnenbrille zu ihr und grinste. »Das Angebot steht.«

Walt gab ihr ein Plastikkärtchen, das im Getränkehalter lag. »Hier, meine Zimmerkarte.«

»Warum?«

»Weil ich sie dir geben will. Damit du an mich denkst, wenn du etwas brauchst.«

»Räumst du mir dann auch eine Schublade frei, in die ich meine Sachen legen kann?«, scherzte sie.

»Du kannst die zweite Betthälfte haben. Oder im anderen Zimmer schlafen. Dafür musst du es aber auch ertragen, dass ich dir beim Spucken die Haare aus dem Gesicht halte. Nur so als Vorwarnung.«

Sie spielte mit der Karte, legte sie aber auch nicht zurück. Ein gutes Zeichen. »Hat das etwas mit der Unterhaltung mit meinem Dad gestern Abend zu tun?«

»Nein. Nicht direkt.«

»Nicht direkt?«

Er zuckte mit den Schultern, folgte der Wegbeschreibung des Navigationssystems. »Ich will nicht, dass deine Eltern mich hassen. Sie sollen merken, dass ich es ernst meine, wenn ich sage, dass ich für dich und das Baby da bin. Und noch wichtiger, ich will vor allem, dass du es merkst.«

»Ich möchte es auch glauben.«

Dumm nur, dass sie es nicht tat.

»Was hat mein Dad denn gesagt? Oder nee, eigentlich will ich es lieber gar nicht wissen.«

Walt grinste. »Dein Dad will nur dein Bestes.«

»Im Gegensatz zu Mom. Gott, was habe ich mir nur gedacht? Man könnte meinen, ich sei dreizehn und du einer, der die Schule geschmissen hat und Drogen nimmt.«

Walt bog in eine schmale Straße ein, folgte der Beschilderung zum ersten Ausflugsziel auf dem Weg der Wiedergutmachung. »Meinst du nicht, dass sie sich auch einfach nur Sorgen um dich macht?«

»Meine Mutter macht sich nur Sorgen um sich selbst. Um ihren Ruf.« Dakota atmete lange und hörbar aus. »Sicher macht sie sich auch Sorgen um mich, das kann sie aber überhaupt nicht zeigen. Ich hoffe echt, dass ich mal nicht so werde wie sie.«

Sie hielten auf einem unbefestigten Parkplatz. Aus anderen Autos sprangen Familien mit Kindern. Walt stellte den Motor ab.

»Ein bisschen werden wir sicher wie unsere Eltern. Vielleicht können wir aber das, was wir am wenigsten mögen, vermeiden. Zumindest werde ich unser Kind nicht zwingen, Medizin zu studieren, und du wirst nicht schimpfen, wenn es schreiben will.«

Allmählich war die Wärme wieder zu spüren, die sie früher ausgestrahlt hatte. »Ist es wirklich so einfach? Man nimmt sich vor, wie man nicht zu seinen Kindern sein will, und das klappt dann auch so?«

»Ich weiß nicht, ob es so einfach ist. Aber warum nicht? Welchen Beruf könnte unser Kind denn ergreifen, mit dem wir nicht einverstanden wären?«

Dakota blinzelte, dann meinte sie trocken: »Pornodarsteller.«

Er lachte. »Gut, einigen wir uns darauf, dass unser Spross keinen Beruf im Sexgewerbe ergreifen sollte. Vielleicht können wir der Liste noch Einbrecher und Auftragskiller hinzufügen.«

»Das ist ja noch leicht. Was aber, wenn unser Kind Nacktmodel werden will oder ins Kloster geht?«

»Wir sind beide nicht katholisch. Wahrscheinlich passiert das nicht.«

»Könnte aber sein. Und wie fänden wir es, wenn unser Sohn oder unsere Tochter nackt posiert, damit sich andere daran ergötzen?«

Zum ersten Mal, seit er erwachsen war, dachte Walt wieder an die Magazine, die er in seiner Jugend hatte, und daran, dass auch diese Frauen Eltern hatten. »Ich weiß nicht, wie ich damit umgehen würde.«

Dakota starrte aus dem Fenster. »Ich auch nicht. Was ist, wenn wir keine guten Eltern sind und unser Kind vermurksen?«

Er nahm ihre Hand. »Wir werden tolle Eltern. Und wir werden auch Vieles falsch machen. Ich habe schon einige Babys auf die Welt gebracht und keines kam mit einer Gebrauchsanweisung.«

Ihr Lächeln erwärmte ihn.

»Ich habe Angst, Walt.«

»Gott sei Dank, dann bin ich nicht der Einzige. Auch wir werden Fehler machen, Dakota, aber solange wir unser Kind lieben und uns kümmern, wird es ein wunderbarer Mensch werden.«

»Hoffentlich hast du recht.« Sie sah wieder aus dem Fenster, schaute auf einen großen orangefarbenen Ballon. »Okay, warum sind wir auf einem Kürbisfeld?«

»In zwei Wochen ist Halloween. Man muss einen Kürbis schnitzen und sich verkleiden.«

Er stieg aus, ging um das Auto herum und öffnete für sie die Tür. Walt nahm ihre Hand und ließ sie nicht mehr los.

★★★

Neben dem Kürbisfeld gab es einen Streichelzoo, einen Bauernmarkt und einen Bastelstand für Kinder. Walt zog sie zu den Riesenkürbissen. »Wow, das nenne ich einen Kürbis!«

»Da braucht man ja eine Kettensäge zum Schnitzen.«

»Stell dir nur die vielen Kerne vor.«

Bei dem Gedanken an etwas Salziges bekam sie einen wässrigen Mund. »Oh ja, geröstete Kürbiskerne.«

»Ja, leicht gesalzen.«

Sie leckte sich über die Lippen. »Weißt du überhaupt, wie man die röstet?«

»Nein. Du?«

»Werden wir schon herausfinden.« Dakota ging zum Stand mit den kleineren Kürbissen. »Groß und schlank oder klein und fett?«

Walt rieb sich das Kinn. »Von jeder Sorte einen.« Walt holte einen der roten Leiterwagen, die für die Besucher zur Verfügung standen. Dann diskutierten sie über Größe und Umfang, suchten sich die schönsten Kürbisse aus. Auch eines der besonders großen Exemplare luden sie auf. Anschließend zog Dakota den Wagen zu den Zierkürbissen, die ihre Mutter so gerne zur Dekoration verwendete.

Dakota setzte sich auf einen Strohballen, während sich Walt am Popcornstand anstellte.

Ein kleines Mädchen, das ungefähr drei Jahre alt war, trug einen Kürbis, der fast halb so groß war wie es selbst. Ihr Dad lief nebenher und fotografierte.

Ein kleiner, pausbäckiger Junge mit blonden Locken plumpste auf den Po, als er versuchte, ein paar Minikürbisse aufeinanderzustapeln. Er war noch so klein, dass er wahrscheinlich noch gar nicht laufen konnte.

Walt setzte sich neben sie, bot ihr heißes Popcorn an und folgte ihrem Blick.

Nach einer Handvoll Popcorn unterbrach sie die Stille. »Wolltest du eigentlich Kinder haben?«

»Ich habe noch nie wirklich darüber nachgedacht. Wollte es einfach auf mich zukommen lassen.« Er griff in die Popcorntüte. »Und du?«

»Als ich jünger war, hatte ich ständig Angst, dass ich ungeplant schwanger werden könnte. Habe die Pille immer pünktlich bis auf die Minute eingenommen und hatte trotzdem Angst, dass das Kondom platzen könnte. Aber mit fünfundzwanzig habe ich aufgehört, darüber nachzudenken. Je öfter meine Mutter das Thema auf den Tisch gebracht hat und wissen wollte, wann ich denn endlich heirate und Kinder kriege, desto weniger wollte ich.«

»Und trotzdem schreibst du darüber in deinen Büchern.«

Das pausbäckige Krabbelkind wollte sich auf einen großen Kürbis hinaufziehen, plumpste aber dabei wieder auf den kleinen Windelpo. Es machte eine Schnute und versuchte es erneut.

»Ein Widerspruch, ich weiß. Ich glaube ja auch an ›glücklich bis ans Lebensende‹. Aber im wirklichen Leben ist es eben viel schwerer zu finden als in meinen Büchern.«

Auch Walt beobachtete versonnen den kleinen Buben. Ein Schatten huschte über sein Gesicht.

»Den richtigen Partner fürs Leben zu finden ist schwierig. Oder die Beziehung hält eben nicht.«

»Wie war das bei dir und Vivian?«

Er ließ den Blick nicht von dem Kind ab, nahm aber ihre Hand. »Ich wusste, dass Vivian sterben würde. Ich habe sie geliebt, aber nicht, wie das bei Ehepartnern sein soll. Wir hätten uns wieder scheiden lassen, wenn sie überlebt hätte.« Er wandte sich ihr zu, lächelte sie an. »Bei Vivian war es nur fast für die Ewigkeit. Wenn ich aber wieder heirate, dann reicht *fast* nicht, dann muss es für immer und ewig sein.«

Walt ließ sie los, nahm ihr Gesicht in beide Hände. Sie empfing seine Lippen. Als sein zärtlicher Kuss sie daran erinnerte, wie geborgen sie in seinen Armen war und wie leer sie sich ohne ihn gefühlt hatte, begann der Heilungsprozess ihres gebrochenen Herzens.

Walt beendete den Kuss und wischte unter ihrem rechten Auge eine Träne mit dem Daumen weg.

Irgendwer klatschte. Der blondgelockte Kleine von vorhin stand jetzt freihändig mit von sich gestreckten Armen da. Die Mutter saß ein paar Meter von ihm entfernt in der Hocke und ermutigte ihn, loszulaufen. Das Kind machte einen Schritt, gluckste und fiel wieder auf den Po.

Dakota lehnte ihren Kopf an Walts Schulter und beobachtete das Geschehen, das sich sogleich wiederholte. »Wir bekommen ein Baby.«

Er zog sie an sich. »Ja, wir bekommen ein Baby.«

»Wow.« Sie musste daran denken, wie das in den Social-Media-Plattformen, auf denen sie mit ihren Lesern und Fans kommunizierte, einschlagen würde. *Jetzt war es passiert.* Dakota merkte erst jetzt, dass sie instinktiv die Hand auf ihren Bauch gelegt hatte. »Wow.«

Walt zog sie zum Stehen hoch. »Komm, Baby-Mama, ihr zwei müsst was essen. Hast du Hunger?«

Die Popcorntüte fiel um. »Ich bin am Verhungern. Es ist schon verrückt, da ist mir den ganzen Morgen lang schlecht und den Rest des Tages könnte ich ständig essen.«

»Saure Gurken und Schokoeis?«, scherzte er.

Sie schauderte. »Nein, aber ich habe plötzlich so einen Appetit auf Zuckerwatte.«

Walt schüttelte den Kopf. »Jetzt weiß ich ganz sicher, dass du schwanger bist. Du und Zucker? Ein Ding der Unmöglichkeit!«

Als sie zur Kasse gingen, fragte sich Dakota, ob vielleicht doch alles gut werden könnte.

★ ★ ★

»Wir bräuchten nur einen kleinen Rat«, sagte Walt zu dem hilfsbereiten Koch, der das Pech hatte, den Anruf entgegengenommen zu haben.

»Stets zu Ihren Diensten, Dr. Eddy.«

Klar. »Wir würden gerne Kürbiskerne rösten und vermeiden, dass wir das Hotel dabei in Brand setzen.«

»Ich kann Ihnen gerne –«

»Nein, nein! Wir möchten es selbst herausfinden. Aber wenn Sie uns vielleicht kurz sagen könnten, wie es geht? Rösten heißt doch, dass man den Herd auf die höchste Stufe dreht, oder?«

»Dr. Eddy …«, sagte der Koch eine bis drei Tonlagen höher. »Ich habe mindestens noch zwanzig Minuten vor den ersten Bestellungen für das Abendessen. Dürfte ich vielleicht zu Ihnen in die Suite kommen und es Ihnen zeigen?«

Walt deckte den Hörer ab und fragte Dakota: »Der Koch will raufkommen und helfen. Was meinst du?«

»Ich glaube, die Morrisons bereuen schon den Tag, an dem sie dich kennengelernt haben.«

Er lachte und sagte dann ins Telefon: »Wir haben beide studiert und verfügen über eine schnelle Auffassungsgabe. Es wird sicher nicht länger als zehn Minuten Ihrer Zeit in Anspruch nehmen.«

»Ich bin gleich bei Ihnen.«

Walt legte auf und ging zu Dakota. Ihre Hände steckten in dem kleinen, fetten Kürbis. »Der wird niemals bis Halloween halten.«

»Ist ja nur zur Übung«, meinte Walt. »Wann hast du das letzte Mal einen Kürbis geschnitzt?«

»Vielleicht als ich zwölf war.«

Er nahm ein Skalpell aus dem Arztkoffer, den er stets dabeihatte, wenn er reiste, und begann sein Kunstwerk. »Wir müssen schließlich üben, wen wir unserem Junior zeigen wollen, dass seine Eltern keine völligen Versager sind.«

»Und wenn es ein Mädchen wird?«

Ihm war aufgefallen, dass Dakota nicht mehr über ›die Schwangerschaft‹ sprach, sondern über das Kind. »Mir gefällt der Name JD. ›Dscheydi‹ klingt schön und dabei steht J für Junior und D für Dakota.«

Dakota hörte auf, den Kürbis auszuhöhlen. »Junior kommt nicht infrage. Da lege ich mein Veto ein.«

Walt bluffte: »Willst du ihn etwa nicht Walter Junior den Vierten nennen?«

Dakota war sprachlos.

Dann aber breitete sich bei Walt ein Grinsen von Kinn über Mund zu den Augen aus.

»Das kriegst du zurück.«

Er konnte gar nicht mehr aufhören zu lachen. »Du kannst dir nicht vorstellen, wie oft ich wegen meines Namens gehänselt wurde. Ich bin ja schon froh, dass mein Großvater nicht einen noch schrecklicheren Namen hatte und Horance hieß oder so.«

Dakota hielt ihre orangegefärbten Hände hoch. »Stimmt, es hätte noch schlimmer sein können.« Sie stockte. »Also, nicht dass mir dein Name nicht gefällt …«

»Ich heiße Walter. Wie viele Männer unter siebzig kennst du, die noch so heißen?«

Dakota ließ einen großen Haufen schmieriger Kürbisinnereien auf die Arbeitsfläche plumpsen und versuchte, die Kerne herauszupulen. »Walter Cronkite?«

»Der muss schon längst gestorben sein.«

»Was ist mit dem alten Vizepräsidenten?«

»Der ist schon über fünfundachtzig. Oder auch schon tot?«

»Keine Ahnung.« Sie hielt die Luft an und bewegte sich nicht.

»Was?«

Ein kurzes Kopfschütteln. »Ach nichts.«

»Komm schon. Wer?«

»Niemand.«

Er ging um sie herum, griff sich etwas von dem schleimigen Zeug und holte zum Wurf aus. »Das soll ja ganz fiese Flecken geben.«

»Walt!«

»Wer?« Er kam näher.

Sie wich zurück. Die Kürbismatsche tropfte von seiner Hand auf die marmorne Arbeitsfläche.

»Disney. Walt Disney. Aber er ist auch schon tot.«

Er ließ die Drohgebärde sein, obwohl er Dakota nur allzu gerne mit dem Kürbiszeug vollgeschmiert hätte. »Einigen wir uns einfach darauf: kein Walter Junior, wenn es ein Junge wird.«

»Meinetwegen!«

»Gut.«

»Obwohl … Ein starker Name ist ja schon wichtig für einen Jungen. *Walt* wäre immerhin ein starker Name.«

Er konnte es einfach nicht lassen.

»Ich mache keine Scherze!«

Mit einem Seitenblick zu ihr stellte er fest, dass sie es tatsächlich so meinte. Er kam näher, nahm ihre schmierigen Hände und küsste sie. »Danke«, sagte er.

Es klingelte. *Die Penthouse-Suite hat allen Ernstes eine Klingel?* Er wischte die Hände am Küchenhandtuch ab und begrüßte den Küchenchef.

»Dr. Eddy.« Der Koch ging direkt in die Küche und holte die Zutaten aus einer Tasche, die er mitgebracht hatte. »Miss …«

»Laurens«, antwortete Dakota, ihre Hände immer noch in den Kürbisinnereien.

»Wunderschöne Kürbiskerne«, begann er und brachte die Ausbeute, die sie aus dem Kürbis herausgeholt hatte, zum Spülbecken. »Zunächst muss man sie erst einmal waschen. Dann nimmt man ein bisschen Butter und eine Prise Salz.«

»Ich liebe Salziges!«, verkündete Dakota.

Walt schüttelte den Kopf. »Nicht zu viel davon. Natrium erhöht den Blutdruck.«

Dakota schmollte.

Der Koch zeigte ihnen die hohe Kunst des Kürbiskernröstens. Anschließend nahm er die essbaren Stückchen vom Kürbis, die beim Schnitzen übriggeblieben waren, legte sie auf ein Blech und bestreute sie mit Zimt, Zucker und Gewürzen, die Walt gänzlich unbekannt waren.

»Zwanzig Minuten in den Ofen damit, wenn das andere Blech fertig ist, und Sie werden verstehen, warum man sagt, dass diese Jahreszeit für die größten Gaumenfreuden sorgt.«

Anschließend gab er ihnen noch Empfehlungen für das Abendessen und war so schnell, wie er gekommen war, wieder fort.

Als die Kerne im Ofen rösteten, saß Dakota am Küchentisch und ritzte im Kürbis vor, wie sie ihn schnitzen wollte.

»Ich überlege gerade …«, begann sie.

Er setzte sich neben sie und begann seinerseits mit dem Design, das er sich für seinen Kürbis in den Kopf gesetzt hatte. »Was überlegst du?«

»Wie es sein kann«, sagte sie, während sie aufstand, um mit dem Messer beim Einstechen eine bessere Hebelwirkung zu erzielen, »dass du mit mir hier in South Carolina herumsitzt, statt in Kalifornien Leben zu retten.«

»Hab ich dir das gar nicht erzählt?«

»Was erzählt?«

Er wartete, bis das Messer tief im Kürbis steckte, dann antwortete er: »Ich habe gekündigt.«

Das Messer blieb stecken. »Du hast *was?*«

»Ich … habe gekündigt. Ich musste dich finden, musste –«

Dakota ließ die Hand sinken, die Kinnlade heruntergeklappt. »Wie kannst du denn kündigen? Du bist Arzt. Ein Arzt kann nicht einfach kündigen.«

»Gut, dann sagen wir so: Ich habe unbezahlten Urlaub genommen, ohne Rückkehrgarantie.« Er schnitzte weiter und wartete, dass sie ihn mit Fragen bombardierte.

»Es ist doch Wahnsinn, deinen Job zu kündigen, um mich zu finden. Das ist total unvernünftig!«

»Nicht, wenn einem der Traumjob angeboten wurde. Vor zwei Wochen.«

Jetzt blickte sie wieder milder. »Dein Traumjob?«

»Bei Ärzte ohne Grenzen. Viel Koordinierungsarbeit, aber auch Unterrichten, und natürlich gehören lange Einsätze während einer Katastrophe auch dazu. Es geht um wahre Notfallmedizin.«

»Das ist ja toll. Wann geht es los?«

»Ich muss ihnen erst mal sagen, dass ich den Job überhaupt annehme.«

»Wie? Du hast deinen Job in Pomona aufgegeben, obwohl du den neuen noch gar nicht angenommen hast? Ist das nicht etwas riskant? Was ist, wenn sie jemand anderes einstellen?« Sie hatte das Messer aus dem Kürbis gezogen und fuchtelte damit in der Luft herum.

Walt riskierte den Verlust eines Fingers, indem er besänftigend ihre Hand einfing. »Sie geben mir bis November Zeit, um meine Entscheidung zu treffen.«

»Ach so … das ist gut.«

Sie schnitzte weiter. »Wo ist denn dieser neue Job?«

»In Europa«, sagte er nüchtern.

»Oh …«

Sie versuchte sehr, sich ihre Emotionen nicht anmerken zu lassen. Walt bekam fast ein schlechtes Gewissen, dass er sie veräppelte. »Oder auch in Florida. Oder in Kanada.«

»Ich verstehe nicht.«

Er grinste. »Ich kann den Job von überall aus machen, auch von South Carolina oder von Kalifornien aus. Die Konferenzen und die Schulungen finden im ganzen Land verteilt statt, meistens aber in Florida. Und wo die nächste Katastrophe ist, weiß man sowieso erst, wenn Mutter Natur zuschlägt.«

Sie zog das Messer heraus und winkte erneut damit. »Das hast du mit Absicht gemacht.«

»Was denn?«

»Dass ich mich gerade gefragt habe, ob du mich wieder sitzen lässt.«

Sein Lächeln verschwand. »Niemals. Ich gehe nirgendwohin. Wenn du wieder hierherziehen willst, dann suche ich mir eine Wohnung. Wenn du nach Kalifornien zurück willst, dann buche ich einen Flug.« Jetzt winkte er mit dem Messer. »Du wirst unser Kind nicht alleine großziehen. Das verspreche ich dir.«

Das Funkeln in ihren Augen verriet, dass sie ihm diesmal glaubte.

Kapitel 20

»Meine Mutter schäumt über. Die Gerüchteküche brodelt ja schon seit meiner Ankunft, und jetzt kreuzt Walt ständig auf und lässt wenig Zweifel daran, dass die Gerüchte tatsächlich wahr sind.«

Mary lachte und machte dabei ein schnarchendes Geräusch ins Telefon. »Sie sind ja auch wahr. Soll deine Mutter sie doch alle sonstwohin schicken.«

»Das versuche ich ihr auch schon die ganze Zeit zu sagen.«

Dakota saß auf der hinteren Veranda. Sie hatte einen Pullover an und wegen der kühlen Herbstluft eine Decke um die Beine geschlungen. Es war immer noch relativ mild, doch der Herbst hatte ganz offiziell Einzug gehalten. Frische Luft half gegen die Übelkeit, die mittlerweile nicht mehr den ganzen Vormittag anhielt.

»Wie lange willst du eigentlich bleiben?«

Dakota hatte sich das auch schon selbst gefragt. »Kommende Woche habe ich den nächsten Termin beim Frauenarzt. Wenn der Blutdruck okay ist, dann komme ich wahrscheinlich bald wieder heim.«

»Und wenn er noch zu hoch ist?«

Dakota seufzte. »Dann bleibe ich. Selbst wenn zwischen Walt und mir weiterhin alles gut läuft, könnte er doch jederzeit weggerufen werden. Irgendwann wird er seinen neuen Job anfangen und das bedeutet, dass er dann zwei Wochen in Florida ist.«

»Wie läuft es denn zwischen euch beiden?«

»Gut.«

»Nur gut?«, fragte Mary. »Nicht unglaublich fantastisch, wahnsinnig toll? Bloß gut?«

Dakota kuschelte sich in die Decke, sie konnte ein albernes Grinsen nicht verhindern. Am Abend zuvor war sie auf Walts Schoß eingeschlafen, als sie bei ihren Eltern auf der Couch saßen und fernsahen. Sie hatte dabei sogar auf seine Hose gesabbert und war erst aufgewacht, als er irgendwann nach ein Uhr nachts versucht hatte, vorsichtig aufzustehen. Er hatte sie sanft geküsst und geflüstert, dass er am nächsten Morgen wiederkäme. »Er kommt entweder her oder wir fahren irgendwohin, reden und planen. Es ist ganz anders als früher, als wir uns gerade kennengelernt hatten. Es ist jetzt irgendwie viel tiefer. Vertrauter, verlässlicher. Und weißt du, was echt verrückt ist?«

»Was denn?«

»Wir haben keinen Sex.«

Mary schwieg. »Wirklich?«

»Nein. Ich weiß noch nicht mal, warum. Er umarmt und küsst mich, und mir kommt es oft so vor, als würde er mir am liebsten die Kleider vom Leib reißen und mich im Stehen nehmen. Aber er macht nichts.«

»Redet ihr darüber?«

»Nein. Findet er mich vielleicht unsexy, weil ich schwanger bin?«

»Glaubst du das denn?«, fragte Mary.

Ach, Mary, die Gute, war einfach Psychologin durch und durch.

»Er benimmt sich nicht gerade so, als ob ihn das abstoßen würde. Eher im Gegenteil, schließlich kann er seine Erektion schlecht verheimlichen, wenn ich mit dem Kopf bei ihm auf dem Schoß liege.«

Mary lachte. »Na siehst du. Woran kann es denn dann liegen?«

»Ich weiß es nicht. Vielleicht hat er Angst, dass er mir oder dem Baby dabei wehtut?«

»Er ist doch Arzt. Das müsste er doch besser wissen.«

»Keine Ahnung, was es ist. Ich will ihn aber auch nicht drängen. Die Geschwindigkeit passt gerade ganz gut. Es ist, als würden wir zum ersten Mal miteinander ausgehen und uns erst kennenlernen, bevor wir uns ausziehen.«

»Ihr lernt euch jetzt kennen, wo der Braten schon längst in der Röhre ist. Klingt total altmodisch.«

»Vielleicht, aber es ist trotzdem stimmig. Ich glaube, er will sich etwas beweisen. Und mir auch.«

»Er muss dir doch gar nichts beweisen. Er soll einfach nur bei dir bleiben, dir einen Ring über den Finger streifen und eine ehrbare Frau aus dir machen.«

Dakota musste lachen. »Oh Gott, nicht du auch noch.«

»Du weißt doch selber, dass du heiraten willst.«

»Ich kann nur bis zur nächsten Woche, höchstens noch zum nächsten Monat denken. Und daran, ob es ein Junge oder ein Mädchen wird.«

»Und ob Walt dich zu Mrs Eddy macht.«

»Übers Heiraten haben wir nicht gesprochen, Mary. Ich will nichts davon wissen, es sei denn …«

»Es sei denn was?«

»Es sei denn, er liebt mich wirklich und er kann sich ein Leben ohne mich und unser Kind nicht vorstellen. Aber nicht, weil er aus mir eine ehrbare Frau machen will. Das allein reicht nicht als Grund.«

»Klingt, als würdest du durchaus darüber nachdenken. Ich bin froh, dass du wieder denken kannst und nicht kopflos davonläufst.«

»Ich hatte es zu Hause in Kalifornien nicht länger ausgehalten. Es war doch für etwas gut, heimzufliegen und die finsteren Blicke meiner Mutter zu ertragen. Ich habe sogar wieder angefangen zu schreiben. Du weißt, wie schlimm es um mich steht, wenn ich nicht schreibe.«

»Wenn du wegen Walt aufhörst zu schreiben, werden deine Fans ihn hassen.«

»Ich habe nur wieder zu mir selbst finden müssen, Mary. Aber ich glaube, es ist mir gelungen.«

»Gut. Dann bleib gesund und glücklich und beweg endlich deinen Hintern wieder nach Hause. Ich vermisse meine beste Freundin.«

Dakota lachte und spürte dabei ihre volle Blase. »Immer geht's nur um dich.«

»Ganz genau. Hab dich lieb, Dakota. Gewöhn dich nicht zu sehr an die Luft des Südens.«

»Wie bitte?«, sagte sie mit betontem Akzent. »Gefällt es dir nicht, wenn ich so rede, wie man das in meiner Heimat tut?«

»Wenn du jetzt noch einen Schaukelstuhl auf die Veranda stellst, dann kaufe ich dir eine aufblasbare Männerpuppe dafür.«

Jetzt musste sie wieder lachen. »Ich muss Schluss machen. Wegen dir muss ich jetzt pieseln gehen.«

»Eher wegen Junior, der auf deiner Blase turnt. Na dann los, ab mit dir. In zwanzig Minuten kommt mein Patient. Pass auf dich auf.«

Dakota legte auf und rannte zur Toilette.

★★★

Vielleicht war hier etwas im Wasser, das ihn langsamer werden ließ, oder es lag an der Luft. Es musste jedenfalls ansteckend sein, denn überall, wohin er auch schaute, bewegten sich die

Menschen langsamer, als er es von zu Hause gewohnt war. Sie winkten lässiger, lächelten etwas länger.

Walt begleitete Dakota zu ihrem Frauenarzttermin. Er blieb neben ihr sitzen, während die Arzthelferin ihren Blutdruck maß, und legte die Stirn in Falten, als er hörte, dass sie Gewicht verloren hatte.

Schließlich kam Dr. Fisher ins Behandlungszimmer. Nachdem Dakota Walt vorgestellt hatte, wollte er von dem Arzt jedes Detail über Dakotas Gesundheitszustand wissen.

»Ich bin zuversichtlich, dass Sie keine Präeklampsie bekommen. Ihr Blutdruck ist seit dem letzten Besuch deutlich gesunken.« Dakota freute sich, doch Walt zögerte noch. »Das kann sich aber auch wieder ändern.«

»Sie haben recht, lieber Kollege. Allerdings hat Dakota täglich gemessen und der Blutdruck ist stetig gesunken. Wir müssen sie weiter beobachten, aber aus meiner Erfahrung heraus kann ich sagen, dass ein so frühes Absinken des Blutdrucks dafür spricht, dass er sich wieder auf das richtige Maß einpendelt.«

Dakota nahm Walts Hand. »Ich fühle mich schon viel besser.«

Walt war beruhigt, doch er würde sich trotzdem weiterhin Sorgen machen.

Dr. Fisher schob ein fahrbares Ultraschallgerät herein. »Möchten Sie das Baby sehen?«, fragte er.

Walts Herz machte einen Sprung.

Dakota lehnte sich zurück und schob den Kittel hoch, um den flachen Bauch freizumachen. Man konnte sich kaum vorstellen, dass darin ihr gemeinsames Kind heranwuchs. Dr. Fisher drehte die Lautstärke auf, legte den Schallkopf auf den Bauch und schon hörte man ein schnelles Pochen.

»Hören Sie das?«

»Ist das der Herzschlag?«

»Ja. Er ist sehr schnell.« Zur Demonstration legte Walt zwei Finger an ihr Handgelenk, maß ihren Puls. Er lag bei ungefähr siebzig Schlägen pro Minute. »Das Herz des Babys schlägt viel schneller als deines.«

»Oh.«

Sie hatte Tränen in den Augen und auch Walt bekam feuchte Augen. Auf dem Ultraschallmonitor konnte man kaum etwas erkennen. Dr. Fisher erklärte, wo man das Herz sah und wo der Kopf war.

Ich werde Papa.

Er konnte nicht aufhören zu grinsen.

Als Walt schließlich zum Hotel zurückfuhr, verbrachte er den Abend damit, die Unterlagen für den neuen Job auszufüllen. Dann loggte er sich ins Onlinebanking ein, machte seine Überweisungen. Rechtzeitig. Das war doch schon ein Fortschritt, dachte er.

Am nächsten Tag saßen sie im Auto und waren auf dem Weg zu einer Halloweenparty. Weil Dakota darauf bestanden hatte, waren sie kostümiert. Sie trug eine Schulmädchenuniform mit kariertem Minirock und kniehohen Stiefeln. Außerdem hatte sie eine weiße Bluse an, die so weit aufgeknöpft war, dass man den Ansatz ihrer samtenen Brüste sehen konnte. Sie waren größer geworden, obwohl man ihr ansonsten die Schwangerschaft kaum ansah. Wegen der Morgenübelkeit hatte sie sogar ein paar Pfund verloren. Der Arzt hoffte, dass sich das bis zum nächsten Termin ändern würde. Falls nicht, müsste der Arzt in Kalifornien ihren Gewichtsverlauf strengstens kontrollieren.

»Erklär es mir bitte noch einmal: Warum sind wir so angezogen?«

Dakota schmunzelte.

»Weil sowieso jeder fragen wird und es keinen Grund mehr gibt, es länger geheim zu halten.« Dakota hatte Walts Haare mit

Gel zurückgekämmt, ihm ein weißes, viel zu enges T-Shirt angezogen und eine Packung Kaugummizigaretten in den Ärmel geschoben. Sie hatte das T-Shirt extra für ihn anfertigen lassen. Auf dem Rücken war ein Aufdruck: *Dr. Baby Daddy*. Er hatte laut gelacht, als sie es ihm zeigte. Sonst war ihm der Doktortitel herzlich egal, für den Anlass des heutigen Abends aber kam er gerade recht.

»Wenn du meinst.«

»Es sind doch meine Landsleute, ich weiß, wie sie ticken. Louise hat keine zwei Worte mehr mit mir gewechselt, seit sie meine Neuigkeiten herumposaunt hat. Wenn sie oder Missy denken, dass ich mich zu Hause verstecke, dann haben sie sich ganz schön getäuscht.«

»Du musst niemandem etwas beweisen, Schatz.«

Dakota lachte. »Ich tue das für mich. Als ich hierhergekommen bin, war es mir peinlich und ich habe mich unsicher gefühlt. Jetzt nicht mehr.« Sie legte die Hand auf den Bauch und grinste. »Wir werden Eltern. Und wenn es auch nicht geplant war, so machen wir es trotzdem so, wie es *uns* passt, egal was die Gesellschaft denkt.«

Walt führte ihre Hand zu seinen Lippen, küsste sie. »Merk dir diese Rede für meine Eltern.«

Sie schüttelte sich. »Bitte eins nach dem anderen. Heute Abend ist Erntefest und Halloween. Aus zuverlässigen Quellen weiß ich, dass es Zuckerwatte gibt. Habe ich eigentlich schon mal erwähnt, wie dringend ich Zuckerwatte in meinen Adern brauche?«

»Nur ein, zwei Mal. Ich wollte schon fast Mary anrufen, damit sie dir irgendwie einen Vorrat davon beschafft.«

Dakota zuckte zusammen. »Sie muss frisch und heiß sein. Ich brauche *heiße* Zuckerwatte.«

»Und heiße Zuckerwatte wirst du bekommen. Ich mache ein Foto von dir, das ich bei Bedarf gegen dich verwende.«

Dakota lachte. »Mir doch egal. Gib mir das Zeug. So viel wie möglich.«

»Sagt die Frau, die sonst nicht einmal einen Donut isst, wenn sie nicht gerade schwanger ist.«

Sie hob begeistert eine Augenbraue. »Donuts … heiße Donuts.«

Walt rollte mit den Augen. »Oh Gott.« Dakota leckte sich die Lippen.

»Ich muss unbedingt mal deinen Blutzuckerspiegel untersuchen, wenn wir heimkommen.«

Auf dem Erntefest herrschte ein reges Treiben. Es war ein buntes Durcheinander von kostümierten Kindern, Erwachsenen und Hunden. Dakota zog ihn aus dem Auto und direkt zum Stand mit der Zuckerwatte. »Willst du nicht erst Darts werfen?«, fragte er.

»Wenn ich nicht sofort meine Zuckerwatte kriege, dann werfe ich Darts, aber nicht auf die Luftballons!«

Walt zog sie an sich, küsste ihren Kopf und sie stellten sich am Stand an.

Als sie an der Reihe waren, sagte Walt dem jungen Mann mit den Plastikhandschuhen und der Kappe, dass er schön viel von dem süßen Zeug auf den Holzstecken drehen solle. Als er die Watte gerade herausziehen wollte, machte Walt eine kreisende Geste, die bedeutete, dass der Mann weitermachen solle. Erst als der Wattebausch so groß wie ein Riesenkürbis war, drückte Walt ihm einen Zehn-Dollar-Schein in die Hand und ging.

Dakotas rosafarbene Zunge umschlängelte einen Zuckerbausch und sie stöhnte auf. Es war ein Stöhnen, nach dem er sich sehnte, seit ihr Schwangerschaftsdate begonnen hatte. »Schmeckt es *so* gut?«, fragte er.

Sie stöhnte wieder und es fuhr ihm in alle Glieder. »Du hast ja keine Ahnung.«

»Stimmt, habe ich nicht«, murmelte er.

Ihre dunklen Augen funkelten und ihr sinnlicher Mund war so heiß wie ihre Stimme. Sie zupfte etwas von der Zuckerwatte ab und fütterte ihn. Die Süßigkeit schmolz auf seiner Zunge und berauschte ihn. Zärtlich biss er auf ihre Fingerspitzen. Ihre Augen blitzten auf, als sie die Finger aus seinem Mund nahm und sie ableckte.

Walt stöhnte. »Du killst mich.«

»Gut«, sagte sie. »Vielleicht kann ich dich dazu überreden, dass du über Nacht bleibst.«

»Dazu musst du mich gar nicht erst überreden.«

Sie machte sich weiter über die Zuckerwatte her. Es war ein perfektes Bild: die provokante Uniform, ihre rotgeschminkten Wangen, der Lippenstift und die Zuckerwatte dazu.

Sie flüsterte ihm ins Ohr, berührte es dabei mit den Lippen. »Dieser platonische Unsinn ist doch nur was für Teenager.«

Walt zog sie an sich, spürte ihre Haut. »Umso besser wird es sein, wenn es endlich so weit ist.«

»Bisher nur leere Versprechungen.«

»Ich halte stets mein Wort«, sagte er. Er küsste sie, bekräftigte sein Versprechen mit dem Geschmack von Zuckerwatte. Gerade als Dakota in seiner Umarmung zerschmolz, hörten sie, wie sich jemand vor ihnen räusperte, um auf sich aufmerksam zu machen.

Dakota riss sich los, drehte den Kopf. »Sis!«

»Habe ich mir doch gedacht, dass du es bist.«

Die Frau, die Dakota Sis nannte, trug ein Piratenkostüm und befand sich mit dem Mann an ihrer Seite im Partnerlook. Nur hatte dieser zusätzlich noch eine Augenklappe auf. Walt wich einen Schritt zurück, als Dakota ihre Freundin umarmte. »Ihr schaut ja toll aus. Hallo, Billy.« Dakota umarmte auch den Mann.

»Du auch. Ganz Dakota, so wie man sie eben kennt.«

Lachend warf Dakota die Haare zurück. »Sis, Billy, das ist Walt.«

Walt gab Bill die Hand, während Dakota eine Kurzzusammenfassung gab: »Bevor ihr fragt, ja, ich bin es wirklich, und ja, er ist derjenige.«

Walt drehte sich um, damit sie den Aufdruck seines T-Shirts sehen konnten.

»Ganz Dakota, wie man sie eben kennt«, sagte Sis ein zweites Mal.

»Und wer bist du?«, fragte Walt den Kleinen, der sich hinter den Beinen seines Vaters versteckte.

»Das ist Junior. Sag mal Hallo, Billy.«

Billy Junior winkte, ließ aber den Vater nicht los.

»Du bist vielleicht groß geworden«, staunte Dakota.

»Das haben die so an sich«, meinte Sis. »Wir gehen jetzt zu den Buden. Junior will, dass sein Daddy für ihn das große Krokodil gewinnt.«

»Gratuliere«, sagte Billy zu Walt, als die beiden Frauen vorangingen.

»Danke.«

Eine kleine Prinzessin und ein Mann, der als Spielkarte verkleidet war, sahen ihnen nach.

»Dakota hat schon immer alle Blicke auf sich gezogen.«

»Bist du mit ihr zur Schule gegangen?«

Billy hob seinen Sohn auf die Schultern. »Ja und nein. Sie und Sis sind beste Freundinnen. Ich habe Dakota erst durch meine Frau kennengelernt. Sis erzählt mir, dass du auf der Mistkerlliste warst, als Dakota ankam.«

»Als ihre Eltern erfahren haben, dass wir ein Baby bekommen, war ich auch auf deren Abschussliste.«

»Kann man ihnen nicht übel nehmen.« Billy zog die Augenklappe ab und nickte einem vorbeigehenden Paar zu. »Und wann wollt ihr heiraten?«

Walt war klar, dass das erst der Anfang von vielen, vielen Fragen sein würde. »Wir haben noch nicht darüber gesprochen.«

»Zieht ihr hierher?«

»Auch das kann ich noch nicht sagen.«

Billy lachte. »Mann, Sis wird ganz schön sauer sein.«

Walt wich einem kleinen Rotkäppchen aus. »Warum denn?«

»Weil sie mich später ausfragen wird und ich ihr nichts Neues erzählen kann.«

Walt grinste.

Dakota hatte ihre Zuckerwatte bereits aufgegessen, als sie am Dart-Stand gekommen waren.

Sis stellte sich ziemlich geschickt dabei an, Tischtennisbälle in schwebende Tassen zu werfen. Walt dagegen demonstrierte seine herausragenden Künste im Basketballwurf. Das gewünschte Riesenkrokodil gewannen sie zwar nicht, Junior bekam aber dafür einen kleineren Alligator, der seine Zähne zeigte. Als es dämmerte, schickten die meisten Leute ihre Kinder mit den Großeltern oder mit Freunden nach Hause. Dakota und Walt hatten den ganzen Nachmittag mit Billy und Sis verbracht und nun fuhren sie gemeinsam auf eine Party für Erwachsene.

Es ging bereits ziemlich turbulent zu, laute Musik ertönte von der Bar.

»Wir sind schon seit Ewigkeiten nicht mehr ausgegangen«, sagte Sis beim Aussteigen.

Billy schnaubte. »Sagt die Frau, die in spätestens einer Stunde bei ihrer Mom anruft und nach Junior fragt.«

Sis umarmte ihren Mann. »Du bist doch genauso schlimm.«

Walt nahm Dakotas Hand, als sie hineingingen. »Darauf können wir uns schon freuen.«

»Auf Windeln und auf schlaflose Nächte. Von diesen Details habe ich schon gehört.«

»Das ist ja noch das Geringste. Wenn dann erst die Mittelohrentzündungen kommen und die Platzwunden an der Stirn, die genäht werden müssen –«

Dakota zuckte zusammen. »Meine Details sind besser als deine. Lass uns eine Weile in meinem Kopf bleiben.« Vor ihnen stiegen Sis und Billy die Treppen zur riesigen Veranda hinauf, auf der die meisten Partygäste standen.

»Heißt ihr Kind wirklich Billy Junior?«

»Ja. Das kommt hier oft vor.«

»Wissen sie denn nicht, dass er irgendwann BJ genannt wird? Das ist die gängige Abkürzung für Blowjob!«

Dakota lachte auf. »Siehst du jetzt ein, dass Junior auf gar keinen Fall infrage kommt? Keine blöden Spitznamen. Niemals.«

»Dann sind wir uns ja einig.«

★★★

Ihre Kostüme waren super, fand Dakota und klopfte sich insgeheim selber auf die Schulter. Mit einem simplen T-Shirt hatte sie alle unangenehmen Momente umschifft und Fragen über ihre Schwangerschaft und die Tatsache, dass sie nicht verheiratet war, vermieden. Ihre Schwester und deren Mann Kevin kamen und entschuldigten sich dafür, dass sie nicht zu dem Nachmittagsfest gekommen waren, weil ihr Sohn krank war.

Scheinbar wollten alle Dakota über die Schwierigkeiten des Elterndaseins informieren. Oder sie war gerade äußerst empfänglich für das Thema.

»Bleibt ihr eigentlich über die Feiertage hier?«, wollte Carol Ann wissen.

Dakota sah Walt an. »Ich glaube nicht.«

Walt zwinkerte ihr zu. Sie hatten weder darüber gesprochen, wo sie hinziehen wollten, noch über ihre Pläne für die nächsten Wochen. Dakota war nun im zweiten Trimester und ihr Körper schien sich auf die neuen Umstände gut eingestellt zu haben. Jetzt könnten sie beginnen, die nächsten sechs Monate zu planen.

Carol Ann zog eine Schnute. »Ich hatte gehofft, dass du wieder zurückziehst.«

Dakota sah die vielen Leute an. »Es gibt noch andere schöne Orte auf der Welt, Schwesterlein. Ich habe das Gerede hier dicke. Weißt du, wie viele Leute mich angesprochen haben, weil sie wissen wollten, ob ich Elaines schwangere Tochter bin?«

»Da wird sich Mom aber freuen.«

»Sie regt sich unglaublich auf.«

Dakota tätschelte Walts Hand, die auf ihrem Bein lag. »Es wird alles gut.« So wie Walt sie ansah, glaubte er das auch.

Seit einer Viertelstunde schon spürte sie ihre volle Blase. Endlich stellte sie sich in die Schlange vor der Damentoilette. »Während ich aufs Klo gehe, könntest du mir vielleicht ein Sodawasser bestellen. Ausnahmsweise ohne Wodka.«

»Mach ich.«

»Soll ich mitkommen?«, fragte Carol Ann.

»Nee, jetzt kannst du endlich mal Walt in Ruhe ausfragen. Er hat noch nicht genug davon.«

Walt rollte mit den Augen. »Danke, dass du mich den Wölfen zum Fraß vorwirfst, mein Schatz.«

Sie beugte sich vor und küsste ihn. »Du wirst es schon aushalten, Baby Daddy.«

Er gab ihr einen Klaps aufs Hinterteil. »Vorsicht, mein Lieber«, rief sie im Gehen. »Vielleicht stehe ich darauf.«

»Dakota!«, rief Carol Ann mit gespielter Entrüstung.

Die Schlange zur Toilette war so lang, dass es zehn Minuten dauerte, bis sie an die Reihe kam. Sie sah viele bekannte Gesichter und betete öfter ihr Mantra herunte: *Ja, bin ich, und nein, ich bin nicht verheiratet,* bis endlich eine Toilette für sie frei wurde.

Auf dem Rückweg blockierte ihr plötzlich jemand den Weg. »Tommy.«

Louises Ehemann stand dicht vor ihr. Mit ihren hohen Absätzen war sie fast so groß wie er. Er betrachtete sie von unten bis oben, dabei blieb sein Blick auf ihren Brüsten haften. »Ach, sieh einer an, Dakota Laurens.«

Dakota hätte diese Szene niederschreiben können. So fühlte es sich also an, wenn man mit Blicken ausgezogen wurde, und es war alles andere als angenehm.

»Hallo, Tommy.«

»Mhm, du siehst gar nicht so schwanger aus.« Er rückte noch näher. Dakota trat einen Schritt zurück.

»Wie geht es deiner *Frau?* Ich habe sie nicht noch mal getroffen, seit ich hier bin.« Die Tratschtante hatte Dakota beim Shopping gesehen, dann Gerüchte über sie verbreitet und sich nicht mehr blicken lassen.

Tommy winkte ab. Sein glasiger Blick verriet, dass er zu viel getrunken hatte. »Die ist hier irgendwo. Du warst schon immer so verdammt sexy, Dakota.«

»Du bist verheiratet, Tommy!«

»Und du nicht.« Er wagte es tatsächlich, mit der Hand über ihren Arm zu streichen. Dann packte er sie fest.

Sie wollte zurückweichen, musste aber erst seinen gewaltvollen Klammergriff lösen.

»Du warst schon immer ein Arsch. Offensichtlich hat sich das nicht geändert.«

Er grinste. »Sehr kess. Es geht doch nichts über eine Frau, die sich gerne wehrt.«

»Wenn du mich noch einmal anrührst, dann siehst du, dass ich mich noch ganz anders wehren kann.«

Er wollte sie wieder anfassen, doch diesmal packte jemand von hinten seine Hand.

Walt war da und schob Dakota zur Seite.

Die Leute, die um sie herumstanden, hörten auf zu reden und beobachteten die Szene. »Die Dame hat doch gesagt, dass Sie sie in Ruhe lassen sollen.«

»Wer bist du denn, du Arschloch?«

»Ich bin derjenige, der Ihnen gleich das blöde Grinsen aus dem Gesicht schlägt, wenn Sie nicht sofort abhauen.«

Tommy richtete sich auf. Er sah sich um und zog seinen Arm unter Walts Hand weg.

Walt wandte sich an Dakota. »Alles okay?«

»Mir geht's gut.«

»Du bist also der Typ«, rief Tommy über die Köpfe der anderen Leute hinweg, »für den sie die Beine breit macht.«

So schnell konnte man gar nicht schauen, wie Walt zu ihm gesprungen war und ihm eine verpasste hatte.

Dakota schrie auf, als Tommy mit gleicher Kraft zurückschlug.

Irgendwer drängte sich zwischen die beiden und versuchte, sie voneinander zu trennen. Bevor die Prügelei aufhörte, hatten beide schon einige Treffer gelandet.

Louise, die als Marie Antoinette verkleidet war, stürzte zu ihrem Mann. Dann drehte sie sich zu Walt und sah Dakota hinter ihm stehen. »Was ist hier los?«

Dakota stellte sich neben Walt, streichelte ihm besorgt über das geschwollene Kinn.

»Der Typ hier hat mir ins Gesicht geschlagen«, sagte Tommy.

Dakota warf ihm einen vernichtenden Blick zu.

»Du bist ein Stück Scheiße, Tommy. Wenn du das nächste Mal eine Frau aufreißen willst, dann sieh zu, dass sie nicht deine Frau kennt.«

»Was redest du denn da?«, rief Louise über die Leute hinweg.

»Lass es gut sein, Dakota.« Walt legte ihr den Arm um die Taille.

Dakota war noch nie so wütend gewesen. Ohne sich zu rühren, sah sie die Frau an, die früher einmal ihre Freundin gewesen war. »Ich sage nur, dass du mit einem fremdgehenden Arschgesicht verheiratet bist, der das Wort Monogamie weder kennt noch schreiben kann.«

Und wie hätte es anders sein können, Tommys Gesichtsausdruck verriet, dass er die Beleidigung gar nicht kapiert hatte.

Dakota ließ sich von Walt hinausführen.

Louise rief ihnen hinterher: »Wenigstens bin ich verheiratet.«

Dakota winkte ihr mit dem Zeigefinger.

Sis, Billy, Carol Ann und Kevin warteten draußen auf dem Parkplatz. »Und ich hätte gedacht, dass man auf Dakota aufpassen müsse«, sagte Billy. »Hast einen guten rechten Haken, Doktor.«

Walt schüttelte die Hand aus, dehnte die Finger. Dakota sah einen dunklen Schatten in Walts Augen, den sie vorher noch nie gesehen hatte.

Sie nahm seine Hand und untersuchte die Knöchel. »Autsch.«

»Schon seit Jahren will ich dem Kerl eine reinhauen«, meinte Kevin.

»Hat er dich wirklich angemacht?«, fragte Sis.

Dakota rieb sich die gerötete Stelle auf dem Arm, wo Tommy sie mit seinen schmuddeligen Fingern gepackt hatte. Walt wischte ihre Hand fort. »Hat er dir das angetan?«

Sie nickte und schon wollte Walt wieder hineinstürmen, doch Kevin und Billy hielten ihn zurück.

Auch Dakota stellte sich schnell vor Walt, legte die Hände auf seine Brust. »Lass es gut sein, Doc. Er ist es nicht wert.«

»Keiner darf dir wehtun. Nicht solange ich atme.«

Etwas Besseres hätte er kaum sagen können. »Ich danke dir für deine Ritterlichkeit, aber eine Prügelei pro Abend ist mein persönliches Limit.«

Als sie eine halbe Stunde später in der Hotelsuite angekommen waren, legte sie einen Eisbeutel auf Walts Hand. »Vielleicht versuchst du es das nächste Mal mit Kickboxen, Doc. Deine Hand kannst du als Arzt bald nicht mehr gebrauchen, wenn du weiterhin Leute verprügelst.«

»Er hat es verdient.«

»Da kann ich dir nicht widersprechen.«

»Es hat mir nicht gefallen, wie er dich angesehen hat, Dakota.«

Sie zuckte mit den Schultern. »Männer schauen eben. Das ist ihr Naturell.«

»Er hat ziemlich hässliche Dinge gesagt.«

»Er ist auch eine hässliche Person.«

Walt hielt ihre Hände fest, blickte sie an. »Vielleicht sollten wir heiraten.«

Ein Teil von ihr wollte sofort zustimmen, aber der Verstand hielt sie davon ab, dem Herzen zu folgen. »Die Worte *vielleicht* und *heiraten* sollten nicht im selben Satz vorkommen.«

»Gut. Lass uns heiraten.«

Sie liebte, dass er so bereit war, ins Feuer zu springen und eine Entscheidung zu treffen, weil er dachte, dass sie das brauchte. »Walt«, sagte sie seufzend. »Es werden noch mehr verrückte Tommys kommen, die Mist verbreiten, um ihren eigenen zu überspielen. Wir sind zu klug, um uns davon beeinflussen zu lassen, und wir treffen für uns die richtige Entscheidung.«

»Und was ist, wenn –«

Sie legte einen Finger auf seine Lippen, unterbrach ihn. »Du hast schon einmal überstürzt geheiratet, um das Richtige zu tun. Ich will nicht, dass dir das noch mal passiert.«

Er entfernte sachte ihre Hand. »Es wäre aber nicht überstürzt.«

»Doch, du fühlst dich unter Druck gesetzt. Die Prügelei heute war ein Zeichen, dass es Zeit wird, wieder abzureisen. Wir dürfen nicht länger hier bleiben. Solange wir hier sind, wird der Druck nur zunehmen, und am Ende streiten wir uns noch darüber, was richtig ist und was nicht.«

»Dann könnte man aber denken, dass wir davonlaufen.«

»Wir laufen nicht davon, wir schützen uns nur. Wir müssen uns auf das konzentrieren, was *wir* wollen, und nicht auf das, was die anderen meinen. Du willst nicht der nächste Präsident werden und meine Fans lesen meine Bücher auch, wenn ich nicht verheiratet bin. Wir haben alle Zeit der Welt, um eine Entscheidung zu treffen, die den Rest unseres Lebens beeinflusst.«

Er legte den Kopf schief und suchte ihren Blick. »Ich will nie wieder, dass dich jemand angreift, weil du schwanger und nicht verheiratet bist.«

Ihr wollte das Herz zergehen. Dann aber meldete sich wieder der Kopf. »Und wenn ich dann später trotzdem alleinerziehend bin, weil wir überstürzt geheiratet haben, was dann?«

»Das wird nicht passieren.«

Dakota lächelte, ließ seine Hand los, um ihren Rock ein paar Zentimeter hochzuschieben und sich auf seinen Schoß zu setzen. »Du hast recht.« Sie gab ihm einen Kuss auf die Stirn. »Ich bin zwar ledig«, sagte sie, während sie seine Wange entlangküsste, bis sie an seinen Lippen angelangt war, »aber nicht allein.«

Er küsste sie wieder, umfasste ihren Po. Dakota wusste nicht, was sich besser anfühlte, seine Hände, die sie packten, oder sein Mund, seine Zunge, die nach ihrer suchte.

Zum ersten Mal seit Wochen war es mehr als ein harmloser Gutenachtkuss. Er strich über ihre nackte Haut unter der Bluse und ließ seine Hände immer weiter hochwandern, bis die Daumen schließlich den Saum ihres BHs erreicht hatten und ihre vollen Brüste streichelten. Sie zuckte zusammen. »Ich habe dich vermisst.«

Er behielt eine Hand dort, mit der anderen schob er sich von der Couch weg. »Jetzt bin ich ja da.«

Sie hielt sich mit den Beinen umschlungen an ihm fest und knabberte an seinem Ohrläppchen, während er sie ins Schlafzimmer trug. Drinnen setzte er sie aufs Bett und drückte sie auf die Matratze.

Seinen Körper auf sich zu spüren, fühlte sich unglaublich gut an. Sie zog sein Hemd aus und warf es auf den Boden.

Walts Lippen berührten ihre, dann küsste er ihren Körper entlang. Walt öffnete so eilig die Knöpfe ihrer Bluse, dass ein paar von ihnen durch den Raum sprangen. Endlich spürte er ihre Haut.

»Dieses Outfit hat mich schon den ganzen Abend heiß gemacht.«

Dakota versuchte, um ihn herumzugreifen und den Reißverschluss ihrer Stiefel zu öffnen, es gelang ihr aber nicht. Sie gab auf, streichelte über seinen Rücken und packte mit beiden Händen fest sein Hinterteil. »Das ist dafür, dass du in den letzten Wochen gar keine Anstalten gemacht hast, mich ins Bett zu kriegen.«

Er hörte auf, ihre Brüste zu küssen, sah zu ihr auf. »Hättest du denn gewollt?«

»Und wie.« Sie ließ ihre Hände in seine Hose gleiten. »Aber es ist süß von dir, dass du dich zurückgehalten hast.«

Er starrte sie an und kniff ihr dann spielerisch in die Brustwarze. »Süß?«

»Oh Gott.«

Walt hielt ihren BH zur Seite und begann zu knabbern.

Als er ihre Brustwarze zu einer festen Knospe werden ließ und sich dann der nächsten widmete, überkam sie eine heiße Welle, die sich kribbelnd den Weg nach unten bahnte. Sie stöhnte auf.

Ihre Bluse flog in die eine Richtung, ihr BH in die andere. Sein Mund wanderte von ihren Brüsten über ihren Bauch und verweilte dort. Dachte er jetzt an ihr Kind darin?

Walt sah sie an, sein Blick begierig, feurig. Er öffnete den Reißverschluss ihres Rockes und warf auch dieses Kleidungsstück durch den Raum.

»Die Stiefel noch«, sagte sie.

»Lass sie an.«

Nun trug sie nur noch die kniehohen Stiefel, sonst nichts. Sie rutschte im Bett nach oben und lockte ihn zu sich.

Nur wenige Sekunden später lagen auch seine Klamotten am Boden.

Er stürzte sich auf sie, hielt ihre Pobacken und strich ihre Beine entlang zu den Stiefeln. Die Lust, die seine Augen versprühten, erregte sie. Sie wölbte sich, weil sie noch so viel mehr von ihm spüren wollte.

Er begann an ihrem Knie, küsste ihr Bein entlang, bis er an ihrer Mitte angekommen war. Zitternd ließ sie den Kopf zurückfallen. Er ließ seine Zunge kreisen und brachte sie schnell zu einem überwältigenden Höhepunkt.

Keuchend und ohne ihr Zeit zu lassen, glitt Walt in sie.

»Nächstes Mal mache ich langsamer«, stöhnte er. »Nächstes Mal.«

Sie bewegten ihre Körper zusammen, Haut an Haut, seine vollen Lippen verschmolzen mit ihren, als er sie völlig einnahm und verschlang. Sie war so bereit für ihn, öffnete sich weiter und antwortete auf jeden Stoß.

Dakotas Atem ging schneller, der zweite Orgasmus bahnte sich an. Noch einmal drang er tiefer in sie ein und schon kam sie. Auch Walt stöhnte, stieß noch zweimal zu, bis der Reiz ihn durchfuhr und er sich in ihr ergoss.

Er murmelte etwas Unverständliches, was genauso gut eine fremde Sprache hätte sein können.

»Ich glaube, du hast mich gerade umgebracht.«

»Geschieht dir recht«, flüsterte er ihr ins Ohr. »Du hast mir alle andern Frauen verdorben.«

Sie fühlte, was er sagte. Ihr ging es genauso und es machte ihr fast Angst.

Die zärtlichen Momente nach dem Sex machten sie verletzlich und schwach. Das war auch schon vorher so mit Walt gewesen und trotzdem hatte er sie damals sitzen lassen.

Walt legte sich neben sie, streichelte ihr übers Haar. »Du machst ein nachdenkliches Gesicht.«

Sie schloss die Augen, weil sie seinen intensiven Blick nicht ertrug.

»Was ist los, Dakota?«

»Ich wünsche mir so sehr, dass es klappt. Das mit uns. Hier drin und auch da draußen.«

Er streichelte ihr Gesicht, bis sie schließlich die Augen wieder öffnete.

»Ich habe so Angst, dass du weg bist, wenn ich die Augen aufmache.«

Walt legte seine Stirn auf ihre. »Und ich habe diese Angst in dir geschürt. Wenn ich könnte, würde ich es sofort rückgängig machen.«

»Ich möchte dir kein schlechtes Gewissen machen, aber ich will ehrlich sein. Ich habe dabei ja nichts zu verlieren.«

»Du kannst dich auf mich verlassen, Dakota. Egal wie wir unsere Beziehung gestalten, du kannst dich immer auf mich verlassen.«

»Ich habe mich noch nie so schutzlos gefühlt.«

Er küsste sie, ließ seine Lippen auf ihren. »Ich lasse dich nie wieder im Stich.«

»Ich werde fett werden.« Sie wusste gar nicht, woher diese Worte kamen. Doch sagte sie, was sie dachte, ohne Filter.

»Schwanger und sexy. Ich werde jede Nacht mit dir schlafen.«

»Du wohnst in Pomona und ich in Orange County.«

»Ich ziehe zu dir. Oder du zu mir. Mir ist es egal, wo wir wohnen.«

Sie fühlte Tränen aufsteigen. »Ich hasse es, so emotional zu sein. Ich könnte die ganze Zeit heulen.«

»Hormone sind einfach fiese Dinger, die einem einen normalen Tag versauen.« Er küsste sie erneut, rollte sich auf den Rücken und zog sie mit sich.

Dakota kuschelte sich an ihn heran und schloss die Augen. »Wahrscheinlich ist es besser, wenn du bei mir einziehst. Mary wohnt nebenan und ich brauche sie vielleicht, wenn du in Florida bist.«

»Ich organisiere alles, wenn wir nach Hause fahren.«

»Hast du keine Angst?«

»Nein, Dakota. Es fühlt sich alles richtig an.«

Das stimmte. Es waren kleine Schritte in die richtige Richtung.

Müdigkeit befiel sie. »Ich habe immer noch meine Stiefel an.«

Walts Brust bebte, als er lachte. »Oh Gott, das ist unglaublich sexy.«

Kapitel 21

Sie waren gerade in Kalifornien angekommen und hatten Walts Sachen in Pomona zusammengepackt und zu Dakotas Wohnung gebracht, da musste er schon wieder abreisen.

Es war früh am Morgen. Dakota zog Mary aus dem Bett, weil sie sie auf ihrem Morgenspaziergang begleiten sollte.

»Du setzt unsere Freundschaft aufs Spiel.«

»Jetzt sei nicht so ein Jammerlappen. Walt ist erst seit drei Tagen weg und schon habe ich vier Pfund zugenommen. Wie kann das sein?«

»Du bist schwanger.«

Für Südkalifornien war es relativ kühl, beide trugen Sweatshirts und Sonnenbrillen. »Aber vier Pfund?«

»Du hast bis jetzt nichts zugenommen. Du trägst ja noch nicht einmal Umstandsklamotten.«

Dakota rieb sich den Bauch. »Meine Taille weitet sich, so allmählich bekomme ich den Knopf nicht mehr zu.«

»Ein guter Grund, um mal wieder shoppen zu gehen, wenn du mich fragst.«

»Da hast du recht. Schließlich kann ich ja nicht ständig in Jogginghosen herumlaufen.« Mary lachte und Dakota fügte hinzu: »Ich freue mich einfach nur, dass ich nicht mehr jeden Morgen kotze.«

Sie bogen ab, liefen die nächsten beiden Blocks entlang. »Habt ihr es eigentlich schon Walts Eltern erzählt?«

»Wir? Nein. Walt meinte, er würde das diese Woche machen.«

»So, so, Walt, der alles aufschiebt, wird es diese Woche noch tun.« Mary klang nicht sehr überzeugt.

»Das muss er. Letzte Woche habe ich es Desi gesagt und ich werde es öffentlich bekanntgeben, bevor *Sieg der Leidenschaft* herauskommt. Walts Schwester liest meine Onlinebeiträge.«

»Machst du trotzdem deine Lesereise?«

»Warum nicht? Europa aber lasse ich aus, bis das Baby da ist. Angeblich sind lange Flüge sehr unangenehm, wenn man hochschwanger ist.«

»Vielleicht kannst du mit den Fairchilds einen Deal machen und einen Privatjet kriegen?«

»Hast du etwa mit Walt gesprochen?«

»Nein, aber wenn er so was plant, dann komme ich auf jeden Fall mit.«

Sie waren bei der Stelle angelangt, an der sie immer umkehrten. »Apropos Fairchilds, was war denn da zwischen dir und Glen?«

»Was meinst du mit ›was war denn da‹? Glen wohnt zig Kilometer entfernt.«

»Er fliegt seine eigenen Flugzeuge.«

Mary wurde still.

»Du verschweigst mir doch was.«

»Nicht jeder will mit einer Psychologin zusammen sein.«

»Ach, Mary. Du hast doch nicht etwa –«

Mary ging schneller. »Ich analysiere Menschen. Das ist mein Job.«

»Wie oft soll ich dir denn noch sagen, dass du deinen Job in deiner Praxis lassen sollst, wenn du einen Mann kennenlernst. Es ist echt erstaunlich, dass du überhaupt schon mal mit jemandem im Bett warst.«

»So schlimm bin ich auch nicht.«

»Doch, bist du. Glen war echt scharf und konnte in Florida gar nicht die Augen von dir lassen. Selbst eine Fernbeziehung für Sex ist besser als nichts.«

Mary warnte mit einem Finger und sagte: »Meinen batteriebetriebenen kleinen Freund muss ich nicht analysieren.«

»Stimmt. Er gibt keine Widerworte und lässt dich nie im Stich. Jetzt brauchst du nur noch fünf Katzen und dann bist du glücklich bis ans Lebensende.«

»Ich mag keine Katzen.«

Sie joggten über die Straße, liefen aber wieder langsamer, als es bergauf ging.

»Na gut, dann eben Hunde oder Vögel. Meinetwegen hältst du dir Waschbären, mir ist das wurst.«

»Das ist typisch«, sagte Mary. »Bloß weil *du* jetzt jemanden hast und ein Baby kriegst, meinst du, dass ich das auch brauche.«

»Ich würde niemandem eine ungeplante Schwangerschaft wünschen, am wenigsten dir. Das kannst du dir gleich wieder aus dem Kopf schlagen. Ich freunde mich langsam damit an, leicht war es aber nicht gerade. Ich rede doch nur von Sex, einfach nur Sex, zur Entspannung. Es wäre doch ganz nett, sich hin und wieder mit einem Mann, zum Beispiel Glen, einzulassen. Aber dafür müsstest du aufhören, ihn über seine Eltern und über frühere Beziehungen oder seine Kindheit auszuhorchen.«

Dakota wusste, was Mary dachte. Sie wusste aber auch, dass ein Wunder geschehen müsste, damit Mary ihr geordnetes, starres Leben ein bisschen lockerer anging.

Statt ihr zuzustimmen, murmelte Mary bloß: »Niemand hält sich einen Waschbären als Haustier.«

★★★

Dakota saß auf dem Bett, umgeben von Tüten. Sie zog eine Umstandsjeans hervor und hielt sie hoch. Sie und Mary hatten über den weiten Gummibund gelacht, bis eine Hochschwangere in den Laden gekommen war. Und schon legte Dakota gleich drei solcher Hosen auf die Kassentheke.

Seufzend zog sie die zu enge Hose aus und probierte die neue an.

»Viel besser.« Sie drehte sich vor dem Ganzkörperspiegel und straffte die Bluse, sodass man den Bauch sah. »Dann muss ich mich wohl langsam an den Schlabber-Look gewöhnen.«

Als sie Kleiderbügel aus dem Schrank holte, klingelte das Telefon.

Sie hob ab, ohne auf die Nummer zu sehen. »Hallo?«

»Dakota Laurens?«

»Ja.«

Sie wartete, was kommen würde. Wahrscheinlich handelte es sich um eine Umfrage oder man wollte ihr ein Zeitschriftenabo verkaufen.

»Hier ist JoAnne.«

Doch kein Callcenter.

Dakota schluckte den Anflug leiser Panik herunter, dann antwortete sie mit sicherer Stimme: »Hallo, Mrs Eddy. Wie geht's Ihnen?«

JoAnne klang alles andere als herzlich. »Mir ist zu Ohren gekommen, dass mein Sohn bei Ihnen eingezogen ist.«

»Das stimmt. Aber er ist nicht da.«

»Ich weiß. Er hat uns gerade angerufen.«

JoAnne klang so aufgebracht, dass man befürchten müsste, sie würde gleich explodieren.

Walt hatte diesmal also nichts hinausgeschoben. »Ich verstehe.«

»Tatsächlich? Sie *verstehen* also, in welch missliche Lage Sie unseren Sohn gebracht haben?«

»Mrs Eddy –«

»Nein, hören Sie, junges Fräulein, mein Sohn wurde schon einmal in eine Ehe getrieben und damals habe ich nichts gesagt. Dieses Mal werde ich nicht schweigend zusehen.«

»Mrs Eddy –«

»Ich bin noch nicht fertig.«

Dakota setzte sich auf die Bettkante und wappnete sich für die hasserfüllte Tirade, die gleich folgen würde.

»Unser Sohn ist sehr verantwortungsbewusst und läuft nicht vor seinen Fehlern davon.«

Dakota zuckte zusammen.

»Das bedeutet aber nicht, dass er sein Leben aufgibt. Ihr Spiel ist sehr durchtrieben. Welche erwachsene Frau wird denn *versehentlich* schwanger?«

Dakota öffnete den Mund, um etwas zu sagen, doch schon vor der ersten Silbe wurde sie wieder unterbrochen.

»Jetzt hat er sogar seinen Job aufgegeben und ist umgezogen. Was hat Sie denn geritten, Dakota? Gehen Sie auf die dreißig zu und dachten sich, dass es langsam Zeit wird, ein Kind zu bekommen? Und dann haben sie auf den erstbesten Mann gewartet und ganz aus Versehen die Pille vergessen?«

Dakota hätte JoAnne erwürgen können. Oder sie sagte der alten Spinatwachtel einfach, dass sie mit ihrer Annahme den Nagel auf den Kopf getroffen habe, dass Dakota eigentlich nur jemanden gesucht habe, der sie schwängerte und, Mannomann, Walt hatte es vielleicht drauf.

»Wenn mein Sohn Sie wirklich heiraten wollte, dann hätten Sie schon längst einen Ring am Finger. Das ist Ihnen hoffentlich klar, oder?«

Die Frau ging in die Vollen.

»Sind Sie jetzt fertig?«, fragte Dakota so ruhig und langsam, dass sie sich selbst kaum wiedererkannte.

»Ich mag Sie nicht.«

Jetzt musste Dakota fast lachen. »Das habe ich mir mittlerweile zusammengereimt, Mrs Eddy, aber danke, dass Sie es noch mal klarstellen, damit ich es auch wirklich kapiere. Ich streiche Sie wieder von der Liste mit potenziellen Babysittern.«

»Ich werde Ihr Kind sicher nicht großziehen.«

»Ach, Gott segne Sie, haben Sie wirklich gedacht, dass ich das will? Falls ja, liegen Sie falsch. Nach diesem Gespräch ist fraglich, ob Sie unser Kind überhaupt jemals zu Gesicht kriegen.«

»Wollen Sie mir drohen?«

»Mrs Eddy, wenn ich Ihnen drohen wollte, hätten Sie das schon gemerkt. Ich sage Ihnen aber noch eins, bevor ich auflege: Ich werde mir große Mühe geben, Verständnis für Sie aufzubringen. Ich bin keine Frau, die auf Geld aus ist und die anderen das Leben versaut, wie Sie meinen.«

»Hören Sie mir mal gut zu –«

»Nein, jetzt hören Sie mir zu. Unser Kind wird ein liebevolles Zuhause haben, wo es keinen Hass gibt. Wenn Sie eine Beziehung zu Ihrem Enkelkind aufbauen wollen, dann rufen Sie besser gleich Ihren Pfarrer an. Er soll erst mal Ihr Herz von dem ganzen Hass befreien, denn sonst haben Sie Pech gehabt.« Dakota holte Luft. »Und jetzt, Mrs Eddy, wünsche ich Ihnen einen wundervollen Tag.«

Und damit legte sie auf. »Hexe.«

★★★

Dakota holte den Laptop ins Bett, um die Geschichten einzufangen, die so lebhaft in ihrem Kopf herumschwirrten. Vielleicht war es das echte Drama in ihrem Leben, das sie beflügelte, oder vielleicht war es nur ihr Talent. Jedenfalls fand sie das, was sie schrieb, unglaublich gut.

Dieses Mal, als das Telefon klingelte, sah Dakota zuerst auf die Nummer, bevor sie abhob. »Hallo, Baby-Daddy.«

»So schön deine Stimme zu hören.«

Sie blickte auf die Uhr am Computer. »Bei dir ist es doch schon ganz schön spät, oder machst du Party?«

»Nach dem Dinner waren wir tatsächlich noch was trinken.«

Er erzählte von seinem Tag. Manche der fachlichen Details verstand sie zwar nicht genau, doch sie hörte zu und kommentierte. »Ach übrigens, ich habe es meinen Eltern erzählt.«

»Ich weiß.«

»Ach ja?«

»Ja, deine Mutter hat mich angerufen.«

»Oh je.«

»Genau. Ich glaube, sie ist nicht sehr glücklich über unsere Neuigkeiten.«

»Sie hat wenig gesagt, als ich es ihr gesagt habe.«

Dakota schüttelte den Kopf und überlegte zum hundertsten Mal seit dem Gespräch, wie viel sie Walt davon erzählen sollte. Wenn sie zu viel sagte, machte es alles nur noch schlimmer. »Dann hast du Glück gehabt. Mir hatte sie recht viel zu sagen.«

»Wie bitte? Was denn?«

»Das willst du lieber nicht wissen. Wahrscheinlich war es nur der Schock. Hoffentlich erholt sie sich vom ersten Schrecken.«

»Du musst sie nicht in Schutz nehmen. Ich weiß, dass sie sehr schwierig sein kann«, sagte Walt leise.

»Glaub mir, ich nehme sie nicht in Schutz. Dazu müsste ich sie mögen. Im Moment steht sie auf der allgemeinen Weihnachtskartenliste, auf der die Leute stehen, denen man eine Karte schicken muss, obwohl man nicht will.«

Walt hielt inne, dann sagte er: »Du schreibst immer noch Weihnachtskarten?«

Lachend stellte sie den Laptop weg und legte die Hand auf die leichte Wölbung am Bauch. »Du brauchst mich.«

»Das stimmt.«

Das klang gut. »Rate mal, was ich heute gekauft habe.«

»Einen Kleinbus.«

Sie zuckte zusammen. »Nein. Aber vielleicht brauche ich tatsächlich mal einen größeren Wagen. Es wird ganz schön umständlich sein, die Babyschale in meinen kleinen BMW einzubauen.«

Er lachte. »Was hast du denn dann gekauft?«

»Klamotten. Denn rate mal, wer seit dieser Woche ziemlich schwanger aussieht.«

»Etwa du?«

»Erst dachte ich, es ist viel zu früh, aber dann habe ich auf den Kalender geschaut und festgestellt, dass schon fast Halbzeit ist.«

»Der kleine Horance macht dir doch hoffentlich keinen Ärger, oder?« Sie gaben dem Zwerg die lustigsten Namen, in der Hoffnung, dass ihnen dabei vielleicht ein geeigneter einfiel.

»Philomena geht's gut und mir auch. Ich habe keine Kopfschmerzen oder so. Übrigens habe ich angefangen, Zeug aus dem Gästezimmer zu räumen.«

»Warte lieber, bis ich heimkomme. Du sollst doch nicht schwer heben.«

Sie seufzte und kuschelte sich in die drei Kissen, die sie hinter ihrem Kopf hatte. »Wann kommst du heim?«

»Ich habe meinen Flug um zwei Tage vorgezogen. Ich schicke dir eine E-Mail mit den Daten.«

»Heißt das, du fliegst diesmal nicht mit den Fairchilds?«

»Trent hat es zwar angeboten, ich habe aber abgelehnt. Ach, rate mal, wer sich gemeldet hat?«

Ihr gefiel diese lockere Plauderei über dies und das. Wie in einer echten Beziehung. Daran könnte sie sich gewöhnen, selbst wenn Walt immer wieder mal wegmusste. »Wer?«

»Das Gesundheitsministerium. Die Eddy-Nasenzange ist anerkannt worden. Es haben sich auch schon zwei Firmen gemeldet, die an dem Patent interessiert sind.«

Walt folgte also doch den Fußspuren seines Vaters, auch wenn es sich nicht um eine Herzklemme für Kardiologen handelte. Es war aber ein Instrument, das die meisten Ärzte der Notaufnahme irgendwann einmal brauchen würden. Denn Kinder steckten sich alles Mögliche in die Nase und Walt hatte schon die verschiedensten Utensilien zur Entfernung ausprobiert. Mit manchen hatte er auch Erfolg gehabt, aber seine eigene Erfindung aus einer umgestalteten Büroklammer funktionierte am besten.

»Das ist ja unglaublich. Ich freu mich für dich.«

»Ich mich auch. Nach vier Jahren habe ich jetzt endlich eine Verwendung für den Anwalt von meinem Dad. Denn ich habe überhaupt keine Ahnung, wie man so einen Vertrag verhandelt.«

»Hast du es deinem Dad schon erzählt?«

»Nein, ich wollte das machen, wenn wir sie Weihnachten besuchen.«

Sie hatten zwar schon über die Festtage gesprochen, noch aber nichts Festes geplant. »Jetzt kommt erst mal Thanksgiving.« Und danach konnte man immer noch über Weihnachten und seine Mutter reden.

»Okay«, gähnte er.

»Du musst ins Bett, Doc.«

»Stimmt.«

»Ich vermisse dich.«

»Nenn mich verrückt, aber es gefällt mir, dass du mich vermisst. Ich vermisse dich auch und unseren kleinen Sebastian.«

Sebastian? Auf gar keinen Fall. »Beatrice ist hier und wartet auf dich.«

»Schlaf gut, Mami.«

»Machen wir, Daddy.«

Sie legte auf und streichelte über den Bauch. »Wir finden schon noch einen schönen Namen für dich, mach dir keine Sorgen.«

Sie nahm wieder den Laptop und legte ihn auf den Schoß. Und plötzlich spürte sie etwas. Ein leichtes Flattern. Wie Schmetterlinge, ganz tief in ihrem Inneren. »Mein Baby.« Dakota setzte sich auf und wartete. Als sie es wieder spürte, war sie sich ganz sicher. Es war ihr Kind. Ihr Kind sagte zum ersten Mal Hallo. Erst wollte sie zum Telefon greifen und Walt anrufen, dann aber lächelte sie versonnen. »Nein, jetzt sind nur wir beide dran, nur du und ich.« Und das war gut so. Walt könnte es ja sowieso nicht spüren, selbst wenn er da wäre.

Genug gearbeitet. Dakota blieb im Dunklen sitzen und wartete auf ein erneutes Flattern, auf die nächste Welle. Sie war alleine zu Hause und trotzdem nicht allein. Auf der anderen Seite des Kontinents gab es jemanden, der an sie dachte, und dann war da noch dieses winzige Wesen, das sie brauchte.

Das Leben war gar nicht so übel.

★★★

Die Thanksgivingpläne wurden verworfen, als Walt erfuhr, wie furchtbar sich seine Mutter gegenüber Dakota verhalten hatte, während er in Florida war. Beide hatten wenig Lust auf Familiendrama und außerdem hatten sie für die Feiertage eine Einladung von ihren Freunden.

Walt half Dakota und Mary mit dem Gepäck, das sie für den einwöchigen Urlaub an der Ostküste brauchten. Monica und Trent hatten zum traditionellen Truthahnessen und Baseballspielen eingeladen. Als sie auch noch anboten, einen Privatjet zu schicken, hatte Dakota begeistert zugestimmt.

»Meine Verlegerin hat übrigens ein paar Interviews in New York arrangiert und von Monica sind es nur zwei Stunden mit dem Auto dorthin.«

»Und wir können shoppen gehen«, fiel Mary ein. »Ich liebe es, wenn wir nach New York fahren, ohne dass wir auf eine Konferenz müssen. Wir könnten auch eislaufen gehen.«

»Ich glaube, das Eislaufen lasse ich dieses Jahr besser aus«, sagte Dakota.

Damit war der Plan also gefasst: Thanksgiving, New York und Shoppen. Die Mädels würden glücklich sein und Walt könnte mit den Fairchilds außerdem ein paar Vertragsdetails für Ärzte ohne Grenzen klären. Zu seinem neuen Job gehörte viel Papierkram und nach den Festtagen würde er neue Leute einstellen und viel reisen müssen. Aber das Gute an der Sache war, dass Dakota ihn immer wieder begleiten könnte, sowohl vor als auch nach der Geburt, sofern bei den Reisezielen keine ansteckenden Krankheiten zu befürchten waren. Schließlich könne sie überall schreiben, hatte sie gesagt.

Jetzt stellte er das Auto auf dem Privatparkplatz ab und holte das Gepäck aus dem Wagen.

Wie jedes Mal, wenn er mit Fairchild Charters flog, wartete bereits ein uniformierter Mann, der ein Schild mit Walts Namen hochhielt.

Mary kicherte wie ein Schulmädchen, als man sie durch die Sicherheitskontrolle führte und direkt aufs Vorfeld brachte.

»Sind Sie unser Flugkapitän?«, fragte Dakota, während sie sich ihren Weg durch die Horden der anderen Reisenden bahnten.

»Ich bin der Copilot, Miss Laurens. Der Kapitän wartet an Bord.«

Sowohl Walt als auch Dakota erkannten das Flugzeug schon von Weitem. Fairchild Charters stand darauf. Der Schriftzug war Walt sehr vertraut, doch im Gegensatz zu den sonstigen Jets, war das hier ein riesiges Flugzeug. »Alter Schwede«, flüsterte Dakota.

»Ist das etwa unser Flieger?« Mary bekam großen Augen.

»Jawohl, Ma'am«, antwortete der Copilot. »Für die guten Freunde der Fairchilds nur das Beste.«

Walt ließ den Damen den Vortritt, dann erklomm auch er die Flugzeugtreppe. Er hörte die Reaktion der Mädels, bevor er selbst etwas sah.

»Mein lieber Herr Gesangsverein.«

Dakota drehte sich um und konnte ihr Strahlen nicht verbergen. »Also, das können wir doch gar nicht annehmen.«

Im Gegensatz zu den kleineren Jets bot dieser hier eine Ausstattung der ganz besonderen Art. Es gab mehrere Sofas, einen riesigen Fernseher, eine Bar und, wenn ihn nicht alles täuschte, sogar ein Schlafzimmer am Ende des Ganges.

»Donald Trump hat gerade angerufen. Er will sein Flugzeug zurück«, murmelte Mary.

Dakota lachte laut auf und sah sich in dem Luxusjet um. »Schau, deshalb schreibe ich. Vielleicht können wir uns eines Tages auch so etwas leisten.«

Walt beobachtete, wie sich die Freude über ihr Gesicht ausbreitete. Sie setzte sich auf das bequeme Ledersofa und legte eine Hand auf den Babybauch. *Wir, sie hat wir gesagt.* Diese Worte waren wie Balsam für seine Seele.

»Dann schreib ruhig weiter, Schatz. Man kann ja nie wissen.«

Aus der Bordküche erschien eine Frau. »Willkommen an Bord«, sagte sie. »Ich heiße Mai und ich werde auf diesem Flug für Sie da sein.« Die zierliche Flugbegleiterin zeigte eine Reihe weißer Zähne.

»Hallo, Mai«, grüßte Mary zurück.

Mai wandte sich an Dakota und sagte mit einem Blick auf den gewölbten Bauch: »Hinten ist ein Schlafzimmer, falls Sie sich ausruhen wollen.«

»Danke.«

Mai lächelte wieder.

»Da seid ihr ja endlich.«

Aus dem Cockpit ertönte eine vertraute Stimme.

»Glen!«

Walt ging zu ihm, gab ihm die Hand zum Gruß, gefolgt von einer halben Umarmung, wie es unter Männern so üblich war. »Was machst du denn hier?«

»Trent hat mir gesagt, dass wir ein Flugzeug brauchen, und die anderen Piloten sind gerade alle im Einsatz.«

Walt sah zu seinen Freunden, dann ins Cockpit. »Du fliegst dieses Monster?«

»Tolle Maschine, was? Das ist eine Falcon 900, mit Extraausstattung und Platz für eine zehnköpfige Mannschaft. Habe gehört, auf dem Bett hinten liegt man wie auf Wolken.«

Dakota begrüßte ihn ebenfalls.

»Hallo, Dakota. Als mir Monica gesagt hat, dass du ein Baby bekommst, war klar, dass wir einen Flieger mit Schlafzimmer schicken.«

»Ich würde es auch ohne aushalten.«

Glen schüttelte den Kopf. »So läuft das eben bei uns, Dakota.«

Walt wollte gerade antworten, doch Glen war anscheinend schon mit dem Kopf ganz woanders. Er sah suchend an Dakota vorbei.

Glen entdeckte Mary und plötzlich entstand ein peinliches Schweigen. Walt sah, wie Dakota die beiden beobachtete.

»Hallo, Mary.«

»Hi, Glen.« Sie wusste nicht, was sie sagen sollte. »Ich, äh, habe dich gar nicht hier erwartet.«

Glen hob keck die Augenbrauen.

»Ich bin Pilot.«

»Dir gehört die Firma.«

»Trotzdem fliege ich auch selbst. So oft es geht.«

Wieder peinliches Schweigen. Sogar länger als vorher.

»Mr Fairchild«, unterbrach der Copilot.

»Ja, Ian?«

»Wir haben die Startfreigabe erhalten. In zehn Minuten kann's losgehen.«

Glen riss sich aus seiner Trance. »Macht es euch bequem. Gleich sind wir in der Luft.«

Kapitel 22

Sie flogen schon seit zwei Stunden. Mai hatte Getränke und Essen serviert und während Dakota und Walt auf dem Sofa lagen, saß Mary nur da und tat nichts anderes, als an den Piloten zu denken.

Warum in aller Welt war Glen hier und flog *dieses* Flugzeug?

Dakota suchte eine bequemere Position auf dem Sofa und sah sehnsüchtig zum Schlafzimmer. »Ich fühle mich wie ein Ballon.«

»Das ist so, wenn man schwanger fliegt«, meinte Walt.

Dakota wandte sich an Mary: »Wäre es okay für dich, wenn wir dich mal allein lassen?«

Mary nickte zur Schlafzimmertür. »Jetzt haut schon ab. Du kannst es doch gar nicht mehr erwarten, das Schlafzimmer auszuprobieren.« Damit ihre Freundin ohne schlechtes Gewissen ging, stellte Mary demonstrativ die Lehne ihres Lounge-Sessels zurück und schloss die Augen.

Walt und Dakota verschwanden im Schlafzimmer und schlossen die Tür.

Der wolkenlose Himmel gewährte einen Blick auf die Erde weit unter ihnen, doch Mary konnte sich kaum darauf konzentrieren.

Entweder hatte Glen eine Kamera in der Kabine oder es war reiner Zufall, dass er gerade jetzt aus dem Cockpit auftauchte, als Dakota und Walt verschwunden waren. Auch Mai hatte sich in ihre Bordküche zurückgezogen. Jedenfalls stand Glen plötzlich vor Mary.

»Haben sich Walt und Dakota hingelegt?«

»Gut kombiniert, Watson.«

Glen setzte sich ihr gegenüber. Er schien mit seiner Körpergröße alles zu überragen. Dazu kam, dass seine weiße Uniform und die Pilotenmütze etwas in ihr anregten, das sie nicht näher beschreiben konnte. Sie hatte eigentlich kein besonderes Faible für Uniformen. Doch diese breiten Schultern, die zu einer schmalen Hüfte führten, und der knackige Hintern brachten Mary plötzlich dazu, großes Verständnis für solch ein Faible aufzubringen.

Sie zwang sich, aus dem Fenster zu sehen.

»So einem Bett im Flugzeug ist schwer zu widerstehen.«

Mary wollte lieber denken, dass ihre schwangere Freundin und der Baby-Daddy tief schlummerten, aber wer konnte das schon genau wissen. »Du kennst dich mit so etwas ja sicher gut aus.«

Als sie endlich zu ihm sah, bemerkte sie das schelmische Grinsen in Glens glattrasiertem Gesicht. »Etwa neidisch, Frau Therapeutin?«

»Natürlich nicht!« Sie nahm das Kinn höher und Glen lachte.

»Findest du deine Therapiecouch kurzweiliger als ein Bett im Flugzeug?«

»Das habe ich nicht gesagt.« Und auch nicht gemeint. Statt ihre Antwort weiter auszuschmücken, entschied sie sich für einen Themawechsel. »Solltest du nicht eigentlich vorne sitzen und das Flugzeug steuern?«

»Dafür habe ich Autopilot und Copilot.« Er schaute aus dem Fenster. »Perfektes Flugwetter heute.«

»Ist das nicht genauso, wie wenn man ein Auto mit den Knien steuert? Es geht, aber sicher ist es nicht?«

Glen lachte. »Nicht ganz das Gleiche.«

Sie unterdrückte ihr Grinsen.

»Ich habe dich angerufen.«

Das stimmte und verdammt, sie wünschte sich, dass er es nicht erwähnen würde.

»Ich danke dir, dass du es kurz und schmerzlos gemacht hast. Wir wohnen sehr weit auseinander«, sagte Mary.

Er zog die Augenbrauen zusammen, seine Augen wurden zu schmalen Schlitzen. »Ich glaube nicht, dass ich es kurz und schmerzlos gemacht habe.«

Sie hatte es aber anders in Erinnerung. »Schon gut, Glen. Ich verstehe völlig.«

Zwischen ihnen war ein Tisch, den man nicht verschieben konnte. Er beugte sich ohne Mühe darüber und zeigte damit, wie groß er war. »Du denkst zu viel.«

Er war zu nahe bei ihr, hatte ihren persönlichen Sicherheitsabstand übertreten. »Du kennst mich nicht gut genug, um so etwas zu behaupten.«

Sein Atem roch nach Pfefferminz. Wahrscheinlich ein Lutschbonbon oder Kaugummi. Glen blickte ihr von einem Auge in das andere. »Ich gehe jetzt wieder zurück ans Steuer«, sagte er, »und sorge dafür, dass du in Connecticut ankommst, und zwar in einem Stück.«

»Da fühlt man sich als Passagier ja richtig sicher.«

Er sah auf ihre Lippen, dann blickte er weg. »Ich gebe mir Mühe.«

Das Prickeln auf der Haut hielt viele Flugmeilen lang an, bis sie es bewusst abschüttelte und die Augen schloss. Und trotzdem sah sie noch das Gesicht des Piloten vor sich.

★★★

Mit Freunden wie den Fairchilds verbrachte man eine lustigere Zeit als mit den Eltern. Zumindest traf das für Dakota und Walt zu.

»Ich habe noch nie einen Truthahnbraten gemacht«, verkündete Dakota, als sie mit Mary am Morgen von Thanksgiving in der Küche von Monica stand.

»Zum Glück gibt's Tante Bea«, rief Monica, die gerade den riesigen Vogel aus dem Kühlschrank holte und ihn auf die Granitarbeitsplatte stellte.

Dakota band sich die Schürze um, die Monica für sie hatte machen lassen. Darauf war ein Baby in traditionellem Pilgrim-Kleidchen. Mary trug ein weißes Spitzenschürzchen, in dem sie aussah, als ob sie ein heißes Zimmermädchen in einem Porno spielen wollte. Monica selbst trug eine Schürze, auf der stand: *Ich bin keine Köchin, sondern Krankenschwester. Wenn's nicht schmeckt, gibt's was anderes.* Darauf war ein Bild von einer Spritze mit einer grünen Flüssigkeit. Dieses Thanksgiving konnte also entweder nur ein voller Erfolg oder eine totale Katastrophe werden.

»Du hast eine Tante Bea?«

»Nein, aber meine Schwester seit der Hochzeit. Diese Frau ist die begnadetste Köchin, die es gibt. Immer, wenn ich zu Besuch komme, setze ich mich zu ihr in die Küche. Sie gibt mir ein Glas Wein und lässt mich zusehen, damit ich von ihr lerne.«

Mary stöhnte. »Wir sind aufgeschmissen.«

»Es ist ein Truthahn. Mit der Anleitung von Tante Bea kann nichts schiefgehen.«

Dakota lachte auf. »Wir sind so was von aufgeschmissen.«

Monica schüttelte den Kopf. »Vertraut mir, meine Damen. Mary«, begann sie mit den Anweisungen, »du machst Brotwürfel. Dakota, du brätst die Würste und ich mache den Vogel fertig.«

Während Monica den Beutel mit den Innereien aus dem riesigen Vogel holte, begann Dakota ein gutes Pfund Würste zu braten.

»Wer ist denn diese Tante Bea genau und wie kann sie uns helfen?«

Monica hievte den Truthahn zum Spülbecken, um ihn unter fließendem Wasser zu säubern. »Tante Bea ist Beatrice Morrison, die Schwester von Gaylord Morrison. Also Jacks Dad. Und Jack ist der Ehemann von meiner Schwester Jessie.«

Dakotas Hirnwindungen waren überfordert.

Monica hielt inne, dann versuchte sie es erneut. »Also, sie ist die angeheiratete Tante meiner Schwester.«

Dakota blickte zu Mary. Beide nickten einfach. »Und diese Tante Bea kann gut kochen?«

»Sie ist phänomenal. Bei ihr sieht alles so einfach aus.« Monica tupfte den Truthahn ab und begann, ihn mit Gewürzen einzureiben. »Bei uns zu Hause war der Puter an Thanksgiving entweder angebrannt oder noch nicht ganz durch.«

Mary war mittlerweile dabei, Selleriestangen kleinzuschneiden. »Ich bin in verschiedensten Pflegefamilien aufgewachsen. Da kam es ganz darauf an, wo die Familie herkam. Mal haben wir Thanksgiving groß gefeiert, mal gar nicht.«

Monica hielt inne, sah sich über die Schulter zu Mary um. »Wirklich?«

Dakota kannte Mary schon sehr lange und hatte oft Geschichten aus ihrer Vergangenheit gehört. »Ja. Erst war ich bei den Von Goosens, aber an die kann ich mich kaum erinnern. Ich weiß nur, dass sie Thanksgiving gar nicht gefeiert haben. Dann kamen die Beckers. Sie haben es zwar ganz klassisch mit Truthahnbraten versucht, dann aber doch nur gesoffen, und am Ende gab es dann Käsetoast.« Seufzend widmete sich Mary nun den Zwiebeln. »Die Mendez haben schon gefeiert, aber mexikanisch.«

So sehr Mary auch versuchte, ihre Kindheit von der komischen Seite zu beleuchten, so wusste Dakota doch, wie viel Schmerz damit verbunden war.

»Im Vergleich dazu war mein Umfeld mit einer Mutter, die ihre Freunde so oft wechselte wie die Bettwäsche, dann doch stabiler, als ich immer dachte«, meinte Monica.

Mary zuckte mit den Achseln. »Freunde sind oft wichtiger als die Familie. Ich weiß gar nicht, ob meine echten Eltern einfach nur zu jung waren, ob sie gestorben sind oder ob sie keine Verantwortung übernehmen wollten.« Sie sah hoch. »Jetzt seht mich halt nicht so mitleidig an. Wir haben alle eine Vergangenheit.«

Dakota stellte die Herdplatte mit den brutzelnden Würsten ab und umarmte ihre Freundin. »Ich freue mich, dass du mitgekommen bist.«

»So können wir alle gemeinsam unser Festtagessen versauen. Das ist wahre Liebe.«

Sie schälten und schnippelten Gemüse und befolgten das Rezept von Tante Bea, als ob sie genau wüssten, was sie taten.

Als alles vorbereitet und im Ofen war, ging Dakota zum Wohnzimmer, wo Walt und Trent ein Fußballspiel in Fernsehen anschauten.

Mit der albernen Schürze um ihren dicken Bauch setzte sie sich neben Walt und legte die Füße auf den Beistelltisch.

»Riecht schon lecker.«

»Keine Ahnung, ob es was wird. Bei uns führt der Blinde den Lahmen.«

Walt zog sie zu sich und gab ihr einen Kuss auf die Stirn. »Ich habe Vertrauen.«

»Ich bin Schriftstellerin, nicht Hausfrau.«

Eine sehr müde Schriftstellerin, die gerne ein Mittagsschläfchen gehalten hätte, auch wenn noch nicht einmal Mittag war. Walt legte die Hand auf ihren Bauch. »Ich nehme dich trotzdem.«

Sie schloss die Augen. »Dann bin ich ja froh.«

Die kleinen Schmetterlingsbewegungen in ihrem Bauch waren in letzter Zeit stärker geworden und auch jetzt merkte sie es wieder. Sie legte ihre Hand auf seine. »Spürst du das?«

Er schüttelte den Kopf, ließ aber die Hand, wo sie war.

Das Spiel begann wieder, nicht dass es Dakota sonderlich interessiert hätte. Plötzlich fuhr Walt hoch.

»Oh Gott. Hast du das auch gespürt?«

»Was denn?«, wollte Trent wissen und nahm einen Schluck aus der Bierflasche.

Walt machte die Hand flach, wartete. Ihr Kind bewegte sich und Walt strahlte. »War das …?«

Sie nickte. »Anscheinend will dir Junior ein frohes Thanksgiving wünschen.«

Walt zog die Unterlippe ein und grinste, als sich ihr Baby wieder bewegte. »Wow.«

Dakota drückte seine Hand. »Hier ist der Deal, mein lieber Baby-Daddy. Ich schleppe unseren kleinen Junior die ersten neun Monate mit mir herum und dann bist du dran mit dem Schleppen. Abgemacht?«

Walt strahlte wie ein Kind, dem man gerade einen Riesenlolli in die Hand gedrückt hatte. »Abgemacht!«

Trent räusperte sich. »Muss ich den Raum verlassen?«

Walt sagte zu seinem Freund: »Unser Baby strampelt.«

Trents Augen wanderten zu den vier Händen auf dem Bauch.

Walt winkte ihn herbei. »Komm.«

Bevor Dakota etwas dagegen einwenden konnte, hatte Trent schon seine Hand auf ihren Bauch gelegt und wartete. Als er es auch fühlte, sprang er regelrecht in die Höhe. »Mein lieber Schwan!«

Danach kamen noch Mary und Monica dazu und schon war Dakotas Bauch Allgemeineigentum geworden.

★★★

Danach gingen die Männer, bis das Essen fertig war, nach draußen zum Footballspielen. Walt war mit Trent, Glen und Jason, dem ältesten Bruder von Trent, im Vordergarten. Sie warfen den Football durch die Gegend. Es war nur wenige Grad über Null, was die vier Männer natürlich nicht davon abhielt, sich jünger zu geben, als sie es tatsächlich waren. Walt warf den Ball zu Trent. Sein älterer Bruder griff ihn an. Beim nächsten Wurf landete Walt mit der Schulter auf dem harten Boden. So ging es weiter, und wenn sie sich nicht gerade selbst zu Fall brachten, dann schafften es, mit freudigem Gebell, Trents Hunde Ginger und Gilligan.

Jason und Glen lagen stolze sieben Punkte in Führung. Als aber Walt Glen angriff, wurde aus dem Stolz ein Stöhnen. Walt wusste nicht, was mehr wehtat, selber angreifen oder angegriffen zu werden.

»Der nächste Punkt gewinnt«, schlug Trent vor und massierte sich die schmerzende Schulter.

»Meinetwegen.« Glen rieb sich das Hinterteil.

»Es gibt einen Grund, warum sich Alkohol während der Feiertage so großer Beliebtheit erfreut«, erklärte Jason.

Trent und Walt hatten Ballbesitz und rannten nach vorne.

Trent ging zu Boden, als Jason versuchte, ihn zu fangen, bevor der Ball über die unsichtbare Linie flog. Als sie aufsahen, standen zwei Irish Setter über ihnen und leckten ihnen übers Gesicht.

»Unentschieden«, sagte Glen, während er seinem Bruder auf die Beine half.

»Gut, sagen wir unentschieden. Denn wenn ich noch mal zu Boden gehe, muss Walt mich wieder zusammenflicken.«

Danach taten sie, was typisch männlich war. Sie klopften sich auf den Rücken und tranken Bier.

»Jetzt sag mal, Walt«, begann Trent, »worauf wartest du noch?«

Walt schluckte herunter. »Was meinst du denn?«

»Na, mit Dakota. Ihr macht doch schon einen auf Familie. Offensichtlich magst du sie sehr.«

Walt grinste. »Du klingst wie ihr Dad.«

Glen rempelte seinen Bruder mit der Schulter an. »Trent will eben, dass jetzt seine Freunde auch alle heiraten, bloß weil er angefangen hat.«

»Hey, verheiratet zu sein bringt Vorteile, von denen keiner von euch etwas wüsste.«

Sie lachten alle und Walt leerte seine Flasche. »Wir haben schon darüber geredet. Aber sie will nichts überstürzen, bloß weil sie schwanger ist.«

»Und was willst du?«, wollte Glen wissen.

»Wenn es nach mir ginge, wären wir schon längst verheiratet.«

»Dann musst du sie ein bisschen bezirzen, Doc«, meinte Jason grinsend.

»Wenn die Mädels in der Stadt ihrer Shopping-Therapie nachgehen, stell ich dir einen Freund von mir vor. Er ist Juwelier.«

Glen packte seinen Bruder im Spaß an der Schulter. »Du bist ganz schön penetrant.«

Trent hielt ergeben die Hände hoch. »Ich biete es nur an.«

Walt stieß sich von der Veranda ab und wollte ins Haus gehen. »Kann ja nicht schaden.«

Glen schüttelte den Kopf. »Und wieder einer, der dran glauben musste.«

Trent klopfte Glen auf den Rücken. »Man stirbt dabei nicht, Bruder.«

★★★

Am Samstag wollten sie die Shops in Manhattan unsicher machen. Mit ihrem ersten erfolgreichen Truthahn und einer minimal missglückten Torte war es das beste Thanksgiving seit Langem gewesen.

»Du weißt aber schon, dass normale Leute eigentlich nicht zum Shoppen auf irgendwelchen Dächern landen, oder?«

Mary mochte recht haben, doch Dakota beschwerte sich nicht. Der Verkehr in der Stadt wäre sehr chaotisch gewesen und sie war schließlich noch nie zuvor mit einem Hubschrauber geflogen.

Monica drehte sich zu den dreien auf der Rückbank. »Da kennst du meinen Mann schlecht.« Sie trugen Kopfhörer mit Mikrofonen, damit sie während des Fluges miteinander sprechen konnten. Trent flog über den Wolkenkratzern zum Hauptsitz von Fairchild Charters. »Glaubt mir«, setzte Monica fort, »ich würde auch viel lieber fahren.«

»Ach komm, du liebst es doch«, konterte Trent.

Monica schüttelte den Kopf, doch sie strahlte Trent an. »Ich tu das nur für dich, Barfuß.«

Dakota fand es sehr lustig, dass Monica Flugangst hatte und mit einem Mann verheiratet war, der Teilhaber der größten Chartergesellschaft für Privatjets und Hubschrauber war. Laut Monica flog Trent überall hin, wo er eine Landeerlaubnis bekam.

Trent ließ den Helikopter sachte aufsetzen. Sie warteten, bis die Rotorblätter aufhörten, sich zu drehen, dann stiegen sie aus.

Der kalte Wind von New York blies ihnen um die Ohren. Dakota schlang ihren warmen Daunenmantel noch enger um sich.

Trent ging mit ihnen zum Fahrstuhl, gemeinsam fuhren sie ins Erdgeschoss. Das Gebäude war während des Festwochenendes fast leer. Nur die Sicherheitsleute waren da.

»Ich habe für euch Damen ein Auto organisiert, das euch hinbringt, wo immer ihr hinwollt.«

Dakota grinste. »Wie, kommt ihr Männer etwa nicht mit uns mit?«

Walt zog eine Augenbraue hoch. »Zu euren Manikūren und dem ewigen Schuheshoppen? Lasst uns lieber zum Mittagessen treffen.«

»Besser erst zum Abendessen, in der Bar Mesa. Bis Mittag ist es ja nicht mehr lang und wer weiß, wo wir dann gerade sind.«

»Gut, treffen wir uns um sechs im Hotel?«, schlug Trent vor.

Sie hatten vor, bis Montag in New York zu bleiben, damit Dakota Zeit für ihre Verlegerin hatte und ein Überraschungspaket an ihre Agentin und Lektorin überbringen konnte.

Sie traten wieder in die Kälte hinaus und Walt zog Dakota noch einmal an sich. »Pass auf, die Gehsteige sind rutschig.«

»Ich bin schon ein großes Mädchen.«

Sie küssten sich zum Abschied, dann gab er ihr einen Stups auf die Nase. »Du bist ein kleines Mädchen mit sehr wertvoller Fracht und deshalb bist du nicht so in Form wie sonst. Pass auf, mir zuliebe.«

Bei dieser Bitte konnte sie kaum widersprechen und nickte. »Und was macht ihr beiden Männer?«

»Da gibt es so eine Striptease-Bar auf der East Side«, scherzte Trent.

Monica antwortete, ohne zu zögern: »Dann viel Spaß mit den Mädels, Barfuß.«

»Jede andere Frau wäre eifersüchtig.«

»Auf die heroinabhängigen und magersüchtigen Damen an der Tanzstange? Wohl kaum.«

Dakota lachte. »Klingt sehr sexy.«

Mary, in ihrer besten Form, meinte hinzufügen zu müssen: »Ich bin sicher, dass nicht alle drogensüchtig sind.«

Dakota begann vor Kälte zu zittern und lachte. »Okay, Miss Wörtlich, lass uns nicht mehr über die Tanzladys sprechen, sondern uns lieber auf massive Weihnachtseinkäufe konzentrieren. Ich habe mir viel vorgenommen, meine Damen, und dazu zählt nicht, dass ich mir hier den Hintern abfrieren will.«

Sie stiegen in eine Limousine und fuhren davon.

»Übrigens, Mädels, ich bin schwer beeindruckt von eurem Lebensstil.« Dakota lehnte sich zurück und streckte ihre gestiefelten Beine aus.

»Ich muss mich immer noch zwicken«, verriet Monica. »Meine Schwester und ich hatten kaum etwas, als wir aufgewachsen sind. Es hat ein bisschen gedauert, bis Trent mir beigebracht hat, mich ans Geld zu gewöhnen und dass man es auch ausgeben darf.«

Die Stretchlimousine fuhr durch die Straßen von New York. Lautes Hupen, Fußgänger, die versuchten, zwischen den Autos die Straße zu überqueren. Obwohl es fünf Grad unter Null war und Schnee vorhergesagt wurde, waren Horden von Menschen unterwegs. Die Stadt bebte vor Energie.

»Wir hatten alles«, erzählte nun Dakota von ihrer Kindheit, »beide Eltern, ein Haus, genug zu essen, eine gute Schule. Aber wir hatten auch nicht übermäßig viel. Wir sind in den Urlaub gefahren, in Nationalparks, zu den großen Sehenswürdigkeiten und so. Und das reicht mir eigentlich für meine Kinder.«

»Aber das hier ist so viel besser«, meinte Mary.

»Da würde ich mich auch nicht beschweren.«

Ihr Chauffeur hieß Nathaniel und er kannte sich sehr gut in der Stadt aus. Er schaffte es immer wieder, just vor dem Laden zu halten, den sie erkunden wollten. Wenn man in New York einen Schaufensterbummel machte, dann hatte man auch tatsächlich Schaufenster, in die man hineinsehen konnte. Manche der bekanntesten Läden hatten ihre großen Fenster mit überladenen Weihnachtsmotiven geschmückt. An jeder Straßenecke stand ein Weihnachtsmann, der eine goldene Glocke läutete.

Als sie an einem Juweliergeschäft vorbeikamen, blieb Monica stehen. »Lasst uns hier mal reingehen.«

»Warum denn?«

»Ich will nur schauen. Außerdem kauft Trent mir gerne so teures Zeug. Ich könnte mir ja jetzt anschauen, was mir gefällt, und ihn in die richtige Richtung lenken.«

Sie betraten den Schmuckladen und Monica zischte Dakota zu: »Ich habe eine Idee.«

»Ja?« Dakota zog die Handschuhe aus und rieb sich die Hände. Ihr dünnes kalifornisches Blut war diese Temperaturen nicht gewohnt.

»Wir lenken die Verkäufer ab, indem du so tust, als würdest du den perfekten Ring suchen, und ich kann mich in aller Seelenruhe umsehen.«

»Du meinst den perfekten Verlobungsring?«

»Klar. Glaubt man dir doch mit deiner Babykugel.« Monica blickte auf Dakotas Bauch, dessen Umfang jeden Tag ein Stück zuzunehmen schien, seit sie Umstandsklamotten trug.

»Gute Idee«, sagte Mary.

Dakota rollte mit den Augen. »Meinetwegen.«

Monica kicherte wie ein Schulmädchen und ging schnurstracks zu dem Fenster mit den Verlobungsringen. »Wenn, dann kauft Trent nur hier ein.«

Eine sehr große, attraktive Brünette mit sehr großer, wahrscheinlich künstlicher Oberweite kam mit einem leuchtenden Strahlen zu ihnen. »Darf ich Ihnen behilflich sein, meine Damen?«

Monica ergriff das Wort. »Ist Gill hier?«

Das Lächeln der Frau wankte etwas. »Natürlich.«

Als sich Miss Plastik umdrehte, flüsterte Dakota: »Kennst du jemanden, der hier arbeitet?«

Monica schüttelte den Kopf. »Nein, aber Trent. Redet die ganze Zeit von ihm.«

»Warum überrascht mich das nicht?«, wollte Mary wissen.

»Also, hier der Plan. Dakota, du schaust, probierst alles Mögliche an. Mary und ich werden abwechselnd bei dir sitzen und ich kann mir zwischendurch alles in Ruhe ansehen. Einverstanden?«

»Wie soll ich denn denen was vormachen?«

»Du bist doch Schriftstellerin. Lass dir was einfallen.«

Mary kicherte, als ein großer, unglaublich gut aussehender Mann aus dem hinteren Teil des Ladens zu ihnen kam.

»Meine Damen?« Er blieb bei ihnen stehen und Dakota war sich sicher, dass Mary gerade einen Eisprung bekam. »Sie haben nach mir gefragt?«

»Haben wir?«, fragte Mary.

»Haben wir.«

Dakota beugte sich zu Mary. »Du magst Glen.«

Mary schüttelte sich und der geistige Kurzschluss, den Gills maskuline Schönheit gerade bei ihr hervorgerufen hatte, ging vorüber.

»Ich bin Monica Fairchild«, verkündete Monica, die dem Juwelier die Hand gab. »Mein Mann kauft bei Ihnen ein. Zumindest hat er das gesagt.«

»Trent. Ja, das tut er. Wir sind gemeinsam zur Schule gegangen.«

Monica war erstaunt. »Tatsächlich? Das hat er gar nicht gesagt.«

»Manche Geheimnisse möchte man eben für sich behalten, nicht wahr?«

Monica bekam große Augen und blickte zu Dakota. »Tja also, wir sind hier, weil wir unserer Freundin helfen wollen.«

Gill blickte zu Dakota und schenkte ihr nun seine ganze Aufmerksamkeit.

»Vielleicht ist sie Ihnen bekannt. Dakota Laurens.«

Gill blickte unwissend, was Dakota erwartet hatte. Männer gehörten nicht zu ihrer Zielgruppe.

Die Brünette, die immer noch danebenstand, war erstaunt. »Ach, die Schriftstellerin?«

Monica schmunzelte und Dakota blickte verlegen zu Boden.

»Ja, die Schriftstellerin. Sie sucht einen Ring.«

Die ganze Sache machte Dakota plötzlich eine Gänsehaut. »Ich weiß nicht, Monica.«

»Komm schon. Gill ist der Beste in seiner Branche. Trent macht schließlich nur mit den Besten Geschäfte. Wenn hier nichts dabei ist, was dir gefällt, dann kann es auch nach deinen Wünschen speziell für dich angefertigt werden, stimmt's, Gill?«

Gill strahlte. »Wir machen immer wieder Extraanfertigungen für unsere Kunden.« Er ging um die Theke herum und gab Dakota die Hand. »Ich habe noch nie eine Schriftstellerin kennengelernt.«

Sie lächelte höflich und lockerte den Schal. »Ich hoffe, wir verschwenden nicht Ihre Zeit.«

»Freunde der Fairchilds sind stets auch meine Freunde.« Komisch, dass gerade ein Juwelier unbedingt mit den Freunden eines mehrfachen Milliardärs befreundet sein wollte. »Ich weiß wirklich nicht, wonach ich genau suche.«

Er führte sie zu einem Tischchen und bot ihr einen Stuhl an. »Monica sagt, Sie suchen einen Ring.«

»Sie schreibt solche heißen Liebesromane, in denen es am Ende immer einen großen, glitzernden Diamantring gibt«, verriet Monica.

Lachend zog Gill einen Schaukasten mit verschiedenen Ringen hervor. »Eine Dame wie Sie hat sicher eine genaue Vorstellung von dem, was sie gerne an der eigenen Hand sehen möchte.«

Dakota blickte seufzend auf die Ringe. »Ehrlich gesagt: nein. In meinen Büchern haben die Frauen immer genaueste Vorstellungen, aber für mich habe ich nie darüber nachgedacht.«

»Nun, dann liegt noch ein bisschen Arbeit vor uns.«

Monica und Mary standen dabei, als Gill verschiedene Sets zeigte. Die meisten davon waren sehr traditionell mit einem doppelten Ring und einem einzelnen Diamanten in der Mitte. Sie gefielen ihr alle nicht. Erst als sie ihre Freundinnen wegschickte, holte Gill die aufwendigeren Ringe, die mehr funkelten, und die Dakota besser gefielen.

Er steckte ihr einen Ring mit einem sehr großen, runden Brillanten an, der von zwei miteinander umschlungenen Ringen gehalten wurde, in denen wiederum viele kleine Brillanten gefasst waren. »Wir könnten die Form und den Schliff noch ändern«, sagte er.

»Der ist wunderschön.«

»Sie haben ein Auge für Qualität«, antwortete Gill.

Dakota wusste, was das zwischen den Zeilen zu bedeuten hatte.

»Qualität heißt Geld. Möchte ich wissen, was er kostet?«

Er schmunzelte. »Eher nicht.«

Dakota schüttelte den Mantel ab und warf die Haare über die Schultern zurück. Sie blickte sich um. Mary und Monica bewunderten gerade Ohrringe.

»Sollten wir über das Budget sprechen?«, fragte Gill.

»Eher nicht«, ahmte Dakota ihn nach. »Aber als Frau darf man ja auch mal ein bisschen träumen, oder?«

Sie blickte noch ein letztes Mal auf den Ring, zog ihn aus und legte ihn zurück. »Was haben Sie sonst noch?«

★★★

Trent klopfte Walt mal wieder auf den Rücken. »Gill und ich kennen uns schon sehr, sehr lange.«

Walt beobachtete Dakota auf dem Video.

Gill stellte das Band auf Pause. »Das ist der Ring, den sie eine Weile bestaunt, dann aber seufzend wieder ausgezogen hat.«

Walt sah genauer hin. »Ich weiß nichts über Brillanten.«

Gill zog ein Kästchen hervor und legte es vor Walt.

»Er hat dreieinhalb Karat und ist natürlich zertifiziert.« Er ratterte Zahlen und Buchstaben herunter, die für Walt nur böhmische Dörfer waren. »Als es um den preislichen Rahmen ging, hat sie ihn sofort wieder ausgezogen und sich die günstigeren Modelle angesehen.« Als Gill den Preis nannte, verstand Walt, warum.

Kapitel 23

Ein Erdbeben? Eine Klingel? Ein Wecker?

Dakota fuhr aus dem Schlaf hoch. Das Telefon vibrierte und läutete. Sie brauchte erst einige Sekunden, bis sie wusste, wo sie war.

Manhattan, Morrison Hotel. Sie waren in der Penthouse-Suite, die sie sich teilten, es war mitten in der Nacht und das Telefon klingelte. Sie hörte, wie Walt neben ihr abhob. »Hallo? Ja, ich bin dran.«

Verrückt, wie man innerhalb weniger Sekunden von komatös zu hellwach wechseln konnte. So wie Walt sprach, musste etwas Ernstes passiert sein. Sie machte Licht. Walt saß aufrecht, das Handy am Ohr, die Augen geweitet. »Wie sind seine Troponin-Werte?«

Dakota nahm seine Hand und hielt sie fest.

»Ich bin gerade in New York. Ich brauche ein paar Stunden, bis ich da bin. In Ordnung. Tschüs.«

»Was ist los?«

Walt war schneeweiß geworden. »Mein Vater hatte einen Herzinfarkt.«

Dakota blinzelte, spürte, wie ihr das Herz sank. »Ist er …«

»Er lebt. Liegt auf der Intensivstation.«

»Ach, Walt.« Sie schlang die Arme um ihn, wünschte, dass sie die dunkle Wolke, die plötzlich aufgetaucht war, einfach wegschieben könnte.

»Ich muss los.«

Dakota lehnte sich zurück. »Wir. *Wir* müssen los. Ich wecke die anderen, du packst.«

Sie arrangierten einen Flug, fuhren zum Flughafen und fast sieben Stunden später landeten sie in Denver. Walt schwieg die meiste Zeit, ließ aber ihre Hand nicht los, als sie durch die Eingangspforte des Krankenhauses liefen.

Sie wurden zu dem Wartebereich der Intensivstation geführt. Dort saß bereits Brenda eng an Larry gekuschelt.

Larry sah sie als Erster. »Hallo.«

Brenda wachte langsam auf. Ihre Augen waren geschwollen, die Kleidung zerknittert. »Ach, Walt.« Sie stand auf und umarmte ihren Bruder.

»Wie geht's ihm?«

»Er schläft. Mom ist bei ihm. Es war schrecklich, Walt.«

Er gab seiner Schwester einen Kuss auf den Kopf und ging zu den geschlossenen Türen der Intensivstation. »Wartest du hier auf mich?«, sagte er zu Dakota.

»Na klar.«

Nachdem er sich angemeldet hatte, wurde ihm die Tür geöffnet.

Dakota ließ ihre Tasche auf einen Stuhl fallen. »Wie geht es euch? Habt ihr etwas gegessen?«

Brenda schüttelte den Kopf, ihr Blick ging zu Dakotas Hand, die sie auf dem Bauch hielt.

»Dann stimmt es also, was meine Mutter erzählt.«

Es war schwer, ein Lächeln zu finden. »Walt und ich bekommen ein Baby.«

Brenda umarmte sie freudig. »Das ist ja großartig. Ich freue mich so für euch.«

Larry umarmte sie auch und legte kurz die Hand auf ihren Bauch. »Wenn etwas Schlimmes passiert, geschieht gleichzeitig auch immer etwas Gutes.«

★★★

Das vertraute Piepsen der Überwachungsgeräte, der Geruch nach Desinfektionsmitteln, gemischt mit anderem, was man nicht identifizieren konnte oder wollte.

Walt dachte, er sei vorbereitet auf das, was ihn erwartete. Schließlich wusste er, wie ein Patient aussah, der gerade einen Herzinfarkt erlitten hatte. Trotzdem aber musste er im Türrahmen stehenbleiben, weil er sich fühlte, als hätte ihm gerade jemand in den Bauch geboxt.

Walter Eddy II war über Nacht zehn Jahre gealtert. Sein Gesicht war eingefallen, er war so weiß wie das Bettlaken. Walts Mutter kauerte auf einem Stuhl neben dem Bett, ihr Kopf schief im Schlaf.

Als er das Zimmer betrat, fuhr seine Mutter hoch. »Walter«, flüsterte sie.

Sie schälte sich aus dem Stuhl und umarmte ihn. Leise gingen sie vor die Tür, um seinen Vater nicht zu wecken.

»Wie geht es ihm?«

»Stanley meinte, sein Zustand sei stabil. Du erinnerst dich doch noch an Dr. Altman, oder?«

Stanley Altman war der langjährige Arzt seines Vaters. Ein Mann, den er sehr schätzte und dem sie vertrauten. Es war verständlich, dass sein Vater von Stanley behandelt werden wollte, und umgekehrt wäre das auch der Fall.

»Natürlich. War er schon hier?«

Seine Mutter nickte. »Bevor er in die Praxis ist. Er wartet auf deinen Anruf.«

Walt sah wieder zu seinem Vater und auf den EKG-Monitor, der die Herzlinie anzeigte. Stabil war ein relativer Ausdruck für einen Mann, der an so viele Schläuche angeschlossen war. Wahrscheinlich war es gut, dass er schlief. Wenn er erst mal aufwachte, würde er sicher gleich zu meckern anfangen.

Walt ging zu den Intensivschwestern und wollte mit derjenigen sprechen, die für seinen Vater zuständig war. Millie war eine kleine Philippinin, die kaum einen Akzent hatte. Walt stellte sich vor und fragte nach der Krankenakte seines Vaters. Er bat sie, Stanley anzurufen und ihm zu sagen, dass er jetzt hier war.

Stanley hatte tatsächlich Anweisungen gegeben, dass man Walt einen Blick in die Krankenakte gewährte.

Walt blätterte durch den Bericht der Notaufnahme. Der Rettungswagen war erst zwanzig Minuten nach dem Notruf eingetroffen. Schnee in den Bergen und die abgeschiedene Lage seines Elternhauses waren die Ursache für die späte Ankunft der Sanitäter. Laut Bericht war sein Vater nach starken Schmerzen in der Brust, die bis zum linken Arm ausgestrahlt hatten, zusammengebrochen. Die klassischen Symptome eines Herzinfarkts. Was Walt allerdings überraschte, waren die Medikamente, die sein Vater laut Arztbogen einnahm. Sein Dad hatte anscheinend gewusst, dass er infarktgefährdet war.

»Dr. Eddy?«

Walt sah von der Akte auf. »Dr. Altman ist am Telefon.«

»Danke, Millie.« Walt nahm den Hörer und blätterte dabei weiter in der Akte. »Hallo, Stanley.«

»Hallo, Walt. Ich würde Sie ja fragen, wie es Ihnen geht, aber …«

»Wir müssen keine Höflichkeitsfloskeln austauschen. Danke, dass Sie sich um meinen Vater kümmern.«

»Für ihn würde ich alles machen. Das wissen Sie doch.«

Walt kam gleich zum Thema. »Er hat per Herzkatheter mehrere Stents bekommen?« Stanley berichtete, dass sie zwar einige der verengten Herzkranzgefäße öffnen konnten, doch nicht alle.

»Er braucht einen Bypass. Ich habe ihm das schon vor Jahren gesagt, aber vielleicht hört er jetzt endlich auf mich.«

»Mann, er hat mir nie etwas davon gesagt.«

»Wir sind Chirurgen, Walt. Wir können nur schlecht damit umgehen, wenn unser eigener Körper Probleme macht.«

»Und ignorieren es.«

»Genau. Vielleicht können Sie ihn überzeugen. Schließlich weiß er am besten, dass die Operation zwar Risiken birgt, aber unumgänglich ist. Ihr Dad ist sehr stur.«

»Da erzählen Sie mir nichts Neues. Ich werde mein Bestes geben. Wann soll er denn operiert werden?«

»Er muss sich noch ungefähr zwei Tage von dem Infarkt erholen. Falls sich sein Zustand verschlechtert, greifen wir natürlich sofort ein.« Hoffentlich würde es nicht zu einer Notoperation kommen. »Ich spreche mit ihm.«

»Sie wissen, wo Sie mich finden können. Und bitte, schicken Sie Ihre Mutter nach Hause. Ich kann sie schlecht rauswerfen, aber sie tut weder ihm noch sich selbst einen Gefallen, wenn sie hierbleibt.«

»Verstehe. Danke.«

Walt rieb sich die Bartstoppeln und schloss die Krankenakte.

Er bat seine Mutter kurz vor die Tür.

»Dad muss noch ein paar Tage bleiben.«

»Das hat Stanley auch schon gesagt.«

»Wusstest du von seinem Herzen?«

Seine Mutter reckte das Kinn nach vorne, setzte wieder ihre altgewohnte Maske auf. »Wir haben nie wirklich darüber gesprochen. Er hat nur erwähnt, dass er Medikamente nehmen muss. Er ist aber nicht weiter ins Detail gegangen. Ich bin davon ausgegangen, dass er es sagt, wenn es sich um etwas Ernstes handelt.«

Das hätte sich Walt schon denken können. JoAnne wollte, dass ihre perfekte, kleine Welt stets perfekt blieb, und deshalb hielt sein Vater ein paar Wahrheiten von ihr fern.

»Er muss operiert werden.«

Sie blickte ihn ratlos an. »Am offenen Herzen?«

»Ja.«

Sie sagten eine Weile nichts. »Und wenn man nicht operiert?«

Walt blickte zum Bett seines Vaters. »Dann wird das wieder passieren. Und hoffentlich kommt dann der Notarzt beim nächsten Mal noch rechtzeitig.«

»Worauf warten wir dann noch?«

Seine Mutter hatte für sich also schon die richtige Entscheidung getroffen. »Erst muss sich sein Zustand verbessern. Vielleicht noch zwei Tage, wenn wir es so lange hinauszögern können.«

Seine Mutter rieb sich die Stirn.

»Du bist müde.«

»Ich war auch vorher schon mal müde. Das halte ich aus.«

Walt legte ihr den Arm um die Schultern. »Du musst schlafen und was essen.«

»Ich muss bei ihm bleiben.«

»Es nutzt aber niemandem etwas, wenn du völlig erschöpft bist. Außerdem braucht auch Dad seinen Schlaf. Vor allem braucht er dich nach der Operation. Ich habe seine Krankenakte gelesen und auch Stanley sagt, dass er stabil ist. Lass mich für eine Weile übernehmen.«

Ihre Schultern sanken zusammen. »Ich weiß ja, dass du recht hast.«

Sie holte ihre Handtasche aus dem Zimmer und verließ zusammen mit Walt die Intensivstation.

Dakota saß mittlerweile alleine im Wartebereich. Sie stand auf, als Walt und JoAnne herauskamen.

»Ich wusste nicht, dass du sie auch mitgebracht hast«, sagte seine Mutter steif.

Dass sie selbst in dieser Situation so sein kann. Walt ging nicht weiter darauf ein. »Wo sind denn Brenda und Larry?«

»Heimgefahren. Larry hat gesagt, dass sie in ein paar Stunden wiederkommen. Sie müssen sich ein bisschen ausruhen.«

Walt wandte sich an seine Mutter: »Steht dein Auto hier?«

»Ja, ich kann aber nicht nach Hause. In meinem Zustand kann ich nicht Auto fahren.« Sie wollte wieder zur Intensivstation zurückkehren, doch Walt blockierte ihr den Weg.

»Ich rufe dir ein Taxi.«

»Nein, Walter.«

»Ich könnte doch fahren«, schlug Dakota vor.

Walt wollte das eigentlich nicht zulassen. Andererseits war es für Dakota besser, wenn sie nicht länger als nötig im Krankenhaus blieb, so gerne er sie auch an seiner Seite gehabt hätte. Doch Walt wollte nicht, dass sie noch länger den Krankenhauskeimen ausgesetzt war. Bei Schwangeren konnten auch einfache Infektionen durch Bakterien oder Viren zu Komplikationen führen. Er hatte schon genug Sorgen.

»Ihr solltet beide heimfahren und zusehen, dass ihr etwas Schlaf bekommt.«

Als JoAnne protestieren wollte, erhob Walt die Stimme. »Mom. Bitte. Ich muss mich auf Dad konzentrieren und möchte mit dir jetzt keinen Streit anfangen.«

Sie stieß einen langen Seufzer aus und ging.

Walt umarmte Dakota. »Danke, dass du sie nach Hause fährst.«

»Kein Problem. Wie geht es ihm?«

Er schüttelte den Kopf. »Er ist sehr krank. Muss operiert werden. Es wird eine lange Woche.«

»Sag mir, was ich tun kann, um zu helfen.«

Walt küsste sie. »Dass du hier bist, ist eine große Hilfe für mich.«

»Ich bin nur einen Anruf entfernt.«

»Schreib mir eine SMS, wenn ihr angekommen seid.«

»Okay.«

Er küsste sie noch einmal und sah ihr nach, als sie hinausging.

Wieder in der Intensivstation nahm nun Walt den Platz seiner Mutter ein.

Als die Krankenschwester hereinkam, um den Infusionsbeutel zu wechseln und das EKG zu kontrollieren, öffnete sein Vater endlich die Augen. »Lassen Sie mich in Ruhe, Millie.«

Walt lachte.

»Kann ich leider nicht, Dr. Eddy. Ich habe Sie schon extra eine halbe Stunde länger schlafen lassen, aber mehr geht nicht.«

»Das werde ich mir merken«, drohte er.

Walt sah zur Schwester und zuckte entschuldigend mit den Schultern. »Das ist nur seine raue Schale, Millie.« Walts Vater drehte den Kopf. »Sieh mal einer an, wer hier ist. Thanksgiving ist doch schon vorbei.« Er versuchte, sich im Bett aufzusetzen, wollte aber Millies Hilfe nicht annehmen. »Du bist zu spät.«

»Wenn es dir so wichtig ist, Dad, dann hättest du es auch einfach sagen können. Du hättest nicht extra einen Herzinfarkt vortäuschen müssen, damit ich mitten in der Nacht noch losfliege.« Er freute sich über das halbe Schmunzeln seines Dads.

»Manometer«, seufzte sein Vater. »Ein Herzchirurg, der einen Herzinfarkt hat. Komischer Zufall, was?«

»Wohl kaum, laut Aussage deines Arztes. Wirklich, Dad, du hättest doch wissen müssen, dass das eines Tages passiert, oder?«

Millie maß Fieber und veränderte die Tropfgeschwindigkeit der Infusion. »Ich möchte bitte mal meine Laborwerte sehen«, sagte sein Dad zu Millie. »Nicht, dass Stanley mir am Ende noch zu viel Heparin verpasst.«

»Es ist die gleiche Dosis, die Sie auch Ihren Patienten geben, Dr. Eddy.«

»Ich will trotzdem meine Werte haben.«

»Selbstverständlich, Doktor.«

Arme Millie. Walt nahm sich vor, allen Schwestern, die das ›Privileg‹ hatten, seinen Vater als Patient zu versorgen, eine gute Flasche Wein zu schenken. Millie war fertig und verließ wieder das Zimmer.

»Sie ist eine der besten Schwestern hier«, meinte sein Dad, als sie draußen war.

»Und trotzdem behandelst du sie so furchtbar.«

Er schnaubte. »Ich schenke ihr immer eine Schachtel Pralinen zu Weihnachten.«

Es war vielleicht nicht Walts Angelegenheit, seinem Vater die Gepflogenheiten in einem Krankenhaus zu erklären. »Wie du meinst, Dad. Ich habe jedenfalls in meinem ersten Jahr schon gelernt, dass man, wenn man das Pflegepersonal mit Respekt behandelt, nie nachts um zwei unsanft geweckt wird, bloß weil ein Patient erhöhte Temperatur hat.«

»Über so etwas muss ich aber doch informiert werden.«

»Nein. Du musst nur eine Schwester haben, die weiß, dass sie Laborwerte einholen muss, die sie dir am nächsten Morgen zeigt. Eine gute Schwester weiß schon, wann sie den Arzt rufen muss, aber eine Schwester die Angst hat, dass sie zur Schnecke gemacht wird, selbst wenn sie alles richtig macht, wird dich immer herausrufen und nach deiner Meinung fragen. Ich wette, dass du noch keine einzige ungestörte Nachtschicht hattest.«

Statt eines Kommentars klopfte sein Dad auf den Infusionsschlauch. »Wo ist deine Mutter?«

»Ich habe sie heimgeschickt. Du hast ihr gar nichts von deiner Herzkrankheit erzählt.«

»Ich wollte nicht, dass sie sich Sorgen macht.«

»Zu spät.«

Sein Vater ließ den Kopf ins Kissen zurückfallen. »Ich bin nicht so gerne selber Patient, Walter.«

»Keiner von uns. Schon blöd mit uns Menschen.«

Sein Dad zeigte ein schiefes Grinsen. »Die wollen mich operieren.«

Walt wählte vorsichtig seine Worte. »Du sagst doch selbst immer, dass eine Bypassoperation mittlerweile nur noch ein Routineeingriff ist.«

»Ja, ja, ist es ja auch.«

»Aber?«

»Ich stehe lieber vor dem Krankenbett, als selbst darin zu liegen. Unter Vollnarkose bin ich völlig ausgeliefert.«

Walt beugte sich vor und tätschelte seinem Vater sie Hand. »Du bist halt einer, der immer und überall das Sagen haben will.«

»Hilft mir jetzt auch nicht weiter.«

»Du und Dakota, ihr seid euch sehr ähnlich.«

Sein Vater sah auf. »Wie geht es deinem Mädel?«

»Gut, sie fährt gerade Mom nach Hause.«

»Etwa allein?«

Walt nickte. »Ja, warum?«

»Na, du traust dich vielleicht was. Deine Mutter ist nicht gerade begeistert von ihr.«

»Genau der Grund, warum wir Thanksgiving nicht gekommen sind.«

Walt merkte, dass die Piepsgeräusche des Monitors schneller wurden, weil sich Walters Puls erhöhte. Zeit, das Thema zu wechseln. »Brenda und Larry sind kurz heimgefahren, um sich ein bisschen auszuruhen. Sollen sie dir was mitbringen, wenn sie wiederkommen?«

»Nein. Aber wenn deine Mutter kommt, dann soll sie mir ein paar Pyjamas bringen. Ich will den Leuten hier nicht meinen nackten Hintern in dem blöden Krankenhauskittel zeigen.«

Seine Widerborstigkeit war ein gutes Zeichen dafür, dass es ihm bereits besser ging.

Kapitel 24

Dakota fand JoAnnes Schweigen im Auto sehr unangenehm. Es verunsicherte sie.

Sie kamen auf dem Weg zum Haus der Eddys nur sehr langsam voran, weil es so glatt war. JoAnne murmelte zweimal vor sich hin, dass ein Mädchen aus Kalifornien nichts über Autofahren im Schnee wüsste. Dann lehnte sie ihren Kopf gegen das Fenster und döste ein wenig.

Gut so. Dakota war anfangs tatsächlich nicht so sicher hinterm Steuer, wie sie es gerne gehabt hätte. Doch bald hatte sie das Auto und die Straßenlage im Griff. Trotzdem fuhr sie im Schneckentempo den Hügel hoch und es machte ihr nichts aus, dass die anderen Autos sie überholten, als sei sie eine Sechzehnjährige, die zum ersten Mal Auto fuhr.

Endlich in der Einfahrt der Eddys angelangt, parkte sie vor dem Haus. Erst da regte sich JoAnne wieder.

»Wir sind da«, sagte Dakota.

JoAnne blinzelte und stieg schweigend aus.

Im Haus ging JoAnne in die Küche und goss sich ein Glas Wasser ein.

Dakota folgte ihr. Sie wusste nicht, was sie sonst tun sollte. »Soll ich Ihnen vielleicht etwas zu essen machen?«, fragte sie und wappnete sich für eine schroffe Antwort.

Schließlich war ihre letzte längere Konversation mit JoAnne alles andere als freundlich verlaufen.

»Ich muss schlafen.« Damit drehte sich JoAnne Eddy auf den Fersen um und ließ Dakota in der Küche stehen.

Dakota sah ihr nach, atmete tief ein und blies langsam die Luft wieder aus.

Immerhin blieb ihr so jede weitere unangenehme Unterhaltung erspart. Sie legte ihre Tasche, in der sie ein paar Dinge für die Nacht hatte, auf das Sofa im Wohnzimmer und schaute aus dem Fenster.

Auf dem See, in den sie Walt vor wenigen Monaten geschubst hatte, lag eine Eisschicht. Mit dem Schnee am Ufer sah es aus wie eine Filmkulisse.

An einem anderen Tag hätte dieser Blick wunderschön sein können.

Heute wirkte es nur eisig.

Wenn Walt hier wäre, könnte sie den Ausblick vielleicht genießen. Doch er saß im Krankenhaus und wachte über seinen kranken Vater.

Sie holte ihr Handy aus der Tasche und schickte ihm eine kurze Nachricht, dass sie gut angekommen waren.

Sobald sie ihre Schuhe ausgezogen und die Füße hochgelegt hatte, begann Junior zu tanzen. »Du bist mir vielleicht ein freches Ding«, flüsterte sie zu ihrem ungeborenen Kind. »Erst stundenlang nichts und jetzt willst du spielen.«

Aber statt sich ein Schlafzimmer mit Bett zu suchen und möglicherweise JoAnne zu stören, holte sich Dakota ein Glas Milch und ein Stück Brot. Auf der Couch fand sie eine Decke und ein Kissen. Obwohl Junior weiterstrampelte, schlief sie innerhalb von Minuten tief und fest ein.

Als sie wieder aufwachte, taten ihr zwar Kopf und Rücken weh, sie fühlte sich aber trotzdem ein bisschen fitter als zuvor. Noch stand die Sonne am Himmel und sie hatte also gar nicht so lange geschlafen, wie sie es eigentlich hätte brauchen können.

Sie holte ihr Handy und las ihre Nachrichten wie andere Leute die Zeitung.

Walt hatte geantwortet und schrieb, dass sie sich melden solle, wenn sie wach war.

Eine weitere Nachricht war von Mary, die sich erkundigte, wie es allen ging.

Außerdem hatte ihre Agentin Desi geschrieben, die wissen wollte, ob sie sich vor dem Termin mit der Verlegerin noch treffen könnten.

Als Erstes rief Dakota Walt an.

»Hi«, sagte sie, als er abhob.

»Du hast ja gar nicht lange geschlafen.« Was auch stimmte, denn es waren nur knapp zwei Stunden gewesen.

»Ich mache ja sonst keine Nachtdienste und kann tagsüber nicht lange schlafen. Wie geht's dir? Du klingst müde.«

»Erinnere mich daran, dass ich das nie wieder mache.«

Sie lachte gezwungen. »Als ob man sich das aussuchen könnte. Wie geht's deinem Dad?«

»Er ist streitsüchtig, schlecht gelaunt und unfreundlich. Heißt also, dass es ihm besser geht.«

»Freut mich zu hören. Wie geht's dir? Hast du geschlafen?«

»Ich werde heute Nacht schlafen.«

Er hatte also nicht mal die Augen zugemacht. »Walt.«

»Mir geht's gut.«

»Bist du sicher?«

Er seufzte. »Wie geht's Mom?«

»Sie schläft.«

»War sie gemein zu dir?«

Dakota sah aus dem Fenster. Der Wind blies den Schnee von den Bäumen. »Dazu war sie zu müde. Sie hat sich in ihrem Zimmer verkrochen.«

»Das ist wahrscheinlich gut so.«

Walt erzählte von der Operation, die seinem Vater bevorstand, und wie die Schwestern sich ihren Weihnachtsbonus verdienten, weil sie seinen Dad so tapfer ertrugen. Walt bat Dakota, für die Belegschaft etwas zu essen zu bestellen, um ihnen etwas Gutes zu tun.

Dakota schrieb es sich auf. »Ich kümmere mich darum«, sagte sie.

»Habe ich dir eigentlich schon gesagt, wie froh ich bin, dass du mitgekommen bist?«

»Hast du, aber das musst du mir nicht sagen. Ich rufe dich an, wenn wir hier wieder losfahren.«

»Okay. Fahr vorsichtig.«

»Mach ich.«

Dakota legte auf und machte sich in der Küche zu schaffen. Sie suchte und fand eine Kanne und kochte Kaffee. Dann erwärmte sie den Inhalt einer Dosensuppe und goss sie in einen Wärmebehälter, den sie Walt später mitbringen wollte.

Um sich abzulenken, stellte Dakota den Fernseher an und schaute die Abendnachrichten.

Im Wetterbericht wurde Frost für die Nacht vorhergesagt. Es gab Unwetterwarnungen für die nächsten Tage. Ein starker Schneesturm wurde erwartet.

»Großartig«, murmelte sie. »Als ob wir jetzt auch noch schlechtes Wetter gebrauchen könnten.«

Die Möglichkeit, dass sie hier eingeschneit werden könnten, brachte Dakota dazu, einen Blick in die Vorratskammer der Eddys zu werfen. Sie entdeckte Dosen und Wasserflaschen. Die Zentralheizung würde das Haus warmhalten, aber hatten sie auch genügend Holz für den Kamin?

Dakota, die sich stets für alle Notfälle vorbereitete, zog sich eine Jacke an und sah in der Stiefelkammer und auf der Hinterseite des Hauses nach.

An der Wand entlang war Feuerholz aufgeschichtet, was sie beruhigte.

Sie würden immer wieder den Berg hinauffahren müssen. Was hatten die Eddys in ihrem Auto?

Dakota hatte nichts Brauchbares in JoAnnes Auto gesehen und würde dafür sorgen, dass es für den Notfall gerüstet war.

★★★

Die Fahrt bergab wieder Richtung Krankenhaus war fast genauso unterhaltsam wie die Hinfahrt. JoAnne schlief zwar nicht, doch beschränkte sich der Wortwechsel auf Richtungsanweisungen. Dakota war froh, als sie JoAnne vor dem Klinikeingang absetzte und alleine nach einem Parkplatz suchte.

Sie nutzte den ruhigen Moment und rief Desi an. »Du musst mich leider entschuldigen«, sagte sie ihrer Agentin. Dakota erzählte in fünf Minuten, wo sie war und warum sie den Termin mit ihrer Verlegerin nicht wahrnehmen können würde. »Aber die gute Nachricht ist, dass mein neues Buch fertig ist.«

»Wie bitte?«, fragte Desi schrill vor Überraschung. »Ist das ein Scherz?«

»Nein. Ich wollte es dir persönlich geben, jetzt muss ich es aber doch als Datei schicken.«

»Es sind doch noch zwei Monate bis zum vereinbarten Abgabetermin.«

»Weiß ich. Vielleicht war ich besonders inspiriert oder es lag an den schlaflosen Nächten. Wenn Junior erst mal auf der Welt ist, wird es nicht mehr so ruhig zugehen. Deshalb habe ich gearbeitet, solange es noch ging.«

»Du klingst etwas gestresst. Wie geht es dir denn?«

»Ach, eigentlich gut. Mit Walt und mir klappt es sehr gut, wie ich finde. Hoffentlich ist dieser kleine Vorfall mit seinem Vater auch wirklich nur ein kleiner Vorfall.«

»Und was ist mit den Hochzeitsglocken? Läuten die auch demnächst?«

Dakota schüttelte den Kopf, obwohl es ohnehin niemand sah. »Es gibt doch auch viele Hollywood-Filmstars, die nicht verheiratet sind und trotzdem zusammenleben und Kinder haben.«

»So eine bist du aber doch nicht.«

»Doch, bin ich.«

Desi lachte auf. »Nein! Bist du nicht.«

Mit ihrer Agentin darüber zu streiten, wäre nur Zeitverschwendung. »Du, ich muss los. Sag Loretta, dass es mir sehr leidtut und dass ich morgen das Manuskript schicke.«

»Sag ich ihr. Pass auf dich auf. Und sag auch deinem Arzt, dass er auf dich achtgeben soll.«

Dakota zog den Mantel gegen die Kälte enger und betrat das Krankenhaus. Drinnen lief sie Walt in die Arme, der gerade aus der Intensivstation kam.

Er sah müde aus, war unrasiert und seine Frisur wirkte, als hätte er sich stundenlang mit den Fingern die Haare durchkämmt. »Oh, Doc.«

Er zog sie in eine Umarmung und fiel fast dabei um.

Sie hielt ihn ein paar Sekunden lang. »Ist es so schlimm?«

Er schüttelte den Kopf, sprach in die Beuge an ihrem Hals. »Er ist so gereizt und schnauzt alle an, die ins Zimmer kommen.«

»Das heißt, es geht ihm besser?«

Walt nickte, ließ sie los und hielt ihr Gesicht mit beiden Händen. »Du siehst gut aus und riechst noch besser.«

»Das sagst du wahrscheinlich zu allen Frauen, die ein Kind von dir kriegen.«

Er küsste sie sanft. Dakota schmiegte sich an ihn und ihr Lächeln kam tief aus ihrem Innersten. Ja, sie waren zwar im Krankenhaus und es waren widrige Umstände, aber sie hatten sich.

Die Türen der Intensivstation gingen auf, weil jemand herauskam.

»Mein Dad will dich sprechen«, sagte Walt. »Und dann will ich fahren.«

»Lassen wir deine Mom alleine hier?«

Er nickte. »Larry bringt sie später heim. Stanley möchte, dass die Besuchszeiten strikt eingehalten werden bis zur Operation.«

»Hat dein Dad in die OP eingewilligt?«

»Ja, sie ist für Mittwoch angesetzt.«

Dakota legte eine Hand auf seine Wange. »Dann müssen wir ein bisschen schlafen, so lange es noch geht.«

Sie gingen gemeinsam hinein.

Dakota hatte zwar schon das eine oder andere Mal jemanden im Krankenhaus besucht, sie war aber noch nie auf der Intensivstation gewesen, wo Menschen zwischen Leben und Tod schwebten. Wie ging es den Patienten, die sie durch die großen Glasscheiben in den Betten liegen sah? Der typische Krankenhausgeruch war hier noch stärker. Sie müsste Walt fragen, woher dieser Geruch kam. Aber jetzt dachte sie lieber nicht länger darüber nach, denn ihr wurde ziemlich flau davon.

Walt öffnete die Tür des Krankenzimmers.

Es war Besuch da. Neben JoAnne saß Walts Großvater, Walter Eddy I. Der Patient, Walter II, saß in seinem Bett und schaute zu den Neuankömmlingen. »Da sind Sie ja«, sagte Walts Vater zu Dakota.

»Hallo, Dr. Eddy.«

Walts Dad war viel freundlicher zu ihr als Walts Mutter. »Nun kommen Sie doch mal und begrüßen mich alten Knacker.«

Sie gehorchte und passte auf, dass dabei kein Kabel oder Schlauch verrutschte. »Sie sind doch gar nicht alt«, sagte sie.

»Ich fühle mich wie hundert.«

Dakota biss sich auf die Zunge, damit ihr nicht herausrutschte, dass er heute nur wie neunzig aussah.

»Wo ist denn mein kleines Enkelkind?«, fragte er.

Dakota stellte sich neben Walt und klopfte sich auf den Bauch. »Immer noch da, wo ihr holder Sohn es eingepflanzt hat«, sagte sie schelmisch.

JoAnne schnaubte entrüstet und Walts Großvater lachte auf.

»Sobald ich ein bisschen fitter bin, bringe ich den Kerl mal zur Vernunft und frage ihn über die Hochzeitspläne aus.«

»Also schon an diesem Wochenende?«, sagte Dakota gespielt optimistisch.

Walts Vater zwinkerte ihr zu. »Ihr habt noch bis nächste Woche Zeit. Aber nur, dass ihr schon mal vorgewarnt seid.«

Walts Großvater mischte sich ein. »Also, ich bin fit, wegen mir müsst ihr nicht warten.«

»Jetzt nicht, Dad«, zischte JoAnne ihrem Schwiegervater zu.

Er brummte etwas Unverständliches.

»Also, mein Sohn, dir muss ich ja nicht erklären, warum du dein Mädel schnell wieder von hier wegbringen musst. Nicht, dass sie sich noch etwas einfängt.«

Walt legte ihr die Hand auf den Rücken. »Wir fahren ja gleich.« Zu seiner Mutter sagte er: »Larry bringt dich heim.«

»Ich muss gar nicht heimfahren.«

»Doch, musst du. Dad soll sich ausruhen und du auch.«

JoAnne kniff den Mund so fest zusammen, dass man sich fragen musste, ob sie so überhaupt noch atmen konnte.

»Ich sehe dich morgen früh, Dad.«

Dakota klopfte ihm durch die Decke aufs Bein. »Und nicht, dass Sie mir eine der Krankenschwestern in den Hintern kneifen. Das wäre unprofessionell.«

Er gluckste und schließlich entfaltete sich sein Lachen wie ein Schlüsselblümchen im ersten Sonnenstrahl.

Sie wandten sich zum Gehen.

»Walt?«

»Ja, Dad?«

»Danke, dass du hier bist.«

Lächelnd verließ Walt das Zimmer.

★★★

Zwei Tage lang kümmerte sich Walt um seinen Vater, ertrug die patzige Art seiner Mutter, redete mit Stanley und munterte die Krankenschwestern der Station auf.

Dakota hingegen war für das Essen zuständig. Sie kochte nicht viel, organisierte aber einen Caterer, der Mahlzeiten lieferte, die nur noch aufgewärmt werden mussten. Dakota bestellte auch etwas für die gesamte Belegschaft der Intensivstation. Sie notierte sich, wer sich um Dr. Eddy kümmerte, und veranlasste, dass jeder eine gute Flasche Wein nach Hause geschickt bekam. Sie sorgte sogar dafür, dass auch die Praxisangestellten von Dr. Altman etwas bekamen.

Dakota war für Walt da und versuchte zu helfen, wo es ging.

Walt hingegen versuchte, Dakota weitestgehend vom Krankenhaus fernzuhalten. Wenn er genügend Energie hatte, schliefen sie miteinander, und wenn nicht, dann kuschelten sie.

Am Abend vor der Operation verließen sie zu fünft das Krankenhaus und gingen gemeinsam zu einem Italiener.

»Dad trägt es ziemlich mit Fassung«, meinte Brenda, als sie alle saßen und Getränke vor sich stehen hatten.

»Ja, finde ich auch.« Larry lehnte sich an seine Frau.

»Wir wollen morgen nach der Operation zwar sicher alle zu ihm, doch werden sie uns nur einen sehr kurzen Besuch gestatten und dann gleich wieder rauswerfen«, erklärte Walt.

JoAnne nahm sich eine Knabberstange. »Ich mach mir aber mehr Sorgen um ihn, wenn ich zu Hause bleibe.«

Das konnte Walt verstehen.

»Du kannst ja so lange bleiben, bis du weißt, dass er die Operation gut überstanden hat.« Walt ergriff Dakotas Hand. »Aber du solltest wirklich nicht so viel Zeit im Krankenhaus verbringen.«

Dakota schüttelte den Kopf. »Schwangere Ärztinnen und Krankenschwestern bleiben doch auch keine neun Monate zu Hause.«

»Du bist aber weder Ärztin noch Krankenschwester.«

»Das ist süß, Doc. Trotzdem fahre ich morgen.«

Brenda wechselte das Thema. »Dakota, wie habt ihr zwei euch eigentlich kennengelernt?«

»Er wollte bei einer Konferenz seinen Vortrag in meinem Raum halten.«

Bei der Erinnerung daran, wie sie ihren Rücken durchgestreckt und seinem Blick standgehalten hatte, musste er grinsen. »Und was war noch mal das Thema von deinem Vortrag?«, fragte er provozierend.

»Wie man eine gute Sexszene schreibt.«

Larry prustete das Wasser heraus, das er gerade trinken wollte, und Walts Mom zischte missbilligend.

»Sprecht doch etwas leiser.«

Walt sah sich um. Niemand saß in Hörweite. »Entspann dich, Mom.«

»Er hat einen abfälligen Kommentar über Kitschromane gemacht und das wollte ich nicht auf mir sitzen lassen.«

»Hast du auch nicht«, sagte er und war froh, dass sie nicht mehr vom Krankenhaus und der Operation sprachen. »Du bist mir aber schon vorher aufgefallen.«

»Tatsächlich?« Brenda stützte sich auf die Ellbogen.

»Sie war in einer Bar, hatte eine Kappe von den Lakers auf und belauschte andere Leute.«

Walt ignorierte das Augenrollen seiner Mutter.

»Ich nenne es Recherche.«

»Hast du was Interessantes gehört?«

Dakota grinste. »Nur plumpe Anmachen. Es ist krass, was manche Leute so sagen.«

»Kann ich mir vorstellen.«

»Das heißt also, Sie belauschen Leute bei ihren privaten Unterhaltungen und schreiben sie auch noch auf?«, fragte seine Mom.

»Nein, ich studiere Menschen. Ich versuche herauszufinden, wie sie ticken. Es hilft mir für die Figuren in meinen Büchern.«

»Für solche Bücher, wie Sie schreiben, ist das doch wohl kaum notwendig.«

Brenda entrüstete sich: »Also wirklich, Mom. Jetzt reiß dich doch mal zusammen. Du hast die Bücher von ihr gar nicht gelesen, da kannst du auch nicht darüber lästern.«

Dakota bemühte sich um eine freundliche Fassade, doch Walt wusste, dass sie nur aufgesetzt war. Sie zeigte nicht, dass seine Mutter sie verletzt hatte.

»Sie würden sich gut mit meiner Mutter verstehen«, sagte Dakota. »Sie sagt immer, dass ich so ein *Schmutzzeug* schreibe.«

»Das ist doch überhaupt kein Schmutzzeug«, sagte Brenda. »Worum geht es in dem neuen Buch?«

Walt sah seine Mutter scharf an, hoffte, sie hatte die Zurechtweisung verstanden.

Während Brenda Dakota über ihr neues Buch ausfragte, brachte der Kellner das Essen.

★★★

Als sie ein paar Stunden später eng aneinandergekuschelt im Bett lagen, meinte Walt: »Das mit meiner Mutter tut mir leid.«

»Das braucht dir nicht leidzutun. Sie steht sehr unter Stress.«

»Ja, wir alle, es gibt ihr aber kein Recht dazu, dich zur Zielscheibe für ihre Angriffe zu machen.«

Dakota richtete ihre dunklen Augen auf ihn. Er strich ihr eine Haarsträhne hinters Ohr. »Deine Mom und ich werden uns schon zusammenraufen. Du hast genug um die Ohren und diese Beziehung muss dich nicht auch noch belasten.«

Sie legte ihre Wange in seine Hand und lächelte ihn an. Eine Welle, so groß wie ein Tsunami, überrollte ihn. »Ich liebe dich«, flüsterte er.

Sie hielt inne und seufzte. »Walt, ich –«

»Pssst, ich sage das nicht, weil du mir das Gleiche zurücksagen sollst. Ich kann mich nur nicht zurückhalten.«

Ihr Blick wurde noch liebevoller, obwohl das kaum möglich war, und er wusste, dass er mit diesem Gefühl nicht allein war.

Aber statt etwas zu sagen, berührte ihn Dakota, küsste ihn und ließ ihre Seele mit seiner verschmelzen.

»Schlaf mit mir«, flüsterte sie auf seine Lippen.

Walt lächelte, zog sie unter sich und liebte sie.

Kapitel 25

Dakota stand immer wieder auf und lief, während Walts Dad operiert wurde, unruhig die Gänge des Krankenhauses auf und ab. Je mehr Zeit verstrich, desto stiller wurden sie alle und desto mehr wurde ihnen bewusst, wie zerbrechlich das Leben war.

Als es langsam an der Zeit war, dass man sie über den Verlauf der Operation unterrichtete, wurde Dakota unruhig. Jedes Mal, wenn die Tür zu den OP-Sälen aufging, hofften sie, dass Dr. Altman endlich erscheinen würde.

»Walt, frag bitte irgendwen, was los ist!«

Walt klopfte beruhigend die Hand seiner Mutter. »Stanley weiß doch, dass wir alle warten. Er kommt, sobald er fertig ist.«

Dakota drückte seine Hand, sagte ihm ohne Worte, dass sie für ihn da war. Er küsste ihre Fingerspitzen und fuhr hoch, als sich tatsächlich endlich die Tür öffnete.

»Stanley!«

Sie erhoben sich, doch Dr. Altman bedeutete ihnen, sich wieder zu setzen. Er hatte noch die OP-Kleidung an und wirkte genauso angespannt, wie sie sich alle miteinander fühlten. Er lächelte aufmunternd. »Jetzt hat er es hinter sich, JoAnne.«

»Wie geht es ihm?«

»Er ist ein zäher Kerl. Hat mir ein paar Probleme bereitet, aber es ist alles gut verlaufen.«

Dakota spürte Tränen aufsteigen. Alle atmeten erleichtert auf.

JoAnne ergriff beide Hände von Stanley. »Danke.«

»Er ist im Aufwachraum und muss noch eine Weile beatmet werden.« Dr. Altman erklärte, welche medizinischen Maßnahmen nach einer Bypass-Operation folgten und was Walts Vater noch über sich ergehen lassen musste.

»Wann können wir zu ihm?«, fragte JoAnne.

»Erst muss der Beatmungsschlauch ab. Danach können Sie rein, aber nur kurz. Ihr Sohn hat ja sicher schon erklärt, dass Sie jetzt noch gar nicht mit ihm reden können. Morgen, vielleicht auch erst übermorgen, kann er wieder Besuch empfangen.«

Walt gab Dr. Altman die Hand und entfernte sich ein Stück von den anderen, um ein kurzes Wort mit ihm zu wechseln.

Brenda rief unterdessen ihren Großvater an und einen Freund der Familie, der die Neuigkeiten weiterleiten würde.

Dakota wollte Mary eine Nachricht schreiben, doch der Akku war leer. Sie steckte das Handy wieder in die Tasche zurück und würde später Walts Telefon benutzen.

»Wir müssen mindestens noch eine Stunde warten, bis wir zu ihm können«, sagte Walt zu den anderen, als er sich von Dr. Altman verabschiedet hatte. »Ich brauche jetzt ein bisschen frische Luft.«

Sie ließen die anderen in der Lobby zurück und fuhren mit dem Lift nach unten. Walts Schweigen beunruhige sie. »Was ist los?«

Er wartete, bis sie draußen waren und durch das Areal des Krankenhauses spazierten. »Ihm geht es nicht ganz so gut. Stanley wollte nur meine Mom nicht unnötig beunruhigen. Er hat mehr Blut verloren, als es bei so einer Operation normalerweise der Fall ist, und war sehr lange an der Herz-Lungen-Maschine.«

»Und was bedeutet das?«

»Das bedeutet, dass die Nacht kritisch wird. Kritischer, als es nach so einem Eingriff normalerweise der Fall ist.«

Das klingt nicht gut.

»Dann bleibst du lieber hier und ich bringe deine Mom heim.«

»Wenn ich bleibe, merkt sie aber, dass etwas nicht stimmt.«

»Du bist doch Arzt. Du kannst im Notfall etwas tun, während wir anderen nur herumstehen und uns Sorgen machen. Vielleicht beruhigt es deine Mom ja auch, wenn du bleibst.«

»Das stimmt natürlich. Bis Mitternacht wissen wir, ob es Komplikationen gibt.«

Dakota zuckte mit den Achseln. »Wir erfinden einfach eine Ausrede, warum du noch ein bisschen bleibst, und dann sehen wir weiter. Ich halte JoAnnes eisiges Schweigen im Auto schon aus.«

Walt schüttelte den Kopf. »Ich schulde dir was.«

»Aber hallo, mein Freundchen.« Sie zwinkerte. Als sie zum Krankenhaus zurückgingen, fiel ihr wieder das Handy ein. »Ich müsste mir kurz dein Telefon ausleihen, um Mary eine Nachricht zu schreiben. Meines hat keinen Saft mehr.«

Er gab es ihr und verkündete grinsend: »Du brauchst mich.«

»Und wie.«

★★★

»Sie verschweigen mir doch etwas«, sagte JoAnne, nachdem sie schon zehn Minuten gefahren waren. Sie hatten den Stadtbereich verlassen und waren am Fuße des Berges angelangt. Es war schon nach acht. Die Straßen waren spiegelglatt und würden wegen des starken Schneefalls bald unbefahrbar sein. Es waren kaum Autos unterwegs. Die glitzernde Weihnachtsbeleuchtung der Häuser unterstrich die winterliche Stimmung.

»Warum sollte ich Ihnen etwas verschweigen?« Dakota drehte das Radio leiser und die Heizung höher. Die Scheibenwischer schafften es kaum, die Schneeflocken fortzuwischen.

»Warum ist Walt im Krankenhaus geblieben?«

Dakota hielt das Steuer etwas verkrampfter. »Das hat er doch erklärt. Wegen des Schnees kann es schwierig sein, morgen rechtzeitig ins Krankenhaus zu kommen. Er wollte, dass jemand dort bleibt, und Walt ist als Arzt eben der geeignetste Kandidat dafür. Außerdem gibt es in Krankenhäusern immer ein Bett für Ärzte, wenn sie eines brauchen.«

Als Dakota an einer Ampel halten wollte, rutschte das Auto weg. Sie nahm den Fuß kurz von der Bremse, betätigte das Pedal erneut. Autofahren im Schnee gehörte zwar nicht zu ihren größten Stärken, doch mittlerweile hatte sie sich etwas daran gewöhnt. Dennoch würde die Fahrt den Berg hinauf ihre ganze Konzentration fordern.

Die Ampel schaltete auf grün. Immerhin drehten die Reifen nicht durch.

»Ich glaube Ihnen nicht.«

»Ach ja? Was glauben Sie nicht? Dass Ihr Sohn Arzt ist? Ich hätte gedacht, Sie wüssten das«, versuchte Dakota zu scherzen, doch sie schaffte es nicht, JoAnne ein Lächeln herauszukitzeln.

»Sie halten sich wohl für witzig.«

Ich bin auch witzig.

Fünfzehn Minuten später waren sie nur noch ein paar Kilometer von dem Abzweig zu der kleinen Bergstraße entfernt, die zum Haus der Eddys führte. Es war zwar ein befestigter Weg, doch mittlerweile war so viel Schnee gefallen, dass von anderen Autos keine Spuren mehr zu sehen waren.

»Sollten wir nicht besser Schneeketten aufziehen?«

JoAnne rollte mit den Augen. »So viel Schnee liegt jetzt auch wieder nicht.«

Dakota hatte selbst noch nie Schneeketten aufgezogen und entschied sich der Einfachheit halber, JoAnne Glauben zu schenken. Ein Vorteil war, dass mit dem frischen Schnee die Reifen mehr Bodenhaftung hatten. Solange sie nicht zu sehr aufs Gaspedal trat, würden sie schon zum Ziel kommen.

Dakota beugte sich vor, um die Straßenschilder besser sehen zu können. Das half aber nur wenig, denn sie waren mittlerweile auch mit einer Schneeschicht überzogen.

»Hier noch nicht«, sagte JoAnne, als Dakota langsamer wurde.

Sie fuhren weiter. JoAnne trommelte ungeduldig mit den Fingern auf die Armlehne. »Können wir nicht ein bisschen schneller fahren? Ich würde gerne noch vor Mitternacht ins Bett kommen.«

»Möchten Sie vielleicht lieber selber fahren?«

»Mein Mann hatte gerade eine Operation am offenen Herzen. Natürlich nicht!«

Dakota nahm nur eine Sekunde die Augen von der Straße, um JoAnne einen finsteren Seitenblick zuzuwerfen. »Dann wäre es sehr freundlich von Ihnen, wenn Sie jetzt nichts mehr sagen würden, bis wir zu Hause sind.«

»Das ist nicht Ihr Zuhause.«

Dakota bemühte sich, ruhig zu bleiben. »Das haben Sie mich bereits sehr deutlich spüren lassen, Mrs Eddy.«

»Dann bitte nennen Sie es nicht *Zuhause.*«

Sie malmte mit den Zähnen. »Jawohl, Ma'am. Ich werde mich bemühen.«

»Ach, jetzt sind Sie auch noch sarkastisch. Sie setzen immer bewusst Ihren Akzent ein, wenn Sie etwas gegen mich sagen.«

Sie blickte nach links und suchte nach dem riesigen Felsblock, der den Abzweig kenntlich machte. »Finden Sie es komisch, dass ich sonst auch so klinge?«

»Ich mag Sie nicht.«

Dakota wollte zwar am liebsten sagen, dass dieses Gefühl auf Gegenseitigkeit beruhte, entschied sich aber dagegen. »Tja, das ist sehr schade. Ich mag Sie eigentlich schon, seit ich Sie ein bisschen kennengelernt habe.«

JoAnne drehte den Kopf und starrte zum Fenster hinaus. »Ach, ich bitte Sie.«

»Nein, wirklich. Sie sind eine treue Ehefrau und kümmern sich fürsorglich um Ihren Mann. Das ist sehr bewundernswert.«

JoAnne schnaubte, sagte aber nichts.

»Sie haben zwei großartige Kinder. Brenda ist einfach eine super Frau.«

Dakota hielt weiter Ausschau nach dem Findling, doch er kam nicht. Wahrscheinlich war es noch ein Stückchen weiter. Obwohl sie sehr langsam fuhren, hatten sie schon so viele Kilometer zurückgelegt.

»Haben Sie Larry von Anfang an gemocht, als Brenda ihn kennengelernt hat?«

»Larry war schon immer ein Gentleman.« Das stimmte, doch Dakota wusste, dass JoAnne ihm anfangs das Leben schwer gemacht hatte.

»So ein Glück. Ein Gentleman findet immer Anklang bei den Damen.«

JoAnne lachte spöttisch. »Ich glaube, Sie haben den Abzweig verpasst.«

Dakota fuhr noch langsamer, was eigentlich kaum noch möglich war. »Wirklich?«

Weder vor noch hinter ihnen waren Lichter. »Soll ich hier umdrehen oder kommt später noch eine Stelle, wo es einfacher geht?«

JoAnne lehnte sich zurück und verschränkte die Arme. »In einem Kilometer ungefähr kommt eine Straße, die wir auch nehmen können, dann kommen wir von hinten heran. Bergab ist im Schnee schwieriger als hinauf.«

Dakota wollte widersprechen. Ihre Schultern schmerzten, weil sie so verkrampft war. In ihrem Bauch kickte das Baby. *Ich bringe uns nach Hause.*

Nach einem Kilometer war weit und breit immer noch kein Abzweig in Sicht. »Ist es noch weiter?«

»Muss ja sein.«

Sie fuhren weiter. Nach vier Kilometern versuchte Dakota zu wenden. Ganz langsam fuhren sie wieder bergab.

JoAnne zeigte nach draußen. »Hier ist es … glaube ich.«

»Glauben Sie?«

»Doch, das ist es. Ich kenne mich doch hier aus.«

Dakota hielt den Wagen an, versuchte auf der Straße mit der dichten Schneedecke irgendetwas zu erkennen. Selbst die hohen Pinien schienen im Schnee zu versinken. Die Scheibenwischer konnten auch auf höchster Stufe keine klare Sicht bewirken. »Jetzt ist nicht der richtige Zeitpunkt für falschen Stolz. Ich habe keine Lust, dass wir uns hier verirren.«

»Das passiert uns wohl kaum.«

Alles war eine weiße Decke, alle markanten Merkmale der Landschaft waren verschwunden und in der Dunkelheit war es noch schwerer, etwas zu sehen.

Dakota fuhr hinab und sah im Rückspiegel, wie ihre Spuren alsbald von neuem Schnee überdeckt wurden.

★★★

Walt blickte zum dritten Mal in fünfzehn Minuten auf die Uhr. Er saß über einer Tasse Kaffee und guckte aufs Handy.

Er hatte ihr schon vier Nachrichten hinterlassen und immer noch nichts von Dakota gehört. Der starke Schneefall beunruhigte ihn.

Schließlich rief er bei Brenda an. »Hallo, Brenda.«

»Oh Gott, ist alles in Ordnung?«

»Dad geht es gut. Stanley hatte recht. Er ist ein zäher Kerl.«

Seine Schwester atmete erleichtert auf. »Oh, gut. Wie geht's dir? Haben sie dir ein Bett zur Verfügung gestellt? Diese ausklappbaren Sessel sind ja furchtbar unbequem.«

»Nein, noch nicht. Sag mal, hast du was von Mom oder Dakota gehört?«

»Nein. Wir sind zur selben Zeit losgefahren.«

»Ich weiß. Sie haben aber noch nicht angerufen und es ist schon eineinhalb Stunden her.«

»Mit dem Schnee kommen sie wahrscheinlich nur sehr langsam voran. Sie rufen sicher bald an.«

Das beruhigte ihn ein bisschen. »Werden die Bergstraßen immer noch geräumt?«

»Natürlich. Da ist in letzter Zeit auch das Neubaugebiet dazu gekommen und jetzt brauchen sie wahrscheinlich länger für ihre Runden, aber sie fahren eigentlich rund um die Uhr.«

»Gut. Also, falls du von Mom hörst, dann ruf mich an.«

»Warum rufst du nicht auf Dakotas Handy an? Da ist doch guter Empfang.«

»Ihr Akku ist leer.«

»Dann ruf auf Moms Handy an.«

Stimmt ja, verdammt.

Er legte auf und wählte die Handynummer seiner Mutter. Als direkt die Mailbox anging, bekam er wieder Panik.

Um zweiundzwanzig Uhr dreißig weckte er schließlich Larry. »Es geht niemand ans Telefon. Es kann gar nicht sein, dass sie zweieinhalb Stunden brauchen, um den Berg raufzufahren.«

★★★

»Wir haben uns verfahren.«

»Wir haben uns *nicht* verfahren. Ich wohne schon seit fünfunddreißig Jahren hier.«

»Und wenn Sie hier seit sechzig Jahren wohnen – wir haben uns verirrt.« Dakota hielt den Wagen an. »Wenn wir weiter im Kreis fahren, wird uns niemand finden.«

JoAnne blickte starrsinnig aus dem Fenster. »Uns finden? Sie schlagen doch nicht vor, dass wir hier einfach herumwarten sollen.«

»Doch, genau das schlage ich vor.«

»Ich bin sicher, dass da vorne der Weg zur Hauptstraße kommt.«

Dakota drehte die Heizung auf. »Das haben Sie vor einer halben Stunde auch gesagt. Wir sind fast steckengeblieben und darum weiß ich auch, dass wir nur im Kreis gefahren sind.« Sie zeigte aus dem Fenster. »Unsere Spuren von vorhin sind noch da.«

JoAnne folgte ihrem Blick. »Dann rufen wir eben Larry an. Er kann uns holen.«

Dakota streckte ihr die Hand mit Handfläche nach oben herüber.

»Was?«

»Ihr Handy?«

»Ist zu Hause.« Dakota begann zu zittern, ihr Rücken wurde steif.

»Mein Akku ist seit Stunden leer.« Sie beugte sich vor zum Handschuhfach. Der Stecker des Ladegeräts dort passte nicht für ihr Handy.

Na spitze.

Dakota versuchte ihr strampelndes Baby zu beruhigen und bemühte sich noch mehr, ihre volle Blase zu ignorieren.

Der Motor lief im Leerlauf, sie drehte das Radio an.

Ausnahmsweise sagte JoAnne jetzt nicht mehr, dass Dakota das Falsche tat, sondern hörte den Wetterbericht. Eigentlich war der Schneesturm erst für zwei Uhr morgens erwartet worden, jetzt aber war er schon bei ihnen in den Bergen und würde dort eine Zeitlang bleiben.

»Es ist fast Mitternacht. Der Tank ist nicht mal mehr halb voll. Je länger wir herumfahren, umso weniger Sprit haben wir, um uns während der Nacht warmzuhalten.«

»Wenn wir stehenbleiben, wird das Auto so eingeschneit, dass wir nicht mehr weiterfahren können.«

»Und wenn wir weiterfahren auch. Jetzt macht es nicht mal mehr Sinn, die Schneeketten aufzuziehen.«

JoAnne wischte über die beschlagene Fensterscheibe. »Wir müssen versuchen, die Straße zu finden.«

Statt mit ihr zu streiten, schlug Dakota einen Kompromiss vor. »Wir fahren noch ein paar Kilometer. Wenn wir sie dann nicht finden, bleiben wir stehen. Einverstanden?«

Zum ersten Mal hatte JoAnne keine Einwände.

Nach acht Kilometern hielten sie schließlich an.

Dakota zog die Handbremse an, ließ aber den Motor und die Heizung laufen. Sie kletterte auf die Rückbank, holte zwei Decken und zwei Wasserflaschen, die sie JoAnne hinüberreichte.

»Warum ist denn das alles im Auto?«

»Ich habe das ins Auto gebracht, als ich den Wetterbericht gehört habe.«

»Haben Sie etwa erwartet, dass das passieren wird?«

»Ich hatte gehofft, dass es nicht passiert!«

Dafür, dass sie vorhin so müde war, wirkte JoAnne mit ihren aufgerissenen Augen und der Angst, die ihr im Gesicht stand, nun hellwach.

»Ich habe auch etwas zu essen. Nicht viel, es reicht vielleicht für zwei Tage.«

»Bis dahin sind wir längst erfroren.«

Dakota versuchte, sich auf das Positive zu konzentrieren und die aufkommende Panik zu unterdrücken. »Wir werden nicht erfrieren. Und irgendwer wird nach uns suchen.«

»Oh Gott.«

Dakota krabbelte über den Sitz zurück und stellte den Motor aus.

»Was machen Sie denn?«

»Spritsparen. Ziehen Sie sich Mantel und Handschuhe an und wickeln Sie sich in die Decke. Am besten legen Sie sich auf die Rückbank und versuchen, ein bisschen zu schlafen.«

Auch Dakota zog sich ihre Skimütze und die Handschuhe an und verkroch sich in ihrem Mantel. Dann griff sie zur Tür.

»Wo wollen Sie denn jetzt hin?«

»Ich muss nur mal Pipi machen. Ihr Enkelkind tanzt schon seit Stunden auf meiner Blase herum.«

Dakota ließ die Lichter an, als sie ausstieg. Der Schnee fiel lautlos. Auf der Terrasse der Eddys hätte sie die frische Luft jetzt begrüßt. Sie beobachtete ihren Atem, der kleine Wolken bildete. Sie entfernte sich nicht sehr weit vom Auto und fror sich fast den Hintern ab, als sie ihre Blase entleerte.

Sie ließ sich kaum Zeit, die Hosen wieder richtig hochzuziehen und stieg, so schnell sie konnte, wieder ein. »Arschkalt«, berichtete sie, während sie die Tür hinter sich zuschlug.

JoAnne reichte ihr die zweite Decke.

Ein paar Minuten verstrichen, bis Dakota die Lichter des Autos ausstellte. Die Stille wuchs im gleichen Maße, wie die Temperaturen im Autoinneren sanken.

»Alles wird gut«, sagte sie zu Walts Mutter.

»Natürlich.«

Gut, beim Streiten verging die Zeit vielleicht ein bisschen schneller.

Kapitel 26

Die Schneeräumer fuhren den ganzen Weg bis zum Haus der Eddys.

Nichts.

Niemand.

Ab zwei Uhr in der Früh suchte auch die Polizei, eine offizielle Suche aber konnte erst ab dem nächsten Morgen stattfinden. Dakota und JoAnne waren nicht die Einzigen, die wegen des Sturms vermisst wurden.

Die Straßen oberhalb seines Elternhauses waren unpassierbar, es konnten nur noch Räumfahrzeuge fahren, und selbst diese mussten warten, bis es hell wurde und der Schneesturm nachgelassen hatte.

Er konnte nicht sitzen, nicht schlafen, nicht die Augen schließen. Immer wieder stellte er sie vor, wie Dakota irgendwo am Straßenrand stand. Oder war ihnen gar etwas zugestoßen? Was, wenn sie einen Unfall hatten? Waren sie verletzt?

Larry fuhr zum Krankenhaus. Brenda wartete zu Hause, falls jemand anrufen würde.

Wenigstens schlief sein Vater ruhig und bekam von alledem nichts mit.

Walt war mit Koffein vollgepumpt, beobachtete, wie es langsam hell wurde. Immer noch fiel der Schnee.

Larry hatte Schneeketten auf seinen Allrad aufgezogen. Damit fuhren sie zur Polizeistation, wo viele Leute in dicken Mänteln saßen. Die Beamten versuchten, sich um alle zu kümmern und sie zu beruhigen.

Walt sprach eine Polizistin an.

»Im Moment sind alle Einsatzkräfte unterwegs, Dr. Eddy. Wir haben aber die Beschreibung von dem Auto ihrer Mutter und werden suchen.«

»Wo wollen Sie suchen?«

Das Telefon klingelte und holte die Polizistin vom Gespräch weg.

Walt drehte sich verzweifelt zu Larry und dieser meinte nur: »Komm, wir suchen auf eigene Faust.«

Der Schneepflug hatte zwar bis zu dem Abzweig geräumt, doch die Straße zu seinem Elternhaus war mit einem halben Meter Schnee bedeckt. Angeblich war schon ein Streifenwagen zum Haus gefahren, man sah aber bereits keine Autospuren mehr, was Walt noch mehr Angst machte.

Larry kam nur zentimeterweise vorwärts.

Im Haus war alles still, das rote Licht des Anrufbeantworters blinkte.

Er hörte seine eigenen Nachrichten ab, mit jeder stieg die Panik.

Walt schnappte sich die Überwurfdecken von den Sofas, füllte eine Tasche mit Wasserflaschen und Snacks und brachte sie in Larrys Wagen.

»Vielleicht haben sie im Dunklen den Abzweig verpasst.«

»Kann ich mir eigentlich gar nicht vorstellen, dass Mom den verpassen würde.«

»Vielleicht hat sie geschlafen und Dakota hat die Stelle übersehen.«

Walt stimmte Larry zu. Sie fuhren weiter den Berg hinauf. Dort war die Schneedecke noch höher und wenn es weiterhin so stark schneite, würden bis Mittag sicher noch mal fünfzehn Zentimeter dazukommen.

Sie kamen zu einer Absperrung, die zeigte, dass die Räumfahrzeuge schon länger nicht mehr vorbeigekommen waren.

Mit jeder Stunde sank Walts Herz ein Stückchen tiefer. Alle dreißig Minuten rief er Brenda an, sie hatte aber auch keine Neuigkeiten.

Als sie kurz nach zwölf Uhr mittags wieder zur Polizeistation kamen, war es dort ruhiger als vorher.

Aus der Panik wurde Wut. Walt sorgte dafür, dass ihm alle Polizisten Gehör schenkten, und als ihn einer mit dem üblichen ›Wir suchen ja schon‹ abspeisen wollte, verlor Walt vollends die Nerven.

Er schlug mit der Faust auf den Tisch. »Meine schwangere Verlobte und meine Mutter sitzen irgendwo da draußen und mein Vater hatte gestern eine Herz-OP. ›Wir suchen‹ reicht nicht!«

Schließlich kam ein höhergestellter Beamter zu ihm. »Ich bin Sergeant Mills. Kommen Sie mit, ich zeige Ihnen, wo wir überall suchen.«

Im Nebenraum hing eine Landkarte, in der farbige Nadeln steckten. »Wir haben die Hauptstraße patrouilliert und die Straße, die zu Ihrem Elternhaus führt. Auf der Westseite des Berges ist der Strom ausgefallen. Dort waren wir auch, weil wir da auch den anderen Anwohnern helfen mussten.«

Walt studierte die Karte, zeigte auf die Wege oberhalb des Abzweiges. »Die Straße weiter oben wurde abgesperrt. Wann war das?«

»Nach Mitternacht.«

»War seitdem schon jemand dort? Wir konnten da nicht weiter.«

»Die Räumfahrzeuge sind ohne Unterlass unterwegs. Falls Ihre Angehörigen den Abzweig verpasst haben, gibt es fünfhundert Meter weiter oben noch einen anderen. Kann es sein, dass Sie dort entlanggefahren sind?«

»Alles ist möglich.«

Walt kratzte sich verzweifelt am Kopf.

»Ich weiß, dass Sie sich große Sorgen machen. Wir suchen mit allen Mitteln. Im Moment sind alle Rettungsfahrzeuge im Einsatz. Überall hat es Stromausfälle gegeben, viele Leute sind in ihren Autos eingeschneit worden. Wir hoffen, dass der starke Schneefall bis zum Abend nachlässt. Falls nicht, werden wir gleich morgen in der Früh weitersuchen, auch mit Hubschraubern.«

Walt dachte an Trent, an seine Fluggeräte. »Wie viele Hubschrauber haben Sie?«

»Zwei.«

»Ich kann noch weitere organisieren.«

»Die brauchen wir vielleicht gar nicht.«

Vielleicht war nicht gut genug.

Walt rief seinen Freund an.

★★★

Dakota und JoAnne kauerten auf den Vordersitzen, als sie den Motor wieder anstellten, um das Fahrzeug aufzuwärmen. Obwohl die Sonne schon aufgegangen war, blieb es bitterkalt. Dakota hatte höchstens eine Stunde geschlafen. JoAnne auch nicht viel mehr.

Immer, wenn der Motor so warm war, dass ein bisschen warme Luft ins Fahrzeuginnere kam, hupte Dakota. Dreimal kurz, dreimal lang, dreimal kurz. SOS. Sie machte das nur, wenn der Motor lief, weil sie Angst hatte, dass sonst die Batterie leer werden könnte und sich das Auto dann gar nicht mehr zum Heizen starten ließ.

Im Gegensatz zu vorher wirkte JoAnne nun so alt, wie sie tatsächlich war. Ihr Make-up war schon längst verschmiert, die

Haare hingen von den einigen Malen, die sie ausgestiegen war, um sich zu erleichtern, flach am Kopf herunter.

Als sie aufhörte, mit den Zähnen zu klappern, blickte sie schaudernd ins Leere. »Ich hoffe nur, dass Walt seinem Vater nicht sagt, dass wir verschollen sind.«

»So klug ist Ihr Sohn doch sicher.«

JoAnne nahm einen Schluck Wasser und starrte wieder aus dem Fenster. »Er war ein cleveres Kerlchen, als er klein war. Walter und ich wussten schon damals, dass er mal ein guter Arzt wird.«

»Das ist er. Monica hat mir schon viel über ihn erzählt. Er ist ein ganz besonderer Mensch, er gibt so viel von sich.«

JoAnne lächelte sogar ein bisschen, sagte aber nichts.

»Er denkt, dass er Sie und Ihren Mann enttäuscht hat.«

JoAnne riss sich aus ihrer Versunkenheit. »Wie bitte?«

Dakota wusste nicht, ob sie weiter auf das Thema eingehen sollte, aber was würde es schon schaden? »Er ist nicht Kardiologe geworden wie Ihr Mann.«

JoAnnes Lippen formten ein lautloses O. Dann sagte sie: »Na ja, anfangs waren wir schon ein bisschen enttäuscht. Aber uns war bald klar, dass er keine Lust hat, die Praxis zu übernehmen, weil er so gerne verreist und das Abenteuer liebt. Wir sind nicht enttäuscht. Aber ich verstehe, dass er das vielleicht denkt. Wir haben eben nur Angst, weil er sich solchen Gefahren aussetzt, wenn er die Welt retten will.«

Dakota streichelte das Baby von Walt und ihr. »Ich mache mir auch ein bisschen Sorgen. Aber ich glaube auch, dass er immer das Richtige tut, wenn er Arzt spielt.«

JoAnne lachte jetzt sogar ein bisschen.

»Als er und Brenda klein waren, hat er immer Arzt mit ihr gespielt. Er hat jede kleine Abschürfung auf ihrer Haut untersucht, jedes Niesen diagnostiziert. In der Schule hat er dann rumerzählt, dass er mit seiner Schwester *Doktorspielchen* macht.«

Jetzt musste Dakota lachen. »Au weia.«

»Aber wirklich. Man hat uns angerufen. Alle haben da etwas hineininterpretiert und Walter und ich waren völlig vor den Kopf gestoßen. Später haben wir darüber gelacht, aber damals war es uns furchtbar peinlich.«

»Das hat er mir noch gar nicht erzählt.«

JoAnne lächelte einem Gedanken nach, den sie nicht teilte. Dann sagte sie: »Sie haben noch viele Jahre miteinander, um alle seine Geschichten zu hören.«

Dakota hätte nicht gedacht, dass JoAnne Eddy jemals so etwas sagen würde.

Als Dakota merkte, dass sie beide nicht mehr mit den Zähnen klapperten, drehte sie den Zündschlüssel um. In ein paar Stunden würde die Sonne wieder untergehen. Dann bräuchten sie die Heizung noch mehr als jetzt. Wenn der Motor aus war, gab es nur ihre Stimmen, um die Stille zu durchbrechen.

»Zu unserem ersten Date hat mich Walt zum Bowling eingeladen.«

»Das ist nett. Er ist schon immer gerne zum Bowling gegangen.«

»Ich hätte gedacht, dass man eigentlich gar nicht mehr zum Bowling geht. Aber er schien sich in den ausgeliehenen Schuhen ganz wohl zu fühlen.«

JoAnne zuckte mit den Achseln. »Klar, er hat schließlich in mehreren Mannschaften gespielt.«

»Ach echt?«

»Hat er Ihnen das gar nicht erzählt?«

»Wahrscheinlich wollte er mich nicht so bloßstellen. Meine Kugeln sind meistens in der Rinne daneben gelandet.«

JoAnn lehnte den Kopf zurück und schloss die Augen. »Ich kann auch nicht bowlen. Walter hat mich immer zum Bowling geschleppt, bis endlich sein Sohn meinen Platz einnehmen konnte.«

»Kann Brenda bowlen?«

»Ja, kann sie.« JoAnne öffnete die Augen, überlegte. »Jetzt würde ich auch viel lieber auf der Kegelbahn stehen, als hier zu sitzen.«

»Geht mir auch so.« Dakota sah aus dem Fenster. »Walt hat erzählt, dass Sie studiert haben.«

»Das stimmt.«

»Was denn?«

JoAnne schmunzelte. »Innenarchitektur.«

Das erklärte alles. Das Haus der Eddys sah tatsächlich so aus, als ob es von einem Fachmann eingerichtet worden wäre. »Wollten Sie in dem Beruf Karriere machen?«

»Zuerst schon. Dann aber habe ich Walter kennengelernt. Es erschien mir albern, alles gleichzeitig sein zu wollen, Ehefrau, Mutter und Innenarchitektin. Irgendwann habe ich dann einfach nicht mehr darüber nachgedacht.«

»Sie haben sich wirklich ein schönes Zuhause eingerichtet.«

JoAnne schien sich über das Kompliment zu freuen.

Dakota rieb sich den Rücken.

JoAnne beobachtete sie dabei. »Geht es Ihnen nicht gut?«

»Bin nur etwas steif.« Ihr Magen knurrte. »Und hungrig.«

Sie hatten Müsliriegel verspeist und ein paar Cracker.

»Wie viel Essen haben wir denn noch?«, fragte JoAnne.

»Wenn wir es uns gut einteilen, dann reicht es vielleicht noch zwei Tage.«

»Dann essen Sie etwas«, meinte JoAnne.

»Mir geht's schon gut.«

Nach fünf Minuten knurrte schon wieder ihr Magen.

»Dakota, bitte essen Sie doch etwas. Denken Sie an das Baby.«

Dakota gab nach. Von der Rückbank aus wollte sie an die Tasche im Kofferraum gelangen, doch Dakota war so steif, dass sie dabei größere Mühe hatte. Sie klappte den Rücksitz um, was etwas umständlich war, und endlich bekam sie zwei

Dosen zu greifen. »Hühnchen oder Thunfisch?«, fragte sie JoAnne.

»Überraschen Sie mich.«

Die Dose mit dem Hühnchenfleisch war größer und würde sich leichter teilen lassen. Dakota wollte den Thunfisch in die Tasche zurückstecken, doch die Dose fiel ihr aus der Hand und rollte unter den Sitz.

Ohne etwas zu sehen, tastete sie unter dem Autositz herum, um die Dose wieder herauszufischen. Doch statt derer bekam sie etwas anderes zu fassen. Es war klein und viereckig.

Sie zog es hervor und hielt eine kleine Schatulle in der Hand.

»Was haben Sie denn da gefunden?«

»Sieht aus wie ein Schmuckkästchen. Vermissen Sie etwas?«

JoAnne wandte sich in ihrem Sitz um. »Ich verlege doch nicht meinen Schmuck.«

»Ist wahrscheinlich leer.« Dakota sah zu JoAnne, während sie das Kästchen öffnete.

Sie erschrak. Fast hätte sie es fallenlassen, als sie sah, was sich darin befand.

Auf dem schwarzen Samt lag der Ring, den sie beim Shoppen mit Mary und Monica so bewundert hatte. »Gütiger Himmel.«

Walt! Er musste ihn verloren haben, vielleicht war er aus der Manteltasche gefallen.

»Was ist es denn?«

Mit Tränen in den Augen zeigte sie JoAnne die Schachtel.

»Wow.«

Dakota berührte sanft den Ring und ihr wurde bewusst, was er bedeutete. »Ich liebe Ihren Sohn. Ich liebe ihn so sehr, dass es wehtut.«

Mit dem Handrücken wischte Dakota die Tränen fort. Warum hatte sie ihm nicht auch gesagt, dass sie ihn liebte, als er es ihr zugeflüstert hatte?

Aus Angst.

Sie hatte Angst, ihn an sich heranzulassen. Das war so dumm, denn noch näher konnte er kaum kommen.

Wenn man sie jemals aus diesem Auto befreite, dann würde sie ihn in Las Vegas zum Altar schleifen.

»Zeigen Sie mal.« JoAnne winkte mit behandschuhten Fingern.

Dakota reichte ihr die Schachtel zögerlich, wollte sie kaum aus der Hand geben.

JoAnne stieß einen beeindruckten Pfiff aus. »Mein Sohn hat Geschmack.« Sie nahm den Ring aus der Schachtel, betrachtete ihn im Licht. »Wunderwunderschön.« Sie bestaunte ihn noch eine Weile, dann gab sie Dakota den Ring zurück. »Stecken Sie ihn sich lieber an den Finger, bevor er noch ein zweites Mal verloren geht. Ich liebe meinen Sohn, aber manchmal ist er wirklich ein bisschen nachlässig, wenn es um Rechnungen oder Verlobungsringe geht.«

Dakota runzelte die Stirn. Sie war sich nicht sicher, ob sie das tun sollte, weil Walt ihn ihr schließlich noch nicht geschenkt hatte. »Ich weiß nicht.«

JoAnne rollte mit den Augen, öffnete die Tür einen Spalt und warf das leere Kästchen aus dem Auto. Dann reichte sie Dakota den Ring zurück.

Ohne eine andere Wahl zog Dakota den Handschuh ihrer linken Hand aus, nahm den Ring von ihrer zukünftigen Schwiegermutter. Sie streifte ihn über und schon wieder bekam sie feuchte Augen.

Ich liebe dich, Walter Eddy der Dritte. Jetzt komm endlich und finde uns, damit ich dir das persönlich sagen kann.

Sie schickte ihre lautlosen Worte ans Universum und hoffte, dass irgendwer sie hören würde.

★★★

Was Mary sagte, beruhigte ihn, obwohl ihre Stimme leicht zitterte.

»Dakota ist immer für alle Notfälle vorbereitet. Ganz sicher hat sie was zu essen und zu trinken dabei und auch ein paar Decken. Wenn sie sich verirrt haben, hat sie das Auto irgendwo abgestellt und wartet jetzt, bis man sie findet.«

Es war wieder Nacht geworden. Kurz, nachdem die Sonne untergegangen war, hatte der Schneesturm nachgelassen. Sie waren alle Straßen in der Nähe des Hauses entlanggefahren, hatten aber nichts entdeckt. Es gab viele Abzweige, alte Campingplätze, ein paar leerstehende Häuser.

Die einbrechende Dunkelheit würde Walt nicht von seiner Suche abhalten. Er und Larry bereiteten sich für eine weitere Fahrt vor, noch höher den Berg hinauf. Die Polizei nutzte das Haus als Ausgangspunkt für die Suche. Walt und Larry würden mit den Schneeräumern mitfahren.

»Ich finde sie«, beteuerte Walt.

»Natürlich findest du sie. Trent und Glen fliegen rüber, sobald es das Wetter zulässt. Und bis morgen Mittag sitzen wir alle gemütlich zu Hause und trinken heißen Kakao.« Mary unterdrückte ein Schluchzen.

»Hast du ihre Eltern angerufen?«

»Ja, sie buchen einen Flug. Ich gebe deiner Schwester Bescheid, wann wir alle ankommen. Wir kommen schon zu euch, mach dir keine Sorgen.«

»Dafür hätte ich sowieso keinen Platz in meinem Kopf.«

»Dr. Eddy?« Ein Polizist winkte ihm.

»Ich muss aufhören.«

»Fahr los und finde sie.«

»Mach ich.«

Walt stieg in das Räumfahrzeug. Der Schnee funkelte. Statt die Hauptstraße entlangzufahren, nahmen sie den hinteren Weg.

Obwohl der Räumer sich schnell durch den Schnee arbeitete, fuhren sie nur langsam und beleuchteten dabei den Straßenrand. »Komm schon, Dakota, wo bist du?«

★★★

Der Himmel war nicht mehr bedeckt. Es herrschten Minusgrade.

Sie hatten nur noch ein Viertel der Tankfüllung übrig.

Dakota machte die Scheinwerfer an und hupte laut, wenn der Motor lief. Sie hatte größere Angst davor, dass ihnen das Benzin ausgehen und sie sich nicht mehr warmhalten könnten, denn zu essen hatten sie noch für eine Weile. JoAnne schlug vor, dass sie sich auf die Rückbank setzen sollten, eng nebeneinander, um sich gegenseitig warmzuhalten.

Sie hatten die Taschenlampe angemacht, um in der Dunkelheit etwas sehen zu können. Dakota half JoAnne auf den Rücksitz. Sie kauerten dicht aneinandergedrängt unter den Decken.

»Das Erste, was ich mache, wenn wir heimkommen, ist die Badewanne mit kochend heißem Wasser zu füllen.«

Dakota stimmte zu. »Oh ja, ein Schaumbad. Mit Rosenduft oder Flieder.«

JoAnne lachte trocken. »Wir stinken.«

»Nächstes Mal packe ich zur Notausrüstung noch ein Duftbäumchen dazu.«

»Sagen Sie das nicht, mein liebes Fräulein. Noch mal machen wir das nicht.«

Dakota lächelte, schloss die Augen. »Jawohl, Ma'am.«

Eine Weile schwiegen beide, keine von ihnen konnten schlafen.

»Ich habe Angst, Dakota.«

Dakota nahm JoAnnes Hand und drückte sie. »Wir haben noch genügend Wasser und wir können auch ein paar Tage ohne Essen überleben.«

»Aber wenn wir erfrieren –«

»Das werden wir nicht. Uns ist zwar kalt, aber wir erfrieren nicht. Uns geht es gut.«

»Aber –«

»JoAnne, ich habe gerade angefangen, Sie zu mögen … dich zu mögen. Jetzt verscherz es dir nicht mit deinem ›aber‹ und dem unsinnigen Gerede, dass wir sterben könnten.«

JoAnne drückte nun ebenfalls Dakotas Hand. »Du bist ganz schön bestimmend.«

»Da hast du verdammt recht. Eine Schwäche, die du noch lieben lernen wirst.«

JoAnne lehnte ihren Kopf an Dakotas Schulter. Sie atmete lang und tief.

Kurz darauf fuhr Dakota aus dem Dämmerschlaf hoch. An der Innenseite der Fensterscheiben hatte sich schon Eis gebildet. Vorsichtig befreite sie sich von JoAnnes Kopf und kletterte auf den Vordersitz. Sie drehte den Zündschlüssel um. Als sich nichts rührte, bekam sie Panik. Beim zweiten Versuch kam der Motor endlich stotternd in Gang.

»So verdammt kalt«, stammelte JoAnne von hinten.

»Gleich wird es wärmer.« Wieder hupte Dakota ein SOS. Es war kurz nach drei Uhr morgens. Das Thermometer zeigte fünf Grad unter Null.

Nie wieder würde sie etwas Schlechtes über das Wetter in Südkalifornien sagen, sich über Hitze und Wind beklagen.

Sie hupte ein weiteres Mal, betätigte auch das Fernlicht. Als es wärmer wurde, stellte sie den Motor wieder aus.

Mittlerweile war nur noch ein Achtel der Tankfüllung übrig. Morgen müssten sie sich wohl ohne Heizung warmhalten.

★★★

Der Schneepflug, in dem Walt saß, traf auf den von Larry. »Irgendwas?«, rief Larry aus der Fahrerkabine heraus.

»Nichts. Bei euch?«

»Wir haben was Richtung Norden gesehen. Das könnten vielleicht Autospuren sein, doch wir wollten den Weg nicht alleine riskieren.«

»Dann los«, sagte Walts Fahrer.

Sie fanden die Spuren, beziehungsweise das, von dem Larry dachte, es seien welche. Es sah eher aus wie ein großer Kreis. Als ob Kinder dort den Schnee plattgetrampelt hätten, bevor es wieder darübergeschneit hatte. An dieser Stelle teilte sich die Straße.

»Wissen Sie, wo wir sind?«, fragte Walt den Fahrer.

»Ich glaube bei dem alten Campingplatz für die Zeltlager.«

Das würde erklären, warum es hier so viele Wege gab. »Wo hört der Weg denn auf?«

»Die Hauptstraße ist acht Kilometer entfernt. Aber die haben sie ja ganz offensichtlich verfehlt.«

Walt versuchte, Larry über das laute Geräusch des Motors hinweg etwas zuzurufen. »Es ist ein alter Campingplatz.«

»Verstehe. Glaubst du, dass sie sich etwa hier verirrt haben?«

»Vielleicht.«

Irgendein Geräusch war zu hören. Walt versuchte herauszufinden, aus welcher Richtung es kam. »Hast du das auch gehört?«

Larry schüttelte den Kopf. »Was denn?«

»Machen Sie bitte kurz den Motor aus«, sagte Walt und deutete mit einer Geste auch dem anderen Fahrer an, den Schlüssel umzudrehen.

Als nichts mehr zu hören war außer dem Gluckern des Motors, legte Walt den Kopf schief.

Die Hoffnung, die ihn gerade noch erfüllt hatte, erstarb wieder, als nur Stille sie umgab.

»Jetzt bilde ich mir schon irgendwelche Geräusche ein.«

Larry fluchte. »Wir finden sie schon.«

Walt war gereizt, müde und machte sich solch unglaubliche Sorgen, dass er kaum geradeaus sehen konnte. »Fahrt ihr mal die Oststraße entlang und wir Richtung Westen. Treffpunkt ist wieder hier.«

»Alles klar.«

Der Fahrer stellte gerade den Motor wieder an, als Walt erneut das Geräusch hörte.

»Ausstellen!«, schrie er.

An seinen Armen richteten sich die Härchen auf. Ein Hupen. Nur schwach, doch es war deutlich zu hören. Dreimal kurz, dreimal lang, dreimal kurz.

»Nicht zu fassen!«, rief Larry.

»Wo kommt das her?« Das Geräusch wurde von den Bäumen zurückgeworfen, wegen des Echos hatte es den Anschein, als käme das Hupen mal von vorn und mal von hinten.

Dann dachte Walt auch noch, er würde ein Licht hinter sich sehen. Er drehte sich um, doch es waren anscheinend nur die Lichter des anderen Schneeräumers.

Walt deutete nach hinten: »Wir fahren dort lang, kommen von hinten. Da ist irgendwer!«

Auf Larrys Gesicht erschien zum ersten Mal seit zwei Tagen ein hoffnungsfrohes Lächeln.

★ ★ ★

Dakota saß wieder an JoAnne gedrängt und zwang sich, die Augen zu schließen. Es war sicherer, wenn sie jetzt ein bisschen schlief, so lange es noch einigermaßen warm war.

Die Müdigkeit schlug sich auf die Augen nieder. Sie stellte sich vor, wie vom Meer warme Luft herbeiströmte, dachte an das Rauschen der Wellen. Hatte Monica nicht gesagt, dass sie und Trent ein Ferienhaus auf Jamaika hatten? Das klang vielleicht gut.

Ihr brummte schon seit Stunden der Kopf. Sie wollte sich nicht eingestehen, dass es Kopfschmerzen waren und dass vielleicht der Blutdruck wieder gestiegen war.

Sie versuchte, nicht weiter an das Brummen zu denken, und kauerte sich noch mehr unter die Decke.

Aber jetzt wurde das Brummen stärker. Dakota schreckte hoch, blickte aus dem Fenster und begann zu kreischen, als sie in der Entfernung ein schwaches Licht sah.

»Oh Gott!« Sie kletterte hastig über den Sitz nach vorne und weckte JoAnne dabei unsanft.

Sie drückte auf die Hupe und ließ nicht mehr los. Doch als sie sich umdrehte, wurden die Lichter wieder schwächer.

»Was ist?«

»Hilf mir, schnell!«, schrie Dakota und zeigte zum Fenster. »Sie hören uns nicht. Schnell, die Taschenlampe!«

JoAnne schälte sich hektisch aus der Decke, griff nach der Lampe und winkte damit zum Fenster hinaus.

Dakota öffnete die Autotür. Sie spürte kaum etwas von der beißenden Kälte.

Die Lichter, die das Brummen begleiteten, entfernten sich.

Dakota hastete zum Kofferraum. Dort riss sie das Notfallpack auf und zerrte die Leuchtfackel heraus. Sie löste den Leuchtkörper aus und zuckte zusammen, als zischend der rote Lichterschein anging.

Mit der Fackel in der Hand sprang sie winkend in den metertiefen Schnee. »Hey! Hallo! Hier sind wir!«

JoAnne drückte ohne Unterbrechung auf die Hupe.

»Oh Gott, nein!«

Das Fahrzeug entfernte sich immer weiter.

Dakota schrie verzweifelt. Sie wollte hinterherrennen, stolperte und fiel, wobei das Licht der Fackel fast im Schnee erstickt wäre.

Die Hupe gab ihren Geist auf. Dafür schrie JoAnne jetzt mit aller Kraft zum Fenster hinaus.

Dakota drehte sich zum Auto zurück. Dann sah sie von der anderen Richtung ein zweites Licht.

Jetzt winkte sie dem zweiten Paar Scheinwerfer, das auf sie zukam. »Schau, dort!«, rief sie zu JoAnne und deutete nach hinten.

JoAnne wandte sich um und schwenkte die Lampe in die andere Richtung.

Die Lichter des Räumfahrzeugs gingen aus und wieder an.

Sie sehen uns.

Dakota lief zu JoAnne, die auch herausgesprungen war. Sie umarmten sich. »Sie haben uns gefunden.«

»Gott sei Dank.«

Einen Meter vor ihrem Auto blieb der Schneeräumer stehen und auf der Passagierseite sprang jemand aus dem Fahrzeug.

»Dakota? Mom?«

»Walt!«

»Walter.«

Sie kämpften sich durch den Schnee und trafen sich in der Mitte. Mit der dicken Jacke und der Mütze erkannte man ihn kaum. Walt zog sie beide in seine Arme.

»Gott sei Dank.«

Die Freude kam wie eine heiße Welle, die sich über ihrem ganzen Körper ausbreitete. Tränen, echte Freudentränen, liefen ihr über die Wangen.

JoAnne lachte vor Erleichterung. »Wurde aber auch Zeit.«

Auch Walt lachte und Dakota stimmte mit ein.

Er zog sie zur Seite, sah ihr in die Augen. »Alles okay mit dir?«

»Ja, jetzt ist wieder alles okay.«

Er küsste sie wie ein Ertrinkender. Dann umarmte er beide noch einmal und schließlich stiegen sie in die warme Fahrkabine des Schneeräumers ein.

Kapitel 27

Bevor sie zu Hause ankamen, waren alle längst verständigt. Walt ließ Dakotas Hand, die immer noch im Handschuh steckte, nicht mehr los.

Er musste gar keine Fragen stellen, um alles zu erfahren, denn seine Mutter redete ohne Pause.

»Es war meine Schuld. Ich hätte Dakota während der Fahrt nicht ablenken dürfen. Wir sind immer wieder im Kreis gefahren. Ich wollte einfach die Straße auf der anderen Bergseite nehmen und hinten herum nach Hause fahren.«

»Auf der anderen Seite haben wir auch gesucht.«

»Wir sind offenbar gar nicht erst so weit gekommen. Als wir das zweite Mal im Kreis herumgefahren sind, hat Dakota schließlich gesagt, dass es keinen Sinn mehr hat. Und dann sind wir stehengeblieben.«

Walt küsste Dakota auf die Stirn.

»Sie hatte Wasserflaschen und Essen ins Auto getan. Da hast du dir wirklich ein kluges Mädchen ausgesucht, Walter.«

Dakota blickte über Walts Schulter zu seiner Mutter. »Wir sind Freundinnen geworden.«

»Das scheint mir auch so.«

Seine Mutter lachte. »Wenn wir unsere Freundschaft vertiefen wollen, machen wir das nächste Mal aber lieber ein Wellnesswochenende. Übrigens habe ich mir überlegt, dass wir, also dein Vater und ich, uns einen Winterwohnsitz in Arizona zulegen sollten. Wie das die alten Leute bei uns eben so machen.«

Walt hatte seine Mutter noch nie so gesprächig erlebt.

»Ach, ist es jetzt also so weit?«

»Außerdem sind wir dann auch näher bei euch. Wenn das Baby da ist, wollen wir es schließlich öfters sehen, nicht nur zu Weihnachten und Ostern.«

Walt legte seiner Mutter eine Hand auf die Stirn: »Hast du vielleicht Fieber?«

Sie wischte seine Hand fort. »Keine Doktorspiele bitte. Es geht mir gut.«

Dakota brach neben ihm in Gelächter aus und seine Mutter stimmte ein. Mit einem Finger auf den Lippen sagte sie zu Dakota: »Pssst!«

Dakota zwinkerte und machte eine Geste, als ob sie den Mund mit einem Reißverschluss verschließen wollte.

»Habt ihr zwei etwa Geheimnisse?«

»Was in eingeschneiten Autos geschieht, bleibt in eingeschneiten Autos.«

Seine Mutter atmete tief ein. »Wie geht es deinem Vater?«

»Er ist ruhelos. Wir haben ihm gesagt, dass ihr zu Hause eingeschneit seid und warten müsst, bis die Bergstraßen wieder befahrbar sind. Er hat sich sehr gewundert, als wir ihm erzählt haben, dass obendrein die Telefonleitungen zusammengebrochen sind. Er war aber zu müde, um nachzuhaken.«

Als sie am Haus ankamen, war die Aufregung groß. Brenda begrüßte die beiden, überwältigt vor Freude.

Nachdem die Polizei alles aufgenommen hatte, verabschiedeten sich die Beamten und fuhren.

Walt bestand darauf, dass die Rettungssanitäter erst noch Dakotas Blutdruck maßen und den Blutzuckerspiegel kontrollierten, bevor auch sie sich auf den Weg machten.

Vor dem großen, offenen Kamin zogen sie endlich ihre Jacken und Schuhe aus und genossen die Wärme.

Walt hängte die Jacken auf die Trockenstange, Brenda bereitete eine wärmende Suppe zu und Larry informierte den Rest der Familie.

Walt sah, wie Dakota die Hände seiner Mutter nahm. »Lass uns das nie wieder machen, okay?«

»Danke, dass du mir geholfen hast, nicht durchzudrehen.«

Dakota lächelte, beide blickten auf ihre vier Hände.

Da erst bemerkte Walt das Funkeln an Dakotas Ringfinger.

»Ich glaube, ich werde jetzt vor dem Essen jenes besagte Schaumbad nehmen. Brenda, mein Schatz, kannst du mir die Suppe später in mein Zimmer raufbringen? Ich will unbedingt diese Klamotten loswerden.«

Walt hörte, wie sie gingen. Er setzte sich neben Dakota und nahm ihre Hand.

Der Ring war perfekt, und die Tatsache, dass sie ihn am Finger trug, ließ ihn wie einen Teenager grinsen, der gerade zum Geburtstag einen Autoschlüssel in die Hand gedrückt bekommen hatte.

»Ich dachte schon, den hätte ich verloren.«

Sie streckte die Hand aus, bewunderte den Ring. »Ach, war das deiner? Ich habe ihn unter dem Autositz gefunden, als ich nach einer verlorenen Thunfischdose gesucht habe.«

Walt hob ihr Kinn an, um ihr in die Augen zu sehen.

»Ich dachte schon, ich hätte *dich* verloren.«

Dakota schüttelte langsam den Kopf. »Da gehört mehr dazu, als bloß ein kleiner Schneesturm. Außerdem habe ich noch wichtige Dinge vor in diesem Leben.«

Unfassbar, wie sie nach diesem traumatischen Erlebnis so fröhlich sein konnte. »Nämlich was denn?«

Sie suchte seine Augen. »Ich muss dem Mann, der diesen Ring gekauft hat, sagen, dass ich ihn liebe.«

Die Worte klangen wie Musik. Wie ein atmendes Kind, wie ein Herzschlag, wo vorher nichts war. Die Worte erfüllten ihn. Dakota erfüllte ihn.

»Ich liebe dich, Walt. Ich hoffe wirklich, dass dieser Ring der nächste Schritt für uns ist.«

Er kam näher, spürte ihren Körper an seinem. »Bist du denn bereit für den nächsten Schritt?«

Sie strahlte über das ganze Gesicht. »Erst muss ich duschen, etwas essen und ein bisschen schlafen. Aber dann bin ich bereit.«

»Das heißt, wir heiraten?«

»Oh ja, wir heiraten, Doc. Wir werden so was von heiraten, mein Lieber.«

Er berührte zärtlich ihre Lippen mit seinen und brachte Dakota damit zum Schmelzen.

Ihr Kind, das es offenbar kaum noch erwarten konnte, die Welt zu begrüßen, kickte ihn.

Dakota zog sich lachend zurück. »Wenn dein Vater so fit ist, dass er sich einen Anzug anziehen kann, sollen meine Eltern und meine Schwester kommen. Und Mary, Trent und Monica auch. Vielleicht auch noch meine Agentin.«

»Dann dauert es noch eine Ewigkeit.«

»Nur fast eine Ewigkeit. Ich dachte an dieses Wochenende. Ich muss dich ja schnappen, solange deine Mom mich noch mag.«

Walt hob sie hoch und wirbelte sie herum. »Ich liebe dich.«

Er küsste sie wieder, spürte sein Herz jauchzen.

»Ich muss essen, duschen und schlafen«, sagte sie ihm.

»Das darfst du.«

Sie blieb an der Treppe nach oben stehen. »Weckst du mich morgen mit einem Kuss?«

»Ich werde dich jeden Morgen unseres Lebens mit einem Kuss wecken.«

Epilog

Sie spürte schon seine Anwesenheit, bevor er zu ihr herüberkam und ihr ins Ohr raunte: »Dieser Ring bedeutet doch nicht etwa, dass Sie verheiratet sind, oder?«

Dakota strich die Haare nach hinten, um seinen warmen Atem an ihrem Hals zu spüren. »Oh doch, ich bin verheiratet.« Sie legte ihre Hand auf den Bauch, in dem Junior sich schon so ausbreitet hatte, dass ihre Lungen kaum noch Platz hatten. »Aber vielleicht lasse ich mich ja zu einem kleinen Seitensprung überreden.«

Die Frau, die neben ihr an der Bar saß, musterte erst Dakota mit einem schiefen Seitenblick, dann diesen dreisten Mann, der einer Hochschwangeren Avancen machte.

Sein Atem kitzelte Dakota am Ohr und sie lehnte sich noch näher an ihn heran.

»Ich habe die Penthouse-Suite gemietet«, murmelte er.

»Klingt verlockend.« Dakota zog die Unterlippe ein, biss darauf.

Die Frau, die ihnen so offensichtlich zuhörte, schnalzte empört mit der Zunge, nahm ihr Glas, und ging kopfschüttelnd.

Sie mussten beide lachen. Walt setzte sich auf den frei gewordenen Platz.

»Ist alles bereit?«, fragte sie.

»Der Raum wird langsam gesteckt voll, die Bücher sind aufgestapelt. Unsere Mütter geben dem Event gerade noch ihren persönlichen Touch.«

Dakota stöhnte. »Muss ich mir Sorgen machen?«

Walt küsste ihre Hände. »Gar nicht. Die Idee von Mary war wirklich gut. Auf diese Weise werden unsere Familien endlich verstehen, was für eine beliebte Autorin du bist.«

Weihnachten war vorüber, wie auch ihre kurzen Flitterwochen in der Karibik.

Jetzt befanden sie sich im Morrison Hotel in New York. Ihr neues Buch *Sieg der Leidenschaft*, der letzte Band der Geschichte von Mathew und Cassidy, war gerade erschienen, was sie nun mit Lesung, Signierstunde und anschließender Party feiern wollten.

»Ich hoffe, unsere Mütter verstehen sich einigermaßen.«

Walt warf die Hände in die Luft. »Wenn nicht, dann sind sie sehr gute Schauspielerinnen.«

»Wie geht es deinem Dad?«

»Er liebt den Trubel. Er sitzt mit Dennis ganz hinten, wo er die Show gut sieht, und wartet, dass es endlich losgeht.«

Dakota wusste nichts von einer Show. Man hatte ihr nur gesagt, dass sie noch nicht in den Ballsaal durfte, wo sie gleich die Lesung halten und einen Ausblick auf ihr neues Buch für den kommenden Herbst geben würde. Man hatte ihr nur den Veranstaltungsort genannt und sie wusste, wer für die Party im Anschluss auf der Gästeliste stand. Sonst nichts. »Welche Show?«

Walt zwinkerte ihr zu, antwortete aber nichts. Er blickte auf die Uhr und stand auf. »Showtime, Baby-Mama!«

Hand in Hand gingen sie durch den langen Gang bis zum Garderobenraum des Ballsaales.

Von drinnen hörte man Stimmengewirr und Gelächter.

Die Tür öffnete sich und Mary erschien. »Da bist du ja endlich.« Ihre blauen Augen funkelten. »Jetzt kommt gleich das, was ich immer am besten finde.«

»Ich weiß.« Mary war schon so lange an ihrer Seite und hatte ihren Erfolg begleitet. Solche Neuerscheinungs-Events waren immer aufregend und so voller Energie, dass man kaum das nächste erwarten konnte.

Dakota blickte auf Marys pinkes T-Shirt. Auf der linken Schulter stand Dakotas Webseite. »Nettes Shirt.«

Kichernd drehte sich Mary um. Auf dem Rücken stand: *Baby-Mamas beste Freundin.*

»Oh, wie toll.«

»Warte, bis du den Rest siehst«, verriet Mary aufgeregt.

Daktoa drehte sich zu Walt.

Grinsend zog er sein Jacket aus. Er trug ein blaues T-Shirt. Auf der Rückseite stand: *Dr. Baby-Daddy,* und darunter*: Inspiration für Kapitel dreizehn.*

Dakota hatte Walt zwar noch gar nicht gekannt, als sie Kapitel dreizehn schrieb, doch es war klar, was gemeint war. Kapitel dreizehn war heiß. Man musste es einfach mit Walt in Zusammenhang bringen. Sie quietschte vor Begeisterung auf und lachte immer noch, als Mary sie in den Saal führte.

Alles war rosa und hellblau dekoriert. Dazwischen waren, in den Umschlagsfarben des Buches, schwarz-weiße Motive. An der Tür standen Glen und Trent. Sie trugen ebenfalls blaue Hemden. Als sie sich umdrehten, las sie: *Privatpilot von Baby-Mama und Baby-Daddy.*

Dakota wurde von Mary weitergezogen, die ganz bewusst wegsah, als Glen ihr Blicke der besonderen Art zuwarf.

Dakota bemerkte, dass Glen auch besonders grinste.

Der Raum war mit Luftballons und Blumen geschmückt und allmählich bemerkten auch die vielen weiblichen Gäste, dass sie hereingekommen war. Überall sah sie die blauen und rosafarbenen T-Shirts. Alle, die Dakota oder Walt persönlich kannten, hatten eines davon an und der Aufdruck auf dem Rücken erklärte die jeweilige Beziehung: *Dr. Baby-Daddys Mom*, *Baby-Mamas Schwester*, *Baby-Mamas Agentin*.

Es war lustig, persönlich und so liebevoll überlegt, dass Dakotas Lachmuskeln fast schmerzten.

»Wer hatte denn die Idee mit den T-Shirts?«, fragte sie.

»Walt«, antwortete ihre Mom. »Ich fand es ja albern, aber deine Fans sind begeistert.«

»Es freut mich sehr, dass du auch eines trägst«, sagte sie zu ihrer Mutter mit einer halben Umarmung. Elaine lächelte JoAnne zu, die zu ihnen herüberkam.

»Wenn du dich ausruhen musst, dann gib uns sofort Bescheid«, sagte JoAnne.

»Danke, mir geht es gut.«

Dakota strahlte ihre frischgebackenen Schwiegereltern an, schenkte Walter II ein Augenzwinkern. »Wie fühlst du dich?«

»Habe mich noch nie besser gefühlt.« In den letzten beiden Monaten hatte er nicht gearbeitet, um sich zu erholen, und plante nun, seine Arbeitszeiten zu reduzieren. Er sah wieder gut aus und Dakota hoffte, dass die bevorstehende Geburt seines Enkelkindes die Genesung noch weiter beschleunigen würde.

Mit Walt an der Hand drehte sie sich wieder dem Meer aus Rosa und Blau zu. »Ich kann gar nicht sagen, wie sehr ich mich freue, dass ihr alle da seid.«

Carol Ann stand neben Brenda. Die beiden waren ein Herz und eine Seele. »Ich habe Mom ja schon immer gesagt, dass sie etwas verpasst. Jetzt weiß sie es endlich.«

Dakotas Mutter fing ihren Blick ein.

Einen kurzen Moment schwieg das kleine Grüppchen.

»Es tut mir leid, dass ich dich so wenig unterstützt habe. Das wird sich ab sofort ändern.«

Dakota versuchte, die aufsteigenden Tränen, die an ihren Augen kitzelten, zu unterdrücken.

Walt legte den Arm um sie. Er war ihr Anker, ihre Stütze.

»Ich liebe dich auch«, sagte sie.

Mary seufzte, klopfte ihr auf den Rücken. »Kann es jetzt losgehen?«

»Klar.«

Mary ging aufs Podest, um Dakota vorzustellen. Sie sang eine Lobeshymne auf ihre beste Freundin und erzählte von Dakotas Erfolgen.

Dakota schob ihren Bauch auf die Bühne und nahm den enthusiastischen Applaus des Publikums entgegen.

Als er verstummte, schaute sie zur versammelten Menge, sah zu ihrer Familie, zu ihrem Mann und strahlte übers ganze Gesicht.

Bevor sie das erste Wort sagte, begann Junior in ihrem Bauch zu strampeln. »Oh«, rief sie mit Griff zum Bauch. »Also, diese Sache mit dem Baby … Wahrscheinlich werden es einige von Ihnen nachvollziehen können, wenn ich plötzlich zur Toilette renne.«

Gelächter, manche Frauen klatschten.

»Und wie finden Sie diese großartigen T-Shirts?«, fragte sie und wieder folgte Applaus. »Wir wollten uns ja eigentlich nicht sagen lassen, was es wird. Aber mein Mann ist Arzt«, sagte sie mit einem Augenzwinkern. »Er tut zwar immer so ahnungslos, als ob er nicht wüsste, was es wird. Doch ich finde, dass er verdächtig lange auf den Ultraschallmonitor geschaut hat.«

Sie winkte ihm, damit alle anderen wussten, wen sie meinte.

Walt zuckte mit den Achseln, blickte unschuldig zur Decke und sagte nichts.

»Heute feiern wir das neue Buch. Wieder ein neues Kapitel. Und für mich ist es wahrhaftig ein neues Kapitel in meinem Leben, weil ich mit meiner gesamten Familie zusammen feiern darf.«

Sie wartete, bis der Applaus wieder verstummte. »Stellen Sie sich eine Autorin vor, die den lieben langen Tag nichts anderes schreibt, als solche Happy-End-Geschichten über die große Liebe und dabei weiß sie gar nicht, wovon sie schreibt. Und dann kommt doch eines Tages tatsächlich die große Liebe dahermarschiert und gibt plötzlich allem eine neue Richtung.«

Walt legte den Kopf schief, lauschte ihren Worten.

»Stellen Sie sich nun vor, was diese Autorin alles in ihrem nächsten Buch zu schreiben vermag …«

Sie atmete tief ein und blies mit einem langen Seufzer die Luft wieder aus.

»Ich denke, Sie sind alle hier, weil sie die Liebesgeschichte von Mathew und Cassidy verfolgt und die beiden in ihr Herz geschlossen haben. Ich selbst bin wahrscheinlich am stärksten davon betroffen. Und die Geschichte der beiden hat mir schließlich selbst die große Liebe ermöglicht.« Sie deutete wieder auf Walt, wartete, bis sich alle Köpfe zu ihm gedreht hatten. »Tut mir leid, meine Damen. Dieser Mann hier ist vergeben. Und zwar an mich. Er ist die Inspiration von Kapitel dreizehn und allen anderen Kapiteln, Kapitel zwei und fünfzehn und achtzehn und alle, die da noch kommen mögen.«

Das Publikum lachte und Dakota trat einen Schritt zurück.

»Klatschen Sie für Dr. Baby-Daddy, meine Inspiration für alle zukünftigen Happy-End-Geschichten, die aus meiner Feder fließen werden.«

Auch wenn die früheren Feiern toll waren, ein solches Event hatte sie noch nicht erlebt.

Dakota sah zu Walt und sagte, sodass er es von ihren Lippen ablesen konnte: »Ich liebe dich!«

Er warf ihr einen Luftkuss zu und sagte ebenfalls, dass er sie liebte, und damit begann das neue Kapitel ihres Lebens.

Danksagung

Ich habe an so viele Menschen in meinem Leben gedacht, als ich dieses Buch geschrieben habe, an Schrifsteller/innen, Leser/innen, Lektoren/innen, Verleger/innen und Literaturagent/innen. Sie kommen alle in diesem Buch vor. Während des Schreibens ist man zwar allein, doch auf den Konferenzen treffe ich Leser/innen und Schriftstellerkolleg/innen. Wir belagern Hotels, Restaurants, Bars und es entstehen Erinnerungen, über die ich mich mein ganzes Leben lang freuen werde. Dieses Buch ist für alle Schriftsteller/innen und Leser/innen, die meine Freunde geworden sind. Es sind zu viele, um alle zu erwähnen. Die Liste wäre zu lang und unvollständig und manche Namen wären sicher falsch geschrieben. Ich danke euch, dass ihr ein Teil meines Lebens geworden seid.

Wie immer möchte ich Jane Dystel und allen Mitarbeitern von Dystel und Goderich Literary Management danken. Falls man euch jemals ein Upgrade für die Penthouse-Suite in New York gibt, dann spendiere ich die Drinks.

Vielen Dank an meine Lektorin Kelli Martin und alle Mitarbeiter bei Montlake, die an meine Bücher glauben. Bei der nächsten Konferenz bestellen wir uns auch Champagner, okay?

Danke an TJ MacKay, meine Verbündete, ohne die ich nicht auskomme. Ich habe dich lieb.

Vielen Dank an meine Kritikerin, Sandra. Du bist ein Engel, und ich freue mich, dass du jetzt auch Vollzeit schreibst.

Danke an alle Ärzte, die mich für meine drei Dr. Eddys inspiriert haben.

Und zu guter Letzt danke ich Angelique. Du bist zwar meine Schwägerin, doch eher wie eine Schwester für mich und stehst mir stets zur Seite. Ich werde niemals vergessen, wie du mir in den ersten Monaten in Kalifornien geholfen hast. Du hast dir eine Karriere aus dem Nichts geschaffen und ziehst wunderbare Kinder groß. Aus Gründen, die du selbst am besten kennst, widme ich dir dieses Buch.

Ich liebe dich,

Deine Catherine

8034987R00215

Printed in Germany
by Amazon Distribution
GmbH, Leipzig